화천골

4

화천골 4

ⓒ과과 2016

초판1쇄 인쇄	2016년 9월 1일
초판1쇄 발행	2016년 9월 5일

지은이	과과果果
옮긴이	전정은

펴낸이	박대일
편집	이문영 · 임유리 · 신지연 · 전보라
교정	김미영
마케팅	송재진 · 임유미
디자인	박현주
일러스트	박현정

펴낸곳	파란썸(파란미디어)
출판등록	2004년 9월 14일 제313-2004-00214호

주소	04072 서울시 마포구 성지1길 32-36 (합정동)
전화	02.3141.5589 (영업부) 070.4616.2012 (편집부)
팩스	02.3141.5590
전자우편	paranbook@gmail.com
카페	http://cafe.naver.com/paranmedia
페이스북	http://www.facebook.com/paranbook

ISBN	978-89-6371-338-0(04820)
	978-89-6371-334-2(전4권)

花千骨

화천골

과과과 장편소설 ― 전정은 옮김

4

차례

8부

구름 위 얼어붙은 마음 삶인가 죽음인가
신은 죽고 혼은 떠나 영원히 잠들다

花千骨

55. 선마대전

눈이 녹지 않아 세상은 여전히 하얬다. 높이 걸린 은빛 달은 평소처럼 부드러운 빛이 아니라 눈부실 정도로 밝은 빛을 뿜었다. 그리고 주위를 감싼 은은한 붉은 빛이 유난히 요사한 느낌을 주며 밤을 더욱 처량하게 비추었다.

또다시 보름이었다. 늘 경박하고 게으른 모습이던 생소묵도 평소와 달리 걱정스런 표정이었다. 내일의 군선연을 생각하면 불길한 예감이 커졌다. 문득 통소에서 요기가 짙게 느껴지자, 그는 황급히 그 위에 몇 개의 봉인을 펼쳐 요기가 밖으로 나오는 것을 막았다.

1년 동안 남무월은 보름밤마다 변신을 하려 했다. 평소 모인 천지의 영기에 보름밤의 달의 정화를 받으면 그는 어린아이의 모습을 벗어던지고 청년의 몸이 되었다. 그리고 그의 몸 속에 남아 있는 약간의 요력이 크게 늘어나, 성인보다 훨씬 생각이 깊어져서 상대하기가 힘들었다. 생소묵은 퉁소 속의 불안과 흔들림을 가라앉히며 더욱더 눈을 찌푸렸다.

바로 그 순간, 최성석 속 남무월의 몸은 점점 변화하고 있었다. 깊은 잠에 빠져 있던 그를 고통이 깨웠고, 최성석은 혼돈스러운 요기로 단단히 감싸였다. 남무월은 더 이상 천진난만한 어린아이가 아니라 절세의 미청년으로 변했다. 표정은 순진하면서도 야성과 반항기가 엿보였고, 언뜻 보기에는 결백한 눈동자 속에 악독함과 교활함이 담겨 있어 눈을 찌푸리거나 고개를 숙이기만 해도 요기가 넘쳤다. 그는 최성석 안에서 가볍게 몸을 풀었다. 뼈와 근육이 뚜둑, 소리를 냈다.

'잠은 충분히 잤다. 드디어 재미있는 연극을 공연할 시간이다.'

그의 반짝이는 눈은 먼 곳을 바라보았다. 얼굴은 환하게 웃고 있었다.

'화화 누나, 누나가 구하러 오기를 기다릴게……'

거대한 섬은 허공에 둥둥 떠서 소리도 없이 전진했다. 마치 어둠 속의 귀신같았다.

섬을 한 바퀴 돈 화천골은 3천여 명의 사람들이 모두 준비를 마쳤다는 것을 알았다. 그들의 눈에는 원한과 야심 등 각양각색의 빛이 활활 타오르고 있었지만 모두 곤륜산에서 선계 사람들과의 일전을 기대하고 있었다. 그 엄청난 살기와 압박감에 화천골은 숨이 막힐 지경이었다.

동방욱경과 죽염은 자신감에 차 있었지만 그녀는 자신이 전혀 없었다. 심지어 이 순간까지도 여전히 망설이며 결정을 내리지 못하고 있었다. 이 일은 신기를 훔치는 것과 마찬가지로 분명한 잘못이었지만, 그래도 하지 않을 수 없었다. 앞을 가로막을 장애물이 장류산이건 선계건, 심지어 사부건, 부득불 항쟁할 수밖에 없었다. 남무월은 그녀의 아이였다. 세상에서 자신의 아이가 죽는 것을 가만히 지켜볼 사람은 없다.

"저건 뭐죠? 내려요."

화천골은 머리 위로 높이 걸린 '화' 자를 쓴 깃발을 바라보았다. 심장이 덜컹했다. 그들은 사람을 구하러 가는 것이지 싸우러 가는 것이 아니었다. 두난간은 그녀의 마음을 읽고, 사람을 시켜 죽염이 세우게 한 깃발을 내렸다.

"얼마 전에 남우회를 만났는데, 선배님이 만황을 나와 이 섬에 있다고 알려 주었어요. 그녀가 찾아오지 않았나요?"

한참 망설인 끝에 화천골은 결국 참지 못하고 물었다. 돌아와 보니 두난간은 예전 그대로였고 아무 말도 하지 않았기 때문에, 그녀는 남우회가 오지 않았다고 추측했다. 역시 두난간은 잠깐 멈칫하더니 천천히 고개를 저었다.

"오지 않았다."

지난번 공중에 있을 때 누군가 바다 밑에서 그를 훔쳐보는 느낌이 들었는데, 착각이 아니었던 것이다. 역시 그녀였다.

"그녀는 나를 볼 용기가 없을 것이다. 아니, 날 보고 싶어 하지도 않을 것이다.”

“하지만 전에 선배님을 위해…….”

“그녀는 언제나 교만해서 남들에게 큰 빚을 지는 데 익숙하지 않다. 빚을 갚기 위해 한 일일 뿐이다. 내가 아무 탈 없는 것을 알고 안심했겠지.”

“그렇게 오랫동안 헤어졌다가 겨우 만날 수 있게 되었는데, 지난 일은 내려놓고 다시 시작할 수는 없나요?”

“넌 아직 어려서 모른다. 진정으로 내려놓을 수 있는 일은 없다. 수많은 시간이 흘렀고, 우리는 이제 돌이킬 수 없게 되었지. 몸에 난 상처가 나은 후에도 흉터가 남는 것처럼 말이다. 시간이 오래되면 처음의 고통은 잊히겠지만, 일어난 일은 이미 일어났고, 아무리 돌이키려 노력해도 소용이 없다.”

두난간은 이미 지난날 늠름하던 모습으로 돌아가 있었다. 화를 내지 않아도 얼굴에는 자연히 위엄이 흘렀는데, 이 순간에는 슬픔과 유감이 떠올랐다. 그는 천천히 몸을 돌려 떠나갔다. 화천골은 풀 위에 앉아 멍하니 달을 바라보았다. 멍한 기분이었다.

‘이제 다시는 돌아갈 수 없다…….’

갑자기 따뜻한 손 하나가 그녀의 어깨 위에 놓였다. 동방욱경이었다.

“며칠 동안 고생하다가 겨우 돌아왔는데, 왜 아직 자지 않소?”

“어떻게 잠이 오겠어요? 당보는요?”

"당신 침대에서 코를 골고 있소."

화천골은 저도 모르게 피식 웃었지만, 다시 눈을 찌푸리며 고개를 저었다.

"어쩌면 저 혼자 곤륜산으로 가야 했을지도 몰라요. 이렇게 많은 사람들을 끌어들이는 게 아니었어요. 쌍방이 싸움을 시작하면 분명 많은 사상자가 날 거예요."

"당신 혼자서 선계 전체와 싸워 소월을 구해 낼 수 있을 것 같소? 당신이 정말 원하는 것은 소월을 무사히 구해 내는 것이지, 그저 가능한 한 양심에 부끄럽지 않은 일을 하려는 것이 아니지 않소. 당신도 알다시피 우리가 군대를 데려가 정말 그들과 싸우려는 것은 아니오. 그저 위협할 생각인 거요. 그게 아니면 우리에겐 선계에게 소월을 내놓으라고 말할 자격조차 없소. 그들도 바보가 아니니 우리가 비슷한 세력을 가진 것을 보면 쉽사리 싸우려 하지 않을 거요. 그래 봤자 서로 피해를 입고 중생들이 도탄에 빠질 뿐이오. 그리고 만황 사람들도 당신 때문에 곤륜으로 가는 것은 아니오. 앞으로 그들 스스로 살아남기 위해서, 붙잡혀 다시 만황으로 쫓겨나지 않도록 선계와 협상하기 위해 싸우는 것뿐이오. 각자의 목적이 있으니 당신도 이 일로 양심의 가책을 느끼거나 마음에 둘 필요 없소."

화천골은 가볍게 한숨을 쉬었다.

"사태가 통제에서 벗어날까 봐 걱정이에요. 사람의 마음은 쉽게 조종할 수 없잖아요. 정말 싸움이 벌어져 어느 쪽이든 사상자가 생기는 것을 보고 싶지 않아요. 나는 죽어도 되지만, 저

많은 사람들을 끌어들일 생각은 없어요."

"당신이 죽어 소월을 구할 수 있다면 나도 말리지 않겠소. 하지만 이 일은 그렇게 쉽게 해결되지 않소. 결국 희생되는 사람이 있을 거요."

"내 능력이 부족한 탓이에요. 만약 내가……."

동방욱경은 웃으며 그녀를 품에 안았다.

"그렇소. 누구든 자신이 아끼는 모든 것을 보호할 능력을 갖기를 바라오. 소월을 위해서, 당신은 반드시 더 강해져야 하오. 당신이 싸움터에서도 이렇게 망설이면 우리에게는 패배뿐이오. 그리고 그 패배의 대가는 소월의 목숨과 3천 명의 자유요. 그러니 이번에 싸움을 하든 아니든 우리는 반드시 이겨야 하오. 나도 아오. 당신은 선인들이 당신이야말로 진짜 요신인 것을 알게 되면 사사로이 법을 어긴 백자화를 탓하고, 그의 명성이 무너질까 봐 두려운 거요. 때가 되면 당신은 숨어서 지켜보기만 하고, 직접 나설 필요 없소. 죽염의 주술과 당신의 요력이라면, 당신 모습을 숨겨 선인들에게 발각당하지 않을 수 있소."

"그럼 어떡하죠?"

"비록 당신의 요력이 강하다 해도 봉인을 제거하지 않은 상태로는 혼자 대세를 뒤바꿀 수 없소. 당신에게 요신의 힘이 있다는 것을 알게 되면, 사람들은 소월을 죽이지 않을지는 몰라도 새로운 쟁탈전을 벌일 것이오. 모두 당신을 죽여 요신의 힘을 빼앗으려 하겠지. 그러니 왜 굳이 선계와 정면충돌을 하겠소? 모든 것은 우리에게 맡기면 되오. 하물며 당신의 그 살 언니도 도울 테니까."

"살 언니요? 언니도 왔어요?"

화천골은 당황했다.

"요마의 대군도 벌써 곤륜산에 접근했소. 살천맥은 이번에 선계와 일전을 치를 결심을 했소. 우리 쪽에 사람이 많으니 반드시 소월을 구할 수 있소. 다만 살천맥은 마성이 너무 강하고 집념이 깊소. 만약 그가 발광하면 사태가 걷잡을 수 없게 되고, 삼계가 대재앙에 빠질까 걱정이오."

"살 언니의 주화입마 상태가 점점 심해지고 있나요?"

화천골은 걱정스런 얼굴로 물었다.

"자책할 것 없소. 그는 당신 때문에 그렇게 된 것이 아니라, 그의 마음속에는 일찍부터 마장魔障이 있었소. 당신은 그저 촉발제일 뿐이오. 그는 자부심이 너무 높아, 아끼는 이를 힘껏 보호하려 했다가 실패할수록 극단에 치우치기 쉽소."

"알아요. 살 언니는 늘 내게 강렬한 보호욕을 느꼈어요. 세존 같은 사람은 우리가 모종의 관계를 맺었다고 오해하고, 단춘추 등은 살 언니가 나를 좋아한다고 생각했지만, 나는 느낄 수 있어요. 살 언니는 그저 날 마음 깊이 아끼고 있는 것뿐이에요. 그는 마군이자 요왕이고, 만천선불보다 훨씬 높은 자리에 있어요. 그런데 어떻게 모산에서 우연히 만났을 뿐인 나를 그렇게 쉽게 좋아할 수 있겠어요? 언니는 평소 내키는 대로 행동했지만, 나에 대해서만은 아무것도 고려하지 않고 시키는 대로 했어요. 마치 무엇인가를 보상하려는 것처럼요. 때론 나를 볼 때 언니가 보는 것이 내가 아니라 다른 사람 같기도 했어요. 몇 번이나 물어보려 했지만 나와 함께 있을 때마다 무척 즐거워해서 상처를 후벼 파고 싶지 않았어요. 그렇게 오만한 사람은 자신의 얼굴에 상처가 나는 것도 허락하지 않지만, 가슴에 상처가 나는 것은 더더욱 허락하지 않을 테니까요."

동방욱경은 이상한 듯 그녀를 바라보았다. 그녀가 아무것도 모르면서 이미 모든 것을 꿰뚫어 볼 줄은 몰랐다.

"헌원랑과 살천맥이 당신에게 보인 사랑이 일종의 고집과 착각이라는 것을 잘 아는군. 그렇다면 나는 어떻소? 내가 당신에게 어떤 감정을 가지고 있는지, 왜 그렇게 되었는지 생각해 본 적이 있소? 나는 당신 마음속에서 대체 어떤 위치를 차지하고 있소?"

화천골은 저도 모르게 한 걸음 물러서며, 힘겹게 천천히 고개를 저었다.

"몰라요……."

동방욱경은 여전히 부드럽게 웃고 있었다. 봄날 강가에 선 버드나무처럼.

사랑은 어디서 시작되었는지 알 수 없이 깊어진다. 그는 묻고 싶은 것이 무척 많았다. 지금 묻지 않으면 늦을 것이다. 그는 천 년의 기억을 갖고 다시 태어났고, 집착하지 않고 본심에 따라 행동해야 한다는 것을 배웠다. 그래서 아무 고통도 슬픔도 없었다. 그는 모든 일을 알 수 있지만, 어째서 그녀를 사랑하게 된 것인지는 수수께끼였다. 그 자신조차 이유를 알지 못했다. 하지만 세상 모든 일에 답을 알아야 하는 것은 아니었다. 이대로 영원히 모르면 언제까지나 한 줄기 그리움과 희망을 가질 수 있었다.

그는 화천골의 머리를 살짝 두드렸다.

'어서 빨리 자라서 자신을 보호할 수 있을 만큼 강해지시오. 백자화에게 상처받지 않도록, 내가 걱정하지 않도록.'

화천골은 동방욱경을 바라보았다. 그의 눈동자에는 근심이 가득했고, 눈빛은 몽롱했다. 문득 심장을 쥐어짜는 듯한 느낌에 그녀는 그의 소매를 꼭 붙잡았다. 손을 놓으면 그를 잃어버릴 것 같았다. 이 사람이 그녀에게 얼마나 중요한지는 그녀 자신만 알고 있었다.

이번 군선연은 지난 군선연과 달랐다. 노래와 춤도 없고 분위기는 스산했다.

요마의 침범은 예상한 일이었다. 그래서 천병과 천장들이 세 겹 네 겹 에워쌌고, 곤륜산 곳곳에 결계와 봉인을 펼쳤다. 선계는 이 정도면 살천맥의 군대를 충분히 막을 수 있다고 생각했지만, 화천골이 또 다른 대군을 이끌고 쳐들어올 줄은 예상하지 못했다.

요지 안은 여전히 봄처럼 따뜻했고, 꽃잎이 비처럼 흩날렸다. 오색찬란한 요지의 물은 작은 파문을 일으키며 흔들렸고, 물 가운데는 헐벗은 굵은 고목이 구름을 찌를 듯 솟아 있었다.

전설에는 이 고목이 상고시대 천제의 명령으로 베어 낸 통천건목通天建木의 잔가지라고 했다. 그 후로 신과 인간은 완전히 격리되었다고 한다.

남무월은 이 건목 가지에 묶여 있다가 오성요일이 되면 천화번신[1]과 천뢰천심[2]의 극형을 받을 것이다. 그로써 불사불멸의 요신의 몸은 잿더미로 변할 것이다.

형을 집행할 때가 되자 생소묵은 봉인을 풀고 남무월을 퉁소에서 꺼냈다. 새까만 구름이 가득 피어올랐다. 선인들은 자리에 앉아 각각 정신을 집중하며 방비했다.

검은 구름은 땅 위에서 서서히 응결되어 형태를 만들었다. 이때 최성석은 이미 사기邪氣에 완전히 침식되어, 투명하던 수정체 안이 검은 실 같은 물체로 가득 차 있었다.

생소묵은 속으로 깜짝 놀랐다. 남무월이 어린아이로 돌아가지 않고 여전히 청년의 모습을 하고 활짝 웃으며 그를 바라보고 있었던 것이다.

'어떻게 된 거지? 분명 해가 뜨고 달이 졌는데, 아직도 청년 모습을 하고 있다니?'

생소묵은 속으로 아차 했다. 그가 앞으로 걸어가 다시 최성석을 봉인하려는데, 남무월이 이미 돌 위에 벌떡 서서 허공에서 손을 움켜쥐었다. 순간 최성석은 그의 주변에서 수천수만

---

[1] 天火焚身. 하늘의 불로 몸을 태움.
[2] 天雷穿心. 하늘의 천둥으로 심장을 찌름.

조각으로 박살났다. 조각들이 햇빛을 반사하여 한순간 요지 곳곳이 별처럼 반짝거렸다.

선인들은 모두 대경실색하여 황망히 뒤로 물러났다. 요신이 법력을 되찾아 감금을 뚫고 나왔다고 생각한 것이다. 생소묵과 마엄 등 몇 사람만이 그가 요신의 몸만 갖고 있을 뿐 실체는 없다는 것을 알고 있었다. 그들은 위로 날아올라 그를 다시 감옥에 가두려 했다.

남무월이 가진 요력은 봉인을 당하지는 않았지만 얼마 남지 않은 상태였다. 그렇지만 선인들이 연합해서 공격하는데도 도저히 그를 붙잡을 수가 없었다. 그는 한 손만으로 쉽사리 모든 법력 공격을 막았다.

마엄과 생소묵도 속으로 깜짝 놀랐다. 요신의 힘이 이 정도로 강력하다면, 화천골의 봉인이 풀리면 과연 어떤 결과가 나타날까? 더욱 두려운 것은 백자화의 힘만으로는 이렇게 강력한 파괴력을 봉인하고 억누를 수 없다는 것이었다. 화천골이 계속 봉인을 깨뜨리지 않고 있는 것은 단지 백자화가 다칠까 봐 염려되어서였다. 그런데 만약 어느 날 그녀가 더 이상 사제지간의 정을 신경 쓰지 않게 된다면?

남무월은 한 손으로 적을 막는 한편 주위의 아름다운 풍경을 감상했다. 옅은 구름과 살랑거리는 바람. 남무월은 마치 이 세상 모든 것이 언급할 가치조차 없는 것처럼 빙긋 웃었다.

바로 그때, 아직 나이가 어리고 화천골과 약간 닮은 시녀 한 명이 공포에 빠진 얼굴로, 위험을 피하려고 탁자 밑으로 기어

드는 것이 보였다. 남무월은 한 손으로 그녀를 끌어당겨 목을 움켜쥐었다.

공중에서 빛이 어지럽게 춤을 추자 여기저기에서 선인들이 빛에 맞아 바닥에 떨어졌다. 선인들은 제군과 제후 앞에 몇 줄로 늘어서서 담을 쌓았다. 생소묵은 시녀를 구하려고 했으나, 아예 남무월 가까이 갈 수도 없었다.

남무월은 눈썹을 찡그린 채 그 시녀를 바라보며 입을 삐죽였다.

"하나도 안 닮았군."

그 말과 함께 그가 손에 힘을 주자 새빨간 피가 사방으로 솟구쳤다. 시녀는 영혼까지 그의 손에 짓이겨졌다. 그런데도 여전히 천진무구한 얼굴로 환하게 웃는 그를 보자 선인들은 저도 모르게 소름이 끼쳤다.

남무월도 특정한 목표는 없었다. 이곳에 있는 사람들은 모두 낯선 사람들이기 때문에 아무 차이가 없었다. 그는 요지 위를 거닐며 잡히는 대로 죽였다. 몹시 잔인하고 직접적이어서, 바닥은 온통 피투성이가 되었다. 땅에 떨어진 복숭아 꽃잎들은 피에 눌어붙었고, 공기 속에는 꽃향기와 피비린내가 뒤섞인 자극적이고 이상한 냄새가 났다. 티끌 하나 없이 깨끗한 것에 익숙한 선인들은 구역질이 났다.

마엄과 생소묵은 뼛속부터 한기를 느꼈다. 이미 요력을 잃은 요신이 수위가 높은 선인들을 저리도 손쉽게 갖고 놀다니, 정말이지 너무나도 두려운 일이었다. 그러니 절대 살려 둘 수 없었다!

남무월은 방금 이 세상에 온 어린아이처럼, 계속 싸우면서도 가끔씩 걸음을 멈추고 탁자 위에 놓인 정교한 유리잔을 들어 올려 보거나 누군가가 몸에 걸친 비단 띠나 옥패를 떼어 내 자세히 살피곤 했다. 반도를 한 입 깨물기도 하고, 망우주를 홀짝 마시기도 하고, 때로는 괴상한 표정을 지으며 혀를 내밀었다.

얼마 지나지 않아 벌써 십여 명이 그의 손에 영혼까지 박살 났다. 그 어떤 법보도 그에게는 소용이 없었다. 선인들은 어쩔 수 없이 진법으로 그를 붙잡아 놓는 수밖에 없었다. 그런데 갑자기 남무월이 걸음을 멈추고 하늘을 올려다보더니, 혼잣말을 하듯 입을 우물거렸다.

"이렇게 빨리 오다니! 아직 힘을 다 못 썼단 말이야. 선계의 밉살맞은 놈들을 좀 더 많이 죽여 누나 대신 화풀이하려고 했는데! 에이, 관두자. 이제 안 놀래."

남무월의 몸에서 흘러나오던 빛이 점점 옅어졌다. 그리고 갑자기 몸을 흐느적거리며 복숭아나무에 기댄 채 푹 쓰러져 반혼수상태에 빠졌다.

선인들은 속임수라고 여겨 한참 동안 망설이며 함부로 다가가지 못했다. 마엄은 오랫동안 축적한 그의 힘이 다했다고 짐작하고는 빛의 장막으로 그를 단단히 가두었다. 그런 다음 다가가서 그의 기혈들을 누르고 몇 겹 봉인한 후 제군을 돌아보며 말했다.

"주선쇄誅仙鎖를 빌려주십시오."

"대사형!"

생소묵이 눈을 찌푸렸지만 마엄은 주선쇄를 받아, 내력을 써서 남무월의 손목과 복사뼈를 그대로 꿰뚫었다. 그러나 남무월은 흐린 눈으로 미소를 지을 뿐 신음 소리 한 번 내지 않았다. 고통을 전혀 느끼지 못하는 것 같았다. 오히려 눈꺼풀을 살짝 내리고 눈동자를 데굴데굴 굴리는 모습이 몹시도 유혹적이었다. 게다가 손목과 발목의 종이처럼 얇고 가냘픈 근육과 피부는 새빨간 피와 어우러져 유난히 시선을 끌었다.

수많은 선인들은 의지가 부족해 순간적으로 넋을 잃고 마음을 빼앗겨 까닭 없이 연민을 느꼈다. 그들은 아픈 마음을 견디지 못하고 마엄을 저지하려고 나섰다. 그러다 마엄이 대갈하자 그들도 깜짝 놀라 정신을 차렸다. 조금 전 남무월이 자행한 피비린내 나는 살육 장면을 떠올리자 부끄러움을 금할 수 없었다.

잇달아 몇 번의 족쇄를 채우자 마엄도 다소 안심이 되었다. 그가 잘 지켜보지 못한 바람에 조금 전의 참혹한 일이 벌어진 것이다. 그와 여러 천장들이 친히 남무월을 건목으로 압송했다.

남무월은 걸음이 불안했고, 손과 발에는 긴 족쇄가 늘어져 있었다. 족쇄의 끝은 마엄이 쥐고 있었다. 선혈이 한 방울, 한 방울 떨어지자 족쇄가 질질 끌리는 소리가 더욱 선명하게 들려와 차마 들을 수가 없었다.

마엄은 평지를 가듯 요지의 물을 건너 족쇄로 남무월을 건목에 단단히 묶었다. 그리고 한시도 떨어지지 않고 옆에서 지

컸다. 날이 점점 밝아지고 오성요일이 눈앞으로 다가왔다.

생소묵은 남무월의 얼굴에 내내 보일 듯 말 듯 천진무구한 미소가 떠 있는 것을 보자 점점 확신이 없어졌다. 그는 분명 장문 사형의 법술에 걸렸고, 겹겹의 봉인에 속박당하고 있었는데도 쉽사리 달아났다. 지금 사형이 있어서 선인들과 힘을 합친다 해도 반드시 그를 붙잡을 수 있으리라 장담할 수 없을 것 같았다.

'일찍 달아날 수 있었는데 왜 그러지 않았을까? 지금은 더더욱 달아날 수 있는데도 왜 순순히 붙잡혔을까?'

요력을 다 써 버렸다는 단순한 이유는 아닐 것이다.

시녀들은 놀란 마음을 가라앉히지도 못한 채 서둘러 주위를 깨끗이 청소하여 처음의 모습으로 돌려놓았다. 하지만 공기 속에서 희미하게 맴도는 선인들과 남무월의 피 냄새는 끝끝내 흩어지지 않았다.

갑자기 건목 쪽에서 은빛 광채가 폭사했다. 바라보니 남무월이 청년 모습에서 어린아이의 모습으로 돌아가 있었다. 사지가 주선쇄에 꿰뚫려 건목 높이 매달려 있는 그는 지독한 통증에 와아앙 울음을 터트렸다. 선인들은 그가 요신의 변신이라는 것을 알면서도, 천진한 어린아이를 이렇게 대하는 것을 보자 마음 깊이 가책을 느끼지 않을 수 없었다.

이때 요마의 군대가 곤륜산에 도착했다는 소식이 전해졌다. 그들은 천병 및 천장들과 혼전을 벌였고, 살천맥과 단춘추 등은 잇달아 포위를 뚫고 빠르게 요지로 접근하고 있다는 것이었다.

선인들은 초조한 얼굴로 하늘을 올려다보았다. 어서 빨리 저 재앙을 제거하기만을 바라며, 속으로 애간장을 끓였다.

　그러나 화천골이 이끄는 만황 사람들이 이후각이 열어 준 비밀 통로를 통해 곤륜산으로 들어와 곧장 요지 상공에 나타났다. 그들이 본 것은, 조그만 남무월이 손발을 꿰뚫린 채 피투성이가 되어 겨우 숨만 붙어서 건목에 매달려 있는 장면이었다.

　화천골은 온몸을 부르르 떨다가 바닥에 떨어질 뻔했다. 마음이 아프다 못해 갈가리 찢어지는 것 같았다. 저 아이는 갓 태어난 아기였을 때부터 그녀가 다칠까 아플까 애지중지하며 눈에 넣어도 아프지 않을 보물처럼 길렀다. 그런데 저런 모습으로 건목에 매달려 죽기만을 기다리고 있다니! 평소에 넘어져서 아파도 눈물 한 방울 흘리지 않던 아이인데, 주선쇄로 뼈를 박다니, 어린아이가 어떻게 저런 고통을 견딜 수 있을까!

　그는 분명히 아무런 잘못도 없고, 아무것도 모르는 어린아이에 불과했다. 그런데 선계는 어떻게 저렇게 할 수 있을까? 화천골이 그의 곁에 없는 1년 동안 그는 얼마나 괴롭힘을 당했을까?

　멀리서 남무월의 흐느낌 소리가 들려왔다. 그는 숨을 껄떡이며 울어 댔다.

　"누나, 살려 줘……."

　지난날 주선주에서 벌을 받던 장면이 머릿속에 떠올랐다. 소혼정의 고통은 마음 깊이 새겨져 지워지지 않았다. 지금 남무월을 바라보는 화천골은 그때보다 백 배, 천 배는 더 고통스러웠다.

'참 대단한 선계야! 모든 일을 저렇게 잔인하고 여지도 없이 처리해야만 하나? 날 죽이고 쫓아내는 것은 상관없어! 하지만 아무도 내가 사랑하는 사람을 해쳐선 안 돼!'

화천골은 앞뒤 생각 없이 곧장 남무월에게 날아가려 했지만 동방욱경이 단단히 붙잡았다.

"골두, 서두르지 마시오! 소월을 보호하려는 당신 마음은 잘 아오. 하지만 이렇게 충동적으로 움직이면 아무 도움도 안 되오! 소월을 구할 수도 없소!"

화천골은 주먹을 꽉 쥐었다. 너무 화가 나 몸이 계속 떨렸다. 그녀가 이를 악물고 말했다.

"선계를 멸망시키고 세상을 무너뜨리는 한이 있어도 난 소월을 구해야겠어요!"

동방욱경은 화천골의 눈에 처음으로 악독함과 미움이 떠오르는 것을 보고 저도 모르게 당황했다.

살천맥 등은 이미 화천골 일행이 도착한 것을 보았지만, 요지 상공에 선인들이 힘을 합쳐 펼친 결계를 뚫을 수가 없었다. 모든 것은 마엄의 예측대로였다. 천병과 천장들이 곤륜산 위에서 요마의 대군을 붙잡아 두고, 결계로 살천맥 등을 막는 것이었다. 오성요일이 되어 남무월의 처벌이 끝날 때까지만 시간을 끌면 요마는 더 이상 기뻐 날뛰지 못할 것이다.

십이원진, 십팔나한, 이십제천, 이십팔성숙, 삼십육천

장……. 안전을 위해 이번 군선연에는 구천의 모든 선불을 초청했다. 선인들이 힘을 합쳐 만든 결계를 살천맥 등이 뚫고 들어올 가능성은 조금도 없었다.

마엄은 남무월 옆에 서서 싸늘하게 웃었다. 결계 밖에서 요마들이 아무리 방자하게 소란을 피우고 결계를 망가뜨리려 해도, 그는 시선 한번 주지 않았다.

그때 만황 사람들이 새까만 구름처럼 요지 위로 몰려들었다. 3천여 명이나 되는 사람들은 군대처럼 일사분란하지는 않았지만 전혀 흐트러짐이 없었다. 선인들은 경악하지 않을 수 없었다.

제군은 한눈에 자신을 향해 득의하게 손을 흔드는 부목귀를 알아보았다. 다른 선인들도 지난날에 만났거나, 자신에게 원한을 품었거나, 혹은 친히 만황으로 쫓아냈던 선마들을 바라보았다. 그중에는 거대한 몸집을 한 형즉수도 있었다. 불꽃같은 구름을 탄 형즉수가 위풍당당하게 포효하자 요지의 물이 끊임없이 출렁였다.

장내의 선인들은 순식간에 안색이 종잇장처럼 창백해졌다. 저 사람들이 만황을 탈출했으리라곤 꿈에도 생각지 못했다. 정리되지 않은 은원이 너무 많았다. 찔리는 데가 있고 능력도 부족한 많은 선인들은 보복을 당할까 두려워 슬그머니 자리를 떴다. 눈 깜짝할 사이에 요지의 빛은 훨씬 약해졌고, 상공은 손톱을 세우고 소리를 지르며 결계를 깨뜨리려는 요마들로 가득했다.

생소묵은 동방욱경과 화천골을 보지 못했지만, 만황 사람들이 곤륜산으로 온 이상 그들이 칠성진에서 빠져나왔다는 것을 알 수 있었다. 그래서 황급히 마엄에게 전음을 보냈다.

— 대사형, 어서 둘째 사형에게 통보하십시오.

마엄은 눈을 찌푸리며 코웃음 쳤다.

— 저깟 요마와 타락한 선인들이 무엇이라고. 굳이 자화까지 부를 것 없다.

백자화는 속으로 꼬맹이 남무월을 귀여워하고 있으니 그가 벌을 받는 것을 차마 보지 못할 것이 분명했다. 더구나 그가 조금 전 피비린내 나는 살육을 저질렀다는 사실을 알고 싶지도 않을 것이다. 굳이 그를 힘들게 할 필요 없었다. 그는 지금도 충분히 괴로워하고 있었다.

생소묵은 마엄의 마음을 알고 싱긋 웃었지만, 그래도 눈을 찌푸렸다.

— 저들은 문제가 아니지만, 천골은 둘째 사형의 말만 듣습니다. 만약 천골이 요신의 힘을 사용하면······.

마엄이 두 손을 꽉 쥐었다.

— 그 전에 저 계집애를, 죽어도 묻힐 곳이 없게 만들어 주겠다!

"동방, 살 언니예요!"

화천골과 동방욱경은 사람들 사이에 몸을 숨기고 있었다. 동방욱경은 결계를 깨뜨릴 방법을 고민하던 중이었다. 화천골은 살천맥의 연꽃 가마를 발견했지만, 장막이 무겁게 늘어져 있어 살천맥의 얼굴을 볼 수가 없었다. 다만 멀리서도 연꽃 가마 주위의 핏빛 요기와 살기를 느낄 수 있었다.

동방욱경은 어두운 표정으로, 당장이라도 달려가려는 화천골을 단단히 붙잡았다. 살천맥은 마에 더욱 깊이 빠진 것이 분명했다.

"살천맥은 이미 당신이 온 것을 알고 있으니 갈 필요 없소. 괜히 행적만 드러날 뿐이오. 마엄은 당신을 관미하며 모습을 드러내기만을 기다리고 있소."

화천골은 눈을 찌푸리며 고개를 끄덕였다. 그리고 애가 타 아래쪽에 있는 남무월을 바라보았다.

"저 결계가 그렇게 견고해요? 동방 당신도 깨뜨리지 못할 만큼?"

"당연하오. 나 혼자의 힘으로 어떻게 하늘의 수많은 선인들을 상대하겠소? 하지만 초조해하지 마시오. 내가 못해도 두난간이 있소."

동방욱경은 이미 준비가 된 듯 여전히 미소를 지었다.

남우회와 하자훈은 살천맥 곁에 있지 않았다. 화천골은 그들이 오지 않은 이유가 한 명은 두난간을, 다른 한 명은 사부를 만나기가 두려워서라고 짐작했다.

이번에 화천골을 따라온 만황 사람들은 순전히 자원자들이었다. 따라오지 않은 사람들은 법력을 잃었거나 이후각에게 받은 새로운 신분으로 인간계에 돌아가 평범한 생활을 하기로 한 사람들이었다. 폐인이 되었거나 상처가 아직 낫지 않아 이후각이 보호하는 사람들도 있었다.

두난간은 지난날의 금빛 전포를 입고 뒷짐을 진 채 구름 위에 서서 요지와 선계 사람들을 내려다보았다. 자못 감개무량했다. 비록 남우회를 위해 선계를 배신했지만, 한때는 선계를 보호하기 위해 몇 번이나 죽을 고비를 넘긴 그였다. 게다가 형벌을 받고 백여 년 간 만황에 쫓겨나 있었으니 벌충했다고 볼 수 있었다. 이제 화천골에게 진 빚만 갚으면 더 이상 마음에 걸릴 일이 없었다.

요지에 있는 천병과 천장들은 대부분 지난날 그의 부하들이었다. 당시 그를 위해 죽을 수도 있었던 전우들이고, 거의 병란을 일으킬 뻔했다. 이제 그가 다시 나타나자 모두 눈시울을 적시며 일제히 그를 향해 손을 모으고 한쪽 무릎을 꿇어 절했다. 이렇게 되자 제군과 선인들의 얼굴은 퍼레졌다 벌게졌다 했다.

두난간이 선계에 나타나면 병사들이 창을 거꾸로 들지도 모른다. 이 결계는 철옹성처럼 견고했지만, 모든 힘은 밖으로 집중하고 있었다. 안에서 공격하면 일격에 박살날 수도 있었다. 요마들이 들어오면 필시 싸움이 벌어질 것이다. 살천맥 등은 그렇다 쳐도, 두난간과 만황 사람들까지 더해지면 양쪽 모두 큰 피해를 입을 것이 자명했다.

예상대로 그들이 반응하기도 전에 한쪽 구석에서 쐐액 하며 빨갛고 파란 그림자 두 개가 빠른 속도로 공중으로 날아올랐다.

"어서 저들을 막아라!"

사람들이 바라보니 천병과 천장이 아니라 두난간의 친동생인 남령한南嶺寒과 북해 용왕이었다. 누가 그들을 막을 수 있을까?

두 사람은 빠른 속도로 결계를 뚫고 나가 놀라고 기뻐하며 두난간 앞으로 달려갔다. 호기였다. 부목귀와 광야천 등이 약속이나 한 듯 동시에 결계를 향해 법술을 펼쳤다. 그러자 은광이 폭사하고, 무엇인가 부서지는 소리가 커다랗게 울려 퍼졌다. 요마와 만황 사람들이 줄줄이 결계 안으로 들어갔다.

그때 남령한과 북해 용왕은 이미 가슴이 벅차올라 말도 할 수가 없었다. 두 사람 중 한 명은 두난간의 일로 지금껏 선계에 반감을 품고 있었고, 다른 한 명은 오랫동안 솔직하고 호방하게 두난간을 사랑해 왔기 때문에 다른 것은 눈에 들어오지도 않았다. 그들은 두난간의 손을 잡고 옛정을 되살리기에 바빴다.

두난간은 남령한의 수위가 크게 증가하고, 북해 용왕이 백년 전보다 훨씬 아름다워진 것을 보자 무척 기뻐했다. 다시 아래를 내려다보니 쌍방이 충돌하기 직전이었다. 그는 황급히 소리를 질렀다. 천병과 천장, 만황 사람들은 물론 요마들까지 저도 모르게 한 걸음씩 물러났다. 두난간은 천신처럼 하늘에서 내려와 차가운 눈길로 선인들을 굽어보았다.

"당신들은 말로는 자비니 중생이니 하지만 모두 위선일 뿐이오. 구천선불이 어린아이를 이런 식으로 대해야겠소?"

두난간은 지난날 그대로, 사해를 뒤덮고 팔방을 휘어잡는 영웅다운 모습이었다. 사람들은 그의 질책에 부끄러운 빛을 감출 수가 없었으나, 조금 전 남무월의 살육 장면도 떠올랐다. 그가 요신이라는 신분만으로 처벌을 받는다면 다소 억울하겠지만, 이제는 어떻게 대해도 과하지 않았다. 그래서 선인들은 하나둘 이치에 맞는 일이라는 생각을 하기 시작했다.

살천맥의 연꽃 가마는 내려오지 않고 허공에 둥둥 떠 있었다. 마치 이곳 요지의 먼지에 더럽혀질까 봐 두려운 것 같았다. 그는 시종 한 마디도 하지 않았고, 단춘추도 그가 무슨 생각을 하는지 알지 못했다. 그래서 감히 나서서 공격을 주도하지 못하고 가만히 옆에 서서 두난간 등과 선인들의 대치를 지켜보기만 했다.

단춘추는 살천맥이 화천골의 부탁 때문에 온 힘을 다해 남무월을 구하려 한다고 생각했다. 하지만 상관없었다. 그에게 필요한 것은 결과였지, 목적은 무엇이든 상관하지 않았다.

바로 그때, 동방욱경과 화천골은 소리 없이 남무월이 묶인 건목 쪽으로 다가가고 있었다. 선인들 앞에서 법술로 몸을 숨기는 것은 쉬운 일이 아니었다.

사태가 예상한 대로 흘러가자 동방욱경은 안도의 숨을 쉬었다. 이렇게 세력이 균형을 이루면 그들에게도 선계와 담판을 지을 자격이 있었다. 그리고 담판의 목적은 사람을 구하는 것이 아니었다. 선계는 절대 남무월을 내놓지 않을 것이다. 그러니 그들이 할 일은 선계가 했던 것처럼 시간을 끄는 것이었다. 오성요일의 최후의 순간까지 시간을 끌면 싸움이 벌어진다 해도 사상자는 많지 않을 것이다.

마엄은 두난간과 개인적으로 교분이 깊었다. 그는 명을 받아 교섭을 하러 나갔다. 두난간과 마엄은 잠시 서로를 바라보며 아무 말도 하지 않다가, 가볍게 고개를 끄덕여 인사를 대신했다.

"우리가 이곳에 온 목적은 두 가지요. 선계가 남무월을 가볍게 처벌하는 것과, 만황 사람들의 죄를 사면해 주는 것이오. 만황에서 나온 이상 절대 다시 돌아가지 않을 것이오."

두난간이 한 자 한 자 힘주어 말했다. 선인들은 재빨리 상의를 통해 결론을 이끌어 냈다. 만황 사람들이 이미 그곳을 빠져나와 무리를 이루었으니 그들을 다시 체포해 돌려보내는 것은 하늘에 오르기만큼 어려운 일이었다. 그들이 반란을 일으키게 하는 것보다는 인정을 베푸는 것이 나았다. 하지만 남무월을 살려 주는 것은 절대 불가능했다.

요지에 있는 사람들의 주의력이 두난간과 마엄 쪽에 쏠린 동안, 동방욱경과 화천골은 이미 쥐도 새도 모르게 건목 뒤로 돌아가 있었다. 주선쇄가 남무월의 뼈와 살에 깊이 박혀 있어 풀기가 무척 어려웠다. 화천골은 마음 아파하며 남무월을 바라보았지만, 옆에 있는 수비병에게 발각될까 봐 남무월의 머리에 손을 얹고 전음으로 불렀다.

― 소월……

남무월은 피를 너무 많이 흘려 반쯤 인사불성이었지만 화천골의 목소리를 듣고 눈을 떠서 고개를 들었다. 하지만 아무것도 보이지 않았다. 마치 꿈을 꾸는 것 같았다.

— 누나는 여기 있어, 소월. 넌 날 볼 수 없어. 힘들게 해서 미안해. 누나가 널 구해 낼 거야. 조금 아프겠지만 참아야 해. 소리를 지르면 안 돼.

남무월의 눈에서 굵은 눈물이 뚝뚝 떨어졌다.

'누나가 정말 날 구하러 온 걸까? 누나가 날 모르는 척할 리 없다는 건 이미 알고 있었어.'

동방욱경이 주선쇄를 푸는 순간, 화천골은 이를 악물고 쇠사슬을 잘라 남무월의 뼈에서 뽑아냈다. 남무월은 두 눈을 살짝 감았다. 통증을 참지 못해 기절한 것이다. 화천골은 지혈을 하며 그의 몸 속에 내력을 밀어 넣었다.

사람들이 기척을 눈치채고 돌아보았을 때에는 이미 남무월이 주선쇄를 풀고 하늘로 날아오르고 있었다. 손목과 발목에서 흩뿌리던 피는 금세 멈추었고, 상처도 빠르게 아물었다. 모두들 놀라 눈을 휘둥그렇게 떴다.

두난간과 마주하고 있었지만 한시도 남무월에게서 주의를 떼지 않았던 마엄은 주선쇄가 풀리는 순간 공격을 퍼부었다. 하얀 광채가 눈 깜짝할 사이에 쏘아져 나갔다.

'흥, 역시 저 계집애가 왔군.'

화천골이 남무월을 안고 둘러보니 사방팔방이 마엄의 공격에 단단히 봉쇄되어 달아날 곳이 없었다. 동방욱경이 본능적으로 두 사람 앞을 막아섰다.

화천골은 황급히 동방욱경을 밀어냄과 동시에 재빨리 몸을 돌려 남무월을 품에 꼭 안았다. 빛이 그녀의 등을 때렸다.

하얀 빛이 남무월에게서 한 자 정도 떨어진 곳에서 사라지자 마엄은 명중했다는 것을 알았다. 다른 사람들도 정신을 모으고 공중에 모습을 숨긴 사람을 경계했다. 모두들 의혹에 빠졌다. 대체 어떤 법술이기에 장내의 이 많은 선인들이 아무도 간파하지 못했을까?

"못된 것! 썩 모습을 드러내지 못할까!"

마엄이 낮게 외쳤다. 화천골이 몸에 있는 요신의 힘을 숨기기 위해 그의 공격을 그대로 맞을 줄은 예상하지 못한 것 같았다. 하지만 그녀가 지닌 법력은 이미 백자화가 폐했기 때문에 요력을 쓰지 않으면 보통 사람과 다름없었다.

화천골과 동방욱경의 모습이 조금씩 조금씩 허공에 나타났다. 화천골은 입가에 흐른 피를 닦은 뒤 빙그레 웃으며, 손을 들어 동방욱경과 아래에 있는 만황 사람들에게 자신이 무사하다는 것을 알렸다. 마침내 남무월을 구했고, 선계의 언질도 받았다. 그녀와 두난간은 서로를 바라보며 당장 떠날 준비를 했다.

마엄은 냉소를 지었다. 그는 그녀를 유인해 일망타진할 생각이었던 것이다.

"골두, 조심하시오!"

동방욱경이 위험을 느끼고 소리쳤지만 한 발 늦은 후였다. 화천골의 품에 있던 남무월이 갑자기 두 눈을 번쩍 떴다. 눈자위가 온통 하얬다. 그가 오른손을 화천골의 몸 속으로 쑥 넣었다. 다행히 위치가 살짝 어긋나 심장을 잡아채지는 못했다.

중상을 입은 화천골은 두 손에 힘이 풀려 남무월을 떨어뜨렸다. 누군가 남무월을 받아 들었다.

"괴뢰술?"

화천골은 불안정하게 공중에 떠서 고개를 숙여 보았다. 과연 얼굴을 가린 환석안이 열 손가락을 활짝 펴고 있는 것이 보였다. 그리고 그곳에서부터 셀 수 없이 많은 투명한 기운들이 남무월의 몸과 이어져 있었다. 마엄은 처음부터 남무월에게 각종 봉인을 펼쳤을 뿐만 아니라 다른 사람과 연합하여 주술까지 썼던 것이다.

동방욱경이 화천골에게 날아가려 했지만, 공중에 뜬 투명한 장막에 퉁겨 되돌아와야 했다. 북두칠성군 등이 그를 단단히 포위했다.

요지의 모든 사람들은 전투 준비를 갖추고, 커다란 진과 결계를 펼쳐 요마와 만황 사람들을 가두려고 했다. 화천골이 상처를 입은 것을 본 두난간이 포위를 뚫고 날아올랐지만 생소묵이 가로막았다. 만황 사람들도 천장, 천병들과 싸웠다. 장내는 혼란에 빠졌다. 모두들 하나같이 육계의 고수들이었기 때문에 순식간에 요지 전체가 오색찬란하게 반짝이며 쇠와 옥이 부딪히는 소리로 가득 찼다.

화천골은 싸움이 벌어지는 것을 보자 심호흡을 하며 저 앞에서 차갑게 자신을 응시하는 마엄을 바라보았다. 그의 눈에 숨길 생각도 없는 증오가 떠오르자 화천골은 다소 슬퍼졌다.

지금까지도 그녀는 그를 존경하고 대사백으로 여기고 있었다. 비록 그가 한 번도 그녀를 좋아한 적이 없다 해도. 그녀는 돌아가서 남무월을 구하고 싶을 뿐인데, 설마 그는 그녀를 꼭 죽여야만 한다는 걸까?

그때, 눈앞에 빨간 그림자가 번쩍였다. 속도가 너무 빨라 지금 화천골의 능력으로도 자세히 볼 수가 없었다.

"살 언니……."

화천골은 깜짝 놀랐다. 살천맥의 모습이 너무 많이 변해 있었기 때문이었다. 보라색 머리칼은 더욱 짙어져 거의 검은색처럼 보였고, 은은하게 기괴한 빛을 뿌리고 있었다. 미간에 있던 요사한 연붉은 꽃 표식은 이마 전체와 얼굴 절반을 덮고 목 부근까지 퍼져 있었다. 새빨간 두 눈동자에서는 동공이 보이지 않았고 빛도 없었다. 마치 눈 안에 핏빛 진주를 박아 놓은 것 같았다. 예전보다 더욱 아름답고 화려했지만 보기만 해도 몸서리쳐지는 느낌이었다.

요지의 사람들도 그 모습을 보자 저도 모르게 멈칫하며 잠시 넋을 잃었다. 해와 달을 집어삼키고 모든 사람들을 쓰러뜨릴 만한 자태를 가진 이 사람이 바로 요마들의 수령이자 두 세계의 제왕이라니, 정말이지 사랑스럽고도 증오스러웠다.

살천맥은 천천히 고개를 숙여 화천골을 바라보며 미소를 지었다. 우아한 자태였지만 마치 겨울잠을 자는 맹수 같았다.

"마엄, 네가 지난번 바다 위에서 저 애에게 독수를 썼지. 오늘 이 살천맥이 열 배로 갚아 주마."

그날 살천맥은 너무 늦게 도착했고, 화천골은 중상을 입은 상태에서도 장류산으로 달려간 후였다. 남우회에게 모든 보고를 받은 살천맥은 마음을 두 동강 내고 싶은 심정이었다. 그 후 그는 요혼파를 수련하며 나날이 마에 깊이 빠져들었다. 단춘추와 운예 등이 번갈아 가며 간언했지만 그는 듣지 않았다.

마엄도 살천맥을 보며 눈을 잔뜩 찌푸렸다. 살천맥의 지금 능력이라면 그를 이긴다는 것은 아예 불가능했다. 생소묵도 두난간을 맞아 고전 중이었고 곧 무너질 것 같았다. 동방욱경은 사람들의 연합 공격에 상대가 되지 못했지만, 성동격서의 계략과 신출귀몰한 움직임 때문에 짧은 시간 안에 그를 붙잡지는 못할 것 같았다.

마엄은 고개를 들어 하늘을 보았다. 마침 하늘 가운데 뜬 태양 주위로 다섯 개의 작은 빛이 나타났다. 이제 곧 오성요일이었다. 더 이상 시간을 끌어서는 안 되었다.

"당신과 싸우지 않겠다."

마엄이 차갑게 말하더니 고개를 돌려 두난간에게 날아갔다. 생소묵이 가슴에 일장을 맞는 것을 보자 마엄 역시 심장이 미친 듯이 뛰었다.

살천맥이 그를 보내 줄 리 없었다. 그가 재빨리 공격을 시작했다. 두 사람 중 한 명은 필사적으로 피하고 한 명은 미친 듯이 공격했다.

그때 화천골은 남무월을 빼앗기 위해 환사안과 한데 얽혀 있었다. 하지만 그녀가 안은 남무월이 다칠까 봐 몹시 조심했다.

순간, 요지의 물이 용솟음치며 끊임없이 출렁이기 시작했다. 공기 속에 피비린내와 독기毒氣, 꽃향기 등 각종 냄새가 퍼지며, 죽이라는 외침 소리, 화난 목소리, 칼과 검이 부딪는 소리와 함께 뒤섞였다.

이때 모산 장문인 운은은 입장이 난처해 나서지 않았다. 그러나 운예는 평소와 달리 숨어 있지 않고 나가 싸웠다. 그는 각종 금지된 법술들을 끊임없이 펼치며, 아예 목숨을 내놓고 싸웠다. 그의 손에 죽은 선인들은 수를 헤아릴 수가 없어, 단춘추조차 그 모습을 보고 저도 모르게 깜짝 놀랐다.

태백산 싸움 이후 운예와 운은은 한 번도 마주친 적이 없었다. 살천맥은 그와 운은을 연결한 술법을 풀기 위해 여러 가지 방법을 시도해 보았지만 모두 성공하지 못했다. 이상한 것은, 운예가 다시는 알 수 없는 상처를 입지 않게 되었다는 것이었다. 단춘추는 법술이 이미 풀렸다고 생각했지만 운예는 그럴 리 없다는 것을 알고 있었다. 유일한 답은 운은이 그날 이후 다시는 상처를 입지 않았다는 것이었다.

좋은 것을 좇고 나쁜 것을 피하는 것은 보통 사람들에게는 너무나 당연한 일이었다. 그러나 항상 요마를 물리치는 것을 임무로 생각하는 운은은 달랐다. 운예는 무슨 일이든 뒤로 물러나 스스로를 보호하는 것이 운은에게 얼마나 어려운 일인지, 얼마나 큰 치욕인지 잘 알았다. 그러나 운은은 그를 위해서……

운예는 더욱 증오심을 품고, 모든 것을 발설하듯 끊임없이 악독하게 공격했다. 그러나 예천장 같은 일파의 종주를 상대하는 것은 역시 쉬운 일이 아니었다. 겉으로는 계속 양보하는 것 같지만 예천장은 줄곧 운예의 약점을 찾고 있었고, 빈틈을 찾아내자 일격에 명중시켰다.

금빛 광채가 운예의 심장을 세게 때리고 폭사했다. 그쪽 전황을 흘끗 본 단춘추는 깜짝 놀랐다. 이번에는 운예도 죽을 수밖에 없다고 생각했으나, 뜻밖에도 빛이 흩어지자 운예는 아무 일도 없었던 것처럼 멀쩡하게 그 자리에 서 있었다. 예천장도 적잖이 놀라, 믿을 수 없다는 눈길로 운예와 자신의 손을 번갈아 바라보았다. 어떻게 된 영문인지 알 수가 없었다. 그러나 순간 운예는 무엇을 깨달았는지 처량하게 비명을 지르며 순식간에 요지를 떠나 버렸다.

화천골은 선인과 요마의 싸움이 끝날 것 같지 않자 점점 초조해졌다. 이렇게 나가다간 속세와 떨어진 요지 선경이 시체더미가 될 것이다. 바로 그때, 멀리 공중에 또다시 한 무리의 인마가 나타났다. 처음에는 다른 선파에서 지원군을 보냈나보다 했지만, 자세히 보니 뜻밖에도 죽염 일행이었다. 동방욱경은 속으로 비명을 질렀다.

화천골이 몸을 움츠리며 본능적으로 손을 들어 변장한 얼굴을 만졌다. 하지만 여전히 두려워, 아무렇게나 땅에서 하얀 면사가 달린 삿갓을 주워 썼다.

멀리서 화천골이 허둥지둥하며 환석안에게 몇 번 얻어맞는 것을 본 동방욱경이 황급히 전음을 보냈다.

— 골두, 당황하지 말고 환석안의 면사를 벗기시오.

환석안은 한 팔에 남무월을 안고 있었기 때문에 화천골처럼 빠르지 못했다. 잠시 경계를 늦춘 사이 면사가 벗겨지자, 그녀는 미친 듯이 비명을 지르며 재빨리 얼굴을 가렸다. 하지만 화천골과 다른 몇 사람이 보고 말았다.

그녀가 수련한 괴뢰술은 위력이 무척 강하지만, 이상하게도 사용할 때마다 눈 코 입을 움직여야 했다. 예를 들어 입을 잡아당기면 상대방은 손으로 자기 뺨을 때리고, 코를 왼쪽으로 비틀면 상대방이 제자리에서 빙빙 도는 식이었다. 수위가 낮은 사람일수록 조종하기 쉬웠지만, 한 번에 단 한 명만 조종할 수 있었다. 지금 역시 아무 법력도 없고 반항할 힘조차 없는 어린 남무월을 조종하여 화천골을 공격하고 견제하느라 얼굴이 이상하게 비틀려, 마치 아무렇게나 주물러 놓은 반죽처럼 무척 괴기했다.

그녀가 정신을 잃은 사이 눈앞에 누군가 나타나, 매우 빠른 속도로 남무월을 빼앗았다. 환석안은 얼굴이 드러나고 남무월까지 빼앗기자 부끄러움을 견디지 못해 차마 뒤쫓지 못하고 고개를 돌려 달아났다. 화천골은 무척 기뻤다.

"죽염, 어떻게 이렇게 빨리 돌아왔어요?"

죽염은 대답하지 않고 외투를 벗어 남무월을 덮어 준 후 손으로 그의 작은 얼굴을 만졌다. 두 눈에서 이상한 광채가 솟아났다. 그는 조용히 혼잣말을 중얼거렸다.

"이것이 바로 요신의 진짜 몸이군."

"죽염, 사부님은요?"

죽염이 히죽 웃었다.

"죽였습니다."

화천골은 휘청했다.

"농담입니다. 제가 어떻게 그를 죽이겠습니까? 임무는 실패했습니다. 신존의 사부님은 너무 강력하고, 너무 빨리 눈치를 챘습니다. 저는 그를 막을 수도 없고, 그의 손에 죽고 싶지도 않아 일단 달아나서 소식을 전하러 왔습니다."

그때 코에서 피가 천천히 흘러나오자 그가 소매로 쓱 닦았다. 하지만 소매는 이미 피투성이였다. 화천골은 그가 무거운 내상을 입은 것을 눈치챘다. 사부가 이렇게 심하게 공격하는 경우는 거의 없었다. 두 사람의 싸움은 틀림없이 무척 격렬했을 것이다.

"크게 다친 곳은 없어요?"

"전 본래 죽음을 두려워하는 소인배라 제 몸에 문제가 생기도록 놔두지 않습니다. 동방욱경은 제가 금지된 법술로 당신 사부를 붙잡아 둘 수 있다고 생각했지만, 제 생각은 다릅니다. 백자화는 이미 제가 만황에서 나온 것을 알고 있었고, 당신을 돕고 있다는 것을 예측해 이미 제 법술의 파해법을 모두 익혀 두었습니다. 잠시 붙잡을 수는 있었지만 그는 곧 이곳에 도착할 겁니다. 빨리 떠나야 합니다!"

바로 그때 공중에서 악전고투하던 살천맥과 마엄이 싸움을 멈추고 바보처럼 그들을 주시했다. 마엄은 자신이 살천맥의 상대가 못 되는 것을 알고 그와 정면으로 맞서지 않고 계속 피하기만 해서 상태가 아주 심각하지는 않았다. 그러다 푸른 옷을 입고 괴수처럼 흉터투성이의 얼굴을 한 죽염이 나타나자 그만 그 자리에 얼어붙었다. 마엄이 이렇게 넋을 놓은 모습을 본 적이 없는 다른 사람들도 계속 싸우는 한편 누가 왔는지 보려고 고개를 돌렸다.

그런데 돌연 살천맥이 폭주했다. 그는 두 눈이 당장이라도 피가 쏟아질 것처럼 빨개져 마엄을 내던지고 죽염을 향해 급강하했다. 아름다운 얼굴조차 흉악하게 변해 있었다. 그는 하늘을 향해 세상을 뒤흔들 것 같은 노성을 터트렸다.

"죽염! 널 죽여 주마!"

죽염이 고개를 드니, 살기등등하게 달려드는 살천맥이 보였다. 그는 전혀 당황하지 않고 경박한 미소를 지은 채 화천골 뒤로 피해 그녀를 앞으로 내세웠다. 살천맥은 화천골한테서 한 자 정도 떨어진 공중에 겨우 멈춰 섰다. 가슴이 미친 듯이 들썩였다.

화천골은 이렇게 화내는 살천맥을 본 적이 없었다. 그가 죽염과 원한이 있었다니! 하지만 두 사람 다 그런 이야기를 해 준 적이 없었다. 그러나 살천맥의 분노한 표정과 깊디깊은 증오를 보자 불공대천의 원수임이 분명했다.

"죽염! 이 비겁한 소인배! 썩 나와라!"

"나가지 않으면 어쩔 거요?"

죽염은 어린아이처럼 장난치며 큰 소리로 웃었다. 살천맥은 화가 나 당장 불이라도 토해 낼 것 같았다. 그가 연신 공격을 퍼부었지만 죽염은 화천골 뒤에 딱 붙어 그녀를 방패 삼아 이리 피하고 저리 피했다. 살천맥은 자신의 힘이 워낙 강해 실수로 화천골을 해칠까 봐 두려워, 매번 화천골의 눈앞에서 공격을 멈추었다.

"꼬맹아! 비켜!"

지금은 중요한 순간이었다. 일행의 안전한 퇴각이 달린 중요한 순간이었기 때문에 화천골은 두 사람이 싸우는 것을 원치 않았다. 하물며 어쨌든 죽염은 그녀에게 큰 은혜를 베풀었다. 이대로 영문도 모른 채 살 언니의 손에 죽게 할 수는 없었다.

"언니, 제발……."

화천골은 살천맥의 팔을 끌어안았지만 그가 거칠게 뿌리쳤다. 살천맥이 아무리 이성을 잃었다 해도 화천골에게는 거칠게 대한 적이 없었다. 그런데 이번에는 정말 증오가 극에 달한 것 같았다. 이미 죽염을 죽이기로 결심한 그를 보고 화천골은 순간 어떻게 해야 좋을지 몰랐다. 그러나 죽염은 전혀 걱정하지 않는 것 같았다.

"살천맥, 정말 나를 죽이면 청리靑璃의 복수가 되는 줄 아느냐? 웃기지 마! 정말 복수를 하고 싶다면 네 자신의 목을 베어 자결해야 해. 그녀를 해친 사람은 분명히 너야!"

"헛소리!"

살천맥은 화가 나 입술을 바르르 떨었다. 그는 규칙도 없이 필사적으로 공격을 퍼부었지만 허점투성이였다. 핏빛 꽃 표식은 얼굴 위로 퍼져 나가 점차 얼굴 전체를 덮었다. 하지만 죽염은 신출귀몰하게 이리저리 피했다. 일부러 살천맥을 화나게 하려는 게 분명했다.

"마군!"

단춘추는 놀라고 당황했지만 선인들에게 둘러싸여 몸을 뺄 수가 없었다. 살천맥의 꽃 표식이 온몸으로 퍼지면 사공邪功이 통제를 벗어나 요혼妖魂에게 잡아먹힐 수도 있었다!

화천골은 아직도 어떻게 된 일인지 알 수 없었다. 그녀는 달려가 살천맥을 붙잡으려고 했지만 그의 몸에서 솟아난 붉은 광채에 튕겨 나왔다.

죽염은 살천맥의 일그러진 얼굴을 보며 눈에서 증오의 빛을 번득였다.

"스스로를 속이지 마. 네가 누구보다 잘 알고 있어. 정말로 청리를 해친 것은 내가 아니라 너 자신이라는 것을 말이야. 그동안 꿈에서조차 날 죽이려고 했겠지. 나를 죽이면 청리의 복수가 끝나고 네 마음이 해탈을 얻으리라 생각했지? 아니, 그렇게는 안 돼!"

"네가 청리를 저버렸어! 네가 그 애를 속이고 이용했어! 그 애는 너 때문에 죽은 거야!"

살천맥이 노해 외쳤다. 죽염은 눈을 내리떴다가 다시 고개를 들었다. 또다시 자신과는 아무 상관도 없는 것처럼 담담한 눈빛이었다.

"그래서? 그녀가 어리석었어. 선마는 본래 양립하지 못하는

데 그녀는 어리석게도 날 믿었지. 하지만 너는 어때, 살천맥? 너는 그녀의 친오빠였어. 그녀가 한 모든 일은 본래 널 위해서였어. 하지만 넌 요신의 힘을 위해 그녀를 버렸지!"

"아니야! 그렇지 않아! 난……, 난 다만……."

살천맥은 지난날 그와 청리 두 사람이 마계에서 이리저리 달아나며 사람들에게 괴롭힘을 당하던 때를 떠올렸다. 그는 그 모든 것을 벗어던지고 싶었을 뿐이었다. 더 이상 다른 사람에게 굴복하고 싶지 않았다. 설마 그것이 잘못이란 말인가?

그는 수련에 몰두하려 애썼고, 독해지려고 했다. 요마 두 세계가 그의 이름을 듣고 간담이 서늘해질 때까지. 그러나 그것은 모두 그녀를 보호하기 위해서였다! 그는 그녀를 버리지 않았다. 다만 귀신에게 홀려 일시적으로 선택을 할 수 없었을 뿐이었다!

'그녀를 잃었는데 요신의 힘을 얻는 것이 무슨 의미일까? 이제 누구를 보호해야 할까? 어째서 나를 기다려 주지 않았을까? 어째서 한 번 더 기회를 주지 않았을까? 어째서 나를 믿지 않았을까!'

살천맥은 가쁘게 숨을 쉬었다. 표식이 빠르게 퍼져 나갔다. 죽염은 냉소했다.

"인정하시지, 살천맥. 너는 영원히 봐 주는 사람 하나 없이 혼자 으스대는 수선화일 뿐이야! 가련하고 비참한, 자기애에 빠진 자! 너는 아무도 사랑하지 못해. 이 세상에서 네가 유일하게 사랑하는 사람은 자기 자신뿐이야!"

살천맥은 호되게 뺨을 맞은 것처럼 귓속이 웅웅 울렸다. 한참 동안 정신을 차릴 수가 없었다. 갑자기 사방에서 기괴하고 음습한 바람이 일어났다. 바람은 점점 강해지고, 수많은 귀신과 도깨비가 바람 속에서 울부짖었다.

— 동방! 무슨 이야기들을 하는 거죠? 살 언니가 왜 저래요?

살천맥의 몸에서 빛의 결계가 폭발하여 한 걸음도 가까이 갈 수가 없자 화천골은 두려움을 느끼고 황급히 동방욱경에게 전음을 보냈다.

— 골두, 살천맥은 요마의 주인으로, 온 마음으로 육계의 지존, 천하무적이 되려고 했소. 당연히 누구보다도 요신의 힘을 탐냈지. 하지만 지금은 수하 중 일부가 신기를 위해 온갖 계략을 꾸미고 수단과 방법을 가리지 않는데도 그는 늘 관심을 보이지 않고, 심지어 당신에게 신기를 내주기까지 했소. 그 이유를 아시오?

— 그야……. 살 언니는 이미 무척 강하니까요!

— 바보. 그는 강하지만 육계에 적수가 없는 것은 아니오. 예컨대 백자화, 두난간, 묵빙선 등은 최소한 교활함과 전술에서라면 그도 이길 수 없소. 이 세상에서, 못하는 것이 없는 강력한 힘을 갈구하지 않는 사람은 없소. 이 모든 것은 요신의 힘을 빌면 쉽게 얻을 수 있소. 일찍이 살천맥은 신기에 대한 집착이 무척 강렬했소. 수단과 방법을 가리지 않을 정도였지. 지금처럼 당신이 필요하다고만 하면 쉽게 내줄 정도가 아니었소. 청리가 죽기 전까지는.

— 청리가 누구예요?

— 살천맥의 누이동생이오. 그가 이 세상에서 가장 아끼던 사람이었지.

동방욱경의 말에 화천골은 순간 대부분을 깨달았다.

— 어쩐지…….

— 지난날 살천맥은 수련에 빠져 점차 마화될 조짐이 있었소. 청리는 류광금으로 그를 돌이키려고 했소. 그래서 그의 금 소리를 듣고 싶다며 속였지. 살천맥은 금을 타지 못했지만, 류 광금으로는 무엇을 연주하든 천뢰의 소리를 낸다는 것을 알고, 장류산으로 달려가 백자화에게 빌려 달라고 했소. 그런데 오히 려 얼굴에 상처를 입고 대로하여 더욱 수련에 매진했소. 그 결 과 더 깊이 주화입마 되었지. 청리는 걱정 끝에 그 대신 장류산 에 잠입해 류광금을 훔치려고 했지만 죽염에게 이용당했소. 죽 염은 그녀를 도와 류광금을 얻게 해 주겠다고 하며 그녀의 마 음과 신임을 얻었소. 그 후 그녀의 목숨을 이용해 살천맥에게, 힘들게 빼앗은 다섯 개의 신기를 내놓으라고 협박했소.

— 아?

— 살천맥은 비록 누이동생을 무척 아꼈지만, 그 다섯 개의 신기는 적잖은 목숨과 힘과 땀을 흘려 어렵사리 얻은 것이었 소. 그는……, 망설였소.

화천골은 고개를 끄덕였다. 인지상정이었다.

— 하지만 잠시 망설인 그 순간이 그의 영원한 회한이 되었 소. 청리는 죽염의 검으로 자결했소.

화천골은 믿을 수 없어 눈을 동그랗게 떴다. 갑자기 마음이 아파 왔다. 아무 힘 없이 자신의 누이동생이 죽는 모습을 지켜봐야 했다니, 살천맥이 얼마나 고통스러웠을지 알 수 있었다.

　청리 입장에서는 신기 때문에 오빠에게 버림받고 사랑하는 사람에게도 배신당했으니, 분명 절망하여 스스로를 죽음으로 몰고 갔을 것이다. 확실히 그 선택은 그녀가 가장 사랑하는 두 사람을 더 이상 난처하게 하지 않는 방법이긴 했지만, 또 다른 벌이기도 했다.

　— 살천맥은 죽을 듯이 비통해했고, 죽염은 그 틈을 타 그의 손에서 신기를 빼앗아 각 파와 장류산에서 얻은 다른 신기들을 한데 모았지. 그때가 당신 이전에 신기가 가장 많이 모인 때였소. 선계 사람들은 요신이 나오리라고 절망적으로 생각했소. 게다가 살천맥은 죽염을 죽여 복수를 하려고 선마대전을 일으켰고, 선계는 연신 패퇴했소.

　화천골은 예전에 신기를 빼앗기 위해 그렇게 많은 일이 있었다는 사실을 전혀 몰랐다.

　— 마엄의 얼굴에 있는 커다란 흉터는 그가 문호를 정리하려다 죽염에게 입은 상처요. 죽염은 거의 진짜 요신이 될 뻔했소. 하지만 결국 어쩌다 탐랑지로 떨어졌소. 모두들 그가 죽었다고 생각했지, 만황으로 유배를 당했다는 것은 아무도 몰랐소. 그 후 살천맥은 성격이 완전히 변했소. 비록 신기를 빼앗으려고 하지만 예전처럼 집착하지는 않았소. 그러다가 당신을 만난 거요.

─ 그래서 살 언니가 늘 내게 그렇게 잘해 주었군요? 나를 청리처럼 여기며 보상해 주려고 했던 거예요. 그렇죠?

화천골은 살천맥을 처음 만났을 때부터 아무 조건도 없이 잘해 주는 것을 느꼈다.

─ 그렇소. 골두, 당신의 출현은 그에게는 유일한 속죄의 기회였소.

동방욱경은 가볍게 탄식했다. 하지만 살천맥이 다시 전력을 쏟아부었지만, 여전히 아무 힘도 못 쓰고 화천골이 백자화에게 끌려가 소혼정을 맞고 만황으로 쫓겨나는 것을 보아야 했다. 오만하고 자신만만한 그는 더 이상 견딜 수 없어 마침내 한 걸음 한 걸음 더욱 깊이 주화입마에 빠지고 말았다……. 그리고 이제 이 중요한 순간에 그는 죽염을 만나 옛일을 다시 떠올렸다. 죽염의 한 마디 한 마디는 아직 아물지 않은 상처에 소금을 뿌렸다. 고통에 빠진 그는 깨어나고 싶지 않았지만 깨어나지 않을 수 없었다.

화천골은 살천맥의 감정이 급격하게 솟구치는 것을 보았다. 온몸의 붉은 빛이 지는 태양처럼 팽창하고, 광풍이 크게 일어 땅에 떨어진 복숭아꽃을 휘몰았다. 요지에는 거대한 파도가 일고, 곳곳에 모래와 돌멩이가 날아다녔다. 화천골은 삿갓을 쓰고 있어서 면사가 얼굴을 막아 주었지만, 그래도 거센 바람에 눈을 뜰 수가 없었다.

이제 겉으로 드러난 살천맥의 피부는 온통 핏빛 꽃 표식으로 가득했다. 고개를 들었지만 흰자는 보이지 않았고, 눈자위가 온통 피처럼 빨갰다.

"죽어라! 그 애를 해친 자는 모두 죽어야 해!"

거대한 붉은 광채가 하늘을 뒤덮었다. 화천골은 아무것도 볼 수가 없었다. 그가 공격하면 요지 전체가 평지로 변할 것이다. 선인들은 이것저것 생각할 겨를이 없어 살천맥을 향해 동시에 법술을 펼쳤다.

붉은 빛과 여러 빛깔의 광채가 부딪혔다. 저항력이 강할수록 요혼파의 힘은 더욱 강해졌다. 붉은 빛의 범위는 점점 커져 곧 살천맥이 견뎌 낼 수 있는 한도를 넘을 것 같았다. 하지만 그는 다 함께 죽을망정 전혀 물러나려 하지 않았다.

— 살 언니!

화천골이 바람 속에서 처량하게 외쳤다. 살천맥의 몸에서 핏줄과 혈도가 툭 끊어지고 폭발했다. 새빨간 피가 그의 빨간 옷을 물들여 빛깔이 더욱 선명해졌다. 화천골은 심장을 쥐어짜는 것 같았다. 여기서 멈추지 않으면 그의 목숨조차 위험했다. 하지만 이미 주화입마에 빠진 그는 화천골이 아무리 전음으로 불러도 듣지 못했다.

"마군!"

단춘추가 재빨리 수인을 맺으며, 목숨도 아랑곳하지 않고 억지로 달려들려 했다. 하지만 화천골이 그를 붙잡았다.

"내가 할게요."

화천골은 더 이상 사부의 명예까지 생각할 수가 없었다. 이를 악물고 힘껏 봉인을 깨뜨리자 몸 속의 요력이 크게 늘어나,

보랏빛 광채가 살천맥을 향해 날아갔다.

선인들의 공격은 그녀 한 사람의 힘에 모조리 흩어졌다. 살천맥의 요혼파도 그녀가 두 팔을 벌려 따스하게 감싸 안자 점차 줄어들어 마침내 몸 속으로 들어갔다. 장내의 모든 사람들은 까무러칠 듯 놀라 멍하니 두 사람을 바라보았다.

요혼에게 너무 많이 잡아먹혀 살천맥은 이미 버틸 수가 없는데도 여전히 증오 어린 얼굴로 죽염을 죽이려고 했다. 그의 마음속에는 말로 표현할 수 없는 미움과 원한이 남아 있었다. 그리고 힘없는 자신에 대한 원망까지. 화천골은 너무 마음이 아파 눈물이 흐를 것 같았다.

"언니, 됐어요. 이제 됐어요……."

"난 그 애를 보호하지 못했고, 너도 보호하지 못했어. 하지만 원수는 갚아야지? 막지 마. 저놈을 죽이고, 백자화를 죽이고, 선계의 선인을 모두 죽여서 그 애와 너의 복수를……."

살천맥이 오른손을 뒤집으며 비틀비틀 걸음을 옮겼다. 하지만 운공을 하려는 순간 몸에서 힘이 빠져 그대로 화천골에게 쓰러졌다. 화천골은 요력을 써서 그의 등에 있는 생사혈과 몇 군데 혈도를 차례로 눌러 내력을 쏟아 내게 했다.

"꼬맹아……."

살천맥이 놀란 눈으로 그녀를 바라보더니 천천히 그녀의 품에 쓰러졌다. 지독한 졸음이 엄습해 왔다.

'자면 안 돼…….'

이대로 잠들면 영원히 깨어나지 못할 수도 있다는 것을 그도 알고 있었다. 화천골은 덜덜 떨며, 이를 악물고 울음을 참았다.

"언니, 됐어요. 언니는 충분히 했어요. 청리도 알아줄 거예요……."

살천맥은 쓴웃음을 지으며 고개를 저었다.

"그 애는 나를 미워해. 꿈에서도 늘 나를 보고 울면서 외쳐. '오빠, 왜 날 구하지 않았어요?'라고."

어쩌면 잠재의식 속에서는, 그동안 그가 정말 복수하고 죽이고 싶었던 사람은 사실 그 자신이었을지도 모른다.

죽염은 옆에서 그 모습을 보았다. 살천맥의 집념이 이렇게까지 깊다는 것을 알자 그 역시 저도 모르게 애처로운 마음이 들었다. 결국 그가 천천히 입을 열었다.

"아니, 그녀가 미워하는 사람은 나야. 죽기 전에 말했어. 오빠가 자기 대신 복수할 거라고."

살천맥은 절로 싱긋 웃었다. 그 웃음이 내장을 건드려 그만 피를 토했다. 화천골은 놀라 어쩔 줄 몰라 하며 그를 껴안았다.

"언니, 두려워하지 말아요! 언니를 죽게 내버려 두지 않아요! 우선 한숨 자요. 내가 반드시 언니를 치료할 방법을 찾아낼게요."

살천맥은 고개를 흔들었다.

"이 언니는 집념이 너무 강해서, 내장이 요혼에게 거의 먹혀 치료할 수가 없어. 단춘추, 광야천. 앞으로 너희는 내 대신 꼬맹이를 잘 보살피고, 무슨 일이든 꼬맹이의 말을 들어."

"마군!"

요마들은 그가 후사를 맡기는 것을 보자 놀라서 일제히 바닥에 엎드렸다.

"언니, 바보 같은 소리 말아요. 내가 꼭 언니를 치료할 거예요."

"삶과 죽음은 내겐 중요하지 않아. 꼬맹아, 이 언니를 원망할 거지?"

"아니에요. 내가 왜 언니를 원망해요?"

"청리의 일을 이야기해 주지 않았잖아. 처음부터 널 그 애의 대신으로 생각했다는 것을 말하지 않았으니 원망스러울 거야."

"아니에요. 청리 대신 언니의 사랑을 받은 것은 이 꼬맹이의 일생일대의 복이었어요."

"바보. 내가 널 단지 누이동생으로만 생각한 줄 알아? 물론 나는 인간 세상의 사랑이니 뭐니 하는 것을 잘은 모르지만, 청리가 죽엄을 좋아하는 것을 알았을 때는 화가 났어. 하지만 네가 다른 남자들과 함께 있는 것을 보면 질투가 났지."

화천골은 멍해져서 아무 말도 하지 못했다. 살천맥은 또다시 피를 토했다. 까만색 피였다.

"꼬맹, 지금 언니 모습이 너무 볼품없지 않니?"

화천골은 필사적으로 고개를 저었다. 본래도 죽을 만큼 슬펐지만, 이 순간에도 자신의 외모를 생각하는 그를 보자 마음이 더욱 아프고 씁쓸해져 숨을 쉴 수도 없을 지경이었다.

"아니에요. 살 언니는 지금도 여전히 육계에서 제일 아름다운 사람이에요!"

살천맥이 가볍게 한숨을 쉬었다.

"누구에게나 집념은 있어. 내 바람은 무언가를 보호하는 것이었지. 처음에는 그 애였고, 그 다음은 너였어. 하지만 나는 평생 이 세상에서 가장 아름다운 외모를 가졌다고 자부했지만, 내가 사랑하는 사람을 보호할 능력은 없었어. 내가 졌어. 철저하게 졌어. 하지만 꼬맹아, 믿어 줘. 언니는 정말로 너를 좋아했어……."

살천맥은 화천골의 무릎을 베고 누워 그녀의 얼굴을 만지기 위해 손을 뻗으려고 애썼다. 화천골은 더 이상 견딜 수가 없어 천천히 삿갓 아래 숨겨진 가면을 벗고 떨리는 목소리로 물었다.

"내가 육계에서 가장 못생긴 사람이 되어도 언니는 날 버리지 않을 거예요?"

살천맥은 완전히 망가진 그녀의 얼굴을 보자 깜짝 놀랐다. 하지만 곧 모든 것을 깨닫고 마음 아픈 듯 그녀의 목을 끌어안았다.

"이 바보. 대체 얼마나 고생했던 거야……. 나까지 속이다니……. 내가 어떻게 널 버려……. 절대 안 버려……."

마지막에 가서야 살천맥도 목이 메었다. 그는 천천히 화천골을 가까이 끌어당겨 얼굴을 들고 그녀에게 살며시 입을 맞추었다. 여름날의 미풍처럼, 따스하면서도 청량한 입맞춤이 아무런 망설임도 없이 그녀의 이마와 눈썹, 코, 흉터투성이인 그녀의 얼굴 구석구석에 내려앉았다. 마치 그녀의 상처를 지우려는 듯이…….

입맞춤이 그녀에게 조용히 말하는 것 같았다. 꼬맹아, 이제 아프지 않아……. 화천골은 몸을 덜덜 떨며 울었다. 살천맥은 그녀를 더욱 품에 꼭 안으며 입술을 힘껏, 그렇지만 부드럽게 그녀의 입술에 갖다 댔다. 화천골의 마음은 또다시 아프고 약해졌다. 입술과 이 사이로 그의 맑은 향기가 가득 퍼져 달콤하면서도 씁쓸했다.

옆에서 많은 사람들이 보고 있었지만, 두 사람에게는 그들을 신경 쓸 시간이 없었다. 살천맥의 입맞춤이 서서히 약해지다가 마침내 깃털처럼 가볍게 그녀의 입술을 스쳤다. 살천맥은 미소를 지으며 천천히 눈을 감았다.

"미인의 입맞춤은 결코 쉽게 주어지지 않아……. 꼬맹아, 날 기억해 줘……."

화천골은 자신을 안고 있던 살천맥의 두 손이 툭 떨어지는 것을 느꼈다. 더 이상 아무런 감각도 없었다. 그녀는 비통함을 억지로 참으며 요력을 살천맥의 몸 속에 주입했다. 방금은 위급한 상황에서 그의 목숨을 구하기 위해 어쩔 수 없이 그를 혼수상태에 빠뜨렸다. 그를 구해 낼 방법을 찾아낼 때까지 잠들게 할 생각이었다.

옆에 있던 마엄이 코웃음을 쳤다. 두 사람이 저런 관계라는 것은 이미 짐작했지만, 감히 요마와 선인들 앞에서, 백주대낮에 입맞춤을 하리라고는 생각지 못했다. 화천골의 면사에 가려졌지만 그래도 뻔뻔스러운 짓이었다.

방금 화천골의 몸에서 갑자기 요신의 힘과 비슷한 강력한 힘이 나오는 것을 본 선인들은 의견이 분분했다. 그들은 긴장해서 이런저런 추측을 해 댔다.

화천골은 영원히 깊은 잠에 빠진 살천맥을 단춘추 등에게 보살피게 한 다음, 비틀거리는 걸음으로 천천히 몸을 돌렸다.

"추측할 필요 없어요. 내가 진짜 요신이에요."

장내가 조용해져 복숭아 꽃잎이 땅에 떨어지는 소리까지 들을 수 있을 정도였다. 화천골은 어느새 백자화가 와 있는 것을 발견했다. 백자화는 저 멀리, 두 사람이 처음 만났던 복숭아나무 아래에 서서 조용히 그녀를 바라보고 있었다. 그 눈빛은 여전히 물처럼 맑고 깨끗했다.

"사부님……."

화천골은 슬프고 멍해져 중얼거렸다.

56. 애간장을 끓이다

　만황에서 가장 힘든 나날 속에서도, 육계로 돌아온 이후에도 화천골은 사부와 재회하여 서로 마주하는 장면을 수도 없이 상상해 보았다. 하지만 이런 모습일 줄은······.

　멀리서 바라본 백자화는 지난날과 조금도 다르지 않았다. 그에게는 시간도 아무런 흔적을 남기지 못했다. 화천골의 가슴은 쓰라림으로 들끓고 너무나 많은 감정들이 솟구쳤지만, 결국에는 한 줄기 쓴웃음으로 변했다.

　그녀의 사랑은 어쩌면 다소 비천할지 몰라도 스스로 비하한 적 없었고, 어쩌면 다소 제멋대로일지 몰라도 이기적인 적 없었다. 사부를 사랑하는 것은 그녀의 잘못이었지만, 그 잘못을 후회하거나 원망하지 않았다. 그녀는 단 한 번도 사부에게 아무것도 요구하지 않았고, 사부가 알아주기를 바라지도 않았다.

다만 조용히 그의 곁에 있고 싶었을 따름이었다. 하지만 이제 그 단순한 바람마저 사라졌다. 사부가 평안하다면 멀리 떠나 다시는 얽히지 않고 살 수도 있었다.

감히 그를 바라보지 못하는 것은 마음속의 부끄러움 때문이었다. 그녀의 사사로운 정이 그들 사제 관계를 더럽혔고, 얼굴의 흉터 때문에 더욱더 그의 앞에 나타날 면목이 없었다. 본래라면 피해야 마땅했지만, 살천맥이 깊은 잠에 빠지면서 그녀 역시 기력이 다했고, 달아나거나 숨을 여력이 없었다.

사부를 본 순간, 그 입맞춤도 보았으리라 생각하자 그녀의 마음속에는 또다시 부끄러움이 스쳤다. 하지만 부끄러움은 곧 사라졌다. 그녀는 부끄러운 짓은 아무것도 하지 않았다. 비록 심장을 꺼내 자신의 모든 것을 사부에게 주고 싶었지만, 그녀와 사부는 아무 사이도 아니었다.

그녀를 바라보는 백자화의 눈빛은 무척 차분했다. 너무 오랫동안 헤어져 있어 사제 간의 재회는 그의 마음속에서는 거론할 가치조차 없는 것 같았다. 그녀도, 그 어떤 일도 그와는 아무 상관 없는 것 같았다. 어쩌면 화천골도 세상 모든 사람들처럼 그의 마음속에 아무런 의미도 없을지 모른다. 하지만 그녀는, 그가 흘끗 바라보기만 해도 세상이 무너지는 것 같았다.

두 사람은 그렇게 뚝 떨어져서 한참 동안 서 있었다. 마치 서로 오래된 조각상을 바라보고 있는 것 같았다. 아무도 입을 열지 않았다. 어쩌면 이미 서로 할 말을 훤히 알고 있기 때문일지도 모르고, 어쩌면 이 순간에는 무슨 말도 소용없기 때문인지도 모른다.

바람이 살랑살랑 불어와 화천골의 얼굴을 덮은 면사를 스쳤다. 백자화는 그녀의 얼굴을 볼 수 없었다. 변하지 않은 그녀의 체형만 볼 수 있을 뿐이었다. 그는 속으로 가볍게 한숨을 쉬었다. 이렇게 오랜 시간이 지났는데 그녀는 아직도 자라는 것을 원치 않았다. 저 가늘고 연약한 어깨로 어떻게 운명으로 정해진 그 많은 액운을 짊어질 수 있을까?

요지 전체는 이상하리만치 고요했다. 모든 사람들이 탐색하는 눈빛으로 사부와 제자를 응시했고, 공기 속에는 보이지 않는 파동이 용솟음쳤다. 소혼정을 대신 맞은 일과 요신의 힘에 관한 속사정까지 따져 보아, 모두들 그들 두 사람이 보통 관계가 아니라고 짐작하기 시작했다.

주변 상황은 그렇게 참혹하지는 않았지만, 여전히 죽은 사람이 많았다. 백자화의 눈에 연민이 떠올랐다. 그가 살짝 눈을 찌푸리자, 말로 표현할 수는 없지만 순식간에 사람을 얼려 버릴 수 있는 준엄함이 느껴졌다. 그런 표정은 화천골에게는 무척 익숙했다. 그녀가 가장 두려워하는 표정이었기 때문이다. 그것은 선검대회에서 그녀가 예만천을 죽이려 했을 때의 표정이고, 그가 단념검을 들고 한 걸음씩 그녀를 핍박해 올 때의 표정이었다…….

화천골의 마음은 구석에 숨어 오들오들 떨었지만, 이제 그녀는 더 이상 혼자가 아니었다. 그녀도 살천맥처럼 보호하고 책임져야 할 것이 있었다. 그녀는 부득불 이를 악물고 뻔뻔하게 그와 정면으로 싸워야 하는 사실을 받아들였다.

예만천, 낙십일, 경수, 청류, 화석, 무청라, 유약 등 일련의 제자들도 따라와 있었다. 낙십일의 손에는 수정으로 만든 상자가 들려 있었고, 그 안에는 입을 삐죽이며 성질을 부리는 당보가 들어 있었다. 화천골이 당보를 데려오지 않은 것은 혼전 중에 사고라도 당할까 봐 걱정이 되어서였다. 그래서 당보가 자는 틈을 타 가둬 놓았는데, 결국 수를 써서 낙십일에게 데려가 달라고 한 것이다.

예만천은 화천골이 만황에서 빠져나와 또다시 무사하게 눈앞에 나타날 줄은 꿈에도 생각지 못했다. 그녀는 깜짝 놀라고 또 후회했다. 잠시 마음이 약해져 화근을 제거하지 않은 것이 후회스러웠다. 만약 화천골이 복수를 하려 한다면 분명 그녀를 이길 수 없었다. 하지만 삼촌과 아버지가 있고, 다른 선인들도 있으니 무슨 수가 있겠느냐는 생각에 살짝 안심이 되었다.

화천골은 삿갓을 쓰고 면사로 얼굴을 가리고 있었다. 비록 몸은 나았지만 얼굴은 회복되지 않은 것을 알자 예만천은 속으로 득의양양해하며, 저 면사를 벗겼을 때의 모습을 보고 싶어 기대에 부풀었다.

백자화가 달려온 것을 보자 마엄은 속으로 크게 안도하며 차갑게 외쳤다.

"화천골, 너 자신을 장류의 제자라고 여긴다면 당장 돌아와 남무월을 내놓아라!"

화천골은 남무월을 안은 죽염 앞을 막아서며 단호하게 고개를 저었다. 그러나 면사 뒤의 눈동자는 아무 말도 없는 백자화를 바라보고 있었다. 그녀는 끝내 봉인의 속박을 완전히 깨뜨리고 요신의 힘을 쓸 수 없었다. 그럴 힘이 없었거나, 아니면 차마 그럴 수 없었던 것일지도……

이제 그가 나타났고, 살천맥은 깊은 잠에 빠졌으니 그들의 힘만으로 무사히 빠져나가기가 더 어려워졌다. 다만 무슨 일이 있어도 남무월을 포기할 수는 없었다.

시간이 조금씩 조금씩 흘렀다. 선인들은 고개를 들어 하늘을 바라보았다. 다섯 개의 별이 점점 밝아지고 세상 만물이 환하게 빛났다. 모두 백자화의 움직임을 주시하며, 습관적으로 그의 지시를 기다렸다. 화천골이 조금 전 갑작스레 발휘한 강력한 요력이 우려되어 경거망동할 수가 없었던 것이다.

백자화는 여전히 아무 말도 없었지만, 마침내 한 걸음 나서며 천천히 횡상검을 뽑았다. 그 차가운 흰 빛에 화천골은 가슴이 서늘했다. 그의 뜻은 명백했다. 이번에도 그의 제자는 그가 친히 처리하겠다는 것이다.

화천골은 한 걸음씩 뒤로 물러나며, 찬란한 빛 속에서 천천히 자신에게 다가오는 백자화를 바라보았다. 여전히 옷자락을 표표히 휘날리며 절세의 기품을 풍겼지만, 검에 어린 살기는 10리 밖까지 일렁였다.

화천골은 그날과 똑같은 잔혹한 광경이 또다시 펼쳐질 것을 알았다. 백자화는 아무 망설임 없이 그녀를 잔인하게 대할 것이다. 그녀는 벌써 감각을 잃을 정도로 아팠고, 가슴속 깊은 곳에서 씁쓸히 조소를 지었다. 그녀 자신은 그를 거스를 용기조차 없었다. 그런데 어떻게 그와 싸울 수 있을까?

"소월은 아무 잘못이 없어요! 나도 아무 잘못이 없고요!"

화천골은 백자화를 바라보며 똑똑히 말했다. 떨리는 목소리에서 그녀의 당황함과 공포가 터져 나왔고, 끝을 알 수 없는 슬픔과 억울함이 묻어났다. 하지만 백자화의 싸늘하고 무관심한 표정 아래에서 그녀의 말은 너무도 창백하고 무력했다.

"요신으로서, 요신의 힘을 가진 것이 바로 잘못이다."

백자화가 마침내 차갑게 말했다. 지난날 그녀를 가르치고 아끼고 돌보던 사람이 다시 한 번 검을 들었다. 이번에는 그녀를 죽이려는 것이다……

화천골은 하늘을 향해 처량하게 웃음을 터트렸다. 그렇다. 사람은 죄가 없지만 재능이 죄라고 했다. 육계는 그녀를 용납할 수 없고, 사부 역시 그녀를 용납하지 못했다. 이렇게 된 이상 그녀에게 다른 길이 있을까?

그때 따스하고 커다란 손이 그녀의 어깨에 놓이더니, 듬직하면서도 힘차게 어깨를 두드렸다. 두난간의 호방한 웃음소리가 메아리쳤다.

"백자화, 우리는 서로 알고 지낸 지 오래되었다. 깊이 사귄 적은 없지만 같이 술을 마시고 바둑을 둔 적은 있지. 항상 당신과 한번 겨뤄 보고 싶었는데 기회가 없었지. 이제 살천맥은 싸울 힘이 없으니 우리 둘이 한바탕 겨뤄 누가 진짜 육계 제일인자인지 결정하자!"

백자화는 말없이 고개를 끄덕여 승낙했다. 그리고 사람들이 피해를 입지 않도록 곧장 하늘 높이 올라갔다. 두난간도 한 줄기 금광이 되어 쫓아갔다.

경천동지한 싸움이었다. 위력이 너무 커 원신으로도 아주 가까이 갈 수 없었고, 속도가 너무 빨라 아무도 똑똑히 볼 수 없었다. 그래서 이 싸움에 대한 상세한 기록은 남지 않았다. 또 너무 밝아 사람들의 눈에는 그저 빛만 보일 뿐이었다. 그래서 오랜 세월 후 이 싸움을 회고할 때는 단 한 마디로 평가할 수밖에 없었다. 눈부시고 드넓은 싸움.

확실히 이것은 눈부신 싸움이자 드넓은 싸움이었다. 빛나는 다섯 개의 별 아래에서 금광과 은광이 한데 얽히고, 물과 불이 서로 부딪히고, 해의 신과 달의 신이 싸웠다. 이 싸움은 육계에서 가장 강한 사람들의 대결로, 단순히 요신의 힘 때문이나 승부를 가르기 위함이 아니었다.

세상은 광채로 가득 찼다. 먼 거리였는데도 사람들 주위의 공기마저 흔들렸다. 이 싸움은 비록 서로의 능력이 비등했지만, 사람들이 생각한 것처럼 오래 끌지는 않았다. 먼저 천천히 아래로 내려온 것은 백자화였고 이어 두난간이 내려왔다.

진짜 고수들의 싸움은 자연히 승부를 알게 된다. 목숨 걸고 싸울 필요도 없고, 쌍방이 모두 피해를 입을 필요도 없었다. 두 사람은 오랫동안 알고 지냈고, 오랫동안 서로를 인정하고 존중했다. 그래서 이번 싸움에서 전력을 다했고, 매 초식이 위력적이었지만 살기는 없었다.

싸움이 끝나자 두난간은 하늘을 향해 통쾌하게 껄껄 웃었다. 백자화는 여전히 차분한 표정이었지만 그의 눈동자에는 화천골이 이제껏 한 번도 보지 못했던 만족감이 떠올라 있었다. 인생에서 호적수를 만나거나 지기를 만나는 일은 쉽지 않았다. 그러나 두 사람 중 누가 이겼는지는 끝내 아무도 알지 못했다.

"백자화, 이 싸움으로 나는 바람을 이뤘다. 이제 내가 군자답지 못한 짓을 한다고 탓하지 마라. 나는 이 계집애에게 빚을 많이 졌다. 그러니 무슨 방법으로라도 이 아이의 바람을 이뤄주고 안전하게 보호해야 한다."

백자화는 인정사정없이 차갑게 대꾸했다.

"우리 사제의 일이니 외부인은 끼어들지 마시오."

그 말을 들은 사람들은 모두 당황했다. 백자화는 뒷짐을 지고 몸을 돌려 화천골을 날카롭게 바라보았다.

"남무월을 내놓고 나를 따라가 벌을 받아라."

화천골은 씁쓸한 마음으로 고개를 저었다.

'아직도 나를 제자로 여기는 걸까?'

눈 하나 깜빡하지 않고 절정지의 물에 벌을 받는 것을 지켜봤으니 그를 향한 그녀의 마음을 알았을 것이다. 그런데도 그녀를 제자로 생각할까? 만약 정말 그녀를 제자로 여긴다면 어째서 사정조차 묻지 않고 그렇게 잔인하게 대했을까? 설마 사제지간에 남은 것이 오직 책임밖에 없다는 것일까? 그녀가 잘못하면 와서 처벌하고, 그녀가 사문을 더럽히면 와서 문호를 정리하는 것?

화천골은 이를 악물고 남무월의 앞을 막아섰다. 그녀를 벌하는 것은 괜찮지만, 남무월을 내놓는 것은 불가능했다!

"저야말로 진짜 요신이라는 것을 알고 계시잖아요. 그를 죽이려면 저부터 죽이세요."

백자화의 무심한 눈빛에 균열이 생겼다. 처음으로 화천골이 그에게 대든 것이다. 예전에는 그가 무슨 말을 하건 한 번도 거역한 적이 없는 그녀였다.

그녀와 동방욱경이 함께 생사를 넘나들고, 그녀와 살천맥이 사람들 앞에서 입맞춤하는 것을 그가 지켜보는 동안, 그녀의 마음은 그에게서 점점 멀어져 갔다. 그는 이것이 어떤 기분인지 알 수가 없었다. 더욱이 이 참을 수 없는 노기가 어디서부터 솟구치는지도 알 수 없었다. 그저 계속해서 스스로에게 말할 뿐이었다. 내가 하는 일은 옳다, 내 생각이 옳다라고.

"네 몸 속에 있는 요신의 힘을 봉인한 것은 네 본성이 순수하고 선량하기에 창생을 해칠 짓은 하지 않으리라고 믿었기 때문이다. 그런데 너는 잘못을 깨닫지 못하고 스스로 신존이라 부르며, 요마와 만황의 무리를 이끌고 선마대전을 일으켜 무수한 사상자를 냈다. 그런데도 내가 널 제자라는 이유로 죽이지 못할 것 같으냐?"

화천골은 쓸쓸하게 웃었다.

'믿어요. 왜 못 믿겠어요?'

그녀는 살짝 앞으로 나아가 그의 검을 마주했다. 상처는 충분히 얻었으니 하나 더 추가해도 상관없었다. 아무도 남무월을 데려갈 수 없었다. 설령 사부라 해도 마찬가지였다. 그녀는 이미 살 언니를 잃었다. 더 이상은 잃을 수 없었다.

하늘의 빛은 최고조에 달했다가 차차 어두워지고 있었다. 백자화는 빨리 남무월을 죽이지 않으면 다시 갑자[3]를 기다려야 기회가 온다는 것을 알고 있었다.

"비켜라."

살짝 찌푸린 눈썹과 차가운 눈빛은 그가 모진 마음을 먹었을 때의 표정이었다. 그러나 화천골은 흔들림 없이 검을 몸에 대고 다시 한 걸음 나섰다.

백자화는 그녀의 단호한 발걸음을 보자 지난날 단념검으로 그녀를 폐인으로 만들 때 솟아나던 피가 떠올랐다. 심장을 옥죄는 느낌에 그는 저도 모르게 살짝 물러났다. 그는 그녀의 얼굴을 볼 수가 없었다. 노기가 솟구쳤다.

'많은 선인들 앞에서 제자가 얼마나 버릇없게 굴도록 놔두는지, 나를 시험해 보려는 건가?'

"비켜!"

백자화는 다시금 이를 악물고 차갑게 외쳤다. 목소리가 높아지고, 눈에는 분노와 불신이 떠올랐다. 속으로는 참을 수 없이 발버둥 치면서도 그의 얼굴은 여전히 차갑고 무표정했다. 그녀는 정말 그가 자신을 죽이지 못하리라 생각하는 걸까?

화천골은 손을 들어 그의 검을 붙잡았다. 피가 뚝뚝 흘렀다.

---

3 甲子. 60년.

"저는 한 번도 정도를 믿은 적 없고, 사도를 믿은 적도 없어요. 그리고 행복을 믿은 적도 없어요. 하지만 사부님은 믿었어요."

그녀가 떨리는 소리로 한 자 한 자 말했다.

"사부님, 사실 소골은……."

"존상, 안 돼요!"

유약과 경수가 일제히 놀라 외쳤다. 하지만 횡상검은 화천골의 어깨를 그대로 관통하고, 아무런 망설임도 없이 다시 뽑혔다. 어찌나 빠르고 절묘한지 피 한 방울 튀지 않았다. 핏방울은 그저 그녀의 하얀 옷을 따라 또르르 흘러내리기만 했다.

'대체 그녀를 어떻게 해야 할까?'

백자화는 두어 걸음 물러났다. 눈동자에는 한 번도 보이지 않던 당황함이 스쳐 갔다. 그녀를 처음 찌른 것도 아니었고, 처음 상처 입힌 것도 아니었다. 그런데 왜 이렇게 손이 떨릴까? 마음은 또 왜 이렇게 아플까?

화천골은 꼼짝도 하지 않고 피가 흐르도록 내버려 둔 채 가만히 웃었다. 그리고 쥐 죽은 듯 입을 다물었다. 잊고 있었다. 그녀는 그에게 말 한 마디 할 자격조차 없다는 것을.

백자화의 머릿속은 복잡했다. 면사 아래에 있는 화천골이 무슨 생각을 하는지 꿰뚫어 볼 수가 없었다. 지난번 그가 단념검을 들었을 때, 그녀는 울며불며 그의 다리를 부여잡고 땅에 엎드려 애원했다. 그런데 이번에는 약간 비틀거렸을 뿐, 여전히 똑바로 서서 남무월의 앞을 가로막고 있었다. 아무것도 하지 않고 아무 말도 하지 않았다.

그때 남무월도 이미 깨어나 죽염의 품에서 울고 있었다. 멀리서 화천골을 바라보는 동방욱경도 입가에 슬픈 미소를 지었다. 화천골은 죽을지언정 백자화를 향해 칼을 뽑고 싶지 않은 걸까?

"다시 한 번 말하겠다. 비켜라!"

백자화는 창백한 얼굴로 횡상검을 다시 들어 그녀를 겨누었다. 그녀는 그가 검을 찌르고 또 찌르다 더 이상 찌르지 못하게 되면 그녀와 남무월을 놓아주리라 생각하는 것일까?

"백자화! 당신이 사람인가? 대체 마음이란 게 있나? 그 꼬마가 당신을……."

보다 못한 두난간이 손에 든 장검을 춤추듯 휘둘렀다. 위력이 무시무시했다. 마침 분노를 풀 곳이 없었던 백자화도 그를 마주했다. 두 검이 부딪히자 땅이 요동치고 산이 흔들렸다.

두난간은 노기충천하여 검기로 휩쓸었다. 그때 백자화는 다른 데 정신이 팔려 허점투성이였다. 그런데 두난간의 검이 찔러 오자 그는 피할 수가 없었다.

갑자기 눈앞에 하얀 그림자가 번쩍하더니 화천골이 그의 앞을 가로막았다. 장검은 자루만 남긴 채 화천골의 배를 깊숙이 관통했다. 두난간은 얼어붙었다. 화천골이 요신의 힘을 사용해 이렇게 빠른 속도로 그의 검을 대신 맞을 줄은 몰랐던 것이다. 비록 신의 몸을 가졌고, 상처도 천천히 아물기 시작해 죽지는 않겠지만, 이렇게 함부로 자신을 해칠 이유가 있을까?

"꼬마……."

두난간은 검을 놓고 그녀를 부축했다. 화천골은 천천히 고개를 저으며 낮은 소리로 애원했다.

"……말아요. 사부님을 해치지 말아요……."

두난간은 마음이 아파 눈시울이 뜨거워졌다. 백자화가 저렇게 모질게 구는데 이렇게까지 할 필요가 있을까?

백자화는 눈앞의 익숙한 뒷모습을 바라보았다. 조그맣고 가녀린 몸. 한때 그는 스스로에게 말했다. 가능한 한 모든 노력을 기울여 그녀를 보호하고 보살피겠다고. 그런데 어째서 늘 그녀가 목숨을 던져 그를 구하고 그를 보호하는 것일까?

정신을 차리기도 전에 그는 자신의 손이 다시 횡상검을 들어 화천골의 등을 깊이 찌르는 것을 보았다. 가볍게 뭔가 부서지는 소리가 들렸다. 모든 사람들이 얼이 빠졌다. 지금 대체 무슨 일이 벌어지고 있는지 이해할 수가 없었다.

화천골은 믿을 수 없어 천천히 고개를 숙였다. 가슴 앞으로 튀어나온 횡상검을 보며, 그녀는 떨리는 손을 천천히 품에 넣어 항상 몸에 간수해 온 궁령을 꺼냈다. 하지만 이제 오색 빛깔 수정처럼 투명하던 방울은 몇 조각으로 부서지고 말았다.

횡상검은 그녀의 등을 뚫고 심장을 찔렀다. 그녀의 심장은 부서지고 궁령도 부서졌다. 머리는 혼란에 빠졌고, 몸에서는 힘이 조금씩 사라졌다. 하지만 그녀는 자신이 죽지 않는다는 것을 알았다. 심장이 부서져도 그녀는 죽지 않았다. 이미 괴물이 되었으니까. 이미 세상이 경멸하는 괴물이 되었으니까. 이제 그녀는 걸어 다니는 고깃덩어리인 괴물이었다.

그런데 이제 보니 괴물도 아플 수 있었다. 이제 보니 심장이 부서지는 것은 이런 아픔이었다…….

화천골은 고개를 돌리지 않고 천천히 허리를 숙였다. 몸에는 앞뒤로 두 개의 검이 관통하고 있었다. 그녀는 몸을 부르르 떨며 울어야 할지 웃어야 할지 알 수 없었다. 사부가 이렇게도 그녀를 죽이기를, 그녀의 존재를 없애 버리기를 바랐는지는 전혀 몰랐다. 심장이 부서지는 느낌은 소혼정을 맞는 것보다 백 배, 천 배 더 고통스럽다는 것도 전혀 몰랐다.

백자화는 얼이 빠졌다. 검을 뽑으려 했지만 손이 움직이지 않았다. 그래서 천천히 뒤로 물러나 믿을 수 없는 눈으로 자신의 두 손을 바라보며 고개를 저었다.

'그럴 리가! 그럴 리 없어!'

백자화는 고개를 살짝 돌려 화난 눈길로 멀지 않은 곳에 있는 마엄을 바라보았다. 과연 마엄은 가소롭다는 듯 냉소를 짓고 있었고, 그의 뒤로는 켕기는 듯 숨어 있는 환석안이 있었다.

백자화는 삽시간에 맥이 빠졌다. 항상 굳건하던 자신의 심장이, 금이 간 것처럼 너무 아파 숨을 쉴 수가 없었다. 그는 다가가서 화천골을 품에 안고 싶었지만 차마 그럴 용기가 생기지 않을 정도로 가책을 느꼈다.

화천골은 궁령의 파편을 꼭 움켜쥐고 어지러운 상태로 비틀비틀 앞으로 몇 걸음 걸어갔다. 그런 다음 바닥에 털썩 쓰러졌다. 삿갓이 벗겨지고, 눈 코 입이 사라진 얼굴이 드러났다. 순간 공기가 얼어붙었다. 장내의 사람들은 모두 놀라 찬바람을 들이켰다.

"절정지의 물!"

백자화는 그때 이미 머리가 텅 빈 상태여서 아무 소리도 들리지 않았다.

요지에서 처음 보았을 때, 그녀는 찢어진 옷을 입고 꾀죄죄한 작은 얼굴을 들어 애원하는 눈빛으로 그를 바라보았다.

"절 제자로 받아 주시면 안 될까요?"

그날 절정전에 눈보라가 가득 칠 때, 그녀는 맨발로 눈 속을 달렸다. 이마에 커다랗게 '바보'라고 쓰여 있는 것도 모른 채.

그날 밤 강 위를 흐르는 배에서 그녀는 술에 취해 깨어나지 못했다. 꿈속에서 눈을 찡그리며, 달콤한 웃음을 지으면서, 그녀는 내내 혼잣말로 사부를 불렀다…….

그녀는 웃는 것을 좋아하고, 말하는 것을 좋아하고, 얼굴 찡그리는 것을 좋아하고, 그의 옷자락을 잡고 작은 소리로 애교 부리는 것을 좋아했다. 그리고 잘못을 했을 때는 눈을 동그랗게 뜨고 가엾은 얼굴로 그를 바라보았다.

그 오랫동안 그녀는 시종 어린아이의 얼굴이었다. 새벽안개 속에 찬란하게 반짝이는 밤메꽃처럼 순진무구하고, 언덕의 작은 민들레처럼 수수하고 사랑스러웠다. 하지만 이제는, 한때 영원불변하던, 그에게는 너무도 익숙하던 그 얼굴에서는 다시는 달콤하고 아름다운 미소를 찾아볼 수 없었다. 남은 것은 얼굴 가득한 상처뿐이었다.

　백자화는 비틀거리며 옆에 있던 복숭아나무를 붙잡고 천천히 눈을 감았다. 화천골은 허둥거리면서도 본능적으로 가릴 것을 찾았지만, 이미 통증 때문에 움직일 수가 없었다.

　사부도 보았고, 모든 사람들이 보았다. 부끄러움과 괴로움에 그녀는 몸 둘 바를 몰랐다. 이런 자신의 모습은 이제 남들 눈에는 더없이 낭패하고 혐오스럽게 보일 것이 분명했다.

　동방욱경이 그녀 곁으로 달려왔다. 모든 사람들은 바보처럼 그 자리에 서 있을 뿐 아무도 그를 막지 않았다. 그는 마치 상처투성이가 되어 깨어지고 찍힌 도자기를 드는 것처럼 조심스럽게 화천골을 부축했다. 그는 더 이상 분노할 힘도 없었다. 그저 마음이 아프고 안타까울 뿐이었다. 그가 이번 생에서 목숨 걸고 지키고 보호하려던 것은, 이렇게 사람들의 손에 누차 깨져 진흙 속에 던져져 버렸다.

　"골두, 괜찮소. 괜찮아……."

　동방욱경은 화천골의 배에서 두난간의 검부터 뽑아낸 다음, 이를 악물고 이어서 백자화의 검을 뽑아냈다. 화천골은 온몸에 경련을 일으키며, 목구멍에서부터 잠긴 기괴한 음성으로 낮게 울부짖었다. 평소의 맑고 깨끗한 목소리가 아니었다.

　백자화는 다시 한 번 심장을 쥐어짜는 느낌이 들어 숨이 턱 막혔다. 어쩐지 계속 얼굴을 가리고 내력으로만 말하더라니, 목까지 망가진 것이었다. 헤아릴 것도, 추측할 것도 없이 무슨 일인지 알 수 있었다. 사형이 그날 절정지의 물을 가져와 그를 시험하려고 했을 때 알았이야 했나……

백자화의 마음은 놀라고 화나고 괴로웠다가 결국에는 슬픔과 부끄러움만 남아 독약처럼 야금야금 심장을 썩혔다. 소혼정, 단념검, 절정지의 물. 그녀는 그런 모습으로 무정하게 만황으로 쫓겨난 것이다. 그런데 그는 어떻게 했던가? 몰랐다고? 그는 들으려고도, 물으려고도 하지 않고 모르는 척했다.

이제 와서 그는 자신에게 물었다. 이래도 그녀에게 모질게 손을 쓸 수 있을까?

동방욱경은 삿갓의 면사를 뜯어내 다시 그녀의 얼굴을 가렸다. 화천골은 허약하고 힘없이 웃으며 고개를 저었다. 이제는 소용없었다. 그녀의 얼굴은 그녀의 마음속 깊은 곳 가장 추악한 욕망을 사람들 앞에 내놓았다. 그녀의 비밀은 이제 더 이상 비밀이 아니었다.

동방욱경은 창백하다 못해 투명한 그녀의 얼굴을 바라보았다. 마치 그의 손 안에서 당장이라도 사라질 것 같았다.

"울지 마시오, 골두. 아프지 않소. 내가 있잖소……."

동방욱경의 목소리도 살짝 잠겼다. 백자화가 나타나자 그는 모든 것이 끝났다는 것을 알았다. 그들은 패배할 것이고, 그의 운명도 다해 돌이킬 수 없었다. 하지만 끝끝내 자신과 남을 속이면서 어떻게든 그녀와 함께 여기까지 왔다. 그리고 깨달았다. 만일 그에게 그녀를 남들로부터 보호할 힘이 있다 해도, 백자화에게 다치지 않도록 보호할 수는 없다는 것을. 그는 지지 않았다. 만약 졌다면 그것은 백자화가 그녀에게 너무나도 중요하기 때문이었다.

화천골의 상처에서 흐르던 피가 서서히 멈추었다. 어깨와 배의 상처는 요해를 건드리지 않았지만, 마지막 검이 심장을 꿰뚫어 긴 시간이 흘러야 완전히 나을 것 같았다.

화천골은 잇달아 세 번이나 검에 찔렸다. 모두 백자화 때문이었다. 그녀의 몸 속에 있던 진기와 요력은 빠르게 흘러 나갔고, 억지로 기절하지 않으려고 버텼다. 하지만 마엄의 손에 커다란 광채가 모이는 것이 보였다. 전력을 다해 그들 두 사람을 공격하려는 것이었다. 조금의 활로도 남겨 두지 않겠다는 것이 분명했다.

마엄의 속도는 너무 빨랐다. 두난간이 깨닫고 즉시 몸을 날렸지만 창졸간이라 그 빛에 맞아 멀리 밀려났다. 그 짧은 순간 마엄이 다시 공격했다. 경천동지할 일격이 눈 깜짝할 사이 동방욱경과 화천골의 눈앞에 닥쳤다. 유약, 경수 등이 놀라 비명을 질렀다.

"사형!"

백자화가 노해 외쳤다. 그 몰래 화천골에게 그런 많은 짓을 해 놓고, 이제는 그의 앞에서 그녀를 해치려고 하다니!

백자화는 마엄을 막으려다가 자신이 여전히 환석안의 조종을 받고 있다는 것을 깨달았다. 억지로 움직일 수는 있지만 저항하는 힘이 느껴졌다. 겨우 천천히 한 걸음 옮겼을 때, 산을 쓰러뜨리고 바다를 뒤집을 정도의 거대한 힘이 화천골을 덮쳤다.

백자화는 자신이 찌른 검에 중상을 입고 살 마음도 없는 그녀가 아무리 신의 몸을 가졌다 해도 달아나기 힘들 것이라 생각했다. 몸이 산산이 부서지고 요력이 사방으로 솟아날 때 자칫하면 영혼도 흩어질 수 있었다. 사형은 처음부터 그의 손을 빌려 그녀를 죽이려고 한 것이다!

화천골은 피곤한 눈으로 그 모든 것을 지켜보았다. 아프고, 피곤하고, 이미 몸과 마음이 지칠 대로 지쳐, 죽음도 일종의 해탈이었다……

선계가 만황 사람들을 풀어 주기로 약속했으니 그 말을 뒤집지는 않을 것이다. 살천맥이 혼수상태에 빠졌으니, 세 세계의 균형을 위해 선계는 다시 싸움을 일으켜 사상자를 내려 하지 않을 것이고, 요마도 앞으로 평안 무사할 것이다. 이제 위험한 사람은 남무월과 동방욱경뿐이었다.

그녀는 천천히 눈을 감았다. 최소한 죽기 전에 쓸 수 있는 모든 요력을 동원해 그들 두 사람을 안전히 내보내야 했다. 요신의 힘에 불귀연이 가진 공간 이동 능력이 있다면, 그녀도 그럴 수 있었다.

동방욱경은 그녀가 천천히 눈을 감는 것을 보았다. 마엄의 일격이 돌이킬 수 없이 그들에게 날아들었으나 바로 그 순간 기적처럼 행동이 느려졌다. 주위 공기가 물결처럼 출렁이더니, 시간의 흐름이 마치 얼어붙은 듯 느릿느릿 진행되었다. 동시에 그의 몸과 남무월의 몸에서 이상하리만치 눈부신 빛이 솟아났다. 두 손이 투명해지다가 점점 사라졌다. 동방욱경은 대경실색했다. 그녀가 절망에 빠져 이렇게 죽으려 할 줄은 몰랐던 것이다.

"골두! 이러지 마시오!"

그는 비탄에 잠겨 외치며, 손으로 화천골의 눈 사이를 찔렀다. 화천골이 눈을 뜨자 주변이 순식간에 원래대로 돌아갔다. 마엄의 일격이 들이닥쳤고, 더 이상 피할 수 없었다.

"동방!"

화천골은 눈을 동그랗게 뜨고 놀라 그를 바라보았다. 동방욱경은 전력을 다해 그녀를 품에 안고 결계를 펼쳤다. 동시에 재빨리 손으로 그녀의 눈을 가렸다.

"골두, 보지 마시오!"

거대한 폭발음이 터졌다. 마치 하늘이 무너지는 것 같은 소리였다. 화천골은 동방욱경이 눈을 가려 어둠밖에 보이지 않았다. 그 뒤 새빨간 빛이 보이며 따스한 액체가 얼굴 가득 튀었다. 마치 그림에 색칠을 하는 기름을 뿌린 것처럼 끈끈한 액체가 당장이라도 뚝뚝 떨어질 것 같았다.

"보지 마시오……."

동방욱경의 마지막 목소리가 허공에 메아리치고, 심장을 찢는 화천골의 처절한 울음소리에 뒤섞였다. 세상은 순식간에 고요해졌다. 화천골은 몸을 후들후들 떨며 차마 눈을 뜨지 못했다. 하얀 빛이 사라지자 그녀는 주위의 공포에 찬 비명 소리를 들을 수 있었다. 당보가 목청껏 아빠를 부르는 소리도 들렸다.

'이미 부서진 심장이 또다시 부서질 수 있을까?'

화천골은 바닥에 픽 쓰러져 두 손을 펼쳤다. 손에는 끈적끈적한 피뿐이었다. 조금 전까지 따스하게 그녀를 안아 주던 사람은 어디론가 사라졌다. 찬바람이 불자 그녀는 갑자기 매우 춥게 느껴졌다. 복숭아 꽃잎 하나가 그녀의 코끝을 스치고 떨어졌다. 코가 간질간질해서 웃고 싶었지만 웃음이 나오지 않았다. 울고 싶었지만 눈물도 나오지 않았다……

동방욱경의 처참한 모습을 짐작할 수 있었다. 그는 마지막 순간까지 잊지 않고 그녀의 눈을 가리며 말했다.

"보지 마시오."

그것이 그가 그녀에게 줄 수 있는 마지막 보호이자 따스함이었다.

그녀는 그 자리에 굳어 눈을 꼭 감았다.

'보지 말자. 보지 말자. 무슨 일이 있어도 보지 말자.'

눈앞에 동방욱경이 없다면, 차라리 눈이 멀지언정 다시는 보고 싶지 않았다. 그의 죽음만으로도 이미 심장이 갈기갈기 찢어질 것 같은데, 어떻게 그 모습을 눈 뜨고 볼 수 있겠는가?

모든 사람들이 얼이 빠졌다. 마엄조차 그랬다. 그는 일개 평범한 인간인 동방욱경이 그렇게 강력한 힘을 가지고 있으리라곤 예상하지 못했다. 더욱이 그가 시체조차 찾지 못할 정도로 몸이 망가지더라도 화천골을 털끝 하나 다치지 못하게 하리라곤 생각지 못했다.

백자화는 눈을 내리떴다. 가슴이 서늘했다. 살천맥과 화천골이 사람들 앞에서 입맞춤하는 것을 보았어도 그는 자신의 분노와 불쾌함이 대체 무엇인지 몰랐다. 그런데 이제는 알 수 있었다…….

'저 남자가 화천골을 위해 저렇게까지 하다니!'

동방욱경이 죽기 전에 자신을 바라보던, 애원하는 눈빛이 떠올랐다. 햇살처럼 따스하면서, 청련靑蓮처럼 고결했다. 어쩌면 그것은 언제나 못하는 일이 없던 그가 평생 유일하게 누군가에게 부탁하는 순간이었을 것이다. 그것 역시 화천골을 위한 것이었다. 그는 세심하고 부드럽게, 그녀의 마음속에 있는 모든 아픔과 모든 약한 부분을 보살폈다. 죽음도 예외가 아니었다.

백자화는 가볍게 한숨을 쉬며, 두 손으로 수인을 맺었다. 사방으로 흩어진 동방욱경의 육신과 영혼이 서서히 모여들고, 주위의 핏자국도 조심스레 닦여 나갔다. 그리고 환상 같은 동방욱경의 은빛 그림자가 다시금 모습을 갖추었다.

"골두……."

동방욱경이 조용히 부르며, 손으로 그녀의 뺨을 만지려고 했지만 손은 반짝이는 파편처럼 부서졌다가 다시 한데 모였다. 화천골은 믿을 수 없어 고개를 돌렸지만 여전히 두 눈을 꼭 감은 채였다.

"골두……. 이제 봐도 되오. 날 봐요……."

시간이 없었다.

화천골은 그제야 피를 뒤집어쓴 눈을 천천히 뜨고 그를 똑바로 바라보았다. 그리고 다시 눈을 감으면 그가 사라질까 봐 눈 한 번 깜짝하지 않았다.

'환각이 아니었어. 환각이 아니야……'

그녀는 계속 스스로에게 속삭였다.

"골두, 죽지 마시오. 내 말을 들어요. 죽지 마시오. 이 세상에 당신을 사랑하는 사람이 아무도 없어도 스스로를 사랑해야 하오……"

화천골은 울며 고개를 저었다. 그를 끌어안고 싶었지만 손을 대면 수정처럼 부서졌다.

"나를 기다리시오. 반드시 돌아올 거요. 두려워 말고 나를 믿으시오……"

"싫어요, 싫어요……"

동방욱경의 목소리가 점점 작아지더니 더 이상 형태를 유지하지 못하고 바람에 흩어지기 시작했다. 그 순간 화천골은 미친 듯이 손을 뻗어 그를 붙잡으려고 했다. 그리고 아무 힘도 없는 어린아이처럼 절망에 빠져 울었다.

동방욱경은 쓴웃음을 지었다.

"골두, 이 세상에서, 육계를 통틀어 내 헤아림을 벗어나는 일은 아무것도 없소. 그런데 유일하게 예상하지 못한 일이 바로 당신을 사랑하게 된 것이오. 천 번의 윤회, 만 번의 고독에 나는 이미 싫증이 났는데 이번 생만은 떠나기 싫고 아쉽소. 당신이 자라는 것을 보고 싶었는데 아쉽게도 시간이 없구려……"

시원한 바람이 초원을 휩쓰는 것처럼 동방욱경의 몸은 점차 수없이 많은 빛으로 변했다. 화천골은 억지로 일어나 쫓으려

했지만 다시 비틀거리며 쓰러졌다. 그녀는 힘겹게 몸을 끌며 땅을 기었다. 심장의 상처가 다시 터져 피가 줄줄 흘렀다.

"싫어요! 나한테 이러지 마요! 부탁이에요, 동방! 소월을 구한 후 같이 떠나 다시는 세상일에 끼어들지 말자고, 당신은 더 이상 이후각주를 하지 않겠다고 했잖아요? 약속할게요, 약속해요! 앞으로 절대 헤어지지 말고 영원히 함께 있어요! 제발 가지 말아요! 날 버리지 말아요! 동방……."

백자화는 쓸쓸하고 비통했다. 이 모든 것을 동방욱경이 알았든 아니든, 예상했든 아니든, 그의 죽음은 마지막으로 그의 소원을 들어주었다. 그리고 백자화 자신은 화천골의 마음속에 고통 외에 아무것도 남기지 않았다.

마엄은 두 주먹을 움켜쥐고 분노하면서도 경멸하는 말투로 말했다.

"수명이 다했는데 무엇 하러 하늘을 거슬러 부진단浮塵斷에 목숨을 던지는 게야? 저 재앙 덩어리가 너희들에게 대체 무슨 미혼약을 먹였기에 다들 이 모양이지?"

눈앞에 펼쳐진 장면을 보며 죽염은 목이 쉬도록 우는 남무월을 더욱 세게 끌어안았다. 살천맥과 동방욱경의 일을 겪으며 그 역시 어리둥절했다. 아무리 생각해도 알 수가 없었다.

마엄의 가장 위력적인 부진단을 맞으면 사지에서 백골까지, 뼈와 살이 모두 박살나, 마치 고기 가는 기계에 넣은 것처럼 짓이겨져 끔찍하고 고통스럽게 죽는다는 것을 동방욱경이 모를 리 없었다. 하지만 그는 웃으며 죽음을 맞았을 뿐 아니라, 심지어 죽기 전까지 그 일로 화천골이 놀라지 않을까 걱정하며 그녀가 눈을 뜨지 못하게 했다. 그리고 보기 좋은 모습으로 끝을 내어 그녀가 그 때문에 또 한 번 마음 아파하지 않게 했다. 하지만 어쩌면 그는 화천골의 마음속에서 자신이 얼마나 중요한지를 과소평가했는지도 모른다.

화천골은 바보처럼 중얼거렸다.

"수명이 다했는데 어째서……."

백자화는 가없은 눈빛으로 느릿느릿 말했다.

"동방욱경은 내세의 5년과 이생의 1년을 교환해 너와 함께하기로 했다. 예전에 이후각과 계약을 맺었기 때문에, 설령 하늘과 운명을 거스르고 육계가 멸망하더라도 너를 만황에서 꺼냈다. 그 결과……, 항상 요절하고, 곱게 죽지 못하게 되었다."

화천골의 머릿속이 쿵 울렸다. 그녀는 또다시 그 자리에 얼어붙어, 텅 빈 눈으로 바닥에 앉아 꼼짝도 하지 않았다. 생기도 없어 마치 시체 같았다. 그녀는 두 팔을 벌려 손바닥에서 반짝이는 파편이 민들레처럼 천천히 공중으로 흩어지다 흔적도 없이 사라지는 것을 바라보았다.

백자화는 그런 그녀를 보며 괴롭고 가없은 마음에 낮게 탄식했다.

"사랑하면서 헤어지는 것, 미워하면서 만나는 것. 죽어 떠나면 아무 차이도 없느니. 모든 것은 텅 빈 환상일 뿐이로다."

화천골은 속으로 냉소를 지었다. 그녀의 고통, 그녀의 고집, 그녀의 후회 없음을 그가 어떻게 이해할까? 그녀는 사부와 같은 능력이 없어, 자신을 사랑하는 사람을 해치거나 눈앞에서 그들이 죽는 것을 보고도 전혀 흔들리지 않을 수 없었다. 이제 그녀는 동방욱경을 위해 해 줄 것이 없었다. 유일하게 할 수 있는 일은 단 하나……, 마엄을 죽여 복수를 하는 것이었다!

요지에 보라색 광채가 폭사하자 사람들은 거의 눈을 뜰 수가 없었다. 화천골은 미친 듯이 마엄에게 달려들었다. 요기가 상처에서 솟아나는 피를 따라 사방으로 퍼졌다.

마엄은 화천골의 위력과 엄청난 속도의 공격에 연신 뒤로 물러났다. 눈을 부라리는 화천골의 표정을 보자 약간 놀라고 두려웠다. 빛의 검이 연신 그를 내리쳤고, 불꽃이 사방으로 튀었다. 화천골은 그를 고통스럽게 할 생각으로 단번에 요해를 공격하지 않고 우선 왼손을 망가뜨리고 손바닥의 살집을 벗겨냈다. 허연 백골이 어렴풋이 드러났다.

"소골!"

백자화가 놀라 외쳤다. 슬픈 나머지 극도의 증오심을 품은 그녀가 마도에 빠진 것이다. 두 눈동자의 색도 점점 보랏빛으로 변했고, 모호하고 광택이 없었다. 몸에서는 미쳐서 살육에 굶주린 기괴한 냄새가 났다.

백자화는 조용히 주문을 외며 두 손으로 수인을 맺었지만, 그녀의 몸 속에 있는 요기가 폭주하여 점차 봉인으로 누를 수 없게 되었다. 일단 봉인을 깨뜨리면 원한에 사무친 그녀의 현재 상태로는 중생이 도탄에 빠질 것이 분명했다.

봉인의 반탄력으로 백자화의 입가에서는 천천히 피가 흘러내렸다. 선인들이 힘을 합쳐 달려왔지만, 모두 화천골에게 나가떨어졌다. 그녀는 피하지도 막지도 않고 그저 마엄을 죽이려고만 했다. 잔인하게 그를 괴롭혀, 죽는 것보다 사는 것이 괴롭게 만들어 줄 생각이었다. 가끔 검이 몸을 찔러도 아무것도 느끼지 못하는 것처럼 피하지 않았다.

마엄의 안색은 점점 더 창백해졌다. 놀랍게도 화천골이 그와 똑같은 부진단을 펼쳤다. 그를 자기 자신의 초식으로 죽이려는 것이었다.

"소골!"

백자화가 마엄을 밀치고 그녀 앞을 가로막으며 큰 소리로 외쳤다. 화천골의 손바닥은 백자화와 한 자 떨어진 곳에서 우뚝 멈추었다.

"비키세요!"

화천골은 화가 치밀어 온몸을 부르르 떨었다. 요화된 얼굴이 무시무시했다. 백자화는 눈을 찌푸리며, 온 힘을 다해 그녀의 요력을 다시 봉인하려 했다.

"사람을 죽이려면 사부인 나부터 죽여라."

백자화는 이미 그녀를 꿰뚫어 본 것처럼 차갑게 그녀를 바라보았다. 하지만 조금 전 백자화가 그녀를 공격했다고 해서, 그녀가 어떻게 그를 공격할 수 있을까?

"비켜요!"

화천골이 다시 소리를 질렀다. 백자화가 봉인을 강화하고 있다는 것을 느끼자, 그녀는 두 주먹을 꽉 쥔 채 몰래 힘을 써서 방해했다. 한바탕 싸움은 점점 사제지간의 요력과 봉인의 각축전으로 바뀌어 갔다.

다섯 개의 별은 점점 하늘에서 사라지고 있었다. 빨리 남무월을 처벌하지 않으면 큰일이었다. 마엄과 선인들은 다 함께 죽염을 포위했다.

죽염 등이 그들의 적수가 될 리 없었다. 그것을 누구보다 잘 아는 화천골은 마음이 급해졌다. 그녀는 크게 소리를 지르며, 이것저것 따지지 않고 전력을 다해 요력을 밖으로 끌어냈다. 그러자 백자화의 몸이 흔들리더니, 그가 선혈을 토하며 비틀비틀 아래로 떨어졌다.

"사부님!"

화천골의 눈동자가 순식간에 검은색으로 돌아왔다. 그녀는 황급히 백자화를 부축했지만 똑바로 서기도 전에 백자화가 오른손으로 그녀의 정수리를 힘껏 때렸다. 손바닥에 또 하나의 핏빛 봉인이 맺혀 있었다.

화천골은 어리둥절해서 바보처럼 그 자리에 섰다. 머리가 어지럽고 눈앞이 핑 돌았다. 모든 힘이 순식간에 몸에서 빠져나가고 두 다리가 풀려 백자화 앞에 꿇어앉았다.

백자화는 마음이 아팠지만, 이를 악물고 그녀의 몸 곳곳의 기혈을 눌렀다. 그리고 그녀가 다시 폭주하는 것을 방지하기 위해 선력을 실처럼 만들어 그녀의 몸 속에 흘려보내 모든 관절을 단단히 동여맸다.

화천골은 믿을 수 없는 눈길로 그를 바라보며 허물어지듯 바닥에 엎드렸다. 이제 할 말이 없었다. 사람들이 남무월을 빼앗으려고 또다시 싸움을 벌이는 것을 두 눈 똑바로 뜨고 보는 수밖에 없었다. 하지만 살천맥이 없고, 동방욱경이 없고, 화천골까지 없는 상황에서 결국 남무월은 선계의 손아귀에 들어갔다.

"화 누나······."

남무월이 울며 소리 질렀다. 화천골은 필사적으로 그를 향해 손을 뻗었지만 힘없이 바닥에 쓰러지고 말았다. 중상을 입은 마엄은 화천골과 승강이할 때가 아니라는 것을 알았다. 반드시 시간 맞춰 남무월을 처결해야 했다.

혼전 중에 남무월은 다시 건목에 묶였다. 순식간에 그의 발밑 수면에서 천화가 활활 타올랐다. 남무월이 불 속에서 고통스레 발버둥 치며 울부짖는 것을 보자 화천골은 심장이 갈가리 찢어지는 것 같았다. 하지만 그녀에게는 아무 힘도 없었다.

불타는 고통에 비틀리는 남무월의 어린 몸은 천화가 거세어짐에 따라 서서히 요기를 띤 청년의 모습으로 변했다. 그러자 그는 더 이상 고통을 느끼지 못하는 것처럼 싱긋 웃으며 요지의 사람들을 내려다보았다.

"거의 다 되었는데. 백자화, 네가 또 내 일을 망쳤군."

백자화는 이미 예상한 것처럼 그를 바라보며 아무 말도 하지 않았다.

남무월의 모습은 천천히 흐려졌지만 기이한 웃음은 여전히 사라지지 않았다.

"나를 죽인다고 천하가 태평하리라 생각지 마라. 일이 그렇게 쉽게 끝나지는 않아. 두고 봐라, 백자화. 무엇도 내 손아귀에서 벗어나지 못해. 내가 죽어도 육계는 평안하지 못하게 하겠다. 하하하하……."

선인들은 간담이 서늘해진 채 청년의 모습이 또다시 어린 남무월의 모습으로 변하는 것을 지켜보았다. 남무월은 계속 울부짖었다.

마른하늘에 천둥이 치고, 다섯 개의 별이 갑자기 환한 빛을 뿌렸다. 그리고 천뢰와 함께 눈부신 금광을 만들어 정확하게 남무월에게 내리꽂혔다.

"누나……."

남무월의 마지막 울음소리를 끝으로, 요신의 진짜 몸은 연기로 변하고 선혈이 묻은 건목만 남았다.

화천골은 하늘을 향해 처량하고 구슬픈 울음을 터트렸다. 대지가 격렬하게 흔들리기 시작했다. 다섯 개의 별이 갑자기 어두워지더니 하늘 속으로 천천히 사라졌다. 요신의 진짜 몸이 결국 오성요일이 끝나기 전에 소멸된 것이다.

백자화는 옷자락을 펄럭이며 자기 마음대로 남무월의 영혼을 수습했다. 뜻밖에도 민둥민둥한 건목 위에 초록빛 잔가지가 솟아나 빠른 속도로 하늘을 향해 퍼져 나갔다.

'건목이 회춘을?'

선인들은 경악하여 하늘을 올려다보았다. 땅은 여전히 흔들리고 있었다.

"소골!"

백자화가 대경실색하여 화천골을 바라보았다. 그녀의 구슬 픈 목소리는 처량한 웃음으로 변해 있었지만, 여전히 몹시 처절했다. 고개를 들자 그녀의 얼굴에 피눈물이 흐르고 있었다.

살천맥은 영원히 잠들어 깨어나지 못하게 되었고, 동방과 소월은 죽었다. 모든 사람들이 그녀 때문에 해를 입었다. 화천 골의 웃음은 여전히 계속되었지만 너무나도 비통하여 듣는 사람들은 너나 할 것 없이 마음이 흔들렸다. 선인들이 손으로 얼굴을 훔쳤다. 모두 눈물이었다.

"소골, 멈춰라!"

백자화가 외치며 그녀에게 다가갔으나 무형의 빛에 튕겨 나왔다. 공공共工이 부주산不周山을 들이받는 대참사[4]가 또 한 번 일어난 것처럼 바람이 거세게 불고 구름이 피어올랐다. 하늘은 더없이 캄캄해져 마치 당장이라도 무너질 것 같았다. 해와 달과 별은 탄환처럼 한쪽으로 쏠려 마치 하늘에 구멍이 난 것 같았다. 오랜 시간이 지난 후에도, 당시의 상황을 떠올릴 때면 사람들은 여전히 두려움을 느꼈다.

그 짧은 순간에 곤륜산이 기울고 요지의 물은 메말랐다. 대체 어떤 힘이 천하 만물을 뒤집어 놓았을까?

그 누구도 무시무시하기 이를 데 없는, 피눈물 가득한 화천 골의 얼굴과 그녀가 동시에 내던진 절망적인 웃음과 목멘 울부

---

4 중국 고대 전설에 나오는 신 공공이 화가 나서 부주산을 들이받아 세상이 기울었 다고 함.

짖음을 잊지 못했다. 사람이 얼마나 고통스러우면 저런 모습으로 변할까?

옛말에 '신이 울면 천지가 모두 슬퍼하고, 해와 달도 눈물 흘린다. 울음을 그치지 않으면 천하가 무너진다.'라고 했다. 이 싸움으로 인간계에는 꼬박 석 달 동안 끊임없이 피비가 내렸다.

마지막에야 백자화는 중상을 입는 것도 아랑곳하지 않고 결국 화천골의 결계를 깨뜨리고 들어가, 온몸을 떨면서 끝없이 눈물 흘리는 그녀를 품에 안았다.

"소골! 그들은 이미 죽었다!"

화천골은 멍하니 백자화를 바라보다가 간신히 안정을 되찾았다. 하지만 그를 밀어내고 바닥에 쓰러져 조그맣게 몸을 말았다. 그 순간, 두 사람의 마음은 모두 죽어 버렸다.

백자화는 품에서 새하얀 도자기 병을 꺼냈다. 화천골은 아무 말 없이 연기가 되어 그 속으로 들어갔다. 동방욱경이 죽기 전 그녀에게 한 마지막 말이 생각났다.

"죽지 마시오."

당보는 낙십일이 보살펴 줄 것이고, 경수에게는 헌원랑이 있었다. 이제 그녀가 걱정할 것은 없었다. 죽든 살든 아무 상관 없었다.

백자화는 도자기 병을 품에 넣었다. 그의 눈빛도 더 이상 지난날처럼 태연하고 맑지 않았다. 결국 그는 제 손으로 그녀를 처리해야 했다.

요지의 풍경도 더 이상 아름답지 않았다. 지난날의 번화함과 아름다움은 물거품이 되어 사라지고, 이제는 허물어진 폐허만 남았다.

"사제! 이 모든 재앙을 모두 봤겠지. 화천골을 죽여야만 하네! 설마 이래도 마음 약하게 굴 건가?"

백자화는 차갑게 그를 바라보았다. 그 눈동자에는 분명 아무런 감정도 없었다. 하지만 마음은 어쩐지 양심이 찔렸다.

'이런 상황에서도 저렇게 행동하다니, 설마 지난 일로 아직도 앙심을 품고 있는 것인가?'

"누가 그 아이에게 절정지의 물을 부었느냐?"

담담한 한마디였지만 분명한 심문이었다. 득의양양해하던 예만천은 깜짝 놀라 바닥에 엎드릴 뻔했다.

"묻겠다. 누구냐?"

백자화는 장류 제자들을 둘러보았다. 모두 그의 시선 아래에서 숨을 곳이 없었다. 예만천은 그가 벌써 짐작하고 있을지도 모른다는 생각이 들었다. 그렇다면 무슨 수로 숨길 수 있을까? 그녀는 놀라고 두려워 바닥에 꿇어앉았다.

"그날 밤 내 허락도 없이 그 아이를 만나러 가서 얼굴을 망가뜨렸느냐?"

백자화의 목소리는 여전히 평소처럼 조용했으나, 주위에 있던 사람들은 오싹해졌다. 예만천은 부들부들 떨었다.

'존상이 이제 와서 화천골의 복수를 하시지는 않겠지? 아냐!

아닐 거야! 세존과 아버지가 여기 계신데, 설사 정말 화풀이를 하려 해도 날 어쩌지는 못할 거야.'

그 모습을 본 마엄이 화난 목소리로 말했다.

"절정지의 물은 내가 붓게 했네. 그 계집애 스스로 아무 부끄러움이 없다면 어찌 그 꼴이 되었겠나?"

그러나 백자화는 마엄은 쳐다보지도 않고 한 걸음씩 예만천에게 다가갔다. 예천장이 황급히 딸 앞을 막아섰다.

"우리 장류의 제자인 이상 우리 파의 문규를 지켜야 합니다."

백자화는 눈 하나 깜짝하지 않고 검을 들어 올렸다가 내려쳤다. 예만천의 왼손이 잘려 나갔다.

"네가 얼마나 많은 잘못을 했는지는 말하지 않아도 스스로 잘 알 것이다. 작은 잘못을 벌해야 큰 잘못을 저지르지 않는다. 정실에서 7년간 면벽하며 한 발짝도 나오지 마라."

예천장은 그 자리에서 꼼짝도 하지 않았다. 화가 나서 온몸이 떨렸다. 심지어 백자화가 어떻게 검을 뽑았는지도 확실히 보지 못했다.

예만천은 자신의 팔이 잘리는 것만 보았지, 고통조차 느끼지 못했다. 잠시 후에야 비명을 지르며 기절했다. 사람들은 분분히 뒤로 물러나 눈을 휘둥그렇게 떴다.

마엄이 노한 눈길로 그를 노려보았다. 백자화는 표정이나 행동 모두 아무 변화가 없으나, 한편으로는 완전히 다른 것 같기도 했다.

"화풀이를 하려거든 내게 실컷 하게! 모든 일을 내가 뒤에서 지시했다는 것을 잘 알잖나!"

백자화가 고개를 홱 돌리며 마엄을 향해 검을 들었다. 하지만 곧 손에 힘을 풀었다. 횡상검이 땅에 떨어졌다. 마엄은 몸을 부르르 떨며 얼음처럼 차가운 백자화의 눈을 바라보았다. 어쩌면 그도 그러고 싶지만 하지 못할 뿐인지도 모른다.

하얀 궁우가 날아올라 공중에서 빙빙 돌다가 땅에 떨어졌다.

"장문인은 사형이 하십시오."

백자화의 목소리는 처량하면서도 얼마간의 자조가 섞여 있었다. 그는 화천골의 피가 잔뜩 묻은 횡상검과 장문인의 궁우를 내던지고 피곤한 듯 몸을 돌려 떠났다. 생소묵 등이 아무리 불러도 들리지 않는 듯했다.

그가 가만히 손을 젓자 처절한 싸움으로 피투성이가 된 형즉수가 하늘을 향해 포효하며 그의 앞으로 달려왔다. 조금 전 화천골과 백자화가 싸우자 형즉수는 누구를 도와야 할지 몰라 무척 난처했다. 그래서 차마 끼어들지 못하고 옆에 서 있기만 했다.

백자화는 그의 털을 가볍게 쓰다듬었다. 그러자 그와 마음이 통해, 화천골이 만황에서 눈멀고 목소리를 잃고 폐인이 되어 겪은 모든 일들이 그의 눈앞에 모두 떠올랐다.

"아주 잘했구나……."

백자화는 마음속의 가책과 괴로움을 억누른 채 가볍게 고개를 끄덕이며, 칭찬 삼아 형즉수의 머리를 두드려 주었다. 그 모습을 본 죽염은 그제야 깨달았다. 형즉수는 만황에서 태어난 것이 아니라 백자화가 화천골을 보호하고 보살피기 위해 일부러 보낸 것이었다. 그래서 그는 연고도 없이 갑자기 그녀 곁에 나타났고, 길 안내를 하고 먹을 것을 구해 준 것이다. 그렇지만 화천골은 그 사실을 영원히 모를 수도…….

마엄은 백자화가 형즉수를 데리고, 화천골과 남무월의 영혼을 품은 채 점점 멀어지는 것을 바라보았다. 순간 온몸이 지쳐 힘이 빠졌다. 그가 한 모든 일은 백자화를 위해서였고, 장류산을 위해서였고, 선계를 위해서였다. 그러나 결국 그는 스스로를 원망했다.

'겨우 화천골 한 사람을 위해 모든 것을 버리다니. 이럴 줄 알았다면 굳이 그럴 필요도 없었건만…….'

마엄은 힘없이 뒤로 물러났지만 생소묵이 때맞춰 부축했다. 다시 돌아보니 죽염은 어느새 사라지고 없었다.

백자화는 바람을 타고 날아갔다. 그의 얼굴은 얼음장처럼 차디찼다. 마음이 죽는 것보다 더 슬픈 일은 없었다. 그는 화천골에게 너무도 많은 빚을 졌다.

화천골이 그에게 얼마나 중요한 사람인지 아무도 몰랐다. 아무도……. 그 자신조차 몰랐다. 하지만 최소한 이제 그녀는 다시 그의 곁으로 돌아왔다. 화천골은 이제 장류산 바다 밑에 깔려 영원히 움직이지 못할 것이다.

8부

구름 위 얼어붙은 마음 삶인가 죽음인가
신은 죽고 혼은 떠나 영원히 잠들다

57. 돌아길 수 없는 길

또다시 보름이었다. 화천골은 깊은 잠에서 깨어나, 고개를 들고 물속에 비치는 부서진 빛을 조용히 바라보았다.

바다 밑에서 수면을 올려다보는 것은 대지 위에서 하늘을 올려다보는 것과 비슷한 느낌이었다. 다만 해수면이 훨씬 고요하고 푸르렀다. 가끔 일곱 빛깔의 작은 물고기들이 머리 위를 헤엄쳐 지나가고, 곤곤어가 허연 배를 깔고 천천히 나아가기도 했다. 그들은 바다 속 새였고, 그녀는 우리 속의 밤 꾀꼬리였다.

16년. 그녀는 이 장류산 바다 밑에 꼬박 16년을 갇혀 있었다.

결계가 거대했기 때문에 그 큰 공간 안에서 이리저리 헤엄칠 수도 있고, 해가 뜨고 달이 지는 것도 볼 수 있고, 파도가 일고 바람이 부는 소리도 들을 수 있었다. 그녀는 투명한 기포에 감싸여 있는 것 같았다. 하지만 아무도 그녀를 볼 수 없었다.

물고기들은 으스대며 그녀 옆을 지나갔지만, 살짝 손을 대면 곧 구멍이 생겼다. 자신이 결계의 또 다른 공간 속에 있다는 것을 알 수 있었다. 어쩌면 백자화는 그녀가 심심하고 외로울까 봐 바다를 하늘로 삼고, 수많은 물고기를 친구로 삼으라고 준 것일지도 모른다.

갇힌 나날 동안 결계 속은 칠흑처럼 어둡지 않았다. 그녀는 깊고 푸르른 곳에 가라앉아 별과 달을 보고, 고래의 노래를 들었다. 그러다 보니 어느새 16년이 지났다.

그녀가 이곳에 있다는 것은 아무도 몰랐다. 더욱이 장류산 바로 밑에 갇혀 있으리라고는 아무도 생각지 못했다.

장장 16년 동안 그녀는 아무도 보지 못했다. 백자화도 보지 못했다. 시간은 소리 없이 흘렀고, 그녀는 다시는 과거가 된 사람들과 일, 상처와 고통을 생각하지 않으려고 애썼다. 모든 것은 그녀 자신처럼 깊은 바다 속에 가라앉았다.

때로는 구름 한 점, 산호 한 줌, 물고기 떼 등을 오래오래, 주의 깊게 바라보았다. 그러다 지치면 눈을 감고, 파도의 흔들림에 몸을 맡긴 채 조용히 잠들었다. 달아나려고 하거나 결계를 부수려고 한 적은 없었다. 그녀에게는 지금 이 세상보다 더 아름다운 곳은 없었다. 이곳에는 그녀를 해칠 사람도 없고, 그녀 역시 아무도 해칠 수 없었다.

이렇게 영원히 있을 수 있다고 생각했다. 하지만 하늘은 끝내 그녀에게 이런 고요함조차 허락하지 않았다.

바닷물이 끓기라도 하듯 거센 파도가 용솟음칠 때, 강력한 힘이 결계를 반복해서 두드렸다. 화천골은 꿈에서 깨어나 번쩍 눈을 떴다.

그녀는 말을 할 수가 없었다. 꼬박 16년 동안이나 말을 한 적이 없기 때문이었다. 그녀는 입술을 살짝 움직였다. 어쩐지 불길한 예감이 들었다. 너무나 익숙한 느낌이 계속해서 그녀를 막다른 골목으로 몰아붙였다.

누군가 바다 속에서 크게 싸우고 있거나 장류산에 외적이 침범했을 것이다. 그러나 결계 속의 그녀는 바다의 풍경도 전혀 해롭지 않은 물고기들을 볼 수 있을 뿐, 다른 것은 아무것도 볼 수 없었다. 그리고 줄곧 느낄 수도 없었다. 이번 일이 그녀 때문에 벌어진 것이 아니라면⋯⋯.

화천골은 눈을 감았다. 흐릿하게 익숙한 기척이 느껴졌다. 16년간 고요하던 심장이 다시금 격렬하게 날뛰기 시작했다. 흥분 때문이 아니라 두려워서였다.

'대체 무슨 일일까?'

그녀는 간절히 알고 싶었지만, 지금은 아무런 힘도 쓸 수 없었다. 유일하게 사용할 수 있는 것은 피였다.

화천골은 손을 깨물어 상처를 낸 후, 결계의 벽에 주문을 갈겨썼다. 그저 밖에서 무슨 일이 일어나고 있는지 보고 싶을 뿐이었다.

익숙하면서도 낯선 얼굴이 하나둘 그녀 앞에 나타났다. 그녀는 눈썹을 살짝 움직였지만 표정은 없었다. 말을 하고 싶어 입을 열었지만 소리가 나오지 않았다. 수많은 고독, 그리고 수

많은 그리움이 또 한 번, 마비된 그녀의 신경을 호되게 찔렀다.

전혀 변하지 않은 것 같은 낙십일이 보였다. 그의 곁에는 여전히 아름다운 예만천이 있었는데, 어쩐 일인지 한쪽 팔이 없었다. 경수는 더 이상 어린 시절의 풋풋한 모습이 아니었다. 온화하고 부드러우면서도 고귀하고 성숙한 분위기가 풍겼다. 헌원랑을 위해 끝내 장생불로를 포기하고 만 것이다.

'그런데……, 잔뜩 화나 있는 저 아이는 누구지?'

몹시 낯이 익지만 분명 처음 보는 얼굴이었다. 녹색 옷을 입은 아이의 하얀 피부는 마치 매미 날개처럼 얇고 투명했고, 미간에는 연붉은색 꽃 표식이 찍혀 있었다. 매끄럽고 귀여운 얼굴은 지금 잔뜩 화가 나 있었다. 그녀는 결계 이쪽을 계속 공격했지만, 예만천과 낙십일에게 모두 막혔다.

낙십일은 애석하고 난처한 얼굴로 그녀에게 뭐라고 해명하려 애썼다. 하지만 그녀는 눈물투성이가 되어 힘껏 고개를 저어 댔다. 예만천은 증오 어린 얼굴로 매섭고 독하게 공격했다. 낙십일은 두 사람 사이를 가로막고 갈팡질팡했다.

화천골은 그들을 볼 수 있었지만 목소리를 들을 수는 없었다. 바닷물이 격렬하게 출렁였다. 화천골은 그들이 자신을 보지 못한다는 것을 깨달았다. 그들은 서로 다른 세계에 있었다. 어쩌면 앞으로 다시는 다 함께 모이지 못할 것이다.

화천골은 녹색 옷을 입은 아이를 뚫어져라 바라보며 얼굴을 살폈다. 그녀가 눈물을 뚝뚝 흘리며 낙십일에게 고래고래 소리치는 모습이 보였다. 그 입 모양은 놀랍게도 화천골에게 무엇보다 익숙한 '골두 엄마'였다.

화천골은 결계를 붙잡고 고개를 푹 숙이며 웃음을 참았다. 하지만 목에서는 또다시 흐느낌이 흘러나왔다. 16년, 꼬박 16년이었다. 그사이 당보가 마침내 수련을 끝내고 사람 모습이 된 것이다. 그녀가 상상했던 것처럼 무척 사랑스러웠다. 그렇게 낯익은 것도 당연했다. 당보의 얼굴은 지난날 자신의 모습과 꼭 닮아 있었던 것이다.

요정은 인간과 달리, 생각한 대로의 모습을 갖는다. 누군가를 동경하면 그 사람을 닮는 식이었다. 당보가 결국 여자가 되기로 결심한 것은 결국 낙십일을 사랑하게 되었다는 뜻일 것이다.

이 세상에서 유일하게 화천골이 걱정하는 것은 당보와 경수였다. 두 사람은 이미 각자의 자리와 행복을 찾았으니, 자신은 평생 이곳에 갇혀 있어도 상관없었다.

당보와 이렇게 오랫동안 헤어져 본 적이 없었던 화천골은 만족할 줄 모르고 계속 당보를 바라보았다. 남무월이 그녀의 아이 같았다면, 당보는 더욱더 그녀의 아이였다. 당보는 그녀의 혈육이자, 그녀의 모든 사랑과 보살핌의 집약체였다. 사부를 만나기 전부터 당보는 늘 그녀 곁에 있었다. 화천골에게 당보는 사부 못지않게 중요했다……. 하지만 그녀는 엄마 노릇을 제대로 하시 못해 성장에 가장 중요한 16년을 놓쳤다. 당보가 사람이 될 때조차 곁에 있어 주지 못했다.

당보와 낙십일, 예만천은 점점 더 격렬하게 말다툼을 했다. 흥분하고 기뻐하던 화천골은 순식간에 걱정과 놀라움 속에 빠졌다. 드문드문 입술 모양을 읽어 보니, 당보가 혼자서 몰래 그녀를 구하러 왔다는 것을 알 수 있었다. 그녀가 장류산 바다 밑에 갇혀 있는 것을 어떻게 알았는지는 모르지만, 그녀를 풀어 줄 방법을 찾았다는 것이었다. 하지만 그 중요한 순간에 예만천과 낙십일, 경수, 세 사람이 쫓아왔다.

사람이 된 지 얼마 되지 않은 당보가 어떻게 예만천을 이길 수 있을까? 게다가 낙십일은 당보를 막을 수도 도울 수도 없었다. 당보는 홧김에 두 사람과 싸움을 벌였다. 낙십일은 그녀의 격분에 찬 공격을 막으면서도 예만천이 실수로 당보를 해칠까 봐 그녀를 보호했다. 경수는 싸움을 멈출 기미가 없는 그들을 보며 옆에서 초조해할 뿐이었다.

갑자기 밖에서 은빛이 번쩍했다. 백자화가 온 것이다. 멍하니 바다 위에 떠 있는 당보의 눈에 절망이 어렸다. 오로지 화천골을 구하려고 장장 16년 동안 고심했다. 그런데 가장 중요한 순간에 낙십일과 예만천이 가로막았고, 이제는 백자화까지 나타났으니 더욱더 어려워졌다.

화천골은 고개 숙이고 눈물 흘리는 당보를 보며 마음이 아파 결계의 벽을 두드려 댔다. 나는 신경 쓰지 말고 어서 돌아가라고 말하고 싶었다. 이제 당보는 사람이 되었고, 또 낙십일이 깊이 사랑해 주고 있으니 자신의 행복을 쟁취하면 될 일인데, 무엇하러 그녀를 찾아왔을까?

백자화가 낮은 소리로 뭐라고 말하자, 당보는 무릎을 꿇고 울면서 힘껏 머리를 조아렸다. 낙십일이 아무리 말려도 듣지 않았다.

백자화는 담담하게 고개를 가로저은 후 휙 돌아서서 떠나갔다. 당보는 여전히 수긍할 수 없는 듯이 울며 애원했다. 그 모습을 보는 화천골은 누군가 심장을 쥐어짜는 것 같았다. 경수와 낙십일이 억지로 당보를 일으켜 세워 수면 위로 날아올랐다.

화천골은 슬픔에 목이 멘 당보를 처량한 눈으로 바라보며, 힘없이 바닥에 쓰러졌다. 그런데 뜻밖에도 상황이 돌변했다. 당보가 갑자기 몸을 움츠리더니 다시 자그마한 애벌레로 돌아갔다. 그리고 시위를 벗어난 활처럼 화천골이 있는 결계를 향해 날아들었다.

예만천은 당보가 아무 방비 없이 눈앞을 스쳐 지나가는 것을 보자, 오랫동안 가슴속에 쌓인 증오가 폭발하여 이것저것 생각지 않고 커다란 힘을 실어 힘껏 때렸다. 백자화가 돌아보았지만 이미 늦은 후였다. 화천골은 낙십일과 경수가 놀라 소리를 지르는 것을 보았지만 아무 소리도 들리지 않았다.

당보의 몸은 바다 속에서 천천히 사람 모습으로 돌아가 치맛자락과 허리띠를 흩날리며 화천골을 향해 힘없이 떨어졌다. 자그마한 몸이 서서히 투명한 결계에 닿았고, 두 손이 화천골의 두 손을 스쳤다. 마치 느릿느릿 화천골의 품 속으로 날아드는 것 같았다.

너무 많은 일이 일어났다. 화천골은 이제 어떤 얼굴로 이런 일을 대해야 할지 알 수 없었다. 그녀의 몸에서 보랏빛의 옅은 빛이 흘러나왔다. 당보의 두 손이 결계에 닿는 순간, 투명한 결계가 마침내 소리를 내며 깨졌다.

화천골은 당보의 조그만 몸을 품에 꼭 안았다. 남은 사람들은 이 변고에 놀라 넋을 잃고, 깨어진 결계에서 나오는 화천골과 영혼이 흩어진 당보를 멍하니 바라보았다.

"골두 엄마……."

당보는 눈물투성이가 된 화천골을 바라보았다.

"결국 엄마를 만났어……."

화천골은 그녀의 손을 힘껏 잡았다.

"나 당보야. 알아보는 거지?"

당보가 웃으며 나지막이 중얼거렸다. 화천골은 입술을 떨며 아무 말도 하지 못하고, 그저 필사적으로 고개만 끄덕였다.

'알아. 어떻게 모르겠어? 우리 당보. 어떤 모습으로 변해도 알아볼 수 있어.'

"미안해. 오랫동안 이곳에 혼자 갇혀 있게 해서. 이제야 구하러 왔어."

당보는 무척 열심히 노력했다. 정말 열심히 노력했다. 예전의 게으른 애벌레는 그날 이후 매일같이 열심히 법술을 익혔고, 어렵게 변신에 성공했다. 그녀는 엄마를 구하려고 온갖 방법을 고안했지만, 쓸모없게도 엄마를 구해 내지 못했다.

"다시는 나 혼자 버려두지 않겠다고 약속했잖아. 그런데 계속 약속을 어겼어!"

'눈앞에서 아빠가 죽고, 골두 엄마가 잡혀가는 것을 봐야 했어. 이 작은 내가 어떻게 그 충격을 감당할 수 있겠어? 낙십일이 곁에서 보살펴 준다고 해서 행복하고 즐거울 거라 생각했지? 내게 가장 중요한 사람은 언제나 골두 엄마였어! 영원히 헤어지지 말자고 약속해 놓고!'

"다시는……, 다시는 혼자 두지 않을게……."

화천골은 그녀를 꼭 껴안았다. 푹 잠긴 목에서 마침내 소리가 흘러나왔다. 그리고 통곡에 가까운 고통스러운 울음소리가 이어졌다.

당보는 미소를 지었다. 순식간에 몸이 줄어들어 오동통하고 귀여운 애벌레로 변하더니 서서히 허공으로 사라졌다. 낙십일도 순식간에 맥이 빠졌다. 눈에는 슬픔과 절망이 가득했고, 눈물이 그렁그렁 맺혔다.

경수는 믿을 수 없어 두 손으로 입을 가리고 어깨를 떨었다.

'어떻게 이럴 수가? 어떻게 이럴 수가 있어?'

예만천은 속으로 차갑게 웃었다. 당보는 금지령을 어기고 몰래 요신을 풀어 주려고 했다. 그녀가 나서서 처벌한 것은 당연한 일이었다. 만약 벌을 받더라도 처벌이 과했다는 정도로 끝날 것이다.

일찍부터 저 애벌레가 눈에 거슬렸다. 특히 최근에 사부인 낙십일은 애벌레에게 점점 더 깊이 빠져들었다. 조그만 벌레 따위가 그녀가 사랑하는 사람을 빼앗아 간 것이다. 그녀는 밤낮으로 질투하고 괴로워했고, 저 애벌레를 죽이고 싶었다. 하지만 화천골은 감옥에 갇혔어도 사부가 항상 그녀를 보호해 어쩔 도리가 없었다. 그런데 오늘은 하늘이 내린 기회였다. 그녀를 제거할 좋은 기회와 변명거리를 준 것이다.

'이제부터 아무도 내게서 사부를 빼앗아 갈 수 없어!'

백자화는 화천골과 당보가 절정전에서 조금씩 조금씩 자라
는 것을 보아 왔다. 그런 당보가 눈앞에서 살해당하자 그 역시
슬프고 양심의 가책을 느끼지 않을 리 없었다. 그러나 지금 더
욱 걱정스러운 것은 화천골이었다. 살천맥이 혼수상태가 되고
동방욱경과 남무월이 죽는 것을 연달아 본 그녀였다. 이제 당
보까지 죽었으니 견딜 수 있을까?

결계가 깨어져, 당장 법술을 써서 그녀를 다시 가두어야 했
다. 그런데 천천히 고개를 들고 일어나는 화천골이 보였다. 동
방욱경과 남무월이 죽었을 때 절망적으로 애통해하던 것과는
달리, 지금 그녀의 눈에는 끝 모를 차가움뿐이었다. 어쩌면 절
망이 극에 달하고, 세상에 미련을 둘 사람이 전혀 없어져야만
저렇게 차갑고 무정한 눈빛을 할 수 있을지도 모른다.

사람들은 저도 모르게 소름이 끼쳤다. 한기가 뼛속까지 스
며드는 것 같았다.

"소골! 안 돼!"

안타깝게도 이번만은 백자화도 막을 힘이 없었다. 입에서
새빨간 피가 쏟아졌다. 온몸의 기혈이 연달아 터지고, 두 다리
가 꺾여 땅에 푹 쓰러졌다. 미간의 붉은 표식이 몇 번 반짝거리
다가 완전히 사라졌다.

천지에 바람이 몰아치고 구름이 일었다. 하늘은 짙디짙은
보라색으로 변하고, 바닷물은 하늘에 닿을 정도로 용솟음쳤다.

바다와 하늘 사이에는 거대한 물기둥이 무수히 생겨났다. 땅은 16년 전보다 더 심하게 흔들렸다. 이번에야말로 진정으로 생명을 도탄에 빠뜨릴 요신이 나타난 것이다.

끝을 알 수 없는 해수면 위는 눈 깜짝할 사이 하얀 물보라로 뒤덮이고, 물기둥은 계속 하늘까지 뻗어 나갔다. 마치 폭설이 내리는 것 같았다. 윙윙거리는 바람은 누군가의 혼을 달래는 노래 같기도 하고, 누군가에게 제사를 올리는 것 같기도 했다.

화천골의 몸에서 보랏빛 광채가 쏟아졌고, 절정지의 물이 남긴 흉터가 갈라 터지는 것처럼 시원한 소리가 바람 속으로 흩어졌다. 피부는 다시 예전의 하얗고 투명한 색으로 돌아갔다. 그 다음 몸이 조금씩 조금씩 자라고, 머리칼은 보라색으로 변한 채 길게 자라 사방으로 뻗었다.

사람들은 믿을 수 없어 고개를 설레설레 저으며 화천골이 점점 커지는 모습을 바라보았다. 빛과 안개가 완전히 흩어지자, 거대한 장막처럼 바다 위에서 휘날리던 긴 머리칼이 서서히 내려앉아, 마치 은하수가 구천으로 떨어지듯 늘어졌다. 흐드러지게 핀 꽃처럼 향기롭고 아름답지만, 차갑고 고독하고 더 없이 푸르렀다.

저 아름다움은 요사하고 화려하면서도 신비하고 성스러웠다. 만물이 빛을 잃고 성조차 기울일 아름다움이자, 절망의 아름다움이자, 고독의 아름다움이었다. 몹시도 유혹적이지만, 세상의 끝을 본 것처럼 죽어 있어서, 보기만 해도 뼛속이 서늘했다.

화천골은 눈을 내리뜨고 걸었다. 그녀가 지나간 자리에는 싱싱한 꽃들이 활짝 피어 어느새 허공에는 오색 빛깔 꽃길이 생겨났다.

"낙십일."

화천골이 입을 열어 가볍게 불렀다. 목소리가 거대한 반향을 일으켜 하늘에 메아리쳤다. 요화된 덕분에 그녀의 속눈썹은 가늘고 길고 짙어졌으며 끝이 살짝 올라갔다. 그것은 마치 얇디얇은 물안개로 된 보라색 망사처럼, 말할 때마다 파르르 떨렸다.

"당보는 떠들썩한 것에 익숙해져 혼자 있는 것을 가장 싫어해. 돌봐 주는 사람 없이 쓸쓸히 지내는 것은 무척 가여워. 당보는 너를 무척 사랑했으니, 함께 있어 주는 게 어때?"

그 말과 함께 손가락 사이에서 비취색의 자그마한 꽃이 쏘아져 나갔다.

낙십일은 말 한 마디 없이 가만히 그녀를 바라보았다. 그런 다음 미소를 지으며 고개를 끄덕이고 천천히 눈을 감았다. 꽃송이가 그의 몸에 닿는 순간, 그의 몸에서 돌연 빛이 환하게 솟아났다. 그리고 수많은 초록색 꽃이 되어 조각조각 나더니 바람에 실려 사방으로 흩어졌다.

예만천의 무시무시한 울음소리가 들려왔다. 그녀가 미친 듯이 화천골에게 달려들었지만 화천골이 살짝 손을 들어 그녀를 허공에 꼼짝 못하게 묶었다. 눈 깜짝할 사이, 또 하나의 그림자가 정면에서 그녀를 덮쳤다. 이번에는 피하지도 않고 차가운 비수를 가슴 깊이 받아 냈다.

경수가 눈물범벅이 된 얼굴로 고통스레 울부짖었다.

"네가 십일 사형을 죽였어! 네가 십일 사형을 죽였다고!"

화천골은 아무 말 없이 경수가 분노에 찬 채 그녀의 멱살을 움켜쥐고 반복해서 외치는 것을 보고만 있었다.

"왜 이렇게 된 거야? 왜 이런 거냐고? 나도 죽여! 왜 십일 사형을 죽인 거야! 당보를 해친 건 나야! 내가 그랬단 말이야!"

경수는 무력하게 그녀를 놓고 바닥으로 픽 쓰러져 얼굴을 가리고 흐느꼈다.

"난 당보가 널 구해 낼 방법을 찾았다는 걸 알았어. 그래서 예만천과 십일 사형에게 알렸어! 예만천에게 당보를 막으라고 한 건 나라고!"

화천골은 살짝 뒤로 물러나 믿을 수 없다는 눈으로 경수를 바라보았다. 경수의 눈썹, 그리고 그녀의 눈은 세월에 침식되어 더 이상 지난날 낯익은 모습이 아니었다. 그녀가 고개를 들고 매섭게 화천골을 노려보았다.

"그래! 난 네가 다시 나오는 게 싫었어! 널 평생 가둬 놓고 싶었어! 삭풍은 너 때문에 죽었고, 장류산의 그 많은 제자들도 너 때문에 죽었어! 이제 십일 사형까지 네 손으로 직접 죽였지! 화천골! 너는 요괴야! 너는 재앙이야! 왜 네가 있어야 할 곳에서 조용히 반성하지 않는 거야! 왜 다시 나와서 사람들을 해쳐? 이제 당보도 죽었고, 십일 사형도 죽었어! 모두 네가 해친 거야! 왜? 어째서? 나는 꼬박 16년 동안 헌원랑을 기다렸어! 이제야 겨우 그가 널 포기했는데! 며칠만 늦었다면, 단 며칠만 늦었다면 우린 혼인했을 거야! 어째서! 어째서 당보는 이런 시기에 널 풀어 주려 한 거지? 지난번 네가 만황으로 쫓겨났을 때는 그도 날 받아 주려고 했어. 그런데 네가 돌아오자마자 모두 변했어! 모두 다! 어려서부터 넌 뭐든 나보다 강했고, 뭐든 내게서 빼앗아 갔어! 사부도 빼앗아 갔고, 사랑하는 사람도 빼앗아 갔어! 대체 내가 네게 무슨 빚을 졌기에 내 곁에 있는 모든 사람들의 마음을 빼앗아 가려는 거야?”

화천골은 힘없이 손을 늘어뜨렸다. 눈빛이 더욱 차가워졌다. 그녀는 너무나 어리석고 너무나 둔했다. 경수와 오랫동안 함께했지만 그녀가 속으로 이렇게 괴로워하고 달가워하지 않는 줄은 몰랐다. 하지만 경수는 여전히 미소를 지으며 그녀를 바라보고, 그녀를 도왔다. 가슴속 응어리가 점점 깊어져 두 사람 다 다시는 풀 수 없을 때까지.

화천골은 천천히 걸음을 옮기며 하늘을 바라보았다. 눈동자에 자조의 빛이 반짝였다. 이제 그녀는 다시금 자유를 얻었다. 하지만 이렇게 넓은 세상에 몸 둘 곳이 없었다.

“소골!”

백자화가 힘겹게 그녀를 불렀다. 봉인이 억지로 깨지는 바람에 수위를 모두 잃고 선신도 잃어, 이제 그는 보통 사람이었다.

화천골은 천천히 그를 돌아보았다. 보라색 옷이 바람 속에서 춤추듯 흩날렸다. 그녀는 백자화가 한 번도 들어 보지 못한 어른의 목소리로 그를 향해 한 자 한 자 말했다.

"백자화, 내 몸에 있는 백세 개의 검상과 열일곱 개의 구멍, 그리고 온몸의 흉터, 어느 하나 당신이 주지 않은 것이 없어. 16년간의 감금과 이 두 개의 목숨으로 당신에게 진 빚은 이미 갚았어. 단념검은 망가졌고, 궁령도 깨졌으니, 이제부터 당신과 나의 사제 관계는 끝이야!"

백자화는 고통스럽게 두 눈을 커다랗게 뜨고, 그녀가 아무 미련 없이 손을 들어 궁령의 파편을 그의 발치에 내던지는 것을 바라보았다.

"소골!"

백자화의 목소리가 절로 떨렸다. 당보를 잘 보살피지 못한 것은 그의 잘못이었다. 그녀를 저렇게 억울하게 만들고 고생시킨 것도 그의 잘못이었다. 이제 죽을 사람은 죽고, 떠날 사람은 떠나고, 배신할 사람은 배신했다. 이제 그녀는 아무도 필요 없다고 결심한 것일까?

백자화의 목에서는 끊임없이 피가 솟구쳤다. 그는 한 손을 내밀어 그녀를 붙잡으려고 했으나 잡히는 것은 허공뿐이었다.

이 세상 모든 사람들이 그녀를 버렸고, 그녀 역시 세상을 버렸다. 이제 그녀에게 이 세상에는 미련을 가질 것도, 아까워할 것도 없었다. 그녀의 마음은 당보를 따라 죽어 영원히 돌이 되었다.

절정전에서의 그녀의 웃음, 그녀의 노력을 그는 모두 보았다. 그녀는 그를 위해 요리를 하고, 그를 위해 금을 타고, 그를 위해 머리를 묶어 주었다. 그에게 피를 먹이고, 그의 독을 치료하기 위해 신기를 훔치고, 그를 위해 벌을 받고 쫓겨나면서도 한 마디 불평도 하지 않았다. 그녀는 그를 위해 온갖 고초를 겪고 온갖 고통을 당했다. 그리고 결국 마지막에는 이렇게 말했다. 단념검은 망가졌고, 궁령도 깨졌으니, 이제부터 사제 관계는 끝났다고…….

백자화는 눈앞이 흐릿해졌다. 화천골이 예만천을 소매 속에 집어넣는 것이 보였다. 낙십일에게조차 화풀이를 했으니, 그녀의 손에 들어간 예만천은 살아도 산 것이 아니고, 죽어도 죽은 것이 아니게 될 것이 분명했다.

"소골……. 그러지 마라……."

'사부를 떠나지 마라.'

그는 자신이 한 일이 모두 옳다고 여겼으나 알고 보니 틀린 것이었다. 완전히 틀렸다! 그는 결국 화천골이 요신이 되도록 몰아붙였고, 그들의 사제 관계를 돌이킬 수 없는 지경으로 만들었다.

화천골의 그림자가 점점 멀어졌다. 공중에는 그녀가 날아가면서 남긴 길디긴 꽃의 흔적과 슬픔에 목이 멘 경수의 흐느낌만 남았다.

백자화는 천천히 눈을 감았다. 그는 장류산 바다 밑에서 16년 동안 그녀를 지켰다. 그녀를 가두면서 그도 그녀와 함께 갇혔다. 속죄 때문인지 다른 무엇 때문인지는 알 수 없었다. 그저 매일매일 멀리서 그녀를 보고 싶었다. 그는 이것이 영원할 줄 알았다. 하지만 이제는, 모든 것이 되돌릴 수 없게 되었다…….

58. 그대는 이미 낯선 사람

"어떤가?"

마엄은 생소묵이 연기처럼 느릿느릿 전각 안으로 들어오는 것을 보고 일어섰다. 벌써 오랫동안 기다린 것 같았다.

생소묵의 입술은 약간 창백했고, 눈에는 뿌연 안개가 끼어 있었다. 지난날의 경박하고 게으른 모습은 온데간데없었다. 그는 눈을 살짝 찌푸리고 고개를 저었다.

마엄은 장문인 자리에 털썩 주저앉으며 두 주먹을 꼭 쥐었다. 증오에 찬 눈동자는 얼굴의 흉터와 어우러져 더욱 음침하고 무섭게 보였다.

"죄송하지만 그를 막지 못했어요."

생소묵이 한 걸음 내딛다가 비틀거렸다. 깜짝 놀란 마엄이 그를 부축하려 했지만 생소묵은 살짝 손을 들었다.

"전 괜찮습니다."

"다쳤나? 죽염이 그랬나?"

생소묵은 자조 섞인 쓴웃음을 지었다.

"사형의 제자답더군요. 그만한 계략이라면, 시간이 더 지나면 선계에서 그를 막을 수 있는 사람이 없을 겁니다."

마엄이 탁자를 쳤다.

"내가 그때 마음이 약해져서 살려 준 탓이다. 그것이 이제 와서 삼계의 중생들을 해치는구나."

지난날 죽염은 십방신기를 모아 선마대전을 일으켰다. 마엄은 그가 일시적으로 발을 잘못 들였다며 스스로를 설득하려고 노력했다. 그래서 목숨을 걸고 그를 탐람지에 떨어뜨렸으나, 결국 죽염의 마음속에 커다란 야심과 계획이 숨겨져 있었음을 깨달았다. 하지만 어렸을 때부터 친히 기른 제자가 물에 녹아 사라지는 것을 볼 수 없어, 그를 구해 내 만황으로 쫓아냈다. 그가 그곳에서 조용히 죄를 뉘우치기를 바랐다. 그러나 뜻밖에도 그는 그 오랜 시간에도 불구하고 여전히 잘못을 깨우치지 못했다. 그때의 일시적인 자비심이 재차 큰 잘못을 야기한 것이다.

"너무 자책하지 마십시오, 사형. 사람의 마음은 예측하기 어려우니……."

마엄이 죽염을 아낀 것, 백자화가 화천골을 가르친 것, 어느 하나 애쓰고 고심하지 않은 것이 없었다. 그러나 한 사람은 나쁜 마음을 품었고, 다른 한 사람은 끝내 뉘우치지 않았다. 그들의 길은 달랐지만 결국 다시 돌아왔으니, 이것도 천명이라 할 수밖에 없었다.

전각 밖에서 제자 한 명이 황급히 달려와 전했다.

"세존, 유존! 봉래도가 방금 요마의 도전장을 받았다고 합니다. 각 선파에서 급히 구원을 와 달라고 합니다."

"다음 차례는 봉래도인가?"

생소묵이 한숨을 쉬며 낮게 말했다.

"사형, 어쩌실 겁니까?"

"어쨌든 만천은 십일의 제자다. 그 애가 아직 요마의 손에서 죽었는지 살았는지도 몰라 봉래도를 볼 낯이 없는데, 모르는 척할 수야 없지 않겠느냐. 하지만 채 1년도 안 돼 아홉 개의 선파가 하나씩 무너졌고, 이제 각 선파들은 스스로를 지킬 여유도, 달아날 시간도 없다. 그러니 다른 쪽 구원군은 오지 않을까 봐 걱정이다."

"앉아서 죽기만을 기다려야 한다는 겁니까? 하지만 요신이 없으면 죽염과 이계의 요마들을 상대하는 것쯤……."

"분명 그 애는 나서지 않고 있지만, 정말로 죽염이 어려운 상황에 처하면 수수방관하기야 하겠느냐? 그렇게 되면 그 애가 소매만 흔들어도 선계는 완전히 사라질지도 모른다. 그러니 연합을 해도 계란으로 바위치기처럼 멸망만 재촉할 뿐이라면, 각 파가 다른 일은 신경 쓰지 않고 스스로 보호하면서 시간을 끄는 수밖에 없다."

생소묵은 한참 만에야 입을 열었다.

"저들이 가장 미워하는 것은 장류가 아닙니까……."

마엄은 고개를 저었다.

"그러니 끝까지 남아야지. 죽염이 무슨 생각을 하는지는 누구보다 내가 잘 안다. 서두르지 않고 작은 선파부터 하나씩 무너뜨려 공포 분위기를 조성하여, 야금야금 파 들어가는 쾌감을 느끼는 동시에 보복을 하려는 것이다."

"힘으로 대적할 수 없다면 지혜를 쓰라고 했지요. 우선 죽염에게 손을 쓰죠."

"나도 처음에는 그럴 생각이었다. 하지만 지금은 이미 늦은 것 같구나."

두 사람은 서로를 바라보았다. 무슨 생각을 했는지 약속이나 한 듯 얼굴이 하얗게 질렸다.

"자화를 모르는 척할 수는 없다."

마엄이 초조해하더니, 결국 일어나 성큼성큼 전각 밖으로 나갔다.

"사형! 어딜 가세요?"

"만황이 무너졌으니 묵빙선도 돌아왔을 것이다. 그자를 찾아가겠다."

생소묵이 잠시 기억을 뒤져 보니, 새하얀 그림자가 머릿속에 떠올랐다. 그는 저도 모르게 멈칫했지만, 곧 마엄의 생각을 깨달았다.

"사형, 안 됩니다. 그때 사형이 우기지 않았다면 그는 만황으로 쫓겨나지 않았을 거예요. 몇 백 년 동안 그는 사형을 죽이고 싶도록 미워했을 테니 승낙할 리 없어요. 게다가……. 그럴 수는 없습니다."

마엄이 고집스레 고개를 저었다.

"그런 것까지 생각할 틈이 없다."

북쪽 끝의 땅, 끝이 보이지 않는 얼음과 눈으로 뒤덮여 하늘도 땅도 꽁꽁 얼어붙을 만큼 추운 곳이었다. 이곳에는 하얀색 외에 다른 색은 아무것도 없었다. 죽염은 두 손을 소매 안에 찔러 넣고 고개를 숙인 채, 얼음 벽 밖에 사흘 동안 조용히 서 있었다. 그는 꼼짝도 하지 않았다. 눈을 뜨고 가끔씩 깜빡이지 않았다면 잠들었거나 얼어붙었다고 생각했을 것이다.

마침내 얼음 굴에서 소리가 들려왔다. 흉터투성이인 그의 얼굴에 웃음이 피어올랐다.

"신존, 죽염입니다."

"들어와."

실체 없는 목소리가 사방에서 들려왔다. 마치 세상에서 가장 감동적인 곡과 가장 우아한 음이 합쳐진 것처럼, 머리부터 가슴까지 끊임없이 웅웅 울리는 소리였다. 죽염은 가볍게 숨을 들이쉬고 안으로 들어갔다. 맞은편은 꽃향기가 진동하고 온갖 빛깔이 어른거렸다. 죽염은 현기증이 나 황급히 코를 막았다.

화천골은 그를 등진 채 얼음 침대 위에 누워 있었다. 오른손으로 비스듬히 머리를 받쳤는데, 어깨에 걸친 여우 가죽이 살짝 미끄러져 고운 어깨가 드러났다. 허리띠와 화려한 보라색 치맛자락은 높은 침대 위에서부터 얼음 계단으로 흘러내려 바닥까지 늘어져 있었다. 칠흑같이 검고 긴 머리칼은 꽃가지 하나로 느슨하게 걷어 올렸다. 빨려들 것처럼 새까만 머리칼은 빛이 전혀 없었고, 침대에서 개울처럼 구불구불 흘러내렸다. 하지만 전혀 지저분하지 않았다.

죽염은 살짝 숨이 막혔다. 고개를 들어도 침대 위로는 그녀가 허리에 매단 보라색 술밖에 보이지 않을 정도의 높이였다. 바깥에 아무리 북풍이 몰아쳐도 이 얼음 동굴 안은 춥지 않았다.

"무슨 일이냐?"

근 1년간 그녀는 대부분의 시간을 이곳에서 쉬며 보냈다. 꼭 필요하지 않으면 죽염은 그녀를 귀찮게 하지 않았고, 그녀도 그가 밖에서 무슨 짓을 하든 신경 쓰지 않았다.

"어떻게 처리해야 할지 모르는 일이 있어서 왔습니다. 한번 나서 주시지요, 신존."

죽염은 눈앞에 있는, 낯설고 멀게 느껴지는 화천골을 바라보았다. 겉모습부터 마음까지 완전히 변했다. 그녀는 더 이상 지난날 그가 알던 단순하고 선량한 아이가 아니었다. 성격도 무관심하고 괴팍하게 변했다. 하지만 온몸은 마치 기적이 일어난 것처럼 완벽했다.

죽염은 자신의 기분을 알 수 없었다. 요지에서 그녀가 백자화를 위해 세 번이나 검에 찔리는 것을 바라만 볼 때, 그녀가 장류산 바다 밑에 16년 동안 갇혀 있을 때, 16년이 지나 그녀가 요신의 모습으로 그의 앞에 조용히 섰을 때.

그때 그녀의 눈빛은 요지에서 백자화의 손에 상처를 입었을 때보다 더 처연하고 절망적이었다. 그녀는 중얼거리듯 단 한마디만 했다.

"당보를 살려 줘."

이제 요신이 된 화천골은 아무것도 부탁하지 않았고 아무것도 원하지 않았다. 오로지 단 한 가지의 목적을 위해 온갖 방법을 동원할 뿐이었다. 당보를 살리는 것.

동방욱경과 남무월은 죽어서도 윤회하여 다시 태어날 수 있다. 삭풍은 죽었지만 염수옥이 남았다. 그러나 당보는 정말 완전하게 사라져 아무것도 남지 않았다. 요신이라 해도 영혼조차 없는 영충을 기사회생시킬 수는 없었다.

모든 것이 죽염의 예상에서 벗어났다. 하지만 그가 기대한 방향으로 흘러갔다. 그때 그는 미소를 띠며 가볍게 한마디를 내뱉었다.

"삼천살요三千殺妖."

화천골의 보라색 눈동자에 드디어 빛이 반짝였다.

"날 속이는 거지?"

그녀가 가만히 죽염을 바라보았다. 그를 잡아 죽이는 것은 무척 쉬웠다. 이제 그녀는 생각만으로도 그렇게 할 수 있었다. 그런데 어째서 누군가를 구하는 것은 이렇게 어려울까?

죽염은 헤아릴 수 없는 눈빛으로 웃기만 했다.

"저는 늘 속임수를 쓰지만 신존을 속인 적은 없습니다."

그래서 화천골은 고개를 끄덕였고, 두 사람은 계약을 맺었다. 어쩌면 지금 그녀가 필요로 하는 것은 희망뿐인지도 모른다. 설령 그녀가 살아갈 수 있도록 지탱해 주는 것이 거짓말일지라도.

하늘을 거스르는 대가는 피로 갚아야 했다. 당보는 이미 수련을 통해 사람의 모습을 하고 있었으니, 만황을 나올 때처럼 금기술을 쓰면 되돌릴 수 있을지도 모른다. 다만 영충은 너무 깨끗하기 때문에 이번에 제물이 될 3천 명은 반드시 법력을 가진 동남동녀童男童女여야 했다.

화천골은 잠시도 망설이지 않았다. 이제 이 세상에서 그녀가 신경 쓰는 것은 당보밖에 없었다. 하지만 3천 명의 수행자를 찾는 것은 쉽지 않았다. 하물며 동남동녀는 말할 것도 없었다. 그래서 어린아이를 잡아 와 어릴 때부터 억지로 수련을 시킬 수밖에 없었다. 몇 년, 몇 십 년, 몇 백 년도 상관없었다. 기다릴 수 있었다. 그래서 마침내 죽염은 자신이 원하는 것을 얻었고, 남 보란 듯이 요신의 깃발을 들고 육계를 통일할 핑계가 생겼다.

이미 만황 사람들은 잇달아 휘하로 들어왔고, 요계와 마계도 살천맥이 혼수상태에 빠진 상태라 고개를 숙이고 명을 따랐다. 이렇게 강력한 힘이 생긴 죽염은 더 이상 화천골의 도움이 필요하지 않았다. 그의 모략이라면 육계를 휩쓰는 일은 시간문제였다. 그는 복수와 야심을 실현하는 과정을 즐겼다.

화천골은 이용당하는 것도 개의치 않았다. 당보를 살릴 수만 있다면 무엇이든 할 수 있었다. 무엇이든, 다 할 수 있었다……

"신존, 이곳은 춥고 아무것도 없습니다. 그러니 저와 함께 돌아가시지요."

"이곳에서는 조용히 잘 수 있다."

죽염은 웃었다.

"돌아가서도 조용히 지내실 수 있습니다. 제가 큰 선물을 보내 드리겠습니다."

화천골은 겸손한 척하는 그의 태도가 익숙지 않았다.

"네가 하고 싶은 일을 하면 돼. 쓸데없이 내게 신경 쓸 것 없다."

갑자기 죽염의 얼굴에 있는, 탐람지의 물이 남긴 흉터가 눈에 거슬렸다.

"본래 얼굴을 되찾고 싶지 않느냐? 흉터를 없애 줄까?"

이제 그녀에게는 손바닥 뒤집듯 쉬운 일이었다. 그러나 뜻밖에도 죽염은 한 걸음 뒤로 물러나며 말했다.

"감사합니다, 신존. 하지만 이대로가 좋습니다."

화천골은 그를 노려보았다.

"너는 오랫동안 나쁜 마음을 품고 있다가 만황을 나와 육계에서 포부를 펼치며 혼란을 일으키고 있어. 하지만 네가 청리에게 전혀 가책을 느끼지 않는다고는 생각지 않는다. 살 언니의 가책을 없애 준 사람은 나였어. 죽염 너의 가책을 없애 주는 것은 뭐지? 그 뼈저린 후회를 어떻게 흘려보내는 거냐? 거울에 비친 네 얼굴을 보면서?"

화천골의 목소리는 뼈를 엘 듯 차가웠다. 죽염은 몸을 떨었다. 그는 가타부타 대답하지 않았지만 얼굴이 하얗게 질렸다. 그는 그녀를 따라 밖으로 나가면서 시종 고개를 들지 않고 그녀가 디딘 곳마다 얼음 위로 피어나는 꽃들만 바라보았다.

화천골은 바람을 타고 날아갔다. 속도가 몹시 빨라, 죽염은 그녀가 공중에 남긴 구불구불한 꽃길을 따라 쫓아갔다. 인간계는 더 이상 예전처럼 평화롭지 않았다. 화천골이 열한 번째 신기가 되어 봉인을 완전히 깨뜨린 후 요신이 세상에 나왔고, 만황은 무너졌다. 결계의 통로가 활짝 열려 수많은 요수와 죽은 영혼들이 삼계로 밀어닥쳤다. 자연재해가 일어나고, 전쟁이 벌어지고, 역병이 돌았다. 세상은 황량해져 천 리를 가도 인적 하나 없고, 길가에는 시체민 신치럼 쌓여 있었다.

그와 동시에 신계의 결계 문도 열렸다. 끝없이 넓고 아름답고 다채로운 이 세계는 세상에 유일하게 남은 행복의 땅이 되었다.

화천골은 인간계의 참상을 본체만체하며 빠른 속도로 그곳을 통과해 신계로 들어갔다. 오색 창공 아래 잇달아 출렁이는 구름바다 위로 크고 작은 수천 개의 궁전과 정자, 누각들이 떠 있었다. 햇빛이 비치자 찬란하게 반짝이는 모습이 몹시 장관이었다. 더욱이 구름바다 속에는 수많은 꽃들이 아름다움을 뽐내고, 폭포가 맴돌고, 진귀한 짐승들이 뛰어노는 것이 마치 유리 속 선경仙境 같았다.

이곳에서는 바람 한 점도 이상하리만치 쾌적해서 뼛속까지 불어오는 듯했고, 모래 한 알도 정교하고 완벽해 끝을 알 수 없는 영력을 간직하고 있었고, 물 한 방울도 지극히 깨끗해서 그 물에 살짝만 씻어도 속세의 오물을 제거할 수 있었다. 누구든 신계에 들어오면 법력이 몇 배나 빠르게 증가했고, 이 때문에 모두들 앞다투어 몰려들었다.

주위에는 지키는 요마들과 시녀들이 무척 많았다. 그들은 화천골이 오는 것을 보자 모두 무릎 꿇고 절을 올렸다.

"신존, 이리로 오십시오."

곧 도착한 죽염이 그녀를 가장 높은 구름으로 안내했다. 화천골은 주위 풍경을 둘러보며 살짝 눈을 찌푸렸다. 사실을 몰랐다면 그가 절정전을 통째로 이동시켰다고 생각했을 것이다.

"마음에 드십니까?"

"아니."

화천골이 소매를 흔들자 눈앞은 곧 다른 모습으로 바뀌었다.

"내게 쓸데없이 마음 쓰지 말라고 했다. 필요한 게 있으면 뭐든 주마."

죽염은 눈썹을 치켜올리며 말없이 웃기만 했다.

갑자기 주변에서 거대한 살기가 솟구쳤다. 죽염이 급히 몸을 돌리는 순간, 검기가 그의 옷자락을 베었다. 두난간이 격분하여 달려들고 있었다.

"감히 남우회를 죽이라고 사람을 보내?"

죽염은 다소 허둥대며 화천골을 돌아보았다. 화천골이 담담하게 대답했다.

"내가 보냈다."

두난간이 몸을 부르르 떨었다. 1년 동안 그는 화천골의 변화에 비통하고 자책해 마지않았다. 하지만 이미 마음이 죽어 버린 사람에게 무슨 말을 하든 아무 소용이 없었다. 그저 옆에서 속만 태우며 지켜볼 뿐이었다. 그녀와 죽염이 복수를 하든, 육계를 통일하든, 그는 상관하지도 않았고 신경 쓰지도 않았다. 하지만 어째서 결국 남우회까지 끌어들여야 했을까?

"어째서?"

"이유는 없다."

"꼬마, 너……."

"꼬마라 부르지 마."

화천골이 차갑게 몸을 돌렸다. 두난간은 노기충천하여 떠났다. 그가 만황에서 돌아온 이후 남우회는 마치 사라진 것처럼 다시는 모습을 드러내지 않았고, 그 역시 다시는 그녀를 볼 수 없었다.

지난날 남우회에게 잘못이 있었더라도 분명 깨달았으리라 믿었다. 그런데 왜 이제야 갑자기 그녀를 죽이려 할까? 그는 알 수 없었다. 생각하고 싶지도 않았다. 반드시 다른 사람들이 찾기 전에 먼저 그녀를 찾아내 보호해야 했다.

죽염은 두난간의 모습이 빠르게 사라지는 것을 보며 저도 모르게 설레설레 고개를 저었다.

"모르겠습니다. 왜 굳이 곁에 남은 마지막 사람까지 쫓아 보내시는 겁니까?"

그 말 속에는 그와 화천골의 관계에 선을 딱 긋는 의미가 담겨 있었다. 화천골은 말이 없었다. 죽염의 눈에도 비통함이 스쳤지만, 순식간에 알랑거리는 미소로 돌아갔다.

"신존께 바칠 물건이 있습니다."

그가 손바닥을 뒤집자, 순간 십방신기가 허공에 나타났다. 화천골은 약간 당황했다. 그녀는 천천히 다가가 염수옥을 손에 꼭 쥐었다.

"어떻게 네가 가지고 있지? 그자를 잡았느냐?"

"어떻게 처리해야 할지 모른다는 일이 바로 이 일입니다. 신존께서 그를 건드리지 말라 분부하셨기에 차마 함부로 할 수가 없었지요. 그자가 스스로 원한 겁니다."

화천골은 알겠다는 의미로 고개를 끄덕이고는, 여전히 아무 흔들림 없는 얼굴로 궁전 안의 침실로 향했다. 피곤했다. 어렴풋이 문 열리는 소리가 들려왔다.

"소골? 소골이 왔느냐?"

눈앞에 메마른 입술을 뗐다 붙였다 하는 백자화의 얼굴이 흐릿하게 나타났다. 천천히 고개를 들자 푸른 옷자락이 보여 그녀는 얼른 눈을 감았다.

"존상, 요즘은 좀 어떠십니까?"

죽염의 목소리에 숨길 수 없는 쾌감이 드러났다. 그는 전각의 금빛 기둥에 높이 매달려 있는 백자화를 올려다보았다. 백자화는 그를 상대하지 않았지만 죽염은 천천히 기둥을 돌며 말했다.

"실망하셨겠지요. 저는 벌써 신존을 모셔왔지만, 신존께서 당신을 보고 싶어 하지 않으시는 겁니다. 제 잘못이 아니지요."

백자화의 손가락이 살짝 움직였다. 보고 싶어 하지 않다니. 아직도 그를 보고 싶어 하지 않다니. 그렇게 상처를 입고도 원망 한 번 하지 않던 그녀가 결국에는 그가 간접적으로 당보를 해친 일로 그를 원망하고 있었다……

1년 전, 그녀는 궁령의 파편을 그에게 집어던졌다. 그리고 앞으로 그들의 사제 관계는 끝이라고 말했다……

백자화는 심장이 조여드는 듯했고 머리가 어지러웠다. 이번 생에서 가장 애간장을 저미는 장면이었다. 그는 전력을 다했지만 결국 두 사람을 막다른 길로 몰아넣고 말았다.

갑자기 죽염이 위로 날아올라 그의 앞에 서서 웃음 가득한 얼굴로 그를 바라보았다.

"기둥에 묶인 기분이 어떠십니까? 소혼정이 없는 것이 아쉽군요. 그랬다면 당시 신존께서 겪은 공포와 절망을 맛보여 드리고 싶은데 말입니다."

백자화는 가볍게 두 눈을 감았다. 선신을 잃고 평범한 사람이 되어도, 이곳에 근 한 달 간 묶여 있어도, 그는 여전히 먼지 하나 묻지 않았고, 낭패한 모습은 전혀 볼 수 없었다. 하지만 얼굴과 입술은 마치 종이처럼 창백하고 초췌했다.

"절 보십시오!"

죽염이 다소 화를 내며 불손하게 백자화의 턱을 잡아 올렸다. 백자화가 두 눈을 뜨자 정광精光이 번쩍였다. 죽염은 손을 떨며 저도 모르게 그를 놓았다. 속으로는 절로 자신에게 화가 났다.

그는 이렇듯 높디높은 백자화의 모습이 가장 거슬렸다. 그를 이곳에 묶어 둔 것은 일부러 모욕하고자 해서였다. 이제 그를 모욕하기란 무척 쉬운데도 전혀 손을 쓸 수가 없었다. 그를 건드릴 수 없는 것은 마음이 약해서가 아니라 신존 때문이었다. 그는 그렇게 스스로에게 합당한 이유와 물러날 길을 마련해 주었다.

"예전에 뒤에서 마엄에게 제 흉을 본 것만 빼면, 당신도 제게 무척 잘해 준 편이었지요. 저는 소심한 편이라 항상 은혜를 원수로 갚고, 원한은 반드시 갚습니다. 이번에 당신이 여기까지 온 이유를 잘 압니다만, 신존은 더 이상 당신에게 사제의 정을 느끼지 않으니 쓸데없는 짓은 마십시오. 안 그러면 신존이 나서지 않으셔도 제가 당신을 죽일 겁니다."

백자화는 여전히 아무 말이 없었다. 그는 죽염의 야심과, 목적을 위해서는 수단을 가리지 않는 성격을 일찍부터 간파하고 있었다. 그래서 바른길로 이끌어 주려 노력했지만 그는 끝내 회개하지 않았다. 안타깝게도 그 당시 사형은 그를 너무 감싸고돌았다. 그렇지 않았다면, 그 당시 죽염은 사람들을 죽이고 죄를 지었으니 죽어도 아깝지 않았을 것이다.

죽염은 그의 혈도를 짚고 빈초薲草를 조금 먹였다. 아무래도 백자화는 이제 평범한 몸이었으니 전혀 먹고 마시지 않으면 오래 버틸 수가 없었다. 신존은 겉으로는 모르는 척하지만,

정말로 백자화가 죽기라도 하면 어떤 모습으로 변할지 아무도 몰랐다.

갑자기 문 밖에 있던 사람이 보고했다. 단춘추가 억지로 운궁의 신존전으로 들어갔다는 소식이었다. 죽염은 백자화를 내버려 두고 서둘러 쫓아갔다.

화천골은 발치에 무릎을 꿇은 단춘추를 차갑게 바라볼 뿐 아무 말도 하지 않았다. 단춘추의 긴 머리칼이 바닥에 닿았고, 이마는 바닥에 바짝 붙어 있었다. 목소리는 떨렸지만 무척 굳셌다.

"부탁드립니다, 신존. 마군을 깨어나게 해 주시면 저와 이계의 요마들은 신존의 대은대덕을 깊이 새기며, 죽음을 무릅쓰고, 소나 말이 되는 것도 마다하지 않겠습니다."

그는 이해가 되지 않았다. 알 수도 없었다. 이제 화천골은 진정한 요신이 되었고, 살천맥을 깨울 힘이 있었다. 그런데 왜 구하지 않는 것일까? 지난날 단춘추 그는 그녀에게 죄를 지었지만 마군은 항상 그녀를 몹시 아꼈고, 두 사람의 관계도 좋았다. 이제 손만 까딱하면 될 일을, 어째서 모르는 척하는 것일까? 설마 사람이 변하면서 마음도 변했을까?

1년 동안 그는 어쩔 수 없이 그녀의 명을 따라 죽염과 함께 선파를 정벌했다. 그리고 몇 번이나 그녀에게 빌었지만 그녀는 전혀 흔들리지 않았다. 이제 단춘추는 누가 육계의 주인이 되든, 화천골이 자신을 죽이든 말든 아무 상관 없었다. 그저 어서 빨리 마군을 깨우고 싶을 뿐이었다.

"제가 지난날 태백산에서 신존께 용서할 수 없는 죄를 지었다는 것을 압니다. 처벌을 내리시겠다면 죽어도 아까워하지 않겠습니다. 하지만 마군께서는 신존께 정이 무척 깊었습니다. 깨어나시더라도 절대 신존과 제위를 두고 다투시지 않을 겁니다. 신존, 부디 지난날의 정을 생각해서 그분을 깨워 주십시오……."

화천골은 천천히 일어났다.

"더 이상 말할 필요 없다. 여봐라, 이자를 끌어내라."

"신존!"

단춘추는 필사적으로 머리를 조아렸다. 매끄럽고 투명한 옥을 깐 바닥을 적신 새빨간 피가 유난히 눈에 띄었다. 화천골은 소매를 가볍게 흔들어 시종들을 재촉했다.

단춘추가 시종들에게 잡혀 억지로 후당으로 끌려 나가자 화천골은 다시 자리에 누웠다. 그런데 죽염이 또 문 밖에 나타났다. 화천골은 차갑게 꾸짖었다.

"왜 자꾸 날 귀찮게 구느냐? 또 무슨 일이지?"

물론 죽염은 단춘추가 왜 찾아왔는지 알고 있었다. 그래서 그 일은 꺼내지 않고 나지막이 말했다.

"이왕 돌아오셨으니 예만천을 만나지 않으실는지요?"

방 안에 한참 동안 침묵이 감돌았다.

"그녀는 어떠냐?"

"모두 신존께서 분부하신 대로 했습니다."

문이 열리고 화천골이 밖으로 나갔다. 어느새 옷을 갈아입어, 화려한 금색에 어두운 무늬가 덩굴처럼 소맷자락으로 뻗어 있고, 보라색 깃털 깃이 높이 솟아 얼굴을 반쯤 가렸다. 그녀는 눈을 내리떴다. 요화한 후 속눈썹이 보통 사람보다 두세 배 이상 길어지고, 위로 살짝 휘어졌다. 아름다웠지만 살천맥처럼 눈부신 아름다움이 아니라 마치 고인 물 같은 아름다움이었다.

화천골은 죽염을 따라 후미진 낮은 전각으로 들어갔다. 예만천을 보았을 때도 그녀의 표정은 아무 변화가 없었다.

눈동자가 뽑힌 시커먼 눈자위에서는 구더기가 들끓고 있었다. 그녀는 쉰 목소리로 온 힘을 다해 소리를 질렀다.

"화천골! 화천골! 날 죽여! 죽이란 말이야!"

"……."

"신존께서 죽지도 살지도 못하게 하라고만 하셨기에, 구체적인 방법은 이 죽염이 마음대로 결정했습니다. 신존께서 만족하시길 바랍니다."

'만족?'

예만천은 산 채로 두 눈을 뽑히고, 몸 위에는 각종 독충들이 기어올라 밤낮으로 그녀의 피부를 갉아먹고 코와 눈과 귓속을 왔다 갔다 했다. 오른팔이 없고, 무릎 아래로는 거의 뜯어 먹혀 남아 있지 않았다. 벌레처럼 공중에 매달린 몸에서 피와 진물이 흘러내렸다. 몸이 거의 남아나지 않으면 선단을 먹여 다시 근골을 자라나게 했다. 그렇게 매일매일 의식이 말짱한 상태로 이 영원한 고통을 받으며 윤회하는 괴로움을 겪었다.

화천골은 만신창이가 된 그녀의 모습을 똑바로 바라보며 쾌감을 찾으려 했다. 하지만 없었다. 아무것도 없었다. 죽어 버린 심장은 이제 아무것도 느낄 수가 없었다. 고통도 즐거움도, 그리고 분노도. 그녀는 가만히 예만천을 바라보았다. 지난날 모산에서 본 참상보다 더욱 잔인한 광경을 보면서도 마치 평범한 풍경을 보는 듯했다.

"왜 사부님을 죽였어? 화천골, 넌 곱게 죽지 못할 거야! 비참하게 죽을 거라고! 대대손손 비참하게 죽으라고 저주할 거야!"

예만천은 거의 미쳐 있었다. 눈앞에서 낙십일이 죽는 것을 보았을 때 벌써 미쳐 버렸다. 그녀는 단지 미워하고 질투했을 뿐이지만, 화천골이 당보를 위해 사부를 죽이리라곤 생각해 본 적도 없었다. 자신은 어떻게 괴롭혀도 상관없지만, 어째서 사부를 죽였을까? 그는 분명 아무 잘못도 없었다. 잘못한 사람은 그녀였다. 그녀 자신이었다…….

시커먼 눈자위에서 눈물이 흘렀다. 그녀는 마침내 후회했다. 자신이 화천골에게 심하게 대한 것과 당보를 죽인 것을 후회하는 것이 아니었다. 자신이 간접적으로 사부를 죽인 일을 후회할 뿐이었다.

"죽여! 날 죽여!"

예만천의 목소리가 떨렸다. 벌레들이 입 안에서 계속 기어 나왔다.

그저 애벌레 하나를 죽였을 뿐인데 화천골은 수백 수천 마리의 벌레로 그녀를 괴롭혔다. 그녀는 언제나 화천골에게 졌다. 그래도 자신이 화천골보다 강한 것이 최소한 하나는 있다고 생각했다. 그녀는 화천골보다 독하고 잔인했다. 그런데 이제 보니 그 점에서도 그녀에게 졌다.

'화천골, 너야말로 세상에서 가장 잔인하고 무심한 인간이야! 세상 사람들에게 멸시당하고 사부에게 버림받아도 싸. 차라리 백자화의 검에 죽지 그랬어!'

화천골은 조용히 예만천을 바라보았다.

"널 죽이지 않겠다. 또다시 당보와 십일을 방해하게 두지는 않아. 내 손을 더럽힐 가치조차 없어."

화천골은 약간 굼뜬 동작으로 몸을 돌려 천천히 밖으로 나갔다. 미친 듯이 날카로운 예만천의 비명과 욕지거리는 못 들은 척했다.

"왜, 마음이 약해지십니까?"

죽염이 웃으며 그녀를 바라보았다.

"넌 정말 대단하군."

그래 봐야 잔혹한, 육체적인 형벌만 받았으리라 생각했는데, 죽염은 정말이지 지독했다. 저런 형벌은 아름답고 오만하던 그녀에게 있어 피부를 벗겨 내는 것보다 수천 배는 더 고통스러울 것이다.

"신존의 명이니 전력을 다할 수밖에요."

그와 그가 아끼던 것들을 해친 것들에게 그는 한 번도 사정을 봐주지 않았다.

"만족스럽지 않은 부분이 있다면 얼마든지 말씀하십시오."

화천골은 고개를 저었다.

"네게 맡겼으니 내게 묻지 말고 알아서 해라. 난 그저 살려 두기만을 원할 뿐이다."

예만천은 살아야 한다. 살려야 한다. 그녀가 살아 있는 동안은 예만천도 살아야 했다. 예만천을 향한 증오와 당보를 살리려는 마음만이 지금 화천골이 존재하는 이유였다.

화천골은 침실의 비밀 문을 열고 안쪽으로 걸어 들어갔다. 한기가 확 끼쳐 와 그녀는 약간 물러났다. 텅 빈 얼음 복도를 지나자 화려하고 정교하게 꾸민 거대한 침실이 보였다. 야명주의 부드러운 빛이 구석구석을 비추는 가운데, 꽃향기가 물씬 나는 침대 위에는 절세의 미인이 누워 있었다.

화천골은 조용히 그 옆에 앉은 뒤 고개를 숙이고 그의 발그레한 뺨을 바라보았다. 그는 여전히 달콤한 잠에 빠져 있었다. 그녀는 저도 모르게 손을 내밀어 그를 만지려고 했지만 마지막 순간에 멈칫하며 손을 거두었다. 마치 손을 대면 그가 더럽혀지기라도 하는 것처럼.

'언니, 내가 보고 싶어요? 깨어나고 싶어요?'

확실히, 지금 그녀는 손쉽게 살천맥을 꿈에서 깨어나게 할 수 있었다. 하지만 그 후에는? 어른이 되어 사람도 귀신도 아닌 것 같은 이 모습을 보여 주라고? 그녀를 몹시 사랑하고 아껴 심장도 간도 빼내 주려던 언니는 단순하고 맹한 그녀의 모습을 가장 좋아했다.

그가 중요하기 때문에 신경이 쓰였다. 그에게 이 모습을 보여 마음 아파하는 것을 보고 싶지 않았다.

그녀는 차마 눈 뜨고 볼 수 없는 예만천의 참상을 보면 구역질을 하리라 생각했지만, 그렇지 않았다. 아무 느낌도 없었다. 다시는 돌아갈 수 없다. 지금의 꼬맹이는 철두철미하게 심장이 사라진 괴물이었다.

그를 볼 낯이 없었고, 더욱이 그 맑은 눈동자를 마주할 수가 없었다. 그래서 이번에는 철저하게 이기적이 될 수밖에 없었다.

'언니, 푹 자요. 언니는 자는 것을 무척 좋아했잖아요? 길고 긴 꿈이라고 생각해요. 꿈속의 나는 아직 아무것도 모르는 어린아이예요. 반드시 언니를 깨울게요. 내가 죽는 그날……'

"신존, 내일 제가 병사를 이끌고 봉래도를 공격하겠습니다."

"알겠다. 그런 일은 보고할 필요가 없다고 말하지 않았느냐."

"어쨌든 예천장은 예만천의 아버지니 여쭙고 싶었습니다. 봉래도를 멸망시켜야 할까요?"

"네가 알아서 해라."

화천골은 고개도 들지 않았다.

"신존, 단춘추가 벌써 며칠 동안 밖에서 무릎을 꿇고 있습니다. 지금도 밖에 있습니다."

"하고 싶은 대로 하라고 해. 신경 쓸 것 없다."

그렇게 말한 그녀가 잠시 후 다시 입을 열었다.

"백자화는? 아직도 운궁에 있느냐?"

죽염은 웃을 듯 말 듯한 표정으로 대답했다.

"저는 그자를 괴롭힐 생각이 없지만, 그자가 떠나려 하지 않습니다."

화천골은 천천히 침대에서 내려왔다.

"내가 가 보겠다."

그에게 부끄러울 일도 없는데 왜 피해야 한단 말인가?

두 사람은 백자화를 가둔 대전으로 향했다. 몇 장 높이의 문이 끼이익 소리를 내며 천천히 열렸다. 텅 빈 전각 안 금빛 기둥에 묶인 백자화가 유난히 눈에 띄었다. 화천골은 무표정한 얼굴로 말했다.

"스스로 원했다는 게 이런 거냐?"

죽염은 웃으며 한 마디도 하지 않았다. 한 달 가까이 묶여 있던 백자화의 몸은 허약해질 대로 허약해져 거의 혼수상태에 빠져 있었다. 그런데도 누군가 다가오는 소리를 듣자 그는 억지로 천천히 눈을 떴다.

'소골.'

그의 입술이 살짝 떨어졌지만 소리는 나오지 않았다.

아래에 있는 보라색 그림자는 그에게는 몹시 낯설었다. 몸에서 풍기는 냉랭한 기질조차 낯설어 몇 년 간 그와 함께한 제자가 아니라 다른 사람 같았다. 다시 만났지만 기쁨도 고통도 흥분도 없었다. 그저 이렇게 가만히 서로를 바라볼 뿐이었다.

"백자화, 무슨 일로 왔지?"

이미 서로 아무 관계도 없다고 결심했는데, 이제 평범한 사람일 뿐인 그는 뭐 하러 여기까지 와서 모욕을 당하는 걸까?

백자화는 담담히 그녀를 바라보다가 마침내 입을 열어 한마디를 토해 냈다.

"너를 죽이러 왔다."

그녀는 더 이상 그를 사부로 여기지 않았지만, 그는 아직도 그녀를 제자로 여겼다. 그녀가 잘못을 저지르면 그는 모르는 척할 수 없었다. 반드시 문호를 정리해야 했다. 이것은 그가 그녀에게 갖는 책임감이자 세상에 대한 책임감이었다. 설령 그 잘못이 결국에는 그가 만들어 낸 것이라 해도.

화천골은 눈을 내리깔았다. 1년 만에 처음으로 냉소를 터트리고 싶은 충동이 일었다. 하지만 입가가 아직 딱딱하게 굳어 있어 아무런 표정도 지을 수가 없었다. 일이 이렇게 되었는데도 그는 여전히 그녀를 죽일 생각뿐이라니!

화천골이 고개를 들어 그를 바라보았다.

"백자화, 당신은 내게 빚진 것이 없고, 내가 당신에게 진 빚은 벌써 깨끗이 갚았어. 나를 죽이겠다고? 좋아, 실력이 있다면 그렇게 해. 어쨌든 한때 사제지간이었으니 마지막 기회를 주겠어. 당신의 선신은 이미 사라졌으니 다시 피 한 방울을 주지. 선물로 여기든 보상으로 여기든 상관없어. 법력이 회복되면 바로 떠나."

백자화는 그녀를 똑바로 바라보며 천천히 고개를 저었다.

"너를 죽이기 전에는 가지 않겠다. 그게 싫으면 날 죽여라."

그의 눈동자는 더 이상 빛나지 않았지만 여전히 깊고도 깊어 화천골은 그 마음을 읽을 수가 없었다.

'죽으러 온 걸까? 아니면 내 감정을 한 번 더 이용해 자신이 시키는 대로 할 수 있다고 생각하는 걸까?'

"좋아, 그게 당신 바람이라면……. 여봐라, 저자를 내 방으로 데려가라. 백자화, 이제부터 당신은 항상 내 곁에 있을 수 있어. 무슨 방법을 써서든 어느 때고 날 죽여도 돼. 당신 능력에 달렸지. 물론 나는 당신에게 피 한 방울도 낭비하지 않을 거야."

화천골은 눈을 살짝 찌푸리며 몸을 돌려 떠나갔다.

백자화는 기둥에서 내려오는 즉시 정신을 잃었다. 죽염은 떠나는 화천골의 뒷모습을 보며 만족스레 고개를 끄덕였다. 드디어 그녀에게서 약간의 감정을 볼 수 있었다. 과연, 이 세상에서 백자화만이 할 수 있는 일이었다.

'화천골, 나는 네가 살아 있기를 바란다.'

백자화가 다시 눈을 떴을 때, 그는 아직도 묶인 채였다. 다만 이번에는 족쇄로 벽에 묶여 있었다. 텅 빈 침실은 크고 추웠으며, 간단히 탁자 하나, 의자 하나, 침대 하나뿐이었다.

화천골은 그의 맞은편 침대에 누워 머리를 받치고 있었다. 눈은 떴지만 그를 보고 있는 것 같지는 않았다. 그녀는 반나절 동안 꼼짝도 하지 않았고 눈도 깜빡이지 않았다. 백자화는 그제야 그녀가 잠든 것을 알았다. 잠든 동안에도 그녀는 여전히 눈을 뜨고 있었다.

그는 더 이상 꺼리지 않고 눈앞의 낯익은 사람과 낯선 얼굴을 살펴보았다. 그녀는 자라나 키가 컸다. 비록 천하에 으뜸인 외모와 몸매를 가졌지만 그는 그녀의 어렸을 때 모습이 더 좋았다. 절정지의 물에 망가진 얼굴도 좋았다. 지금처럼 잔인하고 무정하지는 않았으니까.

백자화의 가냘픈 몸은 얼음처럼 차가운 벽에 붙어 거의 마비될 지경이었다. 이미 굶주림과 추위는 느껴지지 않았다. 이제 보니 보통 사람의 몸이란 한 번의 충격으로도 쓰러질 만큼 허약했다. 그는 꼼짝도 하지 않고 화천골을 바라보았다. 눈을 깜빡이면 그녀가 또다시 그의 삶에서 완전히 사라져 버릴 것 같았다.

시간이 얼마나 흘렀을까. 화천골은 아직 깨어나지 않았지만 그는 나시 혼수상태에 빠졌다. 평소와 같은 꿈이었다. 화천골이 그의 다리를 부여안고 울며 애원했지만, 그는 검을 들고 한 번, 한 번, 또 한 번 휘둘렀다. 몇 번이나 검을 찔렀는지 모른다. 그 후 화천골의 모습이 갑자기 그의 모습으로 바뀌었다. 하지만 아무리 고통스러워도 그는 끝내 멈추지 않았다. 하늘과 땅은 온통 피였다. 그는 피 속에 빠졌고, 걸쭉하고 끈적끈적한 피가 온몸에 묻었다.

백자화는 가슴이 격렬하게 아파 왔다. 그런데 어느 순간 맑은 물이 서서히 흘르는 듯 시원한 느낌이 들었다. 그는 땀투성이가 되어 눈을 떴다. 화천골이 눈앞에 서 있었다. 그랬다. 모습은 달라졌지만 최소한 화천골은 아직 그의 앞에 이렇게 살아 있었다.

"소골……."

백자화가 가볍게 숨을 내쉬었다. 목소리가 살짝 떨렸다.

"소골이라고 부르지 마."

화천골은 차갑게 그를 바라보며 단약 한 알을 그의 입에 넣었다. 그는 전혀 망설이지 않고 삼켰다. 순간적으로 한기가 훨씬 가셨다.

화천골은 그에게 늘 곁에 있으면서 언제든 자신을 죽여도 된다고 했지만, 그를 풀어 줄 생각은 없어 보였다.

"생각을 바꿨다. 당신을 보고 싶지 않아. 알아서 떠나면 제일 좋겠지만, 그렇지 않으면 사람을 시켜 쫓아내겠다. 날 죽이려거든 스스로 방법을 생각해. 나는 매일 당신과 놀아 줄 정도로 한가하지 않아."

자신을 죽이려 하는 그에게 그럴 기회를 줄 의무는 그녀에게 없었다. 두려움의 문제가 아니었다. 단지 그와 감정적으로 부딪힐 필요가 없다는 생각이 들었을 뿐이었다.

백자화는 변덕이 심한 그녀를 이해할 수 없었다. 한때 속까지 훤히 들여다볼 수 있던 화천골은 느닷없이 무관심하고 괴팍하게 변했고, 그는 이제 그녀를 전혀 알 수가 없었다.

"소골, 예만천을 어떻게 했느냐? 그 애도 잘못했지만, 어쨌든 그 애는 너의 동문이고, 네 십일 사형의 제자다. 이미 십일을 죽였는데, 그래도 화가 풀리지 않느냐? 잘못을 반복하지 마라."

"나는 이미 장류를 떠났으니 더 이상 그런 말을 할 필요 없다. 내가 그녀를 쉽게 죽일 것 같아? 죽느니만 못하게 살려 둘 뿐이야."

그녀의 눈동자에 별안간 증오의 빛이 반짝이자 백자화는 가슴이 철렁했다.

"이 사부의 잘못이다. 내가 증오스럽다면 다른 사람에게 화풀이하지 말고 나를 죽여라. 예만천이 당보를 죽인 죄는 벌을 받아야 하지만, 육계의 생명들은 무고하다. 죽염이 그렇게 함부로 굴며 사람을 죽이는 것을 가만히 앉아서 보고 있어서만은 안 된다. 네가 직접 죽이는 것이나 다름없지 않느냐?"

화천골은 쓸쓸하게 냉소를 지었다. 이런 순간에도 예전과 똑같이 진지하게 그녀를 가르치려 하다니!

"본래 내 손으로 죽인 것이다. 나서기가 귀찮아서 죽염이 나를 대신해 처리했을 뿐이야. 증오? 당신과 나는 이제 아무 상관도 없는데 내가 왜 당신을 증오해야 하지?"

증오. 그것은 그녀가 아직 그를 마음에 두고 있다는 말이었다. 하지만 이제 백자화의 모든 것은 그녀와 무관했다. 그녀는 아무것도 신경 쓰고 싶지 않았다. 때로는 그녀도 이해가 되지 않았다. 그를 위해 이 지경이 되고, 그녀가 사랑하던 모든 것, 그녀가 관심을 가지던 모든 것을 해치는 데 그가 간접적인 역할을 했음에도 불구하고 어째서 끝내 그를 원망할 수 없는 것일까? 예만천을 미워하듯 그를 미워할 수 있다면 얼마나 좋을까? 단순하고 시원하게 직접 복수를 할 수 있다면!

하지만 일어난 모든 일들은 결국 그녀의 책임이었다. 자업자득이니 남을 탓할 수는 없었다. 그녀는 원한의 힘과 원한 때문에 짊어져야 하는 죄업이 얼마나 무거운지 누구보다 잘 알고 있었다. 이제 심지어는 살아갈 이유도, 죽을 핑계도 찾을 수 없었다. 하지만 여전히 누군가를 미워하지는 않았다. 예만천을 포함해서. 그녀가 미워해야 할 사람은 자신뿐이었다.

"후회하지 않아? 애초에 예만천이 아니라 나같이 배은망덕한 사람을 제자로 삼은 걸 말이야?"

백자화는 심장을 쥐어짜는 것 같았다. 입술을 살짝 움직였지만 결국 아무 말도 하지 않았다.

"가. 내가 생각을 바꿔 당신을 죽이기 전에."

그녀가 아직 기억하는 몇 가지 추억과 따스함이 남아 있는 동안.

백자화는 고개를 저었다. 그녀가 살육을 벌이는 것을 수수방관하기보다는 차라리 그녀 손에 죽고 싶었다. 그렇게 해서 그녀의 고통을 조금이라도 덜어 줄 수 있다면.

"정말 내게 당신을 죽일 용기가 없을 것 같아? 아니……, 차마 마음이 아파서 죽이지 못할 것 같아?"

화천골이 그의 옷자락을 움켜쥐었다. 눈동자의 보랏빛이 더욱 짙어져 뚝뚝 흘러내릴 것 같았다.

백자화는 저도 모르게 쓴웃음을 지었다. 그녀가 아무리 변해도 아직은 예전의 선량하고 단순한 아이라는 것을 믿었던 그였다. 그런데 지금 일어난 모든 일들은, 차라리 스스로를 속이고 싶을 정도였다. 그녀는 그에게 화가 나 성질을 부리고 있는 것뿐이라고, 어르고 달래면 화가 풀려 모든 것이 원래대로 돌아가리라고.

"강산은 변해도 본성은 바뀌지 않는다. 너는 분명 피비린내 나는 살육에 반감을 갖고 있는데, 억지로 스스로를 더 고통스럽게 하고 있을 뿐이야. 모든 것을 선택할 수 있는 권력을 가졌는데, 어째서 지난 모든 일들을 속 시원히 내려놓지 않느냐?"

화천골은 속으로 냉소를 지었다.

"입만 열면 내게 말했던 사람이 누구더라? 이유야 어쨌든 잘못은 잘못이라며? 당보와 동방, 소월의 죽음까지 없었던 일로 하란 말이야? 내려놓으라는 말 한마디로 모든 것을 잊을 수 있어? 백자화, 당신은 속죄하러 온 거야, 아니면 날 감화시키러 온 거야? 속죄하러 왔다면 소용없어. 당신은 내게 빚진 게 없어. 모두 내 사업자득이야. 감화시키러 왔다면 정말 가소롭군. 일이 이렇게 되었는데도 내가 후회할 거라 생각해? 하지만……."

갑자기 화천골이 한 걸음 내딛으며 백자화에게 바짝 다가섰다. 얼굴이 거의 닿을 정도였다. 보라색의 깊은 눈동자가 그의 영혼 속 깊숙이 들어올 것만 같았다. 백자화는 물러설 수가 없었다. 유혹적인 꽃향기에 숨이 막혔다. 이어 귀신같은 화천골의 낮은 중얼거림이 수많은 개미떼처럼 그의 귀를 물어뜯었다.

"하지만 남아서 내 장난감이 되겠다면 나도 상관없어."

백자화는 여전히 흔들림 없는 눈빛으로 전혀 겁내지 않고 그녀를 응시했다. 그리고 천천히 두 글자를 내뱉었다.

"아니."

죽은 것처럼 고요하던 화천골의 심장에서 느닷없이 분노가 치밀었다.

'왜 저렇게 자신만만한 거야? 내가 자신을 죽이지도, 모욕하지도 못할 거라고 확신하는 거야?'

그녀는 손을 쳐들어 망설임 없이 그의 앞섶을 찢어발겼다. 천 찢어지는 소리가 텅 빈 방에 귀 따갑도록 울렸다. 백자화는 꼼짝도 하지 않았다. 하지만 갑자기 얼음처럼 차가운 공기에 노출된 피부가 미세하게 떨렸다.

"백자화, 당신을 향한 내 마음을 알 테니 내 한계를 시험하지 마. 이제 난 당신에게 보여 줄 인내심이 전혀 없어. 그러니 몰아붙이지 마."

'당신을 해치도록 몰아붙이지 마. 최소한의 존경심이 남아 있는 동안, 최소한의 양심이 남아 있는 동안.'

백자화는 말이 없었다. 화천골은 가엾어하는 그의 표정이 몹시 혐오스러워, 그의 턱을 힘껏 비틀었다. 그는 정말 그녀의 증오와 분노를 견뎌 낼 수 있다 확신하는 것일까?

화천골의 차가운 손이 찢어진 옷자락을 지나 살며시 그의 가슴을 덮었다. 그리고 백자화의 완벽한 쇄골을 따라 천천히 아래로 내려가면서 뼛속까지 차가움을 남겼다. 백자화는 움직이지 않았지만, 마침내 이 익숙하면서도 낯선 두 손이 천천히 가슴께를 덮자 눈을 감았다. 눈을 통해 자신의 그 어떤 감정도 드러내고 싶지 않았다. 그는 그저 길게 한숨만 쉬었다.

"아직 다 자라지 않았구나."

이렇게 화를 내는 그녀를 보자 백자화는 도리어 마음이 편안해졌다. 죽음과도 같은 차가움이야말로 가장 무서운 것이었다. 화를 낸다는 것은 그녀가 아직 그를 신경 쓰고 있다는 뜻이었고, 그것으로 충분했다.

화천골은 눈썹을 치켜뜨며 천천히 손을 거두었다. 그가 비록 선신을 잃었어도 맑고 깨끗한 마음만은 그대로였다. 껍데기에 불과한 육신은 그에게는 그저 수면에 비친 달과 같이 허망한 것이었다. 그러니 그녀가 이렇게 그를 모독해도 그에게는 아무 의미도 없었다. 그녀 자신만 이상해질 뿐이었다.

화천골은 몸을 돌려 백자화만 텅 빈 방에 남겨 두고 떠났다.

59. 드러나지 않는 파도

"신존, 유약이 몰래 운궁으로 숨어들다 수비병에게 붙잡혔습니다. 어떻게 할까요?"

화천골은 그녀가 백자화의 일로 찾아왔다는 것을 짐작했다.

"쫓아내."

"가지 않겠다고 고집을 피웁니다. 신존을 꼭 뵈어야 한다며 수비병과 대판 싸우고 있습니다. 아무래도 신존의 제자라 다칠까 봐 걱정입니다."

'어째서 하나도 아니고 둘이나?'

화천골은 살짝 눈을 찡그렸다.

"기절시켜서 장류산으로 돌려보내."

"그럼 백자화는……, 어떻게 하실 겁니까?"

죽염이 웃는 듯 마는 듯한 눈으로 그녀를 바라보았다.

화천골은 말이 없었다. 사실 그녀는 생각할 필요도 없었다. 이제 그녀가 결정해야 할 일이 어디 있겠는가? 하고 싶으면 하고, 하기 싫으면 관두면 그만이었다. 하지만 백자화에 관해서는, 정말 어떻게 해야 좋을지 알 수 없었다.

그는 세상에서 가장 부드러운 사람이자 가장 무정한 사람이었다. 오랫동안 그렇게 노력했지만 그녀는 한 번도 그를 이해하지 못했다. 하지만 이제는 그를 이해할 필요도, 이해하고 싶지도 않았다. 죽든 살든, 지금 그녀의 손에 있으니 그녀가 하고 싶은 대로 할 수 있었다.

죽염은 그녀의 모순된 마음을 알고 가볍게 말했다.

"백자화가 우리 손에 있으면, 장류 쪽이든 선계 쪽이든 좋은 인질이 될 겁니다."

백자화는 상선들의 우두머리이자 화천골의 사부였다. 선계 전체의 정신적 지주인 그가 무너지면 선계의 척추가 잘리는 것과 마찬가지였다.

화천골은 확실히 대답하지 않고 일어나 방으로 들어갔다. 하지만 결국 우뚝 멈춰 서서 물었다.

"벌써 16년이 지났는데 동방은……."

죽염은 그녀가 무슨 걱정을 하는지 알았다.

"신존, 하늘의 하루는 인간계의 1년입니다. 이후군이 조금 늦었다면, 아직 잉태되지도 않았을지 모르죠. 마음이 놓이지 않으시면 제가 조사해 보겠습니다. 그가 벌써 환생했다면 사람을 더 보내 그를 안전하게 지키겠습니다."

선계 역시 그와 화천골의 관계를 알고 있으니 볼모로 삼으려고 할 것이다.

화천골은 안도한 것 같았다.

"그럴 것 없다. 이후각에서 보호할 것이다."

"이런 말을 해야 할지 말아야 할지 모르겠습니다만……."

화천골이 몸을 돌려 그를 바라보았다.

"애초에 왜 갑자기 이후군이 나타나 신존에게 그렇게 잘해 주었는지 생각해 보신 적이 있으십니까?"

화천골의 손이 보이지 않게 살짝 떨렸다. 그녀는 아무 말도 하지 않았다.

"이후각이 얼마나 오래되었는지 아는 사람은 아무도 없습니다. 세상 사람들이 가장 증오하는, 비밀을 수집하여 파는 짓을 하면서도, 왕조가 바뀌고, 육계에 전쟁이 터져도 이후각은 쓰러지지 않고 버텼습니다. 선인도 마인도 그들을 어쩌지 못했으니 기적이라 하지 않을 수 없습니다. 예부터 그들은 모르는 것이 없었지요. 그러니 화를 피하는 법도 알았을 겁니다. 신존이 요신이 되는 것은 숙명이었습니다. 이후군은 신존께서 나타났을 때부터 전혀 막으려 하지 않고, 도리어 신존을 점차 그 길로 이끌었습니다. 신기를 모아 염수옥으로 백자화를 해독하는 것은 분명 가능한 일이지만, 만약 저였다면 다른 방법을 생각했을 겁니다. 당당한 이후군이 그것밖에 몰랐다는 것은 믿을 수가 없군요. 신존을 만황에서 구하는 일은 이후군이라면 반년이면 족했을 텐데, 남은 반년 동안 그는 무얼 했을까요? 혹은 무슨 준비를 했을까요? 만황을 나온 시기는 너무도 교묘했지요, 마침 백자화가 제자를 거둘 때였으니까요. 심지어 당보도 이후군이 신존께 드렸다지요. 신존이 장류산 바다 밑에 갇힌 것은 아무도 몰랐고, 구해 낼 방법 역시 아무도 몰랐습니다. 그런데 당보가 어떻게 알았을까요? 그리고 하필이면 경수가 그것을 알고 예만천에게 알리는 바람에 신존께서는 당보가 눈앞에서 죽는 것을……."

"그만 해!"

화천골이 노해 외쳤다. 눈동자의 빛이 짙어졌다 옅어졌다 했다. 분명, 그녀는 항상 동방욱경을 이해할 수 없었다. 모든 것이 그녀를 위한 것 같기도 했고, 또 그녀를 해치려고 한 것 같기도 했디. 그는 언제나 그녀를 속이는 것 같으면서도, 또 아무 보답 없이 모든 것을 내주었다.

심지어 그가 한 말 중 어디까지가 진실이고 어디까지가 거짓인지도 몰랐다. 대체 그녀를 정말로 사랑한 것인지, 아니면 그저 그의 손에 든 바둑돌일 뿐이었는지도 몰랐다. 어쩌면 천년만년 윤회하며 심심하던 차에 일시적으로 재미를 들인 놀잇감이었을지도 모른다. 하지만 그 사람은 이미 떠났다. 그가 그녀에게 준 마지막 선물은 떠나는 것이었다. 덕분에 모든 것은 풀리지 않은 수수께끼가 되어 이후각의 피에 전 헛바닥 속에 봉인되었다.

화천골은 방으로 돌아갔다. 걸음이 불안정했다. 탁자 위의 보라색 단목 상자를 열자 그 안에는 지난날 동방욱경이 그녀에게 쓴 편지가 가득 들어 있었다. 그녀는 그들 두 사람과 당보까지 그린 가족도를 펼쳐 품에 꼭 안은 후 탁자에 엎드렸다. 기혈이 들끓었다.

"당보⋯⋯. 당보⋯⋯. 당보⋯⋯."

그녀는 우는 것인지 웃는 것인지 모를 목소리로 계속 되뇌었다.

백자화는 몽롱하게 눈을 떴다. 어느새 몸 위에 장포가 덮여 있었다. 그는 고개를 들어 화천골을 보았다. 사방의 공기가 마치 그녀의 감정에 따라 요동치는 것 같았지만, 무슨 일이 벌어진 건지는 알 수 없었다.

"소골."

화천골이 고개를 들었다. 얼굴에는 여전히 아무 표정도 없었다. 그녀가 천천히 그에게 걸어왔다. 백자화가 뭐라고 하려는데, 화천골이 차가운 손으로 그의 몸을 쓰다듬었다. 절로 말이 쑥 들어갔다.

그는 손발이 모두 묶여 있었다. 그런데 화천골이 몸을 기울인 자세가 몹시 민망했다. 그녀는 한 손을 그의 가슴 위에 올리고, 다른 손은 허리의 선을 따라, 옷자락을 뚫고 허리 뒤쪽으로 미끄러뜨렸다.

"소골, 왜 그러느냐?"

백자화는 갑작스런 그녀의 행동에 약간 당황했다. 화천골은 그의 목에 머리를 파묻었다. 숨결마저 차가웠다. 얇은 입술이 그의 쇄골을 스치자 몸이 저릿저릿했다. 그가 채 정신을 차리기도 전에 목 부근에 지독한 통증이 느껴졌다.

차가운 혈액이 가슴 앞으로 흘러내렸다. 공기의 흔들림은 가라앉았지만 은은히 피 냄새가 퍼졌다. 백자화는 눈을 살짝 찌푸렸지만 몸부림치지 않았다.

화천골은 탐욕스럽게 그의 피를 빨았다. 매우 따뜻하고, 세상의 그 어떤 맛있는 음식보다 달콤했다. 그가 중독되었을 때 그녀의 피의 유혹을 이겨 내지 못한 것도 당연했다. 이 피 속에는 그녀의 피가 들어 있었다. 그렇게 생각하자 화천골의 체온도 서서히 올라갔다. 그녀는 백자화를 꼭 끌어안고 더욱 바짝 당겼다.

백자화는 살짝 고개를 들고, 피가 몸 속에서 빠르게 흘러 나가는 것을 경험했다. 머릿속이 하얘지고 어지러웠다. 그가 화천골의 피를 빨며 목숨을 부지할 때, 그녀는 이런 느낌을 받았을 것이다. 이것을 인과응보라고 하는 것일까?

화천골은 꿀꺽꿀꺽 피를 마셨다. 얼마나 지났을까, 품안에 있는 백자화가 점점 힘이 빠지는 것이 느껴졌다. 피를 너무 많이 흘려 곧 기절할 것 같았다. 그녀는 겨우 고개를 들었다. 입술 언저리에 피가 잔뜩 묻어 있었고, 보라색 눈동자는 공허하면서도 만족에 차 있었다. 그 매혹적인 모습에 백자화는 순식간에 넋을 잃었다.

화천골은 손가락으로 백자화의 목에 난 상처를 살며시 쓰다듬었다. 피는 금세 멈추고 두 개의 자그마한 잇자국만 남았다. 그녀는 아직도 만족하지 못한 듯 다시 몸을 숙여 혀끝으로 피를 훑었다. 그녀의 혀는 핏자국을 따라 서서히 가슴께로 내려가며 미끄러운 한기를 남겼다.

백자화가 갑자기 몸을 떨었다. 사지를 묶은 속박이 갑자기 풀린 것 같았고, 다리에 힘이 빠졌다. 눈앞이 어질어질해 앞으로 쓰러졌다. 화천골이 안전하게 그를 안았다. 그의 창백한 얼굴과 살짝 찌푸린 눈썹을 보자, 그녀는 내력을 조금 주입한 다음 침대 위에 눕히고 이불을 덮어 주었다.

백자화가 깨어났을 때 화천골은 침대 앞에 앉아 그를 바라보고 있었다. 눈빛이 몹시 복잡했다. 백자화는 길게 한숨을 쉬며 눈을 감았다.

"배고파요? 뭔가 드실래요?"

화천골의 손 안에 눈 깜짝할 사이에 김이 모락모락 나는 도화갱이 나타났다. 그녀는 천천히 그를 부축해 앉혔다. 무슨 말을 하고 싶었지만 두 사람의 사제 관계가 이미 끝나 할 말조차 없다는 것을 떠올리고, 묵묵히 먹이기만 했다.

백자화는 이제 그녀의 변덕에 익숙해져 있었다. 하지만 고개를 숙이고 도화갱을 한 입 삼키자 목구멍이 씁쓸해졌다. 물건은 그대로인데 사람은 변해 버렸으니 인생의 무상함이 느껴졌다.

화천골은 그가 살며시 떠는 것을 보고 이마에 살짝 손을 댔다. 몸이 몹시 허약해져 있었는데 피를 많이 흘렸으니 견디기 어려울 것이다. 그녀는 그의 선신을 회복시켜 주어야 할지 잠시 고민했지만, 곧 그 생각을 털어 냈다.

갑자기 문 밖에서 죽염의 목소리가 들렸다.

"신존, 천산파와 곤륜파의 제자 백여 명이 밤중에 사람을 구하러 운궁 곤라전坤羅殿으로 뛰어들었습니다. 모두 붙잡았는데 어떻게 할까요?"

화천골은 눈썹을 살짝 치켜올렸다. 알아서 처리하면 될 일을 굳이 보고하는 것은 일부러 백자화에게 들려주려는 것이 분명했다.

'대체 무슨 생각이지?'

평소대로라면 화천골은 귀찮다는 듯이 그가 알아서 하라고 말했겠지만, 이번에는 간단히 한마디로 대꾸했다.

"죽여라."

백자화가 숟가락을 든 그녀의 손을 덥석 잡으며 낮은 소리로 말했다.

"더는 사람을 죽이지 마라."

분명 부탁이었는데도 마치 명령 같았다. 화천골은 냉소를 지었다. 비록 그의 능력은 예전 같지 않았지만 기세는 전혀 꺾이지 않았다. 백자화는 역시 백자화였다. 진흙 속에 떨어뜨려도 그는 여전히 먼지 하나 없이 깨끗할 것이다. 화천골은 속에서 화가 치밀기도 하고 달갑지 않은 기분도 들었다.

갑자기 그녀가 생긋 웃자 백자화는 도리어 등줄기가 서늘했다. 그때, 허망하면서도 약간 농담 섞인 목소리가 울렸다.

"당신이 자진해서 나와 하룻밤 자면 한 사람을 놓아줄게요. 어때요?"

주위가 이상하리만치 고요해졌다. 백자화는 그녀가 농담을 하는 것인지 아닌지 알아내려는 듯 엄숙하게 그녀를 바라보았다. 화천골은 미소를 짓고 있었지만 그 웃음은 눈까지 이어지지 않아 무척 거짓되어 보였다. 언제 죽염처럼 하는 것을 배웠을까?

"좋다, 약속하마. 더 이상 사람을 죽이지 마라."

화천골의 눈동자에 비웃음이 어렸다. 백자화의 성격을 몰랐다면, 그가 이렇게 하는 목적을 몰랐다면, 그녀는 그가 누군가의 명을 받고 그녀를 유혹하러 왔다고 오해했을 것이다.

"욕심도 많으셔라. 나는 하룻밤에 한 사람을 풀어 주겠다고 했어요."

죽염은 문 밖에서 쿡쿡 웃었다. 저 두 사람은 각자 다른 마음을 품고 보이지 않게 부딪히고 있지만 결국 옥신각신 싸우게 될 것이다.

겉으로는 백자화가 열세에 처해 있는 것 같지만, 그는 한 번도 패한 적이 없었다. 심지어 그 자신에게도 패한 적이 없었다. 백자화 앞에서 화천골은 영원히 어린애일 뿐이었다. 사랑 앞에서 여자는 왜 늘 저렇게 약해지는지 도무지 알 수가 없었다.

그녀는 영원하고도 긴 삶 속에서 당보를 부활시키는 것 외에 드디어 할 일을 찾았다. 그리고 죽염 그는 전력을 다해 육계를 통일하면 된다.

신계의 통로와 운궁의 바깥은 수비가 몹시 삼엄했다. 항상 복수를 하거나 영웅 행세를 하려는 사람들이 죽음을 무릅쓰고 뛰어들기 때문이었다. 하지만 화천골의 침전인 무망전無妄殿은 넓고 광활했으며, 소음을 막기 위한 바깥의 보호막 외에는 지키는 사람이 한 명도 없었다. 평소 화천골은 그 안에서 혼자 밤낮없이 잠들어 있었다. 그녀의 오감은 평소보다 백배는 예민해져 주위에서 무슨 움직임만 있어도 매우 시끄럽게 느꼈다.

화천골은 추억을 하지 않았다. 추억 속에 너무 많은 아픔이 있기 때문이었다. 그녀는 이제 지고무상한 자리에 올라 장생불로의 몸이 되었으니 더는 추구하는 것도 없었고, 내일에 아무런 기대도 없었다. 무엇이든 할 수 있지만 어떤 것에도 흥미를 느끼지 않았다. 심지어 방비도 하지 않아, 각 세력들이 마음대로 암살을 시도할 수 있었다. 그러나 그녀는 불사의 몸이라 아무리 무거운 상처를 입어도 순식간에 나았다.

그녀에게는 과거도 없고, 현재도 없고, 미래도 없었다. 걸어다니는 시체 같은 삶이 바로 이런 것이었다. 그녀는 살천맥처럼 얼음 속에 들어가 깊은 잠에 빠졌다가, 당보가 부활하면 죽염에게 깨워 달라고 할까도 생각해 보았다. 하지만 결국 마음이 놓이지 않았다. 그 조그마하고 미약한 희망에 조금이라도 문제가 생길까 봐 두려웠다.

사실 이 세상에는 원한이 없었다. 남 탓을 한 적도 없었다. 다만 무관심하게 변한 것뿐이었다. 그녀는 성인이 아니었고, 백자화처럼 위대하지도 않았다. 연이은 타격과 상처에 마음을 닫는 것이, 절망에 빠진 자신을 강하게 만들 수 있는 유일한 방법이었다.

어쩌면 잠재의식 속에서 백자화가 천하 사람들을 위해 누차 그녀를 막다른 길로 몰아세운 것을 원망했던 것인지도 모른다. 하지만 그녀는 결국 누군가에게 상처 입히는 것을 배우지 못했다. 배울 마음도 없었다. 그저 완전히 모르는 척하며, 몸과 마음을 고인 물처럼 마비시키는 수밖에 없었다.

백자화가 찾아온 것은 무망전을 약간 달라지게 했다. 처음에는 그녀도 자신이 그에게 보복하거나 그를 해칠 마음이 없다는 것을 이해할 수 없었다. 왜 아직도 그를 곁에 두고 싶어 하는지도 몰랐다. 그를 너무나 사랑하기 때문에 끝내 포기할 수 없는 것인지, 아니면 너무 외로운 나머지 그의 따스함에 미련을 갖는 것인지, 아니면 스스로의 더러움을 알고 그의 깨끗함을 동경하는 것인지?

그러다 무의식적으로 어렴풋이 깨달았다. 그녀는 다만 그가 어떤 태도로 자신을 죽일지 알고 싶었던 것이다. 이렇게 아무 느낌 없이 사는 것이 종종 피곤했다. 정말 이 모든 것을 끝낼 수 있다면, 그의 손에 죽고 싶었다.

백자화는 그녀의 눈에 어린 자조와 이해의 빛을 보자 마음이 아프고, 약간 당황했다. 그녀는 신이었다. 그러니 무엇인가를 예견하거나 볼 수도 있었다. 하지만 이 세상에서 일어나는 모든 일은, 어쩌면 그녀에게는 아무 의미가 없을지도 모른다. 누구나 자신의 미래를 보고 싶어 하는 것은 아니었다. 그것은 이미 승부가 난 바둑처럼 지루하고 무미건조했다.

그가 아직 선인이었을 때, 그는 자신과 다른 사람의 운명을 거의 헤아려 보지 않았다. 어쩌면 항상 모든 것이 그의 손아귀에 있었기 때문일지도 모른다. 그런데 지금은 그 모든 것의 마지막 결과가 무엇인지 무척 궁금했다. 비록 무슨 일이든 그의 생각을 바꾸거나 제어할 수 없지만, 그는 여전히 자신이 옳다고 생각하는 일을 할 뿐이었다. 그래도 알고 싶었고, 그 끝을 확실하게 하고 싶었다.

'정말로 후회하지 않을 것인가?'

백자화는 가만히 침대에 앉아 있었다. 입정에서 깨어나니 벌써 이튿날 아침이었다. 화천골은 밤새 돌아오지 않았다. 비록 입으로는 그가 자신과 하룻밤을 보낼 때마다 한 사람을 풀어 주겠다고 말했지만, 그는 그녀가 오지 않을 것을 알고 있었다.

마엄이 그녀의 이 불경한 말을 들었다면 화가 나서 뒷목을 잡고 쓰러졌을 것이다. 하지만 백자화는 화천골을 너무도 잘 알고 있었다. 아니면 너무 믿었거나. 그녀는 항상 그랬다. 마음이 약하지만 늘 강한 척했다. 사실 그는 그녀가 자신을 미워하고 보복하기를 바랐다. 그러면 마음이 조금 편해졌을지도 모른다. 그러나 지금까지도 그녀는 단 한 마디 원망의 말조차 하지 않았다.

백자화는 문을 열고 나가 가능한 한 멀리 바라보았다. 신계는 휘황찬란하게 아름다워 인간계의 참상과는 완연히 달랐다. 16년 전의 싸움 이래 곤륜산이 무너지고, 요지의 물이 마르고, 해와 달은 동남쪽으로 기울었다. 인간계에는 이상 현상이 빈번해지고 전란이 이어졌다. 그리고 화천골의 신의 몸이 열한 번째 신기가 되어 봉인을 깨뜨리고 요신의 힘을 얻은 후, 만황이 무너지고 하늘이 갈라졌다. 인간계에는 자연재해와 인재가 더욱 늘어났고, 시신이 들판에 깔렸다. 그는 물러설 곳이 없었다.

그때 화천골은 운궁 높은 곳에 있는 대전의 처마 위에 앉아 있었다. 저 멀리 백자화가 뒷짐을 지고 서서 하늘과 바다를 바라보는 것이 보였다. 오래전의 지난날과 똑같았지만 훨씬 야위어 있었다. 하지만 그의 어깨는 아직도 고집스레 장류산과 육계의 중생들을 짊어지고 내려놓으려 하지 않았다. 그는 이미 선신을 잃었는데, 피곤하지도 않을까?

예전에 그는 늘 말했다. 중요한 것은 사람의 선택이지 능력이 아니라고. 하지만 선택을 하는 것은 너무 어려웠다. 그에게는 그만의 책임과 원칙이 있었고, 그녀에게는 영원히 벗어날 수 없는 그녀만의 슬픈 숙명과 다른 사람을 해치는 액운이 있었다. 이런 것들이 그들에게 선택권을 주면서도 선택하지 못하도록 정해 놓았다.

지나치게 강력한 능력은 사악한 마음을 꽃피우게 한다. 한때 그렇게 깊이 사랑하고 갈망하던 사람이 눈앞에 서서 그녀 속에 깊이 잠든 욕망을 불러일으켰다. 그녀는 더 이상 예전처럼 아무런 후회도 원망도 없이 그를 사랑할 수가 없었다. 하지만 손쉽게 그를 얻을 수는 있었다. 의지할 데 없이 고독하고 삶에 아무런 미련도 없는 지금의 화천골에게, 그것은 의심할 바 없이 커다란 유혹이었다.

바람에 날리는 옷자락이 마치 그녀에게 손을 흔드는 것처럼 시시각각 그녀를 꾀었다. 그녀는 몸부림치면서도 이끌렸다. 그를 원하면서도, 피로 물든 자신의 두 손이 그를 더럽힐까 두려웠다.

등 뒤에서 갑자기 강렬한 살기가 피어올랐다. 화천골은 천천히 몸을 돌려 몹시 피곤한 듯이 손을 들어 막았다. 뜻밖에도 검은 매우 날카로워 오른쪽 팔뚝이 싹둑 잘려 날아올랐다. 눈앞의 적은 참새의 모습에서 막 사람의 모습으로 돌아와 아직도 얼굴에는 깃털이 남아 있었다. 그는 죽을 각오를 하고 왔기 때문에 이렇게 쉽게 성공할 줄은 몰라 오히려 멍해졌다.

화천골은 눈을 찌푸렸다. 눈 깜빡할 사이 팔뚝이 다시 원래대로 돌아왔다. 회복 속도가 너무 빨라 피조차 한 방울 떨어지지 않았다. 방금 일어난 일이 환상 같았다. 어쩌면 무의식적으로 자신의 몸에 있는 요신의 힘을 증오하기 때문인지, 그녀는 요신의 힘을 거의 쓰지 않았다. 심지어 진기로 몸을 보호하지도 않았다. 머리가 잘리는 모습이 너무 볼썽사납지만 않았다면 아마 손을 들어 막지도 않았을 것이다.

"누가 보냈느냐?"

선계에는 능력 있는 산선[5]들이 셀 수 없이 많았다. 죽염과 요마 수비병들만으로는 막으려야 막을 수도 없었다. 그녀를 암살하려는 사람들은 늘 끊이지 않았지만, 아무도 그 문제는 걱정하지 않았다. 그녀를 죽일 수 있는 사람이 아무도 없기 때문

---

5 散仙. 관직을 받지 않은 선인.

이었다.

하지만 그녀는 이런 때에 뛰어나와 그녀의 생각을 방해하는 사람이 있다는 것에 다소 화가 났다. 하물며 이 사람의 솜씨와 무공은 무척 뛰어나지만 선을 익힌 사람은 아닌 것이 분명했다.

'선술을 모르는데 어떻게 변신을 해서 운궁까지 들어왔을까?'

눈앞에 있는 굳세고 힘찬 중년 남자의 얼굴은 시퍼레졌다 하얘졌다를 반복했다. 방금 등지고 있었을 때는 몰랐으나 그녀의 얼굴을 똑바로 바라보자, 있는 듯 없는 듯한 꽃향기가 주위에 감돌아 검을 쥔 손이 저도 모르게 부르르 떨렸다.

그녀는 분명 벌써부터 그의 존재를 알고 있었다. 그런데 왜 피하지 않았을까? 그가 그렇게도 위협적이지 못한 것일까? 그가 가진 역천신검逆天神劍도 그녀를 전혀 상처 입히지 못하다니! 하지만 저렇게 빨리 회복된다고 해서 고통도 느끼지 못하는 것일까? 아니면 요신에게 자학하는 경향이 있는 것일까?

"나는 왕석일王昔日이다. 누구의 지시도 받지 않았고, 내 스스로 너를 죽이러 왔다. 이 요망한 것! 신이라 자처하며 하늘을 거스르고 육계에 화를 미치다니, 오늘 내 목숨을 걸고서라도 네 목을 따겠다."

이미 그는 요마들에게 단단히 포위되어 있었다. 죽염도 있었지만 손을 내저어 아무도 가까이 가지 못하게 했다.

왕석일이 검을 뽑아 찌르는데, 어디선가 본 듯한 초식이었다. 화천골은 더욱더 눈을 찌푸리며 높이 날아올랐다.

왕석일은 새로 변신했을 때는 날 수 있었지만, 지금은 날개가 없었다. 그래도 경공은 퍽 훌륭해서, 용이 날아오르듯 곧장 위로 올라갔다. 화천골은 덮쳐 오는 거대한 용 모습의 빛무리에 순간적으로 갈기갈기 찢어지는 느낌을 받았다. 하지만 그래 봤자 찰나의 순간일 뿐이었다. 그녀의 몸이 순식간에 사라졌다가 왕석일의 뒤에 나타났다. 그렇지 않았다면 그녀도 최소한 피투성이가 되었을 것이다.

무공만 따지면 그는 확실히 인간계뿐 아니라 선계를 통틀어서 적수를 찾아볼 수 없을 정도로 강했다. 하지만 결국은 평범한 인간에 불과했다. 그를 죽이는 것은 개미 한 마리를 눌러 죽이는 것처럼 쉬웠다. 하지만 화천골은 공격하지 않았다. 그를 바라보는 두 눈이 점점 더 깊어졌다.

"너는 나를 이길 수 없다, 무림맹주."

놀란 왕석일은 당황하여 고개를 들었다. 화천골의 눈동자에 애처로운 미소가 반짝이는 것을 보자 문득 낯익은 느낌이 들었다.

'설마 저 여자를 만난 적이 있었나? 그럴 리가! 저 여자는 요괴다. 게다가 저런 용모와 기세를 가진 여자를 어떻게 잊을 수 있지?'

왕석일은 몸을 돌리며 검을 뽑아 다시 찔렀다. 필생의 배움을 다 쏟아부은 것 같았다. 그는 비록 강호인이지만, 어쨌든 당당한 무림맹주였다. 백성들이 도탄에 빠지는 것을 지켜볼 수가 없어, 방법을 찾아 암살하러 온 것이다. 몸은 죽더라도 미력이나마 자신의 힘을 보탤 생각이었다.

다소 피곤해진 화천골이 귀찮은 듯 손을 들어 내리치려는데, 갑자기 어떤 목소리가 들려왔다.

"소골!"

명령 같기도 하고 만류하는 것 같기도 했다. 화천골이 약간 멈칫하자, 왕석일은 그녀가 망설이는 틈을 타 배에 검을 찔렀다. 피가 몇 방울 흘러나오기 무섭게 상처가 빠르게 회복되었다. 화천골은 속으로 차갑게 웃었다. 지난날 그가 두 사람이 다시 만날 인연이 있을 것이라 한 말이 이런 것이었다니!

갑자기 손바닥에서 꽃 덩굴이 무럭무럭 자라 왕석일을 단단히 옭아맸다.

"하나도 변하지 않았군. 여전히 멍청하고 충동적이야. 지금까지 살아 있다니, 운이 좋았던 모양이지?"

왕석일이 놀라 그녀를 바라보았다. 그리고 고개를 돌려 방금 소리친 사람을 돌아보았다. 순간 그는 입을 떡 벌리며 넋을 잃었다. 화천골은 얼굴도 변하고 기질도 변해 전혀 알아보지 못했지만, 저 남자의 얼굴은 기억 속에서 희미해지기는 했으나 속세를 멀리 벗어난 듯한 기질과 목소리는 쉽게 기억이 났다.

"다, 당신은……."

그는 화천골과 백자화를 번갈아 바라보았다. 무거운 것이 가슴을 짓누르는 듯 갑자기 호흡이 급해졌다.

"목숨을 구해 주신 은혜는 영원히 잊지 않겠습니다."

검을 쥔 왕석일의 손이 천천히 늘어지며 덩굴이 몸을 옥죄도록 내버려 두었다.

"신존, 어떻게 할까요?"

죽염은 호기심 어린 눈으로 왕석일을 바라보았다. 보통 사람이 홀로 운궁에 뛰어들다니, 우스울 정도로 주제를 모르는 자였다.

화천골은 말이 없는 왕석일을 가만히 바라보았다. 백자화가 그녀의 팔을 살짝 잡았다.

"그는 보통 사람일 뿐이다. 보내 주어라."

화천골이 갑자기 웃음을 터트렸다. 주위에 있던 사람들은 모두 놀라 숨을 헉 들이켰다.

"물론이죠."

그녀의 손이 야릇하게 백자화의 허리를 감았다. 그리고 홀리는 듯한 목소리로 말했다.

"오늘 밤 나와 함께 있어 줘요."

죽염조차 닭살이 돋아 쓴웃음이 나왔다. 그녀의 성격은 점점 더 변덕스러워지고 있었다.

왕석일은 고개를 들고 믿을 수 없다는 눈으로 그들을 바라보았다. 그의 기억이 틀리지 않았다면 저 두 사람은 사제지간이었다. 그들이 평범한 사람들이 아니라는 건 일찍이 알았지만, 어쩌다 저런 모습이 되었을까? 20년 전 그 천진하던 소녀가 어쩌다 육계에 화를 입히는 요신이 되었을까?

백자화는 다소 민망했지만 대답도, 다른 말도 하지 않았다.

그도 가끔 자신의 원래 뜻이 의심스러웠다. 정말 그녀를 죽이려던 것일까, 아니면 속죄하려던 것일까?

"어째서?"

화천골은 왕석일이 무엇을 묻는지 몰라 눈썹을 치켜뜨며 바라보았다. 어째서 요신이 되었는지 묻는 것일까, 아니면 어째서 그를 놓아주는지 묻는 것일까?

"이유는 없다."

"날 죽이시오."

그녀가 바로 지난날의 그 소녀라는 것을 알고 나서부터 왕석일은 더 이상 단호한 어투를 쓸 수가 없었다.

20년이 지났다. 그는 늙었고, 그때의 소녀는 자라났다. 물건은 그대로지만 사람은 변한다. 두 사람 사이에 무슨 일이 있었는지는 모르지만, 그들의 눈동자에는 짙은 슬픔이 떠올라 있었다. 분명 자애로운 사부와 착한 제자였던 그들이 지금은 이도 저도 아닌 이상한 관계가 되어, 한낱 바깥사람인 그조차 두 사람 사이가 벌어졌다는 것을 알 수 있었다.

어쩌면 세상 형편이 바뀌었을지도 모른다. 그는 늙었고, 이해할 수 없는 일들이 있었다. 붙잡혀 떠날 때가 되자 왕석일은 결국 참지 못하고 뒤를 돌아보았다. 사람과 사람의 인연은 때로는 이렇게 황당무계하고 기묘했다. 그의 수명에는 한계가 있고 인연은 옅으니 아마 앞으로 다시는 저들을 보지 못할 것이다.

60. 같은 침대에서

밤빛이 자욱하게 내려앉아 어두컴컴했다. 화천골이 보라색 소매를 살짝 흔들자 탁자 위에는 어느새 유리로 된 만다라 꽃 등이 나타났다. 백자화는 종이처럼 창백한 얼굴로 문간에 서 있었다.

화천골은 침대에 앉아 있었다. 어슴푸레한 등불에 비친 얼굴은 귀신처럼 요염하고, 입술은 핏빛에 물든 것처럼, 눈이 아플 정도로 빨갰다. 그녀는 고개를 들고 백자화를 바라보며 그를 향해 천천히 왼손을 내밀었다.

한때 그녀는 자신의 얼굴이 얼어붙은 돌멩이처럼, 아무리 움직이려 애써도 허연 공백뿐이라고 생각했다. 그러나 백자화 가 온 이후 그 위로 알 수 없는, 이상한 표정이 떠올랐다. 그리 고 그녀는 깨달았다. 그것은 그녀의 얼굴이 아니고 그녀의 몸도 아니었다. 그녀는 부서진 나비처럼 자신을 요신이라는 이름의 밀폐된 투명한 용기 속에 가두고, 질식해 죽을 때까지 고요한 고독을 즐겼던 것이다. 하지만 백자화를 보자, 또다시 참지 못하고 나가기 위해 날개를 파닥였다. 한 번, 또 한 번, 몸이 부딪혀 피투성이가 되었다. 어렵사리 정신을 차렸을 때 그녀는 이미 갈 곳이 없었고, 나갈 수도 없었다. 그래서 그녀는 백자화를 함께 그 용기 속에 가두기로 했다.

과거의 모든 것을 잊었다고 생각했다. 하지만 왕석일의 출현으로 모든 것이 다시 하나씩 눈앞에 떠올랐다. 그 오랜 세월 그의 말 한마디, 행동 하나, 그와 함께했던 시간, 시간들이 모두 마음속에 뚜렷하게 새겨져 있었다. 백자화와 함께 인간계를 누비며 경험을 쌓던 날들은 그녀 인생에서 가장 즐거운 시간이었다.

사람은 고통을 내려놓을 수는 있지만 한때 누렸던 행복을 내려놓고 포기할 수는 없다. 설령 그 행복 뒤에 깎아지른 절벽이 있고, 그 밑에는 백골이 가득하더라도.

백자화는 화천골이 내민 손을 보고도 아무 반응이 없었다. 그저 몸을 옆으로 돌려, 옷을 입은 채 조용히 침대에 누웠다. 방 안은 여전히 크고 넓었다. 그의 마음은 이런 차가움에 익숙했지만, 그의 몸은 아직 익숙해지지 않아 몸이 거의 마비될 것처럼 얼어붙었다.

화천골이 고개를 숙이고 그를 바라보았다. 그가 곁에 눕는 날이 올 줄은 생각조차 하지 못했다. 백자화의 태도는 여전히 우아하고 침착했다. 벌써 깊이 잠이 든 것처럼 눈을 감은 그는, 조용하고 편안한 표정이었다. 그 모습을 보자 차마 깨울 수도 없었고, 더럽힌다는 것은 더더욱 불가능했다.

화천골이 손가락을 살짝 튕기자 등이 꺼지고 순식간에 정적 속으로 빠져들었다. 어둠에 감싸인 느낌이 편안하면서도 공허해서, 마치 수많은 손들이 그녀의 팔다리를 휘감아 좌우로 끌어당기는 것 같았다.

"추워요?"

백자화는 대답이 없었다. 이미 잠이 든 것 같았다. 화천골은 그에게 살며시 이불을 덮어 준 다음, 결국 참지 못하고 어둠 속에서 그의 뺨 위에 손을 올려놓았다. 사실 그녀는 이렇게 창백하고 허약한 그가 좋았다. 최소한 가까이할 수 있고 만질 수도 있으니까. 그저 멀리서 보고 있지 않고, 늘 생각해 왔듯이 그를 보살피고 보호할 수 있으니까.

백자화는 차갑고 매끄러운 손가락이 얼굴 위를 왔다 갔다 하는 것을 느끼고 살짝 눈을 찌푸렸다. 이어 그윽한 한숨 소리가 들려왔다. 허공에 떠 있던 연이 갑자기 실이 탁 끊기는 것처럼.

얼굴을 만지던 사람이 자려는 듯 그의 곁에 누웠다. 손 하나가 가슴을 가로지르더니 그를 살며시 안았다. 공기 속에 옅게, 맑은 향이 흘렀다. 백자화는 지금 그녀의 기분이 나쁘지 않다는 것을 알았다. 그녀가 화를 내지 않을 때면 꽃향기가 손에 잡힐 듯이 짙어졌기 때문이다.

그는 부드러운 몸이 조금 더 가까이 다가와 그의 팔에 달라붙는 것을 느꼈다. 예전에는 편평하던 몸이 지금은 매력적으로 굴곡이 져 있었다. 그는 얼굴이 화끈거렸다. 그의 모습을 가려주는 어둠이 있어 다행이라는 생각이 들었다.

그는 모욕적이거나 수치스럽지 않았다. 더욱이 욕망은 말할 것도 없었다. 그의 눈에 화천골은 여전히 응석 부리는 아이였다. 그녀는 성질을 부려도 그를 해치지는 않았다. 하지만 두 사람은 결국 사부와 제자였고, 같은 침대에 누워서는 안 되었다. 예에 어긋나는 이 일로 인해 그는 속으로 자책하고 난감했다.

갑자기 가슴 앞에 놓인 손이 천천히 위로 올라와 그의 옷을 벗겼다. 그는 흠칫 놀라 버릇없는 작은 손을 잡고, 가볍게 꾸짖었다.

"소골!"

"자는 척하고 있지 않았나요? 계속해요."

목소리에 조소가 어려 있었다. 또 다른 손이 기어올라 왔지만 이번에도 그에게 붙잡혔다. 화천골은 움직이지 않고, 턱을 그의 어깨에 올려놓은 채 두 손을 그의 손아귀에 맡겼다. 그가 선인이었을 때는 온몸이 얼음처럼 차가웠다. 그런데 보통 사람이 된 지금은 따뜻해졌고, 도리어 그녀의 몸이 차가워졌다.

백자화는 부적절하다고 생각한 듯 부자연스럽게 손에서 힘을 뺐다. 그러자 그녀의 손은 곧 그의 손아귀에서 벗어나 민첩하게 옷 여밈을 풀고 앞자락을 활짝 젖혔다.

차가운 공기가 가슴으로 스며들었다. 백자화가 정신을 차리기도 전에 옆에 있던 사람이 살짝 몸을 뒤집어 그의 위로 올라왔다. 공기 속의 향기는 더욱 짙어져 사람을 몽롱하게 취하게 만들었다.

"옷도 벗지 않고 어떻게 자요?"

웃음기 가득한 되바라진 말에 백자화는 화가 나기보다 어이가 없었다. 약간 쉰 목소리와 숨길 수 없는 갈망이 또다시 그를 당황시켰다.

화천골은 작은 동물처럼 그의 몸 위에 얌전히 엎드려, 얼굴을 옆으로 돌려 그의 가슴에 기댄 채 고개를 들고 완전무결한 그의 턱을 바라보았다. 차갑던 숨결이 약간 뜨거워졌다. 백자화는 목 주변이 촉촉하고 간질간질했지만 피할 곳이 없었다.

그녀는 예전에도 조그마했고, 지금도 비록 자랐지만 여전히 조그마해, 그의 몸을 누르고 있어도 마치 무게가 전혀 없는 것 같았다.

화천골은 몸 속에서 끓어오르는 욕망을 느낄 수 있었다. 그녀는 초조하고 불안하게 백자화 위에서 살며시 꿈틀댔다. 그리고 코끝을 그의 머리칼 사이로 천천히 움직이는 한편, 그의 옷깃을 젖히고 목에 머리를 묻었다. 그러더니 자제할 수 없는 듯 심호흡을 하더니 입을 열고 그의 목을 물었다.

이에 물리는 익숙한 느낌에 백자화는 몸을 떨었다. 하지만 곧 평정을 되찾고 그녀가 마음껏 피를 빨도록 가만히 있었다. 아무런 반항도, 불만의 표시도 하지 않았다. 이것은 그녀에게 진 빚이었다. 피는 피로써 갚아야 했다.

주위는 쥐 죽은 듯 고요해 화천골이 피를 빨아 삼키는 소리만 들렸다. 그 소리는 자못 음란하게 들렸다. 피가 사라지는 쾌감은 마치 하늘에 붕 뜬 것 같았다. 백자화는 온몸이 저릿저릿하며 힘이 빠지고, 머릿속이 하얗게 되었다.

화천골은 피와 함께 백자화 전체를 그녀의 몸 속으로 녹아들게 할 것처럼 그를 힘껏 끌어안았다. 눈앞에서 처음에는 핏빛 비가 내리다가 점점 옅어져 이윽고 분홍빛이 되어 사방으로 퍼졌다. 당년 요지에 가득하던 복숭아꽃 같았다.

인간계에 아름다움이 있을까? 만일 그렇다면 바로 지금이었다. 화천골은 백자화의 피가 몸 속으로 흘러드는 것을 느끼며, 마치 다시 살아나는 것 같았다. 모든 아픔이 한 번도 없었던 것 같았다.

하지만 아직은 정신이 멀쩡했는지, 그의 몸을 생각해서 무척 아쉬워하며 고개를 들었다. 짭짭 입맛을 다시는 것이, 맛을 음미하는 것 같기도 하고 아직 만족하지 못한 것 같기도 했다. 백자화는 긴장을 풀고 길게 숨을 내쉬었다. 하지만 곧 다시 긴장했다. 화천골이 한 방울도 놓치지 않겠다는 듯이 그의 목을 핥았기 때문이다.

그것은 오해를 살 만한 자세였다. 백자화는 부자연스럽게 고개를 돌려 피하려 했지만, 화천골은 벌을 주듯 덧니로 그를 다시 깨물었다. 그녀의 속눈썹이 너무 길어 움직일 때마다 여기저기를 스쳤고, 이상한 간지러움이 심장까지 전달되었다.

한참 후에야 마침내 몸 위에 있던 사람이 움직임을 멈추고 고르게 숨을 쉬었다. 잠이 든 것 같았다. 백자화는 고개를 숙여 여전히 동그랗게 눈을 뜬 그녀를 바라보았다. 깊은 밤에 보니 다소 무시무시했다.

그녀는 늘 눈을 뜨고 잠을 잤다. 자주 악몽을 꾸고 놀라 깨어나는 것으로 보아, 그 오랜 세월 잠을 잘 때조차 단 한 순간도 진정한 편안함을 느껴 보지 못한 것이리라. 백자화는 살짝 마음이 아파, 손을 뻗어 그녀의 눈을 덮고 천천히 감겼다.

자신의 몸 위에서 자지 않도록 옆으로 눕히고 싶었지만, 그러다 깨울까 봐 두려워 내버려 두었다. 피를 많이 흘려 생긴 현기증과 정신적, 육체적으로 지쳐 오는 피로감에 백자화도 금세 잠이 들었다.

이튿날 일어나 보니 화천골은 여전히 그의 위에 엎드려 자고 있었다. 마치 죽은 것처럼 숨조차 느껴지지 않았고, 두려울 만치 조용했다. 그녀에게 눌린 백자화의 몸은 감각이 사라져, 손가락 끝만 살짝 움직일 수 있을 뿐이었다. 그는 눈을 찌푸린 채 고개를 숙여 지척에 있는 그녀를 살폈다. 그리고 그 몸에서 한 줄기 익숙한 느낌을 찾아보려 했다.

그는 좋은 사부가 아니었다. 좋은 장문인도 아니었다. 늘 무언가를 희생해서 다른 것을 보호했기 때문이다. 화천골이 나타나기 전에는 자신이 어떻게 살았는지 거의 기억이 나지 않았다. 천 년의 세월은 소리도 없이 천천히 흘렀다. 하지만 그는 늘 당연하다고 생각했다. 좋다고 느끼지도 않았지만 그렇다고 나쁘다고 느끼지도 않았다.

그 후 화천골이 왔고, 모든 것이 조금씩 변했다. 그는 평소의 자신과 다르게 변하기 시작했다. 혹시 이것이 진정한 그의 모습일까?

그 전의 수많은 시간 동안 그는 항상 깊이 생각했다. 그의 인생은 정교하게 배치된 바둑알처럼 언제나 모든 것을 단단히 틀어쥐는 데 익숙해져 있었다. 하지만 한 걸음 잘못 나아가면 계속 잘못된 길을 가게 된다.

화천골을 잃은 그날부터 그는 끊어진 금의 현처럼 더 이상 생각할 수가 없었다. 무엇을 생각하든 돌이켜 보면 자신이 부지불식간에 해 버린 일이라는 것을 깨닫곤 했다. 마치 지금처럼. 이제 보니 그도 역시 마음 내키는 대로 할 수 있는 사람이었다.

이런 방법을 쓰지 않을 수도 있었다. 화천골이 제멋대로 구는 것을 쉽게 해결할 수도 있었다. 그런데 어째서 그런 약속을 했을까? 그녀를 너무 많이 아프게 해서, 그래서 더 이상 거절할 수 없어서? 아니면 그녀가 자신을 완전히 무시하는 것을 견딜 수가 없어서, 조금이라도 그녀에게 다가가 예전의 모습으로 돌아가고 싶어서? 이제 사제지간인 그들은 이렇게 패륜적으로 같은 침대에 누워 자고 있었다. 더욱 두려운 것은, 그의 마음속 밑바닥에서 따스함과 기쁨이 느껴진다는 사실이었다. 대체 그는 어떻게 된 것일까?

백자화는 살짝 몸을 움직여 위에 있는 사람을 떼어 놓으려 했다. 그러자 몸 아래에 있는 사람의 불안함을 느낀 화천골이 천천히 깨어났다. 악몽도 꾸지 않고 이렇게 편안하게 잔 것이 정말 얼마 만인지 모르겠다.

"안녕."

그녀는 마치 그 많은 일들을 잊어버린 것 같았다. 아름다운 세상에 오직 그녀와 그만이 존재하는 것처럼 몽롱하게 눈을 뜨고 입가에 미소를 지었다. 그리고 고개를 들어 코끝을 그의 턱에 살며시 비볐다. 그 친밀한 동작에 백자화는 눈에 띄게 놀랐다. 더욱 놀라운 것은, 마치 두 사람이 한때 사제지간이 아니라 연인이라도 되는 것 같은 그녀의 저 자연스러움이었다.

그가 놀랍고 두려운 눈빛으로 표시나지 않게 그녀를 밀어냈다. 그런데 온몸이 쑤시고 아팠다.

"미안해요, 잘 못 잤죠?"

화천골은 지금의 그가 보통 사람이라는 것을 잊었던 것인지, 평소 실수를 했을 때처럼 무의식적으로 혀를 내밀었다. 백자화는 멍해졌다. 하긴 아무리 변했다 해도, 자세가 변하고 얼굴이 변하고 성격이 변해도 그녀는 언제나 그의 소골이었다. 그가 마음속으로 아끼고 사랑하는 그 제자였다.

"주물러 줄게요."

화천골은 기분이 좋은 듯 손을 뻗어 그의 어깨를 잡았다. 그러나 그는 재빨리 피했다.

화천골은 고민스러운 듯 고개를 돌려 텅 빈 방을 바라보았다. 그러다 갑자기 손가락을 튕기자 책장과 탁자, 의자, 작은 궤짝, 발 등 각종 물품이 불쑥불쑥 나타나 차차 방 안을 채웠다. 바닥에도 하얗고 두꺼운 융단이 깔려 방 안 온도가 훨씬 높아졌다.

백자화는 저도 모르게 가볍게 탄식했다. 물건을 만들어 내는 것은 무척 위대한 힘이고, 신만이 가질 수 있었다. 하지만 화천골은 그런 것은 신경 쓰지 않았다. 온 세상이 그녀가 생각하는 대로였다. 만약 조물주가 모든 것을 자신과 아무 상관도 없는 것, 심지어 장난감이라고 여긴다면, 그녀는 아예 신의 몸을 가질 자격이 없었다.

"배고프죠?"

백자화가 예전에 좋아하던 음식들이 탁자 위에 나타났다. 화천골이 젓가락을 내밀었다. 예전에는 그가 항상 그녀와 밥을 먹어 주었지만, 지금 그녀는 먹을 필요가 없었다. 이제 그녀가 그와 밥을 먹어 줄 차례였다. 그 사실이 그녀를 기쁘게 했지만, 동시에 마음 아프게 만들기도 했다.

두 사람은 더 이상 말이 없었다. 탁자 위에 놓인 쟁반의 복숭아를 보자 화천골은 마침내 견뎌 내지 못했다. 아무리 자신을 속이고 남을 속여도 소용없었다. 당보가 없으니 아무것도 똑같지 않았다. 예전에는 셋이 함께 밥을 먹었지만, 이제는 두 사람만 남았다.

"난 다 먹었어요. 천천히 드세요. 나가서 좀 걸으면 몸에 좋을 거예요. 필요한 것이 있으면……."

원래는 하인들에게 시키라고 말할 생각이었지만, 문득 무망전에 아무도 없다는 사실에 생각이 미쳤다. 그는 혼자 이곳에 갇힌 것이나 다름없었다.

백자화가 다시 고개를 들었을 때 앞에 있던 사람은 이미 보이지 않았다. 그는 젓가락을 놓고 고개를 돌려 창밖을 바라보았다.

'소골, 잘못을 하지 않으려면 이 사부는 대체 어떻게 해야 할까?'

느닷없이 무망전 안에 시녀들이 늘어났다. 그들은 이리저리 왔다 갔다 했지만, 두 명의 주인은 처음부터 그들의 시중을 필요로 하지 않았다. 가엾을 정도로 일이 적어 심심해지자 그들은 매일 제멋대로 입방아를 찧었다. 내용은 대체적으로, 상선이 아직도 얼마나 초탈한지, 신존이 얼마나 아름다운지, 신존이 상선을 얼마나 총애하는지, 얼마나 상선의 말을 잘 듣는지, 사제 간의 사랑이 어떤지 하는 것들이었다.

한쪽에서 누가 입을 열었다.

"내가 요지에 있을 때 상선과 신존을 뵌 적 있어. 그때 신존은 겨우 이만한 꼬맹이였어."

그녀는 겨우 허리춤에 닿을 만큼 손을 들었다. 그러자 사람들이 벌떼처럼 그녀를 둘러쌌다. 그리고 이런저런 소문이 이어졌다. 선계든 이곳이든, 어디에나 이렇게 떠도는 소문들이 있었다. 시녀들은 요신을 두려워하지 않고 죽염만 두려워했다. 그래서 그가 나타나면 천연덕스럽게 착한 고양이처럼 굴었다.

이곳은 천궁처럼 규칙이 엄격하지 않았고, 미모를 갖춘 사람들까지 있어 편안하고 자유로웠다. 그리고 육계에서 최고로 대단한 요신 곁을 지키는 사이 시녀들은 저절로 콧대가 높아져 입만 열었다 하면 신존 폐하니 우리 주인님이니 해 댔다. 처음 잡혀 왔을 때 벌벌 떨며 전전긍긍하던 모습은 온데간데없었다.

백자화는 시녀들에게 거의 일을 시키지 않았다. 하지만 암암리에 종종 운궁의 일이나 선계 사람들이 잡혀 있는 곳을 묻곤 했다. 죽음을 두려워하지 않는 한 시녀가 박식한 상선에게 잘 보이기 위해 몰래 운궁의 지도를 그려 주었다. 하지만 궁전이 천 개 넘게 이어져 있고, 구름을 따라 계속 움직이기 때문에, 그것을 단번에 이해하기란 쉽지 않았다.

시녀들이 매일 서로 하려고 다투는 일은, 밤이나 아침에 문밖에서 신존의 시중을 드는 것이었다. 저 방 안에서 신존과 상선이 같은 침대에 자면서 얼굴 붉어지는 일을 하는 것을 상상할 수 있기 때문이었다. 아침에는 상선이 창백하고 허약한 모습으로 문을 나서는 것을 처음으로 볼 수 있었다. 가끔 밤에 상선의 낮은 헐떡임을 들을 수 있다는 소문이 돌자 그들은 더욱 피를 뿜었다.

매번 시녀들이 모여 그 일을 떠들 때면 큰 소동이 벌어졌다. 너나 할 것 없이 모두 주먹을 휘두르며 흥분해 어쩔 줄 몰랐다. 그들은 마치 직접 현장을 본 것처럼 더없이 자세히 상황을 묘사했고, 그 내용은 뜨거운 피가 솟구치는 음란한 연극처럼 생생했다. 평소 백자화의 눈빛이 의미심장했다거나, 얼굴이 익힌 새우처럼 빨갰다거나 하는 말도 빠지지 않았다.

그들이 백자화의 목에 있는 잇자국과 각종 표식을 본 것은 말할 것도 없었다. 상선이 매일 밤 신존 밑에서 뒤척이며 신음하는 것을 묘사한 소문과 소설이 기세 좋게 퍼져 나갔다. 하지만 상상은 상상일 뿐이었다. 신존 앞에서는 감히 조금도 방자하게 굴지 못했다. 설령 어쩌다 잘못을 저질러도 상선은 대강 충고만 할 뿐이니 만사형통이었다. 조심해야 할 사람은 죽염이었다. 그의 귀에 무슨 실수라도 했다는 말이 들어가면 소리 소문 없이 죽게 되어 있었다.

백자화와 화천골의 관계는 많이 좋아졌다. 비록 두 사람 다 많거나 적게 서로를 속이고 있었지만, 그래도 마음 편히 한방에 있을 수 있었고, 더 이상 차가운 말도 오가지 않았다.

화천골은 본래 한때 자신의 마음속에 있던 집념 때문에 많은 사람들을 해쳤다고 생각했다. 그래서 못하는 것이 없는 지금도, 그를 사랑하는 데 집착하거나 그를 곁에 묶어 두려 할 수가 없었다. 그러나 결국에는 참지 못했다. 밤에 그를 안을 때면, 처음으로 자신이 살아 있다는 것을 느꼈다. 어쩌면 이것은 나쁜 일이 아닐지도 모른다.

그의 피는 그녀에게는 좋은 수면제였다. 그녀는 그를 다치지 않게 하려고 조심했지만, 끝내 참지 못하고 다른 방식으로 자신의 갈망을 만족시켰다. 그리고 그의 목에 난 상처는 일부러 지우지 않았다. 그의 몸에 자신의 흔적이 남아 있는 것을 보는 것이 좋았다. 마치 그것이 무언가를 증명하는 것 같았다.

밤에 서로의 피가 섞이는 순간, 두 사람은 늘 알 수 없는 기분을 느꼈다. 서로 이끌리면서도 정욕은 없었다. 어딘가 잘못된 것일 수도 있고, 아니면 백자화와 화천골 두 사람 모두 애써 피하는 것일 수도 있었다.

백자화는 말을 거의 하지 않았다. 그가 말을 할 때는 타이르기 위해서거나 아니면 무엇인가를 알게 되었을 때였다. 그는 늘 화천골에게 그러지 말라거나 사람을 풀어 주라고 권했다.

바깥에서 그들 두 사람을 두고 뭐라고 하는지 그도 알고 있었다. 심한 소문도 있었지만 그는 개의치 않았다. 그는 매일 밤 화천골이 그의 피를 빨고 그를 안은 채 잠드는 것에 익숙해지지 않았다. 더욱더 견딜 수 없는 것은 자신이 그녀와 같은 침대에서 자는 것을 점점 당연하게 여기게 되는 것이었다.

하룻밤이 지나고 또 지날수록 그는 활시위처럼 점점 더 팽팽하게 긴장되고 점점 더 예민해졌다. 이대로 계속 있을 수는 없었다. 실질적으로는 아무것도 바뀐 것이 없었다.

마침내 백자화는 화천골과 죽염이 모두 운궁을 비웠을 때를 기다렸다가 무망전을 나가 곤라전으로 달려갔다. 비록 선신은 잃었지만 무공은 그리 약하지 않았다. 게다가 거의 모든 사람들이 그를 알아보았고, 그래서 막는 사람이 없었다. 어디로 가든 술술 통과였다.

일찍부터 계획하고 준비했기 때문에 사람들을 풀어 주는 것은 어렵지 않았다. 죽염에게 붙잡힌 이들은 각 선파의 장문인들이나 덕망 높은 장로들이었다. 각 곳의 세력을 쉽게 장악하기 위해서였다.

수비병들은 무척 곤란해하며 바닥에 엎드렸다. 감히 그를 거역할 수 없었지만, 선인들을 풀어 줄 수도 없어 진퇴양난이었다.

　"두려워할 것 없다. 책임을 져야 한다면 내가 지겠다."

　백자화가 약속하자, 수비병들은 그제야 불안해하면서도 길을 터 주었다.

　"상선, 어째서 우리와 같이 가지 않으십니까?"

　오랫동안 갇혀 있던 선인들은 선신을 잃은 백자화가 어떻게 그들을 구하러 왔는지 이해가 가지 않았다. 게다가 아무도 막는 사람이 없고, 마지막에는 남아서 책임까지 진다니?

　"나는 아직 할 일이 있습니다. 그녀는 날 해치지 않으니 안심하십시오."

　물론 선인들은 그가 말한 '그녀'가 누군지 알고 있었다. 그래서 서로서로 부축하며 운궁을 떠났다.

　돌아온 화천골은 역시 아무것도 추궁하지 않았다. 본래 이 일은 그녀와 상관없는 일이었다. 그저 죽염이 장난을 치도록 묵인했을 뿐이었다.

　이상하게도 죽염 역시 아무 말이 없었다. 다만 거짓 웃음을 지을 뿐이었다. 사람이야 풀어 주면 다시 잡아 오면 그만이었다. 그에게는 손바닥 뒤집기처럼 쉬운 일이었다. 그가 흥미를 느끼는 것은 백자화와 화천골의 관계 진전이었다.

　"화났느냐?"

　화천골은 진지하게 이불에 수를 놓고 있었다. 수예 솜씨가 뛰어나지는 않았지만 요 1년 동안 자주 바늘을 들었다. 너무 할 일이 없었기 때문이다. 수를 놓으면 마음이 편안해지고, 시간도 때울 수 있었다.

"무슨 말씀을요. 우리는 그가 이곳에 온 목적을 알면서도 내 버려 두지 않았습니까. 게다가 제 즐거움과 백자화의 바람을 어떻게 비교할 수 있겠습니까."

화천골은 고개를 들고 죽염을 바라보았지만 아무 말도 하지 않았다.

"하지만 그는 언젠가 신존과 저를 무너뜨릴 겁니다. 제가 몰래 그를 해칠까 봐 두렵지 않으십니까?"

죽염은 상상했다.

'만약 백자화가 죽으면…….'

"넌 그럴 수 없다. 그를 죽이면 내가 널 죽일 테니까."

"하하, 틀렸습니다. 그야 저는 그를 죽일 수 없지요. 하지만 죽음이 두려워서가 아니라 그가 죽으면 재미가 없어지기 때문입니다."

어떤 의미에서, 그녀와 죽염은 비슷했다. 둘 다 즐거움을 좇았다. 하지만 그녀는 자신이 원하는 것이 무엇인지, 무엇을 해야 하는지 모르는 반면 죽염은 잘 알고 있었다.

일은 거의 끝났고 이제 움직이기만 하면 되었다. 그러나 백자화는 양심의 가책 때문에 가능한 한 도울 수 있는 일을 하려고 했다. 그가 진정으로 찾고자 하는 것은 예만천의 행방이었다. 그것은 그의 죄업이자 화천골의 죄업이었다. 그것을 끝내야 했다.

하지만 막상 그녀를 찾아냈을 때, 그가 상상했던 것보다 만 배는 더 잔혹하고 참혹한 광경이 그에게 호되게 찬물을 끼얹었다. 어쩌면 화천골의 죄는 정말 죽어야만 갚을 수 있을지도 모른다.

그는 예만천을 구할 수 없었다. 심지어 다가갈 수조차 없었다. 그래서 그녀가 울부짖으며 죽여 달라고 애원하는 소리를 듣고 있을 수밖에 없었다.

저녁이 되어 돌아갈 때가 되었다. 그는 온몸이 굳고 다리가 휘청거렸다.

화천골이 방에 들어가자 등이 켜져 있지 않아 깜깜했다. 백자화는 어둠 속에 앉아 있었다. 그녀는 아무것도 모르는 척하며 다가가 평소처럼 그의 백삼을 벗기고, 살짝 벽 쪽으로 밀며 피를 빨았다. 마지막에 그녀는 그의 눈을 똑바로 바라보며 입가에 잔인하면서도 자조 가득한 미소를 떠올렸다.

"내게 말하기 싫은가 봐요?"

백자화가 천천히 주먹을 쥐었다. 하지만 결국에는 주먹을 풀고 가볍게 한숨을 쉬었다.

"그 애를 죽여라."

"죽이면 난 살 수 없어요."

이렇게 말하면 그가 알지도, 이해하지도 못할 것을 화천골은 알고 있었다.

"예전에 너는 이렇게 잔인하지 않았다."

백자화는 고개를 저었다.

"사실 난 항상 잔인했어요."

'당신한테만 빼고.'

"이렇게 해서 마지막에 무얼 얻는다는 거냐?"

"당보를 제외하면 난 아무것도 필요치 않아요."

'당신도 포함해서. 더 이상 당신을 원할 수 없어.'

"정신 차려, 당보는 이미 죽었다. 당보도 네가 이런 모습으로 변하는 것을 바라지 않을 것이다."

"그만 해요!"

화천골이 온몸을 부들부들 떨며 입술을 꼭 물었다. 공기 속에 꽃향기가 퍼졌다. 그녀는 느닷없이 백자화에게 몸을 바짝 붙이며 그를 올려다보았다. 갑자기 간드러지는 목소리가 뼈를 녹였다.

"다시 선신을 회복하고 싶죠? 내 피 한 방울이면……."

백자화는 고개를 숙여 요사스런 그녀의 얼굴을 바라보았다. 불꽃처럼 빨간 입술 위에 남은 그의 피는 그녀의 피에 덮였다. 피 묻은 입술이 살짝 열렸다 닫히는 모습이 혼을 쏙 빼놓았다. 마치 한번 맛보라고 초대하는 것 같았다.

너무 가까워 거의 닿을 정도였다. 화천골의 호흡이 그에게 바짝 닿아 숨이 턱 막혔다. 백자화는 어지러움을 느꼈다. 귀신이 곡할 노릇이지만, 저 입술의 유혹 때문인지 피의 유혹 때문인지 몰라도 거의 그 입술을 덮을 뻔했다. 그러나 마지막 순간에 힘껏 고개를 돌렸다.

백자화의 눈에 반짝였다 사라지는 혐오감을 보자 화천골은 힘없이 웃었다. 그리고 경박하게 자신의 입술을 핥으며 뒤로 물러나 먼저 침대에 누웠다. 한참 후, 백자화가 그녀 곁으로 와 누웠다. 이불을 덮지도 않았고 그녀를 등진 채였다.

언제 잠이 들었을까. 그녀는 아득하고 끝이 없는 얼음판 위에 서 있었다. 하얗고 차가웠고 아무도 없었다. 그러다 갑자기 온 힘을 다해 숨긴 거대한 살기가 느껴져 놀라 깨어났다. 눈을 뜨지는 않았지만, 어둠 속에서 백자화가 얼음처럼 차가운 눈으로 자신을 주시하고 있다는 것을 알 수 있었다.

이 강렬한 살의는 친군만끼를 능가했다. 그 오랫동안 줄곧 잘 숨겨 왔지만, 그의 몸에서 완전히 사라진 적은 없었다. 그의 손에 칼이 있다면 설령 그녀를 죽이지는 못해도 분풀이는 할 수 있다는 것을 그녀도 알고 있었다. 그는 매일 밤 그녀의 곁에 누워 있었지만 언제나 어떻게 그녀를 죽일 것인가 하는 생각뿐이었으리라……

한참이 흐른 후, 백자화의 몸에서 풍기던 살기가 드디어 사라졌다. 그녀는 그의 마음에 기복이 이는 것을 느낄 수 있었다. 하지만 그녀는 한 번도 섭심술로 그의 마음을 읽으려 한 적이 없었다. 그가 어떻게 생각하는지, 어떻게 자신을 죽이려고 하는지는 중요하지 않았다. 그의 따스함에 미련을 놓지 못하고, 그를 곁에 두고 싶을 뿐이었다. 하지만 결국 이런 껍데기뿐인 평온함은 깨어지고 말았다.

그 날, 백자화가 깨어났을 때 화천골은 이미 없었다. 평소처럼 탁자에는 먹을 것이 준비되어 있었다. 그런데 주전자 안에 든 맑은 차를 한 모금 마시는 순간, 그는 잘못되었음을 깨달았다. 약이었다. 그것도 강렬한 춘약春藥. 길거리 기녀들이 사용하는 가장 조잡하고 질 낮은 약이었다.

갑자기 몽롱해졌다. 모든 것을 다 생각해 두었지만 유독 화천골이 약을 쓰리라곤 생각해 본 적이 없었다. 얇은 종이같이 약한 두 사람의 관계는 단숨에 구멍이 뚫리고 말았다.

백자화는 머릿속이 하얗게 되었다. 너무 화가 나 무슨 말을 해야 할지도 몰랐다. 그녀가 잔인해진 것은 그렇다 쳐도, 이렇게 비열하고 수단과 방법을 가리지 않는 성격이 되다니? 그를 얻을 방법이 없다고 이렇게 그를 난처하게 만들 줄이야!

백자화는 다시없이 체온이 서서히 높아지는 것을 느꼈다. 뜨거운 파도가 점점 더 높게 몰아쳤다. 이렇게 속수무책인 적은 태어나 처음이었다. 상선인 그는 아예 욕망이 어떤 것인지도 몰랐다. 그런데 선신을 잃자, 조그만 춘약조차 그를 이렇게 곤란한 처지로 몰아넣을 수 있었다.

그는 자신의 몸에서 불가사의한 반응과 갈망을 느꼈다. 열기를 참기 어려웠다. 그는 몸을 떨며 홧김에 탁자를 뒤집어엎었다. 크나큰 치욕이라는 것이 무엇인지, 드디어 알았다!

소리를 들은 시녀가 방 안에서 무슨 일이 생긴 줄 알고 들어오려 했지만 그가 돌아가라며 버럭 소리를 질렀다. 상선이 이렇게 추태를 부리는 것을 본 적이 없는 그들은 고운 얼굴에 핏기가 가실 정도로 놀라 황급히 화천골을 찾으러 갔다.

화천골은 눈을 찡그린 채 아무 말 없이 방 안을 관미했다. 백자화의 표정을 보자 모든 것이 확실해졌다. 그녀는 죽염을 불러 높은 소리로 꾸짖었다.

"이런 짓을 하다니!"

죽염은 두 손을 소매에 꽂고 허리를 숙이며 웃었다.

"신존께서 미적미적하시며 아무 진전도 없이 도리어 백자화에게 당하고만 계시기에, 걱정이 되어 외람되게 부채질을 좀 해 봤습니다."

그는 당연히 백자화를 죽일 리 없었다. 그저 재미있는 장면을 보고 싶을 뿐이었다.

화천골은 냉소했다. 듣기에는 좋은 말이지만, 분명 그녀와 백자화의 관계를 다시는 돌이킬 수 없는 지경으로 밀어낸 것이었다. 하지만 상관없었다. 어차피 그들 사이는 돌이킬 수 없었다. 그는 이미 그녀를 미워하니, 그 미움을 한 층 더한들 어떨까.

화천골은 피곤한 듯 몸을 일으켜 무망전으로 갔다. 그녀를 맞이한 것은 바로 노발대발한 백자화였다.

61. 마음은 고인 물처럼

단전의 열기가 점점 더 높이 파도치고, 눈앞의 물체는 복숭 앗빛으로 뒤덮였다. 백자화는 정신을 집중해 잡념을 몰아내려 고 했지만, 방 안 곳곳에서 화천골의 향기가 실오라기처럼 흘러나와 코를 찔렀다. 마치 그녀가 그를 친친 감고 요염하게 몸을 흔드는 것 같았다. 그리고 세차게 솟구치는 열기는 그녀를 다시 한 번 몸 아래에 깔아 누르고 싶게 했다.

방 안은 엉망이 되었다. 그는 한 번도 이렇게 추태를 보인 적이 없었고, 이렇게 분노한 적도 없었다. 남우회가 환사령을 사용했을 때도 그는 전혀 영향을 받지 않았다. 그런데 도행을 잃은 지금은 평범한 사람처럼 천박해져, 이렇게 더럽고 추악한 욕망을 느끼게 되었다.

'이것이 네가 원한 거냐? 이것이 바로 네가 원한 것이냐?'

백자화의 머릿속은 분노의 불길로 가득 찼고, 생각하는 능력도 잃어버린 것 같았다. 그래서 화천골이 문을 열고 들어왔을 때 그는 생각도 하지 않고 잡히는 대로 찻잔을 집어 힘껏 던졌다.

화천골은 피하지 않고, 순박한 얼굴로 찻잔이 얼굴로 날아들어 이마를 때리게 놔두었다. 둔탁한 소리와 함께 왼쪽 눈을 따라 피가 뺨으로 흘러내렸다. 그리고 상처는 순식간에 아물었다.

백자화는 멍하니 그 자리에 멈춰 섰다. 그녀의 차분한 눈동자 깊은 곳에 어린 슬픔이 보였다. 또다시 그녀에게 상처를 입혔다. 순간 미안하다고 말하고 싶었다. 하지만 왜 그래야 하는가! 잘못한 사람은 분명 그녀인데!

"미안해요."

이 한마디는 화천골이 먼저 꺼냈다. 중독되어 평소의 냉담하고 소원한 모습과는 판이하게 다른 백자화를 보자 그녀도 약간 경악했다. 눈썹은 빨갛게 물들고, 피가 눈 속으로 흘러들어 따끔따끔했다. 그녀는 소매로 쓱 닦았다. 예전의 고인 물 같은 차가움이 완전히 되돌아오는 것이 느껴졌다.

찻잔은 그들 두 사람 사이의 조화로워 보이던 허상을 깨뜨리고, 그녀의 마음속에 남은 모든 요행과 환상을 깨뜨렸다. 그녀는 갑자기 깨달았다. 그녀와 백자화는 더 이상 연극조차 계속할 수 없다는 것을.

"약을 토해 내게 해 줄게요."

화천골이 한 걸음 다가가자 백자화는 연거푸 세 걸음 뒤로 물러났다. 그리고 떨리는 목소리로 외쳤다.

"필요 없다, 저리 꺼져!"

날카롭고 경멸 어린 그의 눈빛을 보자 화천골의 손발은 더욱 차가워졌다. 그녀는 천천히 뒤로 물러난 다음 돌아서서 방을 나갔다. 마치 구름 위를 걷는 것처럼 발밑이 허전했다. 얼굴에는 자조 어린 미소가 떠오르고, 눈동자는 텅 비었다.

'화천골, 그는 널 증오해. 애초에 널 제자로 받아들인 것을 증오하고, 네가 그의 명성을 무너뜨린 것을 증오하고, 수많은 사람들을 해친 것을 증오하고, 육계에 평화를 가져다주지 못하게 한 것을 증오하고, 그를 붙잡아 매일 밤 너와 함께 부끄럽게 느끼는 짓을 하게 한 것을 증오하고, 선신을 잃고 저런 모습이 되게 한 것을 증오해. 그는 내내 그 증오를 억누르려 애썼지만 마침내 폭발하고 말았어. 그리고 넌, 확실히 미움받을 만해. 그는 널 기르고, 돌보고, 힘들게 가르쳤어. 널 구하기 위해 중독되고, 너 대신 그 많은 소혼정을 맞는 벌을 받았어. 너를 감싸주려고 장류산과 육계의 죄인이 되고, 선신도 잃고, 당당한 상선에서 지금처럼 저급한 춘약의 고통을 견딜 수밖에 없는 상태가 되었어. 화천골, 네가 억울할 게 뭐야? 그는 네게 연루되어 처음부터 끝까지 너 때문에 속죄하면서도, 단 한 번도 사부로서의 책임을 잊거나 미루지 않았어. 그런데 넌? 네 고통은 모두 네가 자초한 것이고, 당해도 싸. 네가 뭐라고 그와 육계 전체를 너와 같이 고통받게 하는 거야? 설마 넌 영원히 자기연민

에만 빠져, 운명을 탓하며 다른 사람들이 차례차례 널 위해 희생하기만을 기다릴 거야?'

화천골은 비틀비틀 전각으로 돌아갔다. 죽염은 정신이 나간 것 같은 그녀의 모습을 보자 목적을 달성했다는 것을 알았다. 하지만 어째서인지 또다시 마음이 약해졌다.

"괜찮으십니까?"

"자훈은?"

"자훈이요?"

죽염은 그녀가 왜 이런 때에 하자훈을 거론하는지 알 수가 없었다.

"폐관 입정한 시 만년이나 지났으니 지금 그 영혼이 어디를 떠다니고 있을지 알 수가 없습니다. 그녀를 만나시려고요?"

"그렇다, 지금 당장."

화천골은 갑자기 하자훈이 부러워졌다. 요 몇 년 동안 하자훈은 오히려 깨달음을 얻어 다시금 평정을 되찾았다. 그래서 세상일에 나서지 않고, 약을 만들거나 향을 제조하는 데 몰두했다. 그런데 화천골 자신은 언제쯤이나 내려놓을 수 있을까.

백자화는 뜨거운 불꽃이 몸을 태우는 것 같은 고통을 느끼며, 온 힘을 다해 그것을 누르려고 했다. 자신이 그깟 춘약 하나 어쩌지 못한다고는 생각지 않았다.

다시 문이 열렸다. 화천골이 아니면 감히 들어올 사람이 없었다. 그는 더욱 화가 치밀었다.

'대체 어쩔 생각일까? 설마 이렇게 저속한 방법으로 나를 얻을 수 있다 여길 만큼 어리석지는 않겠지? 오랫동안 고심해서 가르친 제자가 죽일 놈으로 자란 것도 모자라, 바보 멍청이가 된 것은 아니겠지?'

하지만 그 자신은 왜 이렇게 두려워하며 그녀를 쫓아내려 안달일까? 화가 나서일까, 혐오감 때문일까? 아니면 사실은 자신을 제어할 수 있다는 믿음이 없어 무슨 잘못이라도 저지를까 봐 두려운 것일까?

백자화의 몸이 격렬하게 떨렸다. 그녀의 눈빛이 끊임없이 머릿속에서 번쩍였다. 마치 주문처럼. 그녀는 그를 쓰다듬고, 그를 빨고, 그를 깨물며, 단단히 하나가 되었다.

"꺼지라고 했다! 못 들었느냐?"

백자화는 다시 한 번 쉰 목소리로 포효했다. 고개를 돌리고 싶지 않았다. 이번에는 절대로 그녀의 머리를 향해 잔을 집어 던질 수 없었다.

백자화가 번쩍 고개를 들자 뜻밖에도 눈앞에는 하자훈이 서 있었다. 그는 몽둥이로 호되게 맞은 것처럼 갑자기 머릿속이 맑아졌다.

"어떻게 왔소?"

"소골이 보냈어요. 당신에게 약을 주래요."

하자훈이 손에 든 도자기 병을 흔들었다. 그녀의 얼굴이 살짝 붉어졌다.

'백자화가 어쩌다 춘약에 당했을까? 어째서 그가 운궁에 있지?'

그녀가 없는 동안 여러 가지 일들이 일어난 모양이었다.

"일부러 당신을 불러 내게 약을 주라고 했다고?"

그는 '당신'이라는 단어를 일부러 강조하는 것처럼 길게 늘여서 발음했다. 백자화의 몸에 다시없이 위험한 기운이 퍼져나갔다. 그는 두 눈을 가늘게 뜨고 더욱 노한 눈빛으로 하자훈을 바라보았다. 그녀의 미간에는 지난날의 사기邪氣가 사라지고, 타선의 표시도 훨씬 옅어져 있었다. 그러나 그녀는 백자화 그를 차마 똑바로 바라볼 수 없는 듯했다.

그는 너무 많이 변했다. 기질도 변했고, 눈빛조차 변했다. 뭐랄까, 훨씬 더 인간적으로 변했다. 어쩌면 그것이 지금 그가 중독된 이유일시도 모른다.

"아무 말도 하지 않았어요. 그저 당신이 중독되었다며 약을 주라고 했어요."

무슨 독인지도 말하지 않고 그저 해약을 주라고만 했다. 그래서 급히 달려왔는데, 이런 광경을 보게 될 줄이야…….

"좋아. 아주 좋군."

백자화는 이를 악물며 말했다. 손에 든 찻잔이 박살이 났다. 그가 화천골의 속셈을 왜 모르겠는가. 그녀는 그에게 두 가지 해약을 주려는 것이 분명했다. 도자기 병과 하자훈이라는.

'좋아. 정말 잘됐군.'

하지만 안타깝게도 그는 둘 다 필요 없었다.

"필요 없소. 당장 나가시오!"

그의 목소리는 낮고도 위엄 있었다.

하자훈은 그가 얼마 버티지 못할 것을 알고 다가가 부축하려 했지만 그가 곧장 밀어냈다. 그녀는 깜짝 놀라 믿을 수 없다는 표정을 지었지만 곧이어 뭔가를 깨달은 듯 쓴웃음을 지으며 고개를 저었다.

"자화, 천 년 동안 당신을 알고 지냈지만 이런 모습의 당신은 한 번도 보지 못했어요. 당신은 도행을 잃었다고 생각하지만, 선심仙心은 여전하니 결코 다르지 않아요. 그런데 대체 무엇을 두려워하는 거죠?"

"나가라고 했소!"

백자화가 크게 소리를 질렀다. 두 눈이 새빨개져 한 손으로 그녀를 멀리 밀어냈지만, 더는 견디지 못하고 피를 토하며 기절하고 말았다. 하자훈이 황급히 다가가 역류하는 혈맥을 막고 해약을 먹였다. 그리고 그를 부축해 일으켜 침대에 눕힌 다음 주변을 둘러보았다.

'여긴 소골의 방이구나……'

화천골은 내내 정원에 우뚝 서 있었다. 하자훈이 들어간 지 오랜 시간이 흘렀지만 방 문은 열릴 기미가 없었다. 백자화는 지금쯤 그녀를 더욱 미워할 것이다. 그녀는 쓴웃음을 지으며 천천히 몸을 돌려 그곳을 떠났다.

그녀는 예만천을 가둔 곳에 도착했다. 예만천은 이제 고통에 미쳐 버려 울었다가 웃었다가, 애원했다가 욕을 퍼부었다가를 반복했다. 그리고 그보다 더 많은 시간은 혼자 허공을 바라보며 낙십일과 이야기를 나누면서 지난날 있었던 일들을 하나하나 설명했다.

화천골은 오래오래 그 모습을 지켜보고 이야기를 들었다. 그녀는 천천히 손을 들어 예만천의 몸을 기어 다니는 각종 벌레를 쫓아내고, 피와 살이 자라나게 했다. 통증 때문에 예만천은 참혹한 비명을 지르며 몸부림쳤다.

"화천골! 또 뭘 할 생각이지?"

"피곤해. 너와 놀 생각은 없어."

"하하하! 결국 날 죽이겠다는 거야? 나에게, 그리고 세상 사람들에게 네 자비심을 보여 주고 싶어?"

"말했듯이 널 죽여 내 손을 더럽히고 싶지는 않다. 너는 평생 예쁜 것을 좋아했지. 그러니 존엄성을 지키며 죽게 해 주겠다. 자결해라."

예만천은 다시 볼 수 있고, 일어설 수 있다는 것을 느꼈다. 백자화에게 잘린 팔을 제외하면 다른 부분은 거의 회복되었다. 오랫동안 억눌러 왔던 분노와 증오가 산사태처럼 밀려왔다. 유일한 염원은 바로 화천골을 죽이는 것이었다. 하지만 이제 법력이 없었기 때문에 미친개처럼 달려들어 화천골의 왼손을 꽉 깨무는 것이 다였다.

화천골은 텅 빈 눈동자로 느릿느릿 손을 흔들었다. 예만천은 곧 멀리 날아가 거칠게 벽에 부딪혀 뼈가 부러졌다.

"널 죽게 해 주는 것은 용서하기 때문이 아니다. 너는 내게 가장 중요한 사람을 죽였고, 난 여전히 널 미워해. 그저 그 모든 것을 끝낼 때가 되었을 뿐이야. 어째서 그렇게 괴롭힘을 당하고도 아직껏 전혀 뉘우치지도, 잘못했다고 생각하지도 않는 거지?"

"내가 왜 뉘우쳐야 해? 백 번을 더 태어나도 나는 여전히 널 죽이고, 당보 그년도 죽일 거야!"

화천골은 침묵했다. 모든 사람들은 생각과 사상이 다르다. 내가 잘못이라고 생각한다고 다른 사람들도 반드시 그렇게 생각하는 것은 아니다. 어쩌면 예만천을 후회하게 만들겠다는 그녀의 생각도 처음부터 틀렸을지 모른다.

"당보가 이렇게 죽게 놔두지는 않을 거다. 그 애는 다시 내 곁으로 돌아올 거야."

"하하하! 화천골, 네가 신이라서 정말 모든 것을 바로잡을 수 있다고 생각해? 설령 당보를 되살린들 어때? 네 손으로 당보가 가장 사랑하는 남자를 죽였는데, 그녀가 널 용서할 것 같아?"

한겨울에 찬물을 뒤집어쓴 것처럼 화천골은 그 자리에 얼어붙었다. 그녀는 저도 모르게 살짝 뒤로 물러나며 힘껏 고개를 저었다. 목소리가 떨렸다.

"아니야! 당보가 가장 사랑하는 사람은 바로 나야! 낙십일 때문에 날 미워할 리 없어! 절대 그럴 리 없어!"

"웃기지 마. 당보가 백자화를 죽이면 넌 어떨 것 같아? 당보를 전혀 원망하지 않을 거야? 그래도 예전처럼 밤낮 함께 있을 수 있어?"

화천골의 눈동자에 오랫동안 나타나지 않았던 놀람과 두려움이 떠올랐다.

"당보를 부활시킬 수 있다면 분명 낙십일도 부활시킬 수 있어!"

예만천은 고개를 쳐들고 절망적으로 깔깔댔다.

"화천골, 못 들었어? 신이 직접 죽인 사람을 어떻게 부활시킬 수 있어?"

화천골의 머릿속이 쾅 울렸다. 모든 것이 무너졌다. 그녀는 힘없이 벽에 기댄 채 믿을 수 없다는 듯 고개를 저었다.

"거짓말! 거짓말이야! 모두 날 속이는 거야!"

남우회는 그녀를 속여 요신을 풀어 주었다. 경수도 그녀를 속였는데, 그녀는 두 사람이 가장 좋은 친구라고 생각했다. 살천맥도 그녀를 속였다. 그는 줄곧 그녀를 청리의 대용품으로 여겼다. 죽염도 그녀를 속였다. 그가 한 모든 일은 그녀를 이용하기 위해서였다. 백자화도 그녀를 속였다. 그녀를 와해시키고 죽일 생각으로 그녀에게 접근했을 뿐이었다. 동방욱경마저 그녀를 속였다. 비록 죽었지만, 모든 것은 그의 계획대로였다.

'어째서 이렇게 되었지? 내가 그렇게 바보야? 모든 사람들이 날 속이려 하다니?'

예만천은 득의양양하게 웃었다. 목적을 달성한 것 같아 만족스러웠다. 분명 그녀는 생각나는 대로 거짓말을 지어냈을 뿐이었다. 신계가 소멸한 지 만 년 가까이 되는데 어떻게 그렇게 잘 알 수 있겠는가? 하지만 화천골이 믿으면 그뿐이었다. 화천골의 가장 큰 약점은 위급할 때와 화가 났을 때 냉정을 잃는다는 것이었다. 백자화가 중독될 때도 그랬고, 삭풍을 구할 수 있다고 믿어 요신을 풀어 주었을 때도 그랬다.

그녀는 또다시 직접 화천골을 절망의 구렁텅이로 밀어 넣었다. 정말 통쾌한 복수였다. 이제 마음 놓고 눈을 감을 수 있었다.

예만천은 머리를 힘껏 벽에 들이받았다. 선혈이 사방으로 튀고 몸이 천천히 미끄러졌지만, 그녀의 눈동자는 여전히 기이하고 음험한 눈빛으로 화천골을 바라보고 있었다.

"전생, 이생, 내생. 어쩌면 우리는 영원히 원수일 거고, 절대 공존할 수 없을 거야."

화천골은 예만천이 천천히 숨이 다해 죽는 것을 바라보았다. 예만천의 얼굴에는 만족스런 미소가 떠올라 있었다. 그녀는 이미 고통 속에서 완전히 해탈했다. 그런데 화천골 자신은 어떤가?

예만천이 죽은 일은 죽염을 깜짝 놀라게 했다. 이 시점은 그가 예상한 것보다 훨씬 빨랐다. 백자화 때문일까? 아니면 화천골이 더 이상 잔인하고 냉정한 자신을 견딜 수 없었기 때문일까?

자신의 생사와 직결된 것을 제 손으로 끊기란 쉬운 일이 아니었다. 그도 알고 있었다. 화천골이 모든 것을 꿰뚫어 보았거나 아니면 아예 포기했다는 것을. 그가 3천 명을 죽이는 일에 대한 진도를 보고할 때조차 그녀는 분명 흥미를 잃은 눈치였다.

그녀는 다시는 백자화에게 가지 않고 홀로 반야전으로 방을 옮겼다. 밤낮없이 폐관을 시작했고, 폐관을 끝내면 전각에서 흥청망청 연회를 열었다. 요마들이 주위에서 마구잡이로 춤을 추는 것을 보면서, 그녀 자신은 술 한 방울 입에 대지 않고 사죽絲竹 소리를 들으며 비스듬히 침대에 누워 선잠에 들곤 했다.

화천골은 완전히 변했다. 예전처럼 차갑지 않고 다소 어눌하게 변했다. 아니, 어눌하다기보다는 늘 넋이 나가 있었고, 주위에서 벌어지는 일에 반응하는 것이 무척 느렸다. 어조는 무덤덤하고, 더 이상 무언가를 감추지도 않았다. 미간에는 확고한 표정이 떠올랐고, 눈동자는 투명하고 밝았지만 슬픈 느낌이 오래도록 가시지 않았다.

오늘도 밤새 연회가 벌어졌다. 술에 취한 요마들이 전각 아래에서 함부로 시시덕거렸고, 여기저기 뒤숭숭하고 음탕한 분위기가 가득했다. 화천골은 그 모든 것을 못 본 체하며 가장 높은 곳에 놓인 적금색 침대에 누워 편안하게 잠들었다. 탁자에는 과일 한 쟁반과 맑은 차 한 잔이 놓여 있을 뿐이었다.

최근에 요력을 과하게 소모하여 무척 피곤했다. 하지만 나쁜 습관이 들어 이제 백자화가 곁에 없으면 푹 잘 수가 없었다. 게다가 모든 것을 깨닫고 실행하기로 결심했을 때, 놀랍게도 그녀는 어둠과 적막을 두려워하기 시작했다. 환하고 밝은 곳에서 연주와 노래, 웃음과 노성을 들으며 사람들에게 둘러싸여 있어야만 도리어 안심이 되었다.

갑자기 두 개의 손이 나타나 그녀의 어깨를 부드럽게 주물렀다. 그녀는 그 손을 탁 붙잡으며 천천히 눈을 떴다. 실제라고 믿기 어려울 만큼 아름다운 얼굴에 눈에 띄게 당황하고 순진한 표정이 떠올랐다. 눈동자는 세상에서 가장 투명하고 환한 수정 같았다.

그녀는 가볍게 한숨을 쉬었다. 그런데 갑자기 포도를 쥔 손이 그녀의 입 앞에 불쑥 나타났다. 또 다른 초탈한 분위기의 남자가 애써 웃음을 지으며 그녀를 보고 있었다.

"됐다. 모두 물러가라."

화천골은 쓴웃음을 지으며 고개를 들어 옆에 있는 죽염을 바라보았다. 최근 그는 늘 이런 절색의 남자를 데려와 그녀의 시중을 들게 했다. 심지어 화공을 불러 많은 초상화를 그리거나, 아예 이렇게 연회에 데리고 와서 화천골에게 고르게 했다. 공을 세워 속죄하겠다는 미명하에 어떻게든 그녀에게 남총[6]을 만들어 시간을 때우게 하려는 태세였다. 확실히, 두 남자는 요신보다 죽염이 훨씬 두려운지 꼼짝도 하지 않았다.

죽염이 가벼운 목소리로 말했다.

"누가 마음에 드십니까?"

"장난치지 마라. 내가 색을 좋아하지 않는 것을 너도 알지 않느냐. 저들을 놓아줘."

화천골이 백자화를 좋아하기 때문에, 죽염은 매혹적인 요마보다는 초탈한 선인들을 그녀에게 데려왔다.

"신존, 평생 이렇게 백자화를 그리워하실 수는 없습니다. 앞

---

6 男寵. 남자 노리개.

길이 구만리인데 스스로를 생각하셔야지요. 이 세상에 뛰어난 남자는 많습니다. 신존께서 원하시면 얻지 못할 것도 없지요. 왜 하필 백자화에게 집착하십니까? 남녀 간의 기쁨을 한번 경험해 보시면 분명 좋아하게 되실 겁니다."

화천골은 저도 모르게 웃음을 터트렸다.

"너 자신도 주색을 멀리하지 않느냐?"

죽염이 멈칫하며 아무 말도 하지 못하자 화천골이 말했다.

"탐람지의 물에 생긴 흉터 때문에 스스로를 비천하게 여긴다면, 내가 원래 모습으로 되돌려 줄 수 있다. 일이 너무 바쁘다는 핑계를 댈 필요 없다. 이제 대국은 정해졌고, 육계는 모두 네 손에 있다. 매일같이 할 일이 없어서 이런 쓸데없는 일에 분주한 것 같은데, 너 자신이나 즐겁게 살도록 해. 네가 그런 것을 좋아하지 않는다면 나도 좋아하지 않는다는 것을 알아야지. 내 걱정 때문이라는 것은 안다. 하지만 너도 알다시피 술과 색에 의지해서는 고통을 줄일 수 없다. 나는 아주 멀쩡하고, 내가 뭘 하는지도 잘 안다. 안심해라."

죽염은 다소 놀란 게 분명했다. 그가 그녀를 걱정한다고?

'걱정?'

오랫동안 그들은 줄곧 서로를 이용하고, 적대하고, 경계하는 위치에 있었다. 그런데 왜 그녀는 그가 그녀를 걱정한다고 생각할까?

그녀가 이렇게 말을 많이 한 것은 무척 오랜만이었다. 눈빛은 부드러웠고, 말투도 완전히 변했다. 요즘 그녀는 확실히 그에게 무척 관대했고, 거의 눈감아 주다시피 했다. 백자화에게 약을 먹였을 때도, 일부러 귀찮게 구는 지금도, 그녀는 전혀 화 내거나 질책하지 않았다.

'얼음 같은 방어막을 무너뜨리고 처음의 모습으로 돌아간 걸 까? 아니면 정말로 모든 것을 꿰뚫어 보게 되어 아무것도 마음 에 두지 않는 걸까?'

죽염은 어이가 없어 피식 웃었다.

'모든 것을 꿰뚫어 보든 말든, 네가 백자화를 내려놓을 수 있 는지 꼭 봐야겠어.'

살천맥이 있는 곳에서 나온 화천골의 표정이 살짝 펴졌다. 그녀는 며칠마다 한 번씩 살천맥을 찾아갔고, 혼자서 편안히 잠든 그에게 종알종알 떠들며 혼잣말을 중얼거렸다.

갑자기 은은히 금을 타는 소리가 들려왔다. 흐르는 구름처 럼 자유롭고 초탈한 그 소리에 절로 마음이 끌렸다.

'이 운궁에서 누가 저렇게 한가하게 금을 타는 걸까? 설마 백 자화일까?'

아니, 그는 아니었다. 그의 금 소리는 항상 안으로 갈무리하 는 편이었으니 저렇게 시원스러울 리 없었다. 화천골은 호기심 이 생겨 금 소리를 따라갔다. 뜻밖에도 아주 먼 곳이었다. 금을 타는 사람은 솜씨가 뛰어날 뿐 아니라 내력도 매우 심후한 듯 했다.

구름을 몇 개나 지났을까. 마침내 자그마한 편전 위에 도착했다. 간소하기도 했지만, 자체적으로 결계가 있었다. 그리고 눈도 내리고 있었다. 그런데 은백색 눈으로 뒤덮인 정원에는 여전히 복숭아꽃이 가득 피어 있었다.

하얀 옷을 입은 남자 한 명이 그녀를 등진 채 나무 아래에 앉아 한가롭게 금을 타고 있었다. 그의 주위로 복숭아 꽃잎이 흩어져 있었다. 순간 화천골은 당황했다. 그 뒷모습과 자태가 백자화를 꼭 닮았기 때문이다. 하지만 그가 아니라는 것은 알고 있었다.

그녀는 처마 위로 올라가, 높아졌다 낮아졌다 하는 금 소리가 바람과 함께 살며시 속삭이는 소리에 가만히 귀 기울였다. 지난날 백자화와 함께 절정전에서 행복하게 지내던 날들이 또다시 하나하나 눈앞에 떠올랐다. 가없이 쓸쓸한 기분에 그녀는 입에서 탄식이 흘러나오는 것을 막을 수 없었다.

금 소리가 뚝 끊겼다. 고개를 돌려 그녀를 바라본 남자는 경악한 눈빛이었다.

화천골도 멍해졌다. 그 남자는 길게 늘어뜨린 까만 머리카락에 청아한 외모를 하고 있어, 마치 그림 속에서 걸어 나온 것 같았다. 선인 같은 자태와 기질만 따지면 백자화와 비교해도 전혀 뒤처지지 않았다. 하지만 백자화처럼 냉담하고 멀게 느껴지지 않고 편안한 느낌이었다.

화천골은 순간적으로 지난날 요지에서 처음 백자화를 만났을 때로 되돌아간 것만 같았다. 그날 꽃은 바다처럼 드넓게 피고, 바람은 파도처럼 일렁였다. 백자화는 걸음걸음 피어나는 연꽃을 밟으며 그녀에게 다가왔다. 그리고 그녀는 넋을 잃었다.

"당신은 누구요?"

남자가 그녀에게 물었다. 목소리는 달밤에 연주하는 오래된 금처럼 울림이 있었고, 부드러우면서도 약간 쌀쌀했다. 그 목소리는 시원한 바람과 흐르는 물처럼 그녀를 감돌았다.

"내가 누구냐고?"

화천골은 정신을 차릴 수 없어 멍하니 중얼거릴 뿐이었다. 그러자 남자가 웃었다. 나무 가득 핀 복숭아꽃이 그 웃음과 함께 찬란하게 반짝였다. 그녀의 눈앞에서 또다시 세상이 분홍빛으로 물들었다. 숨이 막힐 것 같았다.

"미끄러질지도 모르니 지붕 위에 서 있지 마시오. 괜찮다면 내려와서 좀 앉는 게 어떻소?"

화천골은 귀신처럼 너풀너풀 아래로 내려와 탁자 옆에 앉았다. 까닭 없이 긴장되기 시작했다. 남자는 금을 옆에 내려놓고 그녀 앞에 있는 잔에 무언가를 가득 따랐다. 그녀는 황급히 손을 내저었다.

"고맙지만 난 술을 안 마셔요."

남자가 또다시 웃었다.

"이건 술이 아니라 차요. '취인간醉人間'이라고, 술 같은 향이 나지만 술처럼 몸이 취하지는 않소. 마음이 취하지."

화천골은 약간 난처해하며 자그마한 잔을 들고 한 모금 맛보았다. 확실히 술은 아니었지만, 차보다는 향이 짙어 술보다 더 사람을 취하게 만들었다.

"고마워요. 당신은 누구죠?"

"묵빙선."

화천골은 곧 그가 누군지 떠올랐다. 만황이 무너졌으니 그 역시 그곳을 떠났을 것이다.

'그런데 왜 이곳에 왔을까?'

그를 보고 있으면 시선을 다른 곳으로 돌릴 수가 없었다. 그의 모습은 담백하고 우아한 수묵화 같았다. 어쩐지 은은하게 뼈가 시린 느낌이 들었다.

"왜 여기 있는 거죠? 죽염에게 잡혀 왔나요?"

지난번 죽염이 바친 남자들을 생각하면 확실히 그렇게 생각할 만했다. 하지만 소문에는 묵빙선이 무척 대단하다고 하지 않았던가? 만황에 있을 때 죽염은 누구든 다 끌어들였지만 묵빙선만은 감히 건드리지 못했다.

묵빙선은 가타부타 대답하지 않고 태연히 차를 마셨다.

"그에게 그만한 능력이 어디 있겠소. 촉산파를 걸고 나를 협박했을 뿐이오."

화천골은 깜짝 놀랐다. 묵빙선은 무고한 사람을 마구 죽였다는 죄명으로 촉산파에서 만황으로 쫓겨났다고 했다. 그런데 복수할 생각도 없고, 심지어 그들을 위해 희생까지 하다니?

"미안해요. 억지로 이 운궁에 온 지 오래되었나요?"

"오래되진 않았소. 사실 어디에 있으나 마찬가지요. 만황이든, 신계든. 당신 이름은 뭐요?"

"난……."

화천골은 일어났다.

"가 봐야겠어요."

그녀를 혐오하거나 두려워하지 않는 사람을 겨우 만났다. 잠시나마 이곳에 있었던 것으로 충분했다. 돌아가면 즉시 죽염을 시켜 그를 보내 주라고 할 것이다.

묵빙선도 더 이상 캐묻지 않고, 허둥지둥 떠나는 그녀를 눈으로 배웅했다. 그리고 어딘지 우스운 얼굴로 고개를 숙이고 차를 마셨다. 얼마 후, 하늘 저편에서 누군가 날아왔다. 죽염이었다.

"어떻습니까?"

"어린아이를 속이는 것은 정말 재미없군."

묵빙선은 비웃음을 지었다.

"요신은 머리가 셋에 팔이 여섯 개인 괴물이거나 차갑고 악독한 미인이라고 생각했지. 이거 참, 헛 기다렸어."

죽염은 실소를 터트렸다.

"조금만 일찍 오셨더라면 차갑고 아름다운 미인을 보셨을지도요. 어떻게 된 건지 요즘 늘 저렇게 멍합니다. 하지만 덕분에 더 유혹하기 쉽겠지요."

"내가 바보가 된 기분이군. 이 묵빙선도 외모로 사람을 유혹할 날이 올 줄이야. 그것도 누군가의 대신으로. 참 우스운 일이야."

"그녀가 가장 쉽게 받아들일 수 있는 방법입니다. 게다가 당신은 일부러 꾸밀 것도 없이 백자화를 무척 닮았으니까요. 동쪽에는 자화, 서쪽에는 묵빙이라더니, 역시 막중막하, 고하를 가리기 어렵군요. 잘 부탁드립니다."

"어쩔 생각이지? 저 애의 환심을 사라는 거냐, 아니면 요신의 힘을 대신 가질 생각이냐? 알아 둬야 할 것은, 나는 저 애를 죽이러 왔다는 거다. 의지할 산을 잃게 될까 봐 두렵지 않느냐?"

"당연히 두렵지 않습니다. 그녀를 죽이지 못할 테니까요. 당신이 진짜 백자화라면 모를까."

"어쩌다 자기 사부를 사랑하게 되었지? 정말 모르겠군. 육계가 어떻게 이렇게까지 엉망이 되었을까?"

"촉산과 육계의 운명에는 전혀 관심이 없는 것 같은데, 뭘 하러 오셨습니까?"

"그런 것엔 관심 없어. 그저 조금 놀랐을 뿐이야. 죽염 네 사부가 선계를 대표해 나를 만황으로 쫓아낼 때의 그 냉혹한 표정은 너도 충분히 봤을 거야. 하지만 그자가 무릎을 꿇을 때의 표정은 못 봤지? 그랬다면 내가 왜 이곳에 있는지 이상해하지도 않을 거야."

죽염은 크게 놀랐다.

'마엄이 묵빙선에게 무릎을 꿇었다고? 육계를 구하기 위해? 장류를 구하기 위해? 아니면 단지 백자화를 위해?'

"본래 나는 만황에서 잘만 지내고 있었다. 그런데 요신이 나타났고, 그 덕에 집을 잃었어. 지금 인간계는 만황만도 못해. 가장 중요한 건, 그 여자가 백자화까지 해칠 정도라고 하니 정말 궁금하더군. 어차피 지금 할 일도 없어서, 그 여자가 어떤 모습인지, 얼마나 능력이 있는지 보러 왔지. 확실히 비할 데 없는 절색이긴 하지만, 어떤 목적을 위해 그 여자와 한 침대에 들어야 한다고 생각하니 나 자신이 조금 역겹기도 해. 네 사부는 정말 재미있는 자야. 백자화를 희생시키기는 싫으니 날 희생시키려는 거지."

죽염은 고개를 설레설레 저었다.

"퍽 자신이 있으신 것 같군요. 예전에도 그녀를 처음 만난 사람들은 무척 자신했습니다. 백자화도 그랬고, 이후각주도 그랬고, 살천맥도 그랬고, 저도 그랬지요. 손바닥 위에서 갖고 놀기 쉬울 것 같았지만, 마지막에 더 가엾은 사람이 누가 될지는 모를 일입니다."

묵빙선이 피식 웃었다.

"충고 고맙다. 조심하지."

죽염은 돌아서서 떠났다. 그들을 아는 사람들은 사실 묵빙선과 백자화가 전혀 닮지 않았다는 것을 잘 알고 있었다. 묵빙선은 너무 오만하고 대범했다. 아무것도 책임지려 하지 않았고, 얽매이는 것과 연루되는 것을 특히 싫어했다. 이런 사람은 약점이 없어 상대하기가 쉽지 않다. 그러나 백자화는 짊어진 것도 너무 많고 생각도 너무 많았다. 육계, 장류산, 화천골, 심지어 그냥 길을 지나는 사람까지 자신의 책임으로 여겼다. 그러니 어떻게 피곤하지 않을까?

화천골이 폐관을 끝내고 나와 보니 어느새 깊은 밤이었다.

문득 반야전에 한 사람이 더 있는 것이 느껴졌다.

'혹시 백자화가 왔을까?'

아니, 그는 아니었다. 침실의 문을 열자 묵빙선이 탁자 앞에 앉아 넋을 놓고 창밖을 내다보고 있었다. 의아한 일이었다.

"어떻게 여기 있죠?"

"어떻게 당신이?"

두 사람이 동시에 입을 열었다. 화천골은 약간 쑥스러워했다. 묵빙선은 그녀를 바라보며 입꼬리를 살짝 올렸다.

"이제 보니 당신이 바로 요신이었군. 죽염이 밤 시중을 들라고 했소."

화천골의 입 안에 차라도 있었다면 분명 뿜어내고 말았을 것이다. 그러나 그의 말투는 너무나도 차분했다.

'하지만 속으로는 화내고, 원망하고 있겠지?'

"미안해요. 죽염이 일부러 당신을 욕보이려는 건 아니에요. 그저 심심해서 날 놀리려는 거죠. 내가 난처해하는 모습을 보고 싶은 거예요."

'놀려?'

묵빙선은 눈을 찌푸렸다. 죽염이 겉으로만 그녀를 받들고 속으로는 따르지 않는 것을 누가 보아도 알 수 있었다. 그리고 두 사람은 서로 이용하는 사이였다. 그런데 그녀는 왜 저렇게 아닌 척할까? 게다가 위풍당당한 요신이 무엇 하러 미안하다는 말을 할까? 겨우 두 번 만났는데, 그에게 미안하다는 말을 벌써 두 번이나 했다. 저 단순하고 천진무구한, 심지어 백치같이 멍한 눈빛이 요신이라는 자가 가질 만한 것일까? 도무지 저 여자는 속셈이 너무 깊은 것인지 아니면 너무 멍청하고 천진한 것인지 알 수가 없었다.

'어쩌다 요신이 되었지? 저 무해한 눈빛으로 남자를 꼬드기는 건가?'

"촉산으로 돌아가세요. 죽염에게 말해 놓을 테니, 다시는 당신을 협박하지 않을 거예요."

"내가 싫소?"

묵빙선은 두어 걸음 내딛어 그녀 앞에 섰다. 화천골은 덮쳐드는 그의 그림자에 살짝 숨이 막혔다. 저 몸매, 저 깨끗하고 상쾌한 냄새! 모두 백자화를 몹시 닮아 있었다.

"아뇨."

"그런데 왜 쫓아내려는 거요?"

묵빙선의 말투에서 한 줄기 불평과 비웃음이 느껴졌다. 화천골은 약간 놀랐다.

'내게 집적거리는 건 아니겠지? 설마 날 증오하지 않는 거야?'

"강요하고 싶지 않아요."

그녀의 마음이 파르르 떨렸다.

'무얼 두려워하는 거지? 이 순간 너무 약해질까 봐, 갑자기 기댈 사람을 원하게 될까 봐?'

다른 사람에게는 마음이 움직이지 않았고, 백자화에게는 벌써 마음이 죽었다. 하지만 백자화를 닮은 사람에게는 어떻게 해야 좋을까…….

"내게 아무것도 시키지 않았는데 뭘 강요한단 말이오? 이미 말했지만, 어디에 있든 내겐 똑같소. 바둑을 둘 줄 아시오?"

화제 전환이 너무 빨라 화천골은 약간 반응이 느렸다.

"그래요."

묵빙선은 그녀의 굼뜬 말투와 반 박자 느린 반응에 벌써 익숙해졌는지, 흥미롭게 바둑을 두기 시작했다. 뜻밖에도 그녀는 바둑에서는 전혀 어눌하지 않았다.

"백자화가 가르쳐 줬소?"

"네?"

"백자화가 당신 사부 아니었소?"

묵빙선은 그녀가 미처 기억을 떠올리는 듯 눈을 찌푸리는 것을 보았다.

"처음에는 아빠가 가르쳐 줬는데 잘 배우지 못했어요. 나중에 그가 또 가르쳐 주었고,《칠절보》의 기보에서 배우기도 했어요."

묵빙선은 눈썹을 치켜세웠다. 요신도 아버지가 있다는 것이 이상한 일처럼 느껴졌다. 어디선가 들으니 완전히 요화, 마화 되면 점점 더 보통 사람처럼 된다고 했지만, 그녀는 약간 부자연스러웠다.

"당신이 배고픔을 느끼지 않는다는 것은 알지만, 뭔가 먹고 싶지 않소? 난 요리 솜씨가 아주 좋소."

묵빙선은 창밖의 하늘이 어슴푸레 밝아 오는 것을 바라보았다. 운궁에도 점차 노을빛이 퍼지기 시작했다.

"뭘 먹고 싶어요? 내가 법술로 만들어 줄게요."

"그런 음식은 맛이 없소. 뭐든 직접 해야 그 속의 기쁨과 맛을 느낄 수 있소. 주방은 어디 있소?"

화천골은 또다시 백자화가 앞에 서서 열심히 가르치는 느낌을 받았다. 하지만 눈앞에 있는 사람은 따뜻하고 친절했고, 손을 내밀면 만질 수도 있었다.

묵빙선은 금방 여러 가지 간단한 요리를 만들어 왔다. 정교하지 않고 단순했지만, 담백하고 산뜻했다. 화천골은 미각이 하나둘 되살아나는 것을 느꼈다. 벌써 오랫동안 한 끼를 제대로 먹어 본 적이 없었다. 얼마 전 백자화와 함께 있을 때는 항상 당보 생각이 나서 먹을수록 괴로웠다.

"백합을 이렇게 볶을 수도 있군요."

"아무렇게나 해 본 거요. 심심할 때 가끔 새로운 요리를 만들어 보기도 하오."

"자주 밥을 해 먹나요?"

"그렇소. 그럴 필요는 없지만, 오랫동안 만황에 있으면서도 매일 세 끼를 때맞춰 먹었소. 그래야 내가 아직 피와 살이 있고 진짜 살아 있다는 것을 느끼니까."

다만 때로는 그가 먹는 음식이 다른 사람들이 먹는 것과 다를 뿐이었다.

"혼자서요?"

묵빙선은 고개를 끄덕였다. 차가운 별 같은 눈동자에 천 년 동안 녹지 않은 눈이 쌓인 것 같았다. 아주아주 오래전부터 그는 혼자였다.

화천골은 몽유병자처럼 멍한 눈빛을 지었다.

"나도 요리를 좀 해요. 예전에는 늘 내가 사람들에게 음식을 만들어 주었고, 누군가 내게 요리를 해 준 적은 없어요. 저녁에는 내가 할게요."

묵빙선은 그녀를 바라보며 가볍게 고개를 끄덕였다.

이렇게 해서 묵빙선은 자연스럽게 반야전에 머물게 되었다. 화천골은 아무 말도 하지 않았다. 두 사람은 마치 오랜 친구처럼 바둑을 두거나 금을 탔다. 묵빙선은 가까운 것 같기도 하고 먼 것 같기도 했지만 태도는 늘 무척 따뜻했다. 화천골은 그를 우대하고, 그에게 호감을 숨기지 않았고, 거의 신뢰하다시피 했다. 하지만 폐관하는 날도 상대적으로 점점 길어졌고, 정신은 점점 더 흐리멍덩해졌다.

"오늘은 밖으로 나가요."

화천골은 창백한 얼굴을 창밖으로 돌렸다. 눈썹이 나비 날개처럼 살짝 떨렸다. 묵빙선은 고개를 끄덕였고, 두 사람은 신계를 떠나 동해 방향으로 날아갔다. 묵빙선은 그녀가 장류산으로 가려나 생각했다. 하지만 그들은 장류산에서 얼마 떨어지지 않은 곳에 있는 섬 위에서 멈추었다. 각양각색의 꽃들이 비단처럼 펼쳐져 있었다.

"이곳은 꽃섬이라고 해요. 예전에는 주로 친구와 함께 왔었죠. 인간계가 이렇게 추운데, 여전히 꽃이 이렇게 활짝 피어 있을 줄이야."

"이곳에는 강력한 보호 주문이 걸려 있소. 당신 친구는 당신이 올 때마다 활짝 핀 꽃들을 볼 수 있기를 바랐나 보오."

화천골은 고개를 끄덕이고, 꽃밭에 드러누워 눈을 감았다. 묵빙선은 그 옆에서 눈앞에 펼쳐진 아름다운 풍경에 빠진 듯했다. 바다는 푸르고 하늘은 공활했다. 꽃밭에 있는 그녀는 마치 정령 같았다. 산과 바다가 빛을 잃을 만큼 아름다워, 세상을 도탄에 빠뜨린 요신과 조금이라도 관계가 있다고는 도저히 생각할 수가 없었다.

뼈를 엘 듯하던 찬바람도 점점 따스하게 변했다. 묵빙선은 멀리 하늘과 바다 사이의 공간을 바라보았다. 마엄의 말이 귓가에 울렸다.

"요신의 힘이 이동할 수 있다면, 아무리 강해도 한계가 있고, 무궁무진하지는 않다는 말이오. 화천골이 가진 신의 몸은 요신의 힘을 지탱할 가장 좋은 용기고, 소모되는 힘을 끊임없이 창조하고 재생할 수 있지만, 결국은 시간과 정력을 소비할 수밖에 없소. 설령 우리가 그녀가 가진 요신의 힘을 다시금 옮길 수 없다 해도, 가장 허약해졌을 때 공격하면 중상을 입히고 요력을 다시 봉인할 수 있소. 그러면 그녀를 죽이는 것은 식은 죽 먹기요. 문제는 그녀가 육계를 정복할 때조차 직접 나서지 않았다는 거요. 모두 죽염과 다른 요마 부하들이 맡아, 힘을 많이 쓰지 않았소. 그러니 묵빙선에게 부탁하는 수밖에 없었소."

묵빙선은 길게 한숨을 쉬었다. 육계의 희망이 그에게 걸려 있다니! 비록 세상을 구하는 영웅이 되는 것은 싫어도, 이렇게 재미있고 도전적인 일이라면 이따금 해도 무방했다.

화천골은 거리낌 없고 시원시원한 그의 뒷모습을 바라보았다. 곧게 선 등은 검집에서 빠져나온 검 같았다.

그녀는 천천히 다가가 손을 내밀었다. 묵빙선은 그녀의 손바닥 위에 핀 빙련冰蓮을 바라보더니, 받아 들고 향을 맡았다. 입꼬리가 올라가며 미소가 떠올랐다. 화천골은 또다시 정신이 멍해졌다.

묵빙선은 온갖 여자들이 넋을 놓고 자신을 바라보는 데 익숙했다. 그런데 화천골이 자신에게 푹 빠진 것이 즐겁기도 하고 화가 나기도 했다. 그녀의 눈이 보는 것은 그가 아니라 아예 다른 사람이기 때문이었다.

"돌아가요."

화천골이 돌아설 준비를 하는데 갑자기 묵빙선이 그녀를 잡았다. 화천골은 본능적으로 손을 빼려 했지만 묵빙선이 벌써 그녀를 데리고 하늘 위로 떠올랐다. 그녀는 아무 말 하지 않고 그가 손을 잡고 있도록 내버려 두었다. 옥같이 길고 가는 손가락은 따뜻하면서도 힘이 있었다. 그런데 팔이 마비되고, 무엇인가가 무너져 흩어지는 것 같았다. 얼굴에 쓴웃음이 떠올랐다. 이 세상에 누구든 그에게 손을 잡히면 설령 죽어 혼까지 잃는다 해도 차마 놓지 못할 것이다.

땅에 내려서자 화천골의 안색은 약간 창백해져 있었다. 묵빙선은 그녀를 놓아주고, 입가를 살짝 올리며 바라보았다. 화천골은 그의 뜻을 알았지만 입 밖으로 내지 않고 우물쭈물 말했다.

"난 폐관하러 가겠어요."

그런 다음 또다시 지하의 거대한 얼음 굴에 틀어박혔다. 묵빙선은 이미 짐작하면서도 여전히 아랑곳하지 않는 그녀의 모습을 보고 살짝 눈을 찌푸렸다.

'그녀는 대체 어떤 여자일까? 하지만, 어떤 여자건 봐주지는 않을 것이다.'

그는 손 안에 든 빙련을 바스러뜨렸다. 꽃물이 이리저리 튀자 다소 역겨운 듯이 닦아 내고는 바닥에 떨어진 남은 꽃잎들을 짓밟았다.

화천골은 밤중에 깨어났다. 등 뒤에서 누군가가 살며시 몸을 맞대고 있는 것이 느껴졌다.

'백자화일까?'

몸을 돌려 보니 묵빙선이 비스듬히 머리를 받치고 그녀를 바라보고 있었다.

"죽은 사람처럼 자면서 전혀 방비하지 않는군? 그랬다간 많은 사람들이 죽이려 들 거요."

그는 늘어진 그녀의 머리칼 한 가닥을 귀 뒤로 넘겨 주었다. 취할 만큼 따뜻한 눈빛이었다.

화천골은 자다 일어나 가물가물한 눈으로 둔하게 고개를 저었다.

"벌벌 떨면서 살기는 싫어요."

확실히 방비는 전혀 없었다. 예전에는 방비를 했지만, 요신이 된 후에는 더 이상 주위에 관심을 갖지 않았다. 어쩌면 진짜그녀를 해칠 수 있는 사람이 없다는 것을 알기 때문이거나, 아니면 무의식중에 정말 누군가가 요신을 죽여 줬으면 하고 생각하기 때문인지도 모른다.

"왜 왔어요?"

화천골은 아직 피곤해서 계속 자고 싶었다. 운궁에는 그가그녀의 새로운 남자라고 알려졌지만, 묵빙선은 늘 건넛방에서잤다.

"내가 해야 할 일을 하러 왔소."

"나와 같이 자겠다는 건가요, 날 죽이겠다는 건가요?"

묵빙선이 웃었다.

"내가 당신을 죽이러 왔다는 걸 언제 알았소?"

"떠나지 않고 남았을 때요. 어쩌면 처음 봤을 때부터인지도몰라요. 당신에게 다른 목적이 없었다면, 죽염 정도 능력으로어떻게 당신을 협박할 수 있었겠어요? 난 그저 선계가 온갖 고민 끝에 당신을 파견했으니, 대체 무슨 방법을 생각해 냈나 궁금했어요."

"그래서, 알게 되었소?"

"거의요. 확실히 대단하더군요."

"나는 체질이 특이하고 오행술도 익히지 않았소. 실전된 기괴한 술법을 연구하는 것을 비교적 좋아하지. 선계 사람들은 내가 너무 사문외도라며 날 혐오하고 두려워했소."

"나의 요력까지 포함해서, 모든 법력을 흡수할 수 있죠?"

"전부 다는 아니오. 그렇게 많이 소화할 수는 없소. 몸이 견뎌 내질 못하지. 하지만 없앨 수는 있소. 일종의 능력 전환이지. 자연 속의 바람이나 비, 번개, 공기 같은 것과 섞을 수 있소."

"신기하군요."

묵빙선은 추억에 잠겨 빙긋 웃었다.

"그렇소. 어렸을 때 싸움을 하면 진 적이 없었소. 누구든 날 건드리면 힘이 빠졌으니까. 예전에 동문 사형제들은 시합을 하지도 않고 승리하는 나를 두고 뻔뻔하다고 했소."

"스스로 제어할 수 있나요?"

화천골은 걱정스레 눈을 찌푸렸다.

"접촉성이 없는 것은 제어하거나 선택할 수 있소."

"말하자면 직접 접촉하는 대부분의 힘은 없앨 수 있다는 거군요?"

"그렇소. 요신의 힘도 예외는 아니오."

"멈출 수는 없나요?"

"접촉하지 않으면 자연히 멈추오. 아니면 죽을 때까지 끝나지 않소. 그래서 어머니는 나를 낳기도 전에 정력을 소진해 숨이 끊어졌소."

어렸을 때부터 아무도 그를 안거나 건드리지 못했다.

문득 화천골은 그의 눈 속에 가끔씩 드러나는 고독과 쓸쓸함이 어디서 시작되었는지 깨달았다. 그의 나이는 백자화보다도 배나 많았다. 그의 일생은 그들 누구보다 길었고, 분명 보다 많은 쓴맛을 겪었을 것이다.

화천골이 손을 내밀어 그의 손을 잡았다. 그리고 다시 졸리는 듯 하품을 했다. 묵빙선은 깊이를 알 수 없는 눈빛으로 그녀의 얼굴을 응시했다.

"결과를 알면서도 내가 손을 대기를 바라오?"

"나는 요신이에요. 아주 강하죠."

화천골은 그를 바라보며 생긋 웃었다. 묵빙선의 심장이 세차게 떨렸다.

"이 세상의 물고기와 기러기를 위해서라도[7] 좀 적게 웃는 게 좋겠소."

화천골은 한동안 어리둥절했다. 나중에야 그가 농담한 것을 깨닫고, 참지 못하고 또 웃었다.

화천골이 깨어나는 소리를 들은 묵빙선은 책을 내려놓고 탁자에서 고개를 들었다. 몽롱하게 눈을 비비는 모습이 정말이지 어린아이 같았다. 그는 눈을 찌푸렸다. 문득, 대체 무슨 일이 있었는지, 그녀가 왜 요신으로 변했는지 궁금해졌다.

화천골은 화장대 앞에 앉았다. 묵빙선이 자연스레 빗을 들

---

7 미인을 보면 물고기가 물속에 가라앉고, 기러기가 모래톱에 떨어진다는 침어낙안 (沈魚落雁)이라는 묘사에서 따온 말임.

고 와 부드럽게 빗질을 해 주었다. 고요하면서도 아늑한 분위기였다. 화천골은 거울에 비친 묵빙선을 멍하니 바라보았다. 마음이 물에 잠긴 듯 시원하게 젖어 들었다.

'얼마나 좋을까? 그가 영원히 곁에 있다면. 이것들이 연극이 아니라 진짜라면……'

"늘 이상했소. 이렇게 오랫동안 당신이 살육에 흥미가 없고 육계에도 야심이 없다는 것을 아무도 모르다니. 그런데 왜 죽염이 도처에서 나쁜 짓을 하도록 내버려 두었소?"

화천골은 거울 속의 자신을 바라보았다. 얼굴은 두려울 만큼 아름다웠지만 낯설고 무서웠다. 이 여자는 대체 누구일까?

"죽염, 그는 유일하게 내 곁에 있는 사람이에요. 요 몇 년간, 만황에 있을 때나 요신이 된 후에도 늘 내가 가장 괴로울 때 그와 난 서로 의지하며 살아남았어요. 육계는 관심 없어요. 그가 내게 어떻게 하느냐가 중요해요."

'만황? 서로 의지한다고? 죽염에게 저렇게 깊이 감격하고 있다니?'

아무래도 그가 모르는 것이 너무 많은 것 같았다. 그는 그녀에게 아무런 흥미도 갖지 말라고 스스로에게 경고했다. 그가 할 유일한 일은 그녀가 자신에게 푹 빠지게 만드는 것이었다. 그녀의 과거사를 알 필요는 없었다. 그런데 뜻밖에도 그녀는 이제 그의 감정에 영향을 미치고 있었고, 그 때문에 그는 슬며시 두려움을 느꼈다.

"그럼 왜 죽염이 육계를 학살하는 것을 모르는 척했소? 심지어 장류산도 모르는 체하고, 딱 하나, 모산파만 보호하지 않았소? 이제 모든 사람이 모산에 숨었고, 모산은 당신에게 반항하는 커다란 본채가 되었소."

화천골은 한참 후에야 말했다.

"한때 난 모산의 장문인이었어요. 청허 도장에게 약속했으니, 모산파를 지켜야 해요."

묵빙선은 만황이 무너진 후에야 떠나왔기 때문에 그 전에 육계에서 일어난 일은 몰랐다. 화천골이 여자의 몸으로 모산 장문인을 했었다고 하자, 터무니없다는 생각이 뭉게뭉게 피어났다.

"지금의 장문인은 누구요? 청허의 대제자라던데?"

'지금의 장문인?'

화천골은 멍해졌다. 1년 전, 막 봉인을 깨뜨리고 요신이 된 지 얼마 되지 않아 그녀는 모산으로 운은을 만나러 갔었다. 그에게는 모산파가 있으니, 이 세상에서 그녀가 걱정할 일은 별로 없었다. 그녀가 아직 어렸을 때부터 운은은 항상 뒤에서 묵묵히 그녀를 지지해 주었고, 모든 세속적인 편견을 버리고 그녀를 돌봐 주었다.

그런데 눈앞에 있는 사람을 본 순간, 화천골은 아연실색했다. 생김새는 똑같았지만 한눈에 알아볼 수 있었다. 그는 운은이 아니라 운예였다! 이 세상에 남은 그녀의 마지막 친구도 죽었다. 16년 전에 운예 대신 죽은 것이다.

그 순간, 화천골은 운예를 죽일 뻔했지만, 결국 참아 냈다.

어쨌든 그의 목숨은 운예가 어렵게 자신의 생명과 바꿔 준 것이었다.

'어째서? 어째서? 어째서? 어째서?'

화천골은 아무리 해도 알 수가 없었다. 운예가 차갑게 말했다.

"이유가 가장 궁금한 사람은 바로 나요."

남무월을 구하기 위해 요지에서 선마대전을 치를 때, 그는 예천장에게 치명적인 일격을 당했지만 아무 피해도 입지 않았다. 당시 그는 운은이 술법을 거슬러 자신을 대신해 상처를 입은 것이라 짐작하고 황급히 모산으로 달려갔지만, 겨우 그의 마지막 모습만 보았을 뿐이었다.

'어째서?'

당시 그도 미친 듯이, 계속해서 운은에게 물었다. 모든 것을 알면서, 심지어 해결 방법을 찾았다면 어째서 아예 술법을 없애 버리지 않고 반대로 걸었을까? 설마 그렇게 해야만 그간 그에게 진 빚을 보상할 수 있다고 생각했을까?

하지만 운은은 그저 힘없이 운예의 손을 잡으며 말했다.

"결국 이런 날이 왔구나. 너를 보호해 줄 수 있는……."

청주의 몽가夢家는 왕조가 교체되는 동안에도 줄곧 쓰러지지 않고 버틴 오래된 어둠의 세력가 중 하나로, 점복과 술법, 현학玄學에 능했다. 이 가문의 아이는 대대손손 쌍둥이었고, 늦게 태어난 아이는 영원히 장남의 그림자로만 존재했다. 핏줄을 끝없이 뻗어 나가게 하기 위해서였다. 동시에 술법에 의해 장남의 방패막이가 되었고, 절대 배신할 수도 없었다.

그러나 운은의 바람은 요마를 물리치는 것이었다. 어리고 경박한 그는 집을 떠나 모산파에 투신했다. 운예는 부득불 그를 따라 모산으로 갔다. 그런데 모산에는 법력이 고강한 사람이 즐비해, 어두운 곳에 숨어 운은을 내내 따라다닐 수 없었다. 결국 그는 줄곧 해 왔던 그림자의 운명을 벗어던지고, 동문 사형제의 신분으로 운은의 생활 속으로 들어갔다.

운은을 보호할 만큼 강해지기 위해서, 그는 걷기 시작할 때부터 각종 비인간적인 훈련과 괴로움을 겪었다. 그리고 각종 법술로 최면과 세뇌를 당해 영원히 충성을 바치게 되었다.

그는 운은의 능력 부족으로 상처를 입었고, 운은의 충동적이고 경망스런 성격에 연루되어 얼굴이 망가졌다. 운예는 그 모든 것에 아무 힘도 없었다. 하지만 모산에 온 것은 무척 다행이었다. 최소한 그때부터는 신분과 이름이 생겼으니까. 운은이 그의 존재를 알고, 그가 운은을 위해 하는 모든 일도 알았다. 그리고 감격하기까지 했다!

운은의 몸에 생긴 상처는 결국 그의 몸에 나타났다. 그럴 바에는 차라리 직접 맞는 것이 낫지 않을까? 운은을 대신해 맞으면 최소한 그의 관심과 미안함은 받을 수 있지 않을까?

운예는 그렇게 비천하게, 온갖 계략을 꾸미며 굶주린 듯 세상 유일한 관심과 사랑에 탐닉했다. 운은을 보호하는 것이 불가항력적인 술법 때문인지, 살고자 하는 본능 때문인지, 아니면 따스한 밑천을 더 많이 얻기 위해서인지는 이미 알 수 없었다……

그가 단호하게 관계를 끊은 것은 각종 복잡한 감정으로 인해 비뚤어졌기 때문이었다. 운예는 두려워하기 시작했고, 운은이 자신을 미워하고 죽으면 해탈할 수 있지 않을까 생각했다. 그래서 그는 청허 도장을 죽이고 모산을 도륙했다. 하지만 예상과는 달리 운은은 그를 미워하지도 않았고 죽여서 복수하려 하지도 않았다. 심지어 마지막에는 역할이 뒤바뀌어, 그를 구하기 위해 죽었다!

'어째서?'

너무도 빨리, 운예는 그 답을 알았다. 운은은 죽음을 눈앞에 두고도 그를 놓아주지 않았다! 운은은 그에게 모산파를 이어받아 보호해 달라고 부탁했다! 더 이상 요마들과 어울리지 말고 운은의 신분으로, 몽가의 장남이자 모산파 장문인의 신분으로 살라고 부탁했다. 운예는 화가 나 미쳐 버릴 것만 같았다!

운은은 그에게 빼앗긴 것들을 운예가 항상 갖고 싶어 했다고 생각한 것일까? 설마 운은은 그가 늘 바라고 추구하던 것이 무엇인지 정말 전혀 몰랐을까? 그저 자유와 선택 권한이라고만 생각했을까?

그는 운은을 사랑했다. 운은은 그의 친형이었고, 피가 이어져 있었다. 그는 운은을 보호하기 위해서 목숨도 내놓을 수 있었다. 하지만 그 모든 것은, 태어나면서부터 어쩔 수 없이 짊어져야 하는 사명 때문이 아니라 자유의지하에 해야 했다.

운은은 결국 스스로를 희생하여 그에게 빚을 갚고 마음의 평화를 찾았다. 하지만 잔인하게도 그에게 가책이라는 족쇄를 씌워 영원히 모산에 묶어 놓았다.

운예는 쓴웃음을 지었다. 자신은 평생 운은을 위해 살았고, 결국 그가 되어야 했다. 대체 지난 생에 그에게 얼마나 많은 빚을 지었던 것일까?

화천골은 두 사람 사이에 일어난 갈등을 잘 알지 못했고, 헤아려 볼 생각도 없었다. 하지만 운예의 표정을 보자 대강 짐작할 수 있었고, 운은의 고심도 알 수 있었다. 하지만 그의 고심은 백자화처럼 독선적이었고, 잔인하면서도 이기적이었다.

일순간 화천골은 운예에게 말로 표현하기 힘든 동정과 연민을 느꼈다. 어쩌면 동병상련이었을지도 모른다.

지난날 장류산에서 처음 운은을 만났던 장면이 떠올랐다. 집념이든 야심이든 사랑이든, 결국에는 텅텅 비어 아무것도 남지 않는다. 흩어질 사람은 흩어지고, 떠날 사람은 떠났다. 왜 그녀 혼자 이곳에 남아 있어야 할까?

62. 가진 것이 화를 부르다

　화천골은 벌써 한 달이 넘도록 무망전에 가지 않았다. 그녀가 새 남자를 들인 이야기는 천하에 쫙 퍼지다시피 했다. 촉산파의 모든 사람들은 특별 대우를 받았고, 요마들도 그들을 함부로 건드리지 못했다.

　할 일 없는 시녀들은 더욱 수다를 떨어 댔다. 신존의 침전이 갑자기 냉궁이 되자 실망하고 불만스러웠다. 그들의 주인은 장류 상선이었다. 그가 누구인가? 그런데 어떻게 이렇게 쉽게 다른 사람에게 밀려난단 말인가?

　여전히 아무렇지도 않은 듯한 백자화의 모습에 모두들 애가 타서 걱정이 되었고, 여기저기 알아보러 다녔다. 그리고 묵빙선의 고고한 자태와 용모를 알고 나자 그들은 더욱더 주인 걱정을 했다.

백자화도 시녀들이 매일 뒤에서 그런 이야기를 쑥덕거린다는 것을 모를 리 없었다. 춘약 사건이 벌어졌을 때 그는 화가 나 제정신이 아니었다. 약효가 가시자 고민할 필요도 없이 죽염의 짓임을 알 수 있었다. 화천골이 마음만 먹으면 그에게 망신을 줄 방법은 아주 많았다. 그런데 왜 춘약을 쓰겠는가? 비록 그녀에 대한 사랑을 모르는 척해 왔지만, 분명 그 약은 두 사람의 관계를 무참히 깨뜨렸다.

더 이상 자신도 남도 속이지 마라. 넌 분명 그녀가 널 원한다는 것을 알고 있다. 넌 춘약을 사용할 만큼 비열하지는 않지만, 사실 네 생각과 목적도 똑같지 않으냐. 결국 야비하기는 똑같다. 이것이 바로 죽염이 그에게 하고 싶은 말이었다.

춘약은 그를 굴복시키기 위해서가 아니라 부끄럽게 만들기 위해서였다. 그가 모든 것을 직시하고 더 이상 숨지 못하게 하기 위해서였다. 그가 정말로 자신을 그녀의 노리개로 여기지 않는 이상, 두 사람은 다시 한 침대에 누울 수 없었다. 그렇지 않으면 자신에 대한 그녀의 욕망을 묵인하는 것이나 마찬가지였기 때문이다.

그는 잔을 던져 또다시 그녀에게 상처를 입혔다. 하지만 그녀를 더욱 아프게 한 것은 그의 눈에 떠오른 혐오감이었으리라. 백자화는 이마에서 피를 흘리던 그녀의 무고한 눈빛을 떠올렸다. 그리고 그 처량한 미소!

심장을 쥐어짜는 것 같았다. 그녀는 아무 잘못도 없으면서 그에게 미안하다고 말했다. 그런데 왜 그는 그렇게 하지 못할까? 그때의 양심의 가책은, 그녀가 중요한 순간에 하자훈을 불러 약을 먹이게 했을 때 또다시 천지를 뒤덮는 분노로 변했다.

이렇게 대치하면서 하루, 이틀이 지났다. 그는 모든 것을 돌이키겠다던 초심을 잊지 않았다. 이제 어렵사리 진전이 있었고, 화천골은 본성을 약간 회복했다. 그런데 어떻게 포기할 수 있을까?

그가 어떻게 해야 두 사람의 관계를 개선시킬 수 있을까 고민하고 있을 때, 그녀가 새로운 남자들을 들여 밤마다 연회를 즐기며 난잡한 생활을 한다는 소식이 들려왔다. 게다가 묵빙선에게 푹 빠졌다고 했다. 그의 환심을 사기 위해 육계 곳곳에서 그림이나 신기한 장난감들을 긁어모은다는 말까지 듣자 백자화는 또다시 분노하지 않을 수 없었다.

그는 화천골의 단순함을 잘 알고 있었다. 그녀가 색에 빠지거나 감정적으로 황당한 일을 벌일 리 없다는 것도 알고 있었다. 하지만 묵빙선이라니, 그의 이름을 듣자 갑자기 자신이 없어졌다. 멀리 반야전에서 아득한 합창 소리와 금 소리가 들려오고, 그들이 몇 번이고 손을 잡고 하늘로 날아가는 것을 보자 백자화의 가슴은 당황스러울 만큼 답답했다. 문득 자신이 아무것도 할 수 없는 것처럼 느껴졌다. 매일 이곳에서, 총애를 잃은 후궁처럼 냉궁에 앉아 황제가 다시 광림하여 은총을 내려 주기를 기다리다니, 우스운 일이었다. 그래서 그는 화천골이 폐관한 시간을 골라 반야전으로 갔다.

마침 묵빙선은 물 위의 정자에서 쉬고 있었다. 옆에 놓인 긴 탁자 위에는 고금古琴이 놓여 있고, 백옥 탁자 위에는 책과 차, 과일, 그리고 못다 둔 바둑판이 놓여 있었다.

묵빙선은 저 멀리서 백자화가 오는 것을 보았지만 여전히 움직이지 않고, 조각을 한 화려한 자단목 의자에 기댄 채 한참 동안 눈을 감고 있었다. 백자화는 그가 걸친 보라색 여우털을 바라보았다. 화천골이 자리를 뜨기 전에 그에게 덮고 있으라고 준 것이라 생각하자 가슴이 죄어들었다.

화천골이 그와 무슨 짓을 했을 리 없고, 아무 일도 일어나지 않았다는 것은 잘 알지만, 그래도 그녀가 다른 남자와 밤마다 같은 침대에서 피부를 맞대고 잔다는 사실을 떠올리면 분노의 불길이 마구 솟구치는 것을 억제할 수가 없었다.

묵빙선은 백자화의 표정이 싹 변하는 것을, 무슨 생각이라도 하는 것처럼 깊이 새기듯 바라보았다. 처음에 그는 화천골이 백자화를 무척 사랑해서 어떻게든 곁에 두고 싶지만, 차마 강압적인 방법은 쓰지 못한 것이라 생각했고, 그래서 마엄이 그에게 부탁하러 왔다고 여겼다. 그런데 지금 보니 그렇지 않은 것 같았다.

"상선, 오랜만이오."

묵빙선은 느릿느릿 일어나 앉으며 그에게 차를 따라 주었다.

"그가 보냈소?"

묵빙선은 고개를 끄덕였다.

"내가 해결할 수 있다고 했소. 당장 돌아가시오."

"해결? 무슨 해결? 지금 그녀는 못하는 게 없는 요신이오. 비록 당신이 그녀의 사랑을 받고 있어도, 아무것도 바꿀 수 없소."

"나는 그 애를 포기하지 않을 거요."

그는 그녀의 사부고, 이 세상에서 그녀와 가까운 유일한 사람이었다. 그녀는 이제 재앙의 우두머리가 되었다. 만약 그마저 그녀를 포기한다면 화천골은 영원히 돌이킬 수 없었다.

"예전에 무슨 일이 있었는지는 모르겠소. 하지만 지금 그녀는 온갖 악행을 일삼아 누구나 그녀를 죽이려고 하지. 당신은 늘 천하의 대의를 중요하게 생각했으니, 해야 할 일과 하지 말아야 할 일을 알 거요. 선계는 남몰래 오랫동안 준비해 왔소. 만반의 준비가 끝났고, 이제 동풍만 불면 되오. 육계에는 곧 여기저기 전화戰火가 피어오를 거요. 난 당신들이 승리하게 만들 자신이 있소. 당신은 이제 일개 범인凡人이고, 아무 도움이 못 되오. 여기 있으면 무척 위험하니, 떠나야 할 사람은 바로 당신이오."

백자화는 그가 말하는 승리가 교합을 통해 요신의 힘을 빼앗는 것임을 알고 있었다. 다른 사람들은 모르지만, 묵빙선의 능력이라면 화천골은 끝장이었다.

"그녀를 건드리지 마시오!"

여전히 만년설처럼 차가운 목소리였지만, 말투는 위협적이고 당장 폭발할 것 같았다. 묵빙선은 눈살을 찌푸리며 찻잔을 세게 내려놓았다.

"난들 좋은 줄 아시오? 난 그저 무엇인가를 위해 희생하는 사람일 뿐이오. 이 일은 본래 당신 잘못이고, 당신이 처리해야 마땅하오. 그런데도 혼자 고결한 척 몸을 사리며 잘못을 보상하려 하지 않는 것은 그렇다 치고, 무슨 자격으로 날 막는 거요?"

백자화는 기가 찼다.

"당당한 묵빙선이 어떻게 그런 저질스러운 방법을 쓸 수 있단 말이오?"

묵빙선은 껄껄 웃었다.

"내 부드러운 애무를 견딜 수 있는 여자가 있을 것 같소? 나도 물론 기꺼이 즐길 거요. 게다가 그녀는 아주 맛이 좋거든."

묵빙선은 마치 그들이 서로 뒤엉켰던 밤을 음미하는 듯 눈을 가늘게 떴다. 백자화는 온 힘을 다해 자신을 억눌렀지만 끝내 화를 잠지 못하고 소매를 휘저었다. 고금이 탁자에서 쿵 떨어졌다. 묵빙선은 금을 챙기며, 떠나가는 백자화의 뒷모습을 믿을 수 없는 것처럼 멍하니 바라보았다.

'저자가 정말 내가 알던 백자화가 맞나? 화천골을 위해서? 그들 사이에 대체 무슨 일이 있었던 걸까?'

백자화가 떠나고 얼마 되지 않아 죽염이 찾아왔다. 뭔가 생각에 잠긴 모습이었다.

"뭘 궁금해하는지 압니다. 하지만 충고하는데, 신존의 기억을 엿볼 생각은 마십시오. 아는 게 많을수록 당신에게 좋지 않습니다."

묵빙선은 상대방의 법력을 와해시킬 수 있을 뿐 아니라, 섭심술을 쓰지 않아도 손만 대면 상대의 속마음을 볼 수 있었다. 그래서 상대의 약점을 쉽게 찾아냈고, 덕분에 항상 일이 순조로웠다.

"난 도무지 당신 두 사람을 모르겠어. 겉보기에는 분명 사이가 안 좋은 것 같은데, 속으로는 서로를 생각하고 있으니."

죽염이 차갑게 코웃음을 쳤다.

"무슨 말씀인지 모르겠군요."

묵빙선은 비웃었다.

"화천골은 가장 힘들 때마다 너와 서로 의지하며 살아났다더군. 그녀에게는 육계 전체를 통틀어 너보다 중요한 사람이 없어."

죽염이 몸을 부르르 떨며 얼어붙었다. 뜻밖이었다……

그는 부자연스레 쓴웃음을 지었다. 그의 얼굴을 뒤덮은 흉터 자국 때문에 어떤 표정이든 가짜 같았지만, 묵빙선은 그의 눈에 떠오른 슬픔이 진실인 것을 알 수 있었다.

"우리 둘은 정말 닮았습니다. 하지만 그녀는 나보다 더 가련하지요. 내가 당신을 데려온 것은 그녀 곁에 있어 줄 사람이 필요해서였습니다. 백자화는 못하는 일이고, 당신만이 할 수 있는 일일지도 모르지요. 당신 능력껏 그녀를 즐겁게 해 주십시오. 그녀에겐 시간이 많지 않습니다."

죽염은 돌아서서 떠났다. 그 뒷모습이 너무도 쓸쓸하고 거만해 보였다.

묵빙선은 눈을 찌푸렸다. 죽염의 몸에 있는, 야심을 상징하는 흉터를 보고 두려워하지 않는 사람은 없었다. 그는 포부가 너무 커서 기꺼이 남 밑에 있을 사람이 아니었다. 이제 육계 전체가 그의 손에 들어왔지만 그는 여전히 만족하지 못하는 것이 분명했다. 그는 묵빙선과 선계의 손을 빌려 화천골을 제거하려는 걸까? 마엄과 선인들에게 편지를 보내 더욱 조심할 사람은 죽염이라고 말해 주는 것이 좋을 것 같았다. 아니면 눈앞의 매미만 잡고 뒤를 노리는 참새를 보지 못한 사마귀가 될지도 모른다. 마지막에 천하가 죽염의 손에 떨어질지 누가 알 것인가?

묵빙선은 화천골의 과거에 흥미를 갖지 말자고 재삼 다짐했지만, 함께하는 날이 길어질수록 그녀에게 빨려드는 것처럼 그녀를 더욱 자세히 알고 싶은 마음을 누르기 힘들었다.

깊은 밤이 되어 화천골이 돌아오자 묵빙선은 금을 안고 가만히 방에 앉아 있었다. 백지화도 늘 혼자서 먼 곳을 바라보곤 했지만, 이렇게 고독하고 쓸쓸한 적은 없었다.

"왜 그래요?"

공기 속에 은은히 백자화의 냄새가 났다.

'그가 왔다 갔나?'

화천골의 호흡이 긴장되었다.

"아무것도 아니오."

묵빙선은 아무렇게나 현을 쓰다듬었다.

"어쩌다 한쪽이 벗겨졌어요? 내일 새 것을 구해 줄게요."

"필요 없소. 난 이 금이 좋소. 오래전에 친구가 준 것이거든."

"친구요?"

친구라는 단어는 늘 그녀에게 쓸쓸함만 더했다.

"그녀는 내가 금을 타는 것을 좋아했소. 내가 말과 속이 달라서, 금 소리를 들어야 내 마음을 알 수 있다고 했지."

묵빙선은 쓴웃음을 지었다. 직접 만질 수도 없는 두 사람, 진심을 알리는 것조차 빙빙 돌려 전해야 했다.

"그래서 어떻게 됐어요?"

"모든 이야기의 끝은 죽음이라는 단어에서 벗어날 수 없소. 너도 죽고 나도 죽고, 어쩌면 모두 죽는 거요. 이상한 것은, 다 같이 죽는 것이 가장 좋은 결론일 때가 많다는 거요. 좋게 말하면 사랑을 위해 죽는 것이고, 나쁘게 말하면 동귀어진이랄까."

화천골이 어리둥절해하는데, 갑자기 묵빙선이 그녀를 품으로 끌어당기며 손을 가슴에 댔다. 그녀는 깜짝 놀랐지만 그는 곧 떨어졌다. 그러면서 그녀의 품에서 무언가를 꺼냈다.

"항상 이 깨진 돌을 품에 넣고 있던데, 무엇 때문이오?"

묵빙선은 궁금한 듯 돌을 손바닥 위에 놓고 툭툭 던졌다. 무척 어린애 같은 모습이었다.

화천골의 멍한 눈빛이 깊어졌다. 막 입을 열려는데 묵빙선이 웃으며 말했다.

"또 무슨 이야기를 해 주려는 거요?"

화천골도 웃었다. 그녀는 손을 뻗어 그에게서 돌을 돌려받고, 손으로 살살 문질렀다.

"지금은 그저 보통 돌 같지만, 사실은 이 모든 일의 시작이에요……. 바로 염수옥이죠."

"이게 염수옥이라고?"

묵빙선은 눈을 가늘게 떴다.

'어째서 염수옥에 최근에야 만들어진 흔적이 있지? 화천골은 이것으로 무얼 하려는 걸까?'

"맞아요, 염수옥. 그 파편 중 하나는 한때 사람이 되었는데, 나 때문에 죽었어요. 나는 그걸 받아들일 수 없어 그를 구하려고 했어요. 그런데 그 때문에 요신을 풀어 주게 될 줄은 몰랐어요. 그리고 모든 것이 이렇게 되었죠. 하지만 난 그가 사라지지 않았다는 걸 알아요. 그가 날 부르고 위로하는 걸 종종 듣거든요. 그는 아직 이 돌 속에서 줄곧 나와 함께 있다는 걸 알아요."

'또 그 괴로운 지난 일인가?'

묵빙선은 한참 농안 침묵했다.

"오래된 법술을 하나 알고 있소. 사라진 물체의 혼을 다시 모으는 법술이지. 하지만 염수옥에도 쓸 수 있을지는 모르겠소. 게다가 혼을 불러낸다 해도 다시 수련해서 사람이 되면 예전 당신의 친구가 아니라 다른 사람일 수도 있소."

화천골은 놀라고 기쁜 얼굴로 그를 바라보았다. 그녀가 갑자기 달려들어 그의 양팔을 꽉 움켜쥐었다.

"정말이에요?"

묵빙선은 갑자기 활짝 피어난 꽃처럼 웃는 그녀의 얼굴을 내려다보았다. 눈부실 정도로 환했다. 예전의 그녀는 이런 모습이었을까? 천진하고, 즐겁고, 생기가 넘치는 모습이 햇빛처럼 그를 꿰뚫고 들어와, 몸 속 모든 혈관을 투명한 강물처럼 비추고 기쁨에 날뛰게 했다. 갑작스런 마음의 흔들림에 묵빙선은 낯선 느낌이 들어, 곤란한 듯 얼굴을 돌려 더 이상 그녀를 바라보지 않았다.

"어쩌면. 시험해 봅시다. 하지만 내 힘만으로는 안 되오. 당신이 가진 요신의 힘이 더해지면 또 모르지만."

"좋아요. 언제 시작할까요?"

화천골은 흥분해서 말문이 막힐 정도였다.

'만약……, 만약 모든 것을 되돌릴 기회가 있다면, 잘못을 상쇄할 수만 있다면…….'

"천지의 영기가 왕성한 때일수록 성공 확률이 높소. 하지만 잘 생각해 보시오. 이 일은 무척 많은 요력을 소모할 거요."

"상관없어요. 그를 구할 수만 있다면."

묵빙선은 그녀가 이렇게 쉽게 믿을 줄 몰랐다. 게다가 그녀는 그의 능력을 너무 믿고 있었다.

"그……, 그럼 당보는요? 당보는 이후각의 영충인데, 수련을 해서 사람이 되었어요. 그렇지만 날 구하려다 혼이 흩어졌죠. 그를 되돌릴 방법은 없나요? 요력을 아무리 많이 써도 상관없어요!"

화천골은 흥분한 나머지 발음까지 흐려졌다.

'또 그녀를 구하기 위해 죽었다고?'

묵빙선은 가슴이 철렁했다. 때로는 양심의 가책이 직접적인 상처보다 더 쉽게 사람을 망가뜨렸다.

'그녀의 마음속에는 대체 얼마나 많은 고통과 후회가 들어 있을까?'

"그건 나도 방법이 없소. 하지만 이후각의 영충이라면 이후각주에게 물어보는 게 낫지 않겠소?"

"그……, 그도 벌써 죽었어요."

묵빙선은 동그랗게 뜬 그녀의 두 눈에 어린 절망을 얼핏 보았다. 마치 가장 고통스러운 일을 떠올리는 것 같았다. 저도 모르게 마음이 죄어들었다.

"포기하지 마시오. 우주는 영원하고, 만물은 불멸한다는 것을 당신도 알 거요. 정말 사랑한다면 그들이 처음의 모습이 아니라며 따지고 들지 않을 거요. 잘 지키고 있으면 천지가 돌고 돌아 언젠가는 떠났거나 사라졌다고 여긴 모든 것들이 다시 돌아올 거요."

화천골의 마음속에 따스함이 짙게 피어올랐다. 문득 눈물을 흘리고 싶은 충동이 일었다.

'그래, 돌아올 거야. 모든 것을 돌려놓을 거야. 똑바로 돌려놓을 거야. 설령 나는 그날을 볼 수 없다 해도.'

묵빙선이 갑자기 허리를 숙이더니, 땅에서 휘황찬란하게 빛나는 투명한 작은 꽃을 꺾어 그녀에게 건넸다. 화천골이 돌아보자 그녀가 걸어온 길에 싱싱한 꽃이 가득 피어 있었다. 이렇게 되지 않은 지 벌써 오래되었다. 예전에는 어딜 가든 꽃이 피어났다. 처음 요신의 힘이 너무 강해서 그녀가 제어할 수 없자 여기저기서 밖으로 새어 나간 때문이었다. 지금은……, 그녀가 힘을 제어할 능력이 없다는 의미였다.

묵빙선은 눈을 잔뜩 찡그렸다. 비록 매일 밤 화천골의 힘을 제거하고 있지만, 이렇게 빨리 사라질 수는 없었다. 대체 어떻게 된 것일까? 어째서 그녀는 육계의 지존이 되어서도 항상 곧 죽을 사람 같은 눈빛일까?

화천골이 그가 건넨 꽃을 받아 들고 멍하니 그를 응시했다. 요즘 그는 늘 멍한 그녀의 눈빛 속에서 살짝 취한 느낌을 받았다. 그는 참지 못하고 그녀를 품에 안았다. 화천골의 눈동자에 갈등이 떠올랐다.

'그녀는 분명 이렇게 강력한데, 어째서 살짝 건드리기만 해도 깨질 도자기처럼 느껴질까? 그녀는 분명 육계의 화근이자 손에 피를 잔뜩 묻힌 요괴인데, 어째서 경멸하면서도 한편으로는 은근히 마음이 아플까? 저 연약하고 무고한 눈빛 때문에? 어째서 이렇게 쉽게 그녀에게 유혹당했을까?'

화천골은 갑자기 오싹 한기가 들었다. 묵빙선의 힘은 늘 강력해서, 그와 가까이 있을수록 몸이 불편했다. 무언가에 힘이 찢겨 나가 밖으로 넘실대는 것 같았다. 하지만 마음은 몹시 편안했다. 그의 체취에 푹 빠져 헤어날 수 없었고, 그래서 늘 가까이하고 싶었다. 하지만 이번에는……. 그녀는 금세 무엇인가 벌어지고 있음을 깨닫고 묵빙선을 밀어냈다.

"보지 말아요……."

'보지 말아요, 내 상처받은 과거, 부끄러운 한때를.'

묵빙선은 얼어붙었다. 입을 살짝 벌리고 그녀를 바라보는 그의 얼굴에 믿을 수 없다는 표정이 떠올랐다.

'저 아이가……, 저 아이가 그녀라고? 지난날의 화천골?'

귀신 앞에서 두려워하고, 혼자 사부를 구하러 찾아가고, 백자화를 위해 노력하고, 친구 앞에서 즐겁게 웃고 떠들고, 당보와 장난치고, 백자화 때문에 거듭거듭 비통해하던 그녀…….

그는 마침내 깨달았다. 어째서 그녀의 눈빛이 때로는 차갑고, 때로는 멍하고, 때로는 슬픈지. 어째서 죽염조차 그녀를 가엾어하는지, 어째서 마엄이 그에게 부탁했는지, 어째서 백자화가 그녀 곁에 남아 굴욕을 견디면서도 떠나지 않으려고 하는지.

단념검, 소혼정, 절정지의 물……. 눈멀고 벙어리가 되어 만황에서 지긋지긋하게 괴롭힘을 당하는 그녀를 보자 묵빙선은 마음이 찢어지는 것 같았다. 죽염은 비록 그녀를 이용할 목적이었지만, 그 당시 그녀를 보살피고 다시 한 번 그녀에게 희망을 주었다. 그러니 그가 마음대로 하도록 그녀가 내버려 두는 것도 이상한 일이 아니었다.

이 세상 사람들은 그녀를 헐뜯고, 상처 입히고, 속이기만 했다. 이렇게 요신이 된 것도, 사실은 여러 가지 이유들로 인해 조금씩 조금씩 막다른 길로 몰렸기 때문이었다. 묵빙선은 가슴에 손을 얹고 스스로에게 물었다. 그는 평생 야박한 민심을 지겹도록 보았고, 사악한 선인이라고 낙인찍혀 만황으로 쫓겨났다. 비록 남 탓을 하지는 않았지만 이 세상을 냉정하게 바라보고 있었다. 그런데 그가 화천골 같은 고통을 겪었다면 어떤 모습이 되었을까?

'그녀는 어째서 깨우치지 못하고 계속 잘못된 길을 갔을까? 그런데 이 모든 것들이 오로지 백자화 한 사람을 위해서라니?'

묵빙선 마음속 연민이 분노로 바뀌었다. 백자화를 향한 분노, 선계를 향한 분노, 그리고 자신을 향한 분노였다.

그의 표정을 본 화천골은 살며시 고개를 저으며 힘없이 의자에 털썩 앉았다.

"우습죠. 육계는 나 때문에 광란이 일고, 창생은 나 때문에 도탄에 빠졌어요. 피는 바다를 이루고, 해골이 산처럼 쌓였죠. 하지만 내가 직접 죽인 사람은 오직 낙십일 한 명뿐이에요."

"난⋯⋯."

묵빙선은 멍하면서도 내심 부끄러웠다. 그는 절대 화천골에게 발각되지 않을 거라 생각했지만, 그 모든 것을 본 순간 충격과 분노가 너무 커서 넋을 잃었던 것이다.

갑자기 몹시 강렬한 충동이 일었다. 백자화를 죽이고 싶다는! 갑자기 몇 년 늦게 나타난 자신이 너무 미웠다. 일찍 이 장면들을 보았다면 만황에 있었더라도 그녀를 돕고 돌볼 수 있었을 텐데. 그랬다면 모든 것이 지금처럼 되지 않았을지도 모른다.

지금의 화천골은 더 이상 지난날 활짝 웃던 단순한 아이가 아니라, 아름답지만 걸어 다니는 시체일 뿐이었다. 그리고 그는 그녀를 이 지경으로 몰아넣은 사람들과 결탁하여 시신조차 보존하지 못하도록 그녀를 없애려고 했다. 얼마나 잔인한 일인가⋯⋯.

화천골은 천천히 일어났다. 묵빙선이 아무것도 모른다면 여전히 그와 연기를 할 수 있었다. 서로 온기를 나누고, 서로를 위로하면서. 하지만 이제는 그럴 수 없었다. 적나라하게 드러난 채 누군가의 앞에 서 있고 싶지 않았다.

"소골!"

묵빙선이 그녀의 손을 잡았다. 그가 백자화처럼 자신을 부르자 화천골은 멈칫했다.

"이런 상황까지 왔는데도 아직 내려놓지 못하는 거요?"

화천골은 멍하니 한숨을 쉬었다.

"내 세상에서 그와 비교할 수 있는 것은 아무것도 없어요."

그녀는 결국 고개도 돌리지 않고 천천히 손을 빼내 문을 나갔다. 묵빙선은 맥이 빠졌다.

"죽염."

"네?"

그녀가 부드럽게 부르는 소리에 죽염은 어리둥절했다. 화천골은 고개를 들고 나른하게 하늘을 바라보고 있었다. 곧 큰 싸움이 벌어질 것이다.

"하고 싶은 일은 다 했느냐?"

"거의 했지요."

이 세상에는 숙원을 이룸으로써 생기는 괴로움도 있었다. 무엇엔가 너무 오랫동안 집착하면 처음에 그것이 왜 필요했는지를 잊어버리곤 한다. 그 모든 것이 생각했던 것처럼 좋지 않고, 차라리 멀리 놔두고 쫓는 것이 나았다는 것을 알게 된다. 꿈을 실현하는 것은 주머니에서 물건을 꺼내는 것처럼, 꺼내고 나면 무척 따분할 뿐이었다.

화천골은 탄식했다.

"잘됐구나. 하지만 나는 아무것도 이룬 게 없어."

"신존의 힘 덕분입니다. 잘 아시다시피 저는 믿음과 의리를 저버리고, 거짓말만 일삼는 소인배입니다. 그런데 왜 기꺼이 제게 이용당하신 겁니까?"

화천골은 멈칫했다. 확실히 죽염은 욕심 많고 악독하며, 겉으로는 듣기 좋은 말을 하면서 속에 칼을 품고, 등 뒤에서 칼을 꽂는 데 능했다. 깊이 사귀지 말아야 할 사람이었다. 그녀도 만황에 있을 때는 경계했지만, 나중에는, 특히 요신이 된 후에는 도리어 관리하기가 귀찮아 그가 하고 싶은 대로 하도록 내버려두었다.

"청리 때문에. 그리고 네 사부 때문에."

죽염은 화천골이 비꼬는 것인지 아닌지 알 수 없었다. 이 세상에서 그를 가장 사랑했고, 그에게 가장 관심을 가졌던 두 사람은 바로 그에게 해를 입었다.

"너처럼 독한 마음이라면, 청리를 해쳐 살 언니한테서 손쉽게 신기를 빼앗을 수 있었을 것이다. 하지만 너는 그렇게 하지 않고 오히려 그녀의 안위로 협박했지. 세존 마엄의 얼굴에 있는 상처도 그렇다. 너는 분명 직접 그를 죽일 수 있었지만, 일시적으로 마음이 약해졌고, 도리어 그에게 맞아 탐람지에 빠지고 만황으로 쫓겨났다. 너는 나쁘지만 마음속에는 최소한의 기준이 있다."

죽염은 자조적인 웃음을 터트렸다. 이러니저러니 해도 그가 지독할 정도로 나쁘지는 않기 때문이고, 그렇기 때문에 결국 실패를 초래하게 된다는 말이었다.

갑자기 화천골이 죽염의 손을 잡았다. 그의 손은 추악한 흉터로 뒤덮여 있었고 새끼손가락이 없었다. 예전에 그녀가 잘라버렸던 것이다.

"아프냐?"

화천골은 문득 마음이 아팠다. 두 사람이 서로 의지하며 만황을 나온 후 지금까지 쉽지 않은 일이 많았다.

"아닙니다."

죽염의 눈에서 평소의 가식적인 웃음이 사라지고 눈빛이 따뜻해졌다.

문득 몸 속으로 힘이 흘러 들어오는 것이 느껴졌다. 그는 화천골의 손을 놓고 천천히 고개를 저었다.

"필요 없습니다."

그가 신기를 빼앗으려고 고심한 것은 요신의 힘이 탐나서였다. 그러나 화천골이 겪은 우스운 일들을 보면서 그 자신조차 요신의 힘에 흥미가 사라졌다. 하물며 지금 그에게는 힘이 별로 큰 의미가 아니었다.

"죽염, 묵빙선은 왜 만황으로 쫓겨났느냐?"

"아주 오래전의 일입니다. 그가 특이한 체질이라는 건 아실 겁니다. 사악한 술법을 익힌 것이 아니라 본래 그렇게 태어났지만, 자주 비난을 받았고, 모두 그를 미워하고 두려워했지요. 게다가 그는 종종 선계의 규칙을 무시하고 내키는 대로 행동했습니다. 그는 언제나 요마들이 끌어들이려 애쓰는 사람이었는데, 결국 전천련으로 그가 사랑하는 사람을 붙잡아 협박을 했습니다."

화천골은 살짝 몸을 떨었다. 무슨 일이 벌어졌는지 알 만했다.

"그는 슬픔에 빠져 승낙할 수밖에 없었습니다. 하지만 그 여자는 일개 평범한 사람이었기 때문에 그의 접촉을 견뎌 낼 수 없었지요. 결국 그녀는 하룻밤 사이에 늙어 그의 품에서 죽었습니다."

죽염은 살짝 한숨을 쉬었다.

"당연히 그는 요마들을 모두 죽여 그녀의 복수를 했습니다. 그런데 그녀의 죽음이 그의 사부, 당시 촉산파 장문인과 관련이 있다는 것을 우연히 알게 되었습니다. 그의 사부는 그 여자가 묵빙선의 유일한 약점인 것을 알고 요마의 손을 빌려 제거하려고 했지요. 그가 그녀 때문에 마도에 빠질까 봐 걱정했던 겁니다. 그 후 묵빙선은 미쳐 버렸고, 선계에서 함부로 살계를 범하고 사람들의 진원지기를 빨아들여 수련을 해 사악한 선인이 되었습니다. 그러다가 선인들이 연합하여 그를 굴복시킨 후 만황으로 쫓아낸 것입니다."

"그랬구나. 그래서 일부러 그의 호기심을 자극해 내 기억을 훔쳐보게 한 거냐?"

"저는 무슨 일이든 결과만을 바라지 방법은 따지지 않습니다. 어쨌든 그는 당신을 사랑하게 되지 않았습니까?"

"동정은 사랑이 아니다."

"동정은 아니겠지요. 동병상련이랄까요?"

화천골은 쓴웃음을 지었다.

"그렇게 가엾은 사람을 또 나 때문에 걱정하고 슬프게 만들었구나."

"난 다만 두 사람이 서로를 구원할지도 모른다고 생각했다. 다시 시작할 기회가 있을지도 모른다고. 천골, 한번 해 봐. 묵빙선이 할 수 있다면 너도 당연히 할 수 있다."

화천골은 처음으로 그가 자신의 이름을 부르는 것을 들었다. 아첨하는 것도 비굴하게 구는 것도 아닌, 친절한 말투였다. 마치 지난 일들은 없던 일이 되고, 두 사람은 평범한 사형매 사이인 것 같았다.

"모르겠어. 시간이 흐르면 또 모를까. 하지만 지금껏 살아오면서 하늘은 내게 선택하는 것을 허락하지 않은 것 같아."

"그건 네가 너무 멍청해서 늘 선택을 잘못했기 때문이지."

두 사람은 저도 모르게 마주 보며 웃었다.

"죽염, 말해 봐. 당보를 만나면 낙십일을 죽였다고 나를 원망할까? 나를 모르는 척할까?"

"그럴 리가. 진심으로 부모에게 화를 내는 아이는 없다."

죽염이 손을 내밀어, 태어나서 처음으로 화천골을 안았다. 만황에서 만났을 때부터 화천골은 늘 저도 모르게 그의 앞에 가엾은 모습을 그대로 펼쳐 보여 주었다. 그리고 마침내 이 죄 많은 나쁜 사람이 스스로를 미워하게끔 만들었다.

238

화천골이 운궁을 나갔는지, 묵빙선은 어디에서도 그녀를 찾을 수가 없었다. 그녀가 숨기로 마음먹으면 그녀를 찾아낼 수 있는 사람은 세상에 없다는 것을 그도 알게 되었다. 시간이 하루하루 지났지만 화천골은 끝내 얼굴을 드러내지 않았다. 매정한 성격의 묵빙선도 점차 초조해졌다.

　그는 자신이 소모시키는 그녀의 힘이 신계가 그녀를 봉인할 만큼 충분한지 어떤지 생각해 본 적이 없었다. 도리어 그녀의 최후가 걱정스러웠다. 며칠 더 있으면 선계가 반격을 시작할 것이다. 말할 것도 없이 전대미문의 큰 싸움이 벌어질 것이다. 계란으로 바위치기가 분명했고, 승산도 없었다. 그러나 그는 속으로 분명히 알고 있었다. 선계가 상대할 사람은 죽염뿐이었다. 화천골은 아예 승부에 관심이 없었다. 고인 물 같은 눈동자에 가끔 드러나는 표정은 절망과 피로뿐이었다. 마치 죽어 가는 사람처럼. 사실 그녀는 이미 이 모든 것에 싫증이 났고, 빨리 끝나기만을 바랐다.

　하루, 또 하루가 지나 마침내 마지막 날이 다가왔다. 묵빙선은 죽염 일행이 아무것도 모른다고는 믿지 않았지만, 육계는 이상하리만큼 조용했다.

　화천골은 지난날의 그 작은 개울가에 섰다. 개울물은 이미 말라붙었다. 아주아주 오래전에 맨발로 이 개울에 들어가 물고기와 게를 잡던 것이 기억났다. 아버지는 처마 밑에서 책을 읽으셨는데, 언제나 끊임없이 기침 소리가 들려왔다. 정신이 맑을 때는 그녀에게 책을 읽고 글을 쓰는 법을 가르쳐 주셨고, 가끔 예쁜 연을 만들어 주기도 하셨다.

눈 깜짝할 사이에 수년이 흘렀고, 지난날의 작은 오두막집은 이미 흔적도 없이 사라졌다. 요신이 나타난 후 하늘에는 이변이 생기고 몇 년째 큰 가뭄이 이어졌다. 마을 사람들은 죽거나 떠나 채 반도 남지 않았다.

그녀는 아버지와 어머니의 무덤에서 잡초를 뽑고 다시 보수했다. 그리고 나무를 구해 와 기억을 더듬으며 오두막을 다시 세우려고 뚝딱뚝딱했다. 그녀는 법력이 강했지만 손재주가 없어, 이틀 동안 일했지만 결과는 보잘것없었다. 게다가 말할 필요도 없이 송송 넋을 놓고 있다가 망치로 손을 찧곤 했다.

공사가 끝나자 오두막집이 아니라 꽃집이 되어 있었다. 여기저기 꽃이 피고 덩굴이 감겼다. 화천골은 어둠 속에 누웠다. 옛날처럼 작은 지붕이 비바람을 막아 주자 안심이 되고 든든했다. 어머니의 품 안에 감싸인 것 같았고, 한때 그랬던 것처럼 백자화의 품 속에 누워 있는 것 같았다.

하늘은 어두컴컴했다. 이미 며칠째 해를 볼 수 없었다. 날씨나 자연이 그녀의 기분에 따라 변하는 건 아니라는 걸 알지만, 이제 그런 것을 신경 쓸 여력이 없었다.

문득 누군가 오는 기척이 났다. 게다가 익숙한 체취였다. 화천골은 여전히 주체하지 못하고 손을 떨었다. 그 사람은 들어오지 않고 문가에 서 있을 뿐이었다. 화천골은 속으로 쓴웃음을 지었다. 만날 생각도 없으면서 왜 찾아왔을까?

"바깥은 바람이 부니 들어오세요. 누추해서 융숭히 대접할 수는 없지만, 잠시 머물 만은 해요."

백자화가 문을 열고 들어왔다. 화천골은 아무렇게나 세워 둔 목판에 기대앉아 있었다. 그를 응시하는 보라색 눈동자는 고요하고 흔들림이 없었다. 두 사람은 어둠 속에서 한참 동안 서로를 바라보았다.

백자화는 대충 자리를 잡고 앉았다. 하얀 옷이 눈보다 희어, 그의 전신에 희미하게 빛무리가 졌다.

지난번 춘약 사건 이후 두 사람은 만난 적이 없었다. 마치 몇 년이 흐른 것처럼 둘의 관계는 점점 멀어졌다.

백자화는 그녀의 이마를 살폈다. 지난번 추태를 부렸던 것을 생각하자 다시 심장이 죄어들었다.

요지에서 횡상검으로 본의 아니게 그녀의 몸을 찌르고, 그녀의 얼굴을 뒤덮은 흉터를 본 순간 그는 스스로 맹세했다. 이번 생에는 죽는 한이 있어도 다시는 그녀의 털끝 하나 건드리지 않겠다고. 하지만 또다시 그 맹세를 어겼다.

그는 살며시 눈을 감았다. 무엇을 해야 하는지 안다고 생각했지만, 사실 아무것도 알지 못했다. 감정과 이성이 잡아 뜯겨 둘로 나뉘었다. 하나의 백자화가 싸늘하게 앞에 서 있고, 또 하나의 백자화는 뒤에서 한숨을 쉬었다.

그녀가 오랫동안 운궁에서 사라진 것을 알고 그는 잠시 생각했다. 세상은 넓지만 그녀가 갈 곳은 별로 없었다. 그는 그녀가 본래의 집으로 돌아갔을 거라 짐작했는데 역시 그랬다.

그는 자신이 왜 그녀를 찾아왔는지 몰랐다. 묵빙선 때문이거나 아니면 며칠 후면 선계가 공격을 하기 때문일 수도 있었다. 그는 여전히 법력을 회복하지 못했고, 생소묵은 그에게 위험이 미칠까 봐 두려워 몇 번이나 돌아오라고 했다. 하지만 그가 어떻게 손을 떼고 떠날 수 있겠는가? 이 모든 것은 분명 그의 책임인데.

만약 그가 애초에 그녀를 좀 더 잘 살폈더라면 그녀가 신기를 훔치기로 결심했을 때 눈치챘을 것이고, 그녀가 만황으로 쫓겨나기 전에 알아냈을 것이고, 당보가 죽기 전에 막았을 것이다. 그랬다면 모든 것이 달라졌을지도 모른다.

하지만 이런 상황까지 와서 많은 사람이 죽었지만, 그는 그녀를 제자로 삼고, 그녀를 보호하기 위해 요력을 봉인하고, 그녀 대신 소혼정을 맞은 것이 잘못이라고는 한 번도 생각하지 않았다.

"무슨 일로 찾아왔죠?"

화천골의 목소리는 뼈를 엘 듯 차가웠다. 백자화는 한참 동안 침묵한 끝에 말했다.

"이틀 후 선계가 반격을 할 것이다."

"알아요. 그래서요? 계란으로 바위 치기죠. 주제를 모르는군요. 그들이 죽겠다고 아우성이니 소원을 들어줘야죠. 그들을 용서해 달라고 왔나 보군요?"

백자화는 그녀를 바라보며 아무 말도 하지 않았다. 화천골이 차갑게 비웃었다. 목소리에 또다시 따스함이 어렸다.

"설마, 내가 걱정되어서라곤 말하지 말아요."

백자화는 엄숙한 표정을 지었다.

"물론 아니다."

"나더러 또 누굴 놓아주라는 건가요? 살계를 저지르지 말고요? 그렇다면 당신이 막아야 할 것은 선계 사람들이에요."

백자화는 가볍게 탄식했다.

"모든 것을 내려놓고 요신도 그만두어라. 응?"

화천골은 마치 뒤로 넘어갈 듯 우스운 이야기를 들은 것처럼 그를 바라보았다. 이제 와서 어떻게 물러날 수 있다는 걸까? 하지만 결국 마음은 조금 누그러졌다. 그녀가 쓴웃음을 지으며 물었다.

"요신이면 어떻고 아니면 또 어때요? 요신을 하면 당신이 날 죽일 것이고, 요신을 그만두면 날 데리고 갈 건가요?"

"나는 널 죽이지 않을 것이다. 모든 것을 내려놓고 날 따라 장류산 바다 밑으로 돌아가자."

화천골이 큰 소리로 웃었다.

"아직도 나를 평생 그곳에 가둬 둘 생각이라니 뜻밖이군요. 백자화, 당신은 이제 폐인인데 내가 왜 당신 말을 듣죠? 대답해 드리죠. 난! 싫, 어, 요!"

화천골은 긴 소매를 펄럭이며 벌떡 일어나더니 그에게 다가 갔다.

"하지만……, 우리 거래를 하는 건 어때요? 날 데려간다면 정말 요신을 그만두고 당신 곁에서, 당신을 위해서만 살겠어요. 당신은 창생을 구할 수도 있고 속죄할 수도 있어요. 그저 작은 대가만 치르면요. 못할 이유가 뭐죠? 장류파의 존상께서는 천하를 위해 희생하는 것을 가장 좋아하잖아요?"

그녀가 이렇게 가까이에서 그의 얼굴을 똑바로 바라보는 것은 단지 그에게서 약간의 동요라도 볼 수 있기를 바라서였다. 하지만 역시 실망스러웠다. 백자화는 천천히 고개를 저었다.

"그 일만은 영원히 불가능하다. 어떻게 해야 화를 풀고 용서를 하겠느냐? 이 모든 일을 저지른 것이 나 때문이라면……."

백자화가 손을 들자마자 화천골은 그의 혈도를 짚고 쓴웃음을 지으며 비틀비틀 물러났다.

그가 갑자기 찾아온 것이 이딘지 수상쩍다는 것을 그녀가 모를 리 없었다. 그는 그녀가 여전히 자신을 깊이 사랑하고 있다는 것을 분명히 알고 있었다. 그런데 그녀 앞에서 자결함으로써 속죄하려 하다니! 그는 그녀가 있는 한 자신이 절대 죽지 않으리라는 것도 알았다. 이런 행동은 그저 자신의 결심을 보여 주고, 일부러 그녀를 핍박하기 위해서일 뿐이었다.

'백자화, 당신은 정말 대단해! 당신을 사랑하기 때문에 난 영원히 당신을 이길 수 없어.'

화천골은 천천히 몸을 돌렸다. 마음속에 쌓인 슬픔이 산을 무너뜨리고 바다를 뒤집을 것처럼 세차게 터져 나왔다. 목구멍에서 달콤하고 비릿한 맛이 느껴졌지만 억지로 삼켰다. 그런 다음 자신을 비웃듯이 천천히 고개를 저었다.

설령 그녀가 천하와 그를 위해 요신을 그만두고 그와 함께

하겠다고 한들 그럴 수는 없었다. 요신이 된 그날부터 이미 아무것도 돌이킬 수 없었다. 그래도 그녀는 시험 삼아 물어보지 않을 수 없었다. 조금이라도 기대를 할 수밖에 없었다. 하지만 그는 천하를 위해서라 해도, 끝내 억지로 그녀와 함께하려 하지 않았다.

'그만두자. 그만둬. 이 세상에 만일이란 없어……'

백자화는 화천골의 그림자가 점점 멀어지는 것을 바라보며 천천히 눈을 감았다. 자신이 너무 잔인하다는 것은 알지만, 이미 돌이킬 수 없다면 이것이 그가 할 수 있는 유일한 일이었다. 또다시 그녀의 손에 피를 묻히고 싶지는 않았다.

63. 정을 어떻게 견디는가

화천골은 정자 위의 작은 집에서 달을 벗해 혼자 술을 마셨다. 몇 년 만에 처음 마시는 술이었다. 술 향기만으로도 노곤하게 취할 것 같았다.

갑자기 지난날 망우주를 마시고 꿈을 꾼 일이 떠올랐다. 백자화가 그녀에게, 앞으로 매 같은 날개가 생기고 해와 같은 능력을 얻더라도 돌멩이였을 때의 마음을 간직하며 창생을 행복하게 해 주어야 한다고 말하던 것도 생각났다.

사실 그는 이미 이런 날이 올 줄 예감하고 있었을 것이다. 그렇지만 그녀가 큰 힘을 얻어도 마음이 변치 않으리라 믿었다. 그러나 그녀는 결국 변했고, 그를 실망시켰다.

누군가 다가오는 것이 느껴져 고개를 들어 보니 묵빙선이었다. 그녀는 힘없이 탁자에 엎드린 채 웃으며 종알거렸다.

"왜 아직 떠나지 않았죠? 충분하지 않았나요? 자, 가져가요."

그녀는 묵빙선의 손을 잡았다. 요력이 물밀 듯이 그의 몸 속으로 밀려왔다. 묵빙선은 그녀를 붙잡아 일으킨 후, 아쉬움과 증오가 담긴 목소리로 믿을 수 없다는 듯 말했다.

"정말 내가 말한 방법으로 삭풍을 구할 생각이오?"

'겨우 며칠 만에 그녀의 요력이 이렇게까지 줄어들다니! 대체 무슨 짓을 한 것일까?'

화천골은 웃으며 고개를 끄덕였다. 평소 창백했던 입술이 술기운으로 인해 연분홍색으로 물들어 있었다.

"난 아주 기뻐요. 이번에는 그도 얼굴이 있을 테니까요. 당신처럼 잘생겼을 거예요."

하지만 안타깝게도 몇 년 더 기다려야 다시 사람이 될 수 있었다. 그녀는 그를 볼 수 없을 것이다…….

묵빙선은 고개를 저었다.

"어째서 늘 그렇게 쉽사리 사람을 믿소? 내 목적이 당신의 힘을 소모시켜 죽이기 쉽도록 약하게 만드는 것임을 잘 알면서. 그 방법이 지난번 그 여자처럼 당신을 속인 것이라면?"

화천골은 처량하게 웃었다.

"내가 더 잃을 것이 있을까요? 당신은 목적이 있어 왔지만 내게 진심으로 관심을 갖고 있다는 것을 왜 모르겠어요. 가세요. 방금 요력으로 당신 몸 속에 보호막을 쳤으니 이제부터는 원하는 대로 할 수 있어요. 가요. 지난날 당신이 사랑했던 사람한테 가요. 당신이 말한 것처럼, 설령 그녀가 지난날의 그 사람이 아니더라도 잘 지켜요. 내가 보답할 수 있는 것은 그것뿐이에요."

묵빙선은 가슴이 갈기갈기 찢어지는 것 같았다. 틀렸다. 이곳에 오는 것이 아니었다. 충고를 듣는 것이 아니었다. 그녀의 기억을 보고, 그녀를 이해하는 것은 더욱더 아니 했어야 했다. 이제 그는 그녀 때문에 아파하는 것 말고는 아무것도 할 수 없었다.

묵빙선은 그녀의 두 팔을 꽉 움켜쥐며 거의 포효하듯 말했다.

"보답? 내가 뭘 했다고 당신의 보답을 받는단 말이오? 그렇게 속고 상처를 입고서도 어떻게 또⋯⋯, 또 그렇게 진심으로 나를 대할 수가 있소?"

화천골은 몸을 돌렸지만 그에게 꼭 끌어안기고 말았다.

"바보처럼 굴지 마시오. 값싼 마음의 상처란 없소. 그를 잊고 나와 함께 떠납시다. 이 엿 같은 세상은 내버려 두고, 요신도 그만두시오. 내가 당신을 데리고⋯⋯."

화천골은 코끝이 찡했지만 필사적으로 고개를 저었다.

"미안해요, 미안해요."

"미안하다고만 하지 마시오. 당신은 아무에게도 미안할 게 없소. 우리가 당신에게 미안한 거지!"

그렇게 말한 그는 그녀의 얼굴을 감싸며 힘차게 입을 맞추었다.

화천골은 당황해서 눈을 크게 떴다. 머리가 텅 비고 사지가 뻣뻣하게 굳었다. 눈앞에 있는 얼굴이 고통으로 몸부림치고 있었다. 그를 밀어내고 싶었지만 온몸이 저리고 힘이 없었다. 이 입맞춤은 너무나 거칠고 강해, 늘 차갑던 몸의 온도가 올라가기 시작했다. 술에 알딸딸하게 취한 머리가 흐려져 갑자기 눈앞에 있는 사람이 백자화로 변했다. 심장을 갈기갈기 찢는 느낌이 또다시 엄습했다. 그녀는 수동적으로 응하며 중얼거렸다.

"사부님……."

묵빙선은 번개를 맞은 것처럼 온몸을 부르르 떨더니, 그녀를 푹신한 침대로 밀어붙였다.

"젠장! 난 당신 사부가 아니오! 듣고 있소? 난 사부가 아니란 말이오! 똑바로 보시오!"

그는 몽롱한 그녀의 얼굴을 억지로 비틀어 다시 입맞춤을 했다. 꽃향기와 술 향기가 섞여 몹시 유혹적인 맛이 났다.

오랫동안 팽팽하게 당겨진 현처럼 긴장해 있던 화천골은 완전히 무너졌다. 어째서? 어째서 이렇게 매달릴까? 어째서 그를 꼭 붙잡고 놓지 않으려는 걸까? 그를 사랑하지 않았다면 오늘 같은 지경에 처하지도 않았고, 그 많은 사람들이 그녀 때문에 죽지도 않았을 것이다. 어째서 지금까지도 그는 차라리 천하를 버릴망정 그녀와 함께 있으려 하지 않을까? 정말로 그녀가 그렇게나 싫을까? 그녀 자신은 어째서 아직까지 포기하지 못할까? 어째서 홀홀 털어 버리지 못할까? 그녀는 분명 요신이고, 못할 일이 없었다. 그런데 왜 그를 위해 정절을 지켜야 할까? 무엇 때문에 그의 강요를 받아야 할까?

눈앞이 몽롱하게 흐려졌다. 이미 저 사람이 백자화인지 묵빙선인지도 알 수 없었다. 그저 자신이 너무 괴롭고, 지치고, 고독하다는 것만 알았다. 모든 사람들이 그녀를 버렸다. 죽어 버린 마음에는 커다란 구멍이 뚫린 것처럼 추적추적 피가 흘렀다. 그녀에게는 이 구멍을 막을 것이 필요했다. 그녀는 손을 뻗어 눈앞에 있는 따스함을 꼭 끌어안았다. 마치 필사적으로 목숨을 구해 줄 지푸라기를 잡는 것처럼.

어깨에서 옷이 벗겨졌다. 그 사람은 지난날 백자화가 그녀의 피를 빨던 것처럼 그녀의 목에 힘차게 입을 맞추고 목을 깨물었다. 그녀의 호흡이 가빠졌다. 낯선 손이 몸을 더듬으며 곳곳에 욕망의 불꽃을 지폈다. 그녀는 힘없이 허리를 굽히며, 신음하고 한숨을 쉬었나.

그러나 순간, 주위 온도가 차갑게 얼어붙고 살기가 거세게 밀려왔다. 꿈속에 잠긴 화천골의 눈에 저 멀리 누군가가 보였다. 가슴이 찢어졌다. 마치 시간이 딱 멈추고 처음으로 돌아간 것 같았다. 그는 그녀의 사부였고, 그녀는 여전히 그의 제자였다.

화천골은 홱 몸을 뒤집으며 묵빙선을 밀어낸 다음, 아무것도 생각지 않고 그를 쫓아갔다. 묵빙선이 뒤에서 그녀를 꼭 끌어안으며 거의 흐느끼듯 말했다.

"가지 마시오……."

화천골은 당황하고 어찌할 바 모르는 얼굴로 힘껏 그를 밀어냈다. 그리고 여전히 고개를 저으며 미안하다고만 했다.

묵빙선은 그녀의 뒷모습을 보며 두 손으로 얼굴을 가렸다. 자신이 왜 이렇게 되었는지 알 수가 없었다. 그녀를 위해서인지, 아니면 그녀가 가진 요신의 힘 때문인지도 알 수 없었다. 그는 쓴웃음을 지었다.

"내가 당신에게 미안하오……."

지난날 예만천을 죽이려다가 발각되어, 정원에서 계속 머리를 조아리며 그의 용서를 빌던 때 같았다. 그녀는 한 번도 그렇게 당황한 적이 없었다. 자신이 잘못했다는 것을 알기 때문이었다.

그녀는 힘껏 백자화의 뒤를 쫓았다. 그는 똑바로 서 있지도 못하는 것 같았다.

'미안해요, 미안해요, 미안해요…….'

그녀의 마음은 칼로 난도질당하는 것 같았다. 왜 그에게 그렇게 말해야 하는지도 모르고, 그에게 말할 필요도 없었지만, 잘못했다는 생각이 들었다. 크나큰 잘못이었다. 화천골은 백자화의 장포를 붙잡았다. 어린아이처럼 겁이 나 어쩔 줄을 몰랐다.

백자화의 얼굴은 창백했고, 말도 할 수 없을 정도로 몸을 떨고 있었다. 그가 호되게 그녀의 뺨을 올려붙였다. 화천골은 피하지 않고 고스란히 맞은 후 풀이 죽은 얼굴로 바닥에 엎드렸다.

백자화의 가슴이 격렬하게 들썩였다. 엉망이 된 옷매무새와 하얀 어깨를 반쯤 드러낸 그녀를 보자 한 손을 허공에 든 채 다른 손으로 그녀를 가리켰다. 뭐라고 말을 하고 싶었지만 너무 화가 나 한 글자도 입 밖으로 나오지 않았다.

화천골은 이렇게 분노하는 그를 한 번도 본 적이 없었다. 두 눈이 새빨개지고 폭풍우처럼 거센 분노가 터져 나왔다. 오랫동안의 냉전과 대치가 이 순간 모두 폭발했다. 그녀가 자신을 아끼지 않고 다른 남자와 부적절한 짓을 하려고 했기 때문이었다.

백자화는 가슴이 찢어지는 것 같았다. 머릿속은 두 사람이 친밀하게 뒤엉킨 장면으로 가득했다. 그가 그녀를 키웠고, 때문에 누구보다도 그녀를 잘 알았다. 요신이 되었어도, 옆에서 누가 뭐라 해도, 그는 그를 깊이 사랑하는 그녀가 그렇게 음란한 지경까지 떨어지리라고는 믿지 않았다.

내일이면 곧 전생이있다. 그녀가 걱정되어 오지 않았더라면, 그녀는 정말 묵빙선에게 자신을 내주었을 것이고, 내일까지 기다릴 필요도 없이 그녀의 시체를 보게 되었을 것이다. 그녀는 결과를 알고 있었다. 그런데도 멍청하게 일시적인 기쁨을 탐했다. 정말 저 남자를 사랑하는 것일까?

그 모든 것을 본 순간, 순식간에 밀려드는 거대한 슬픔과 분노가 눈 깜짝할 사이에 그의 마음을 집어삼켰다. 그는 칼로 살을 저미는 것 같았고, 절망과 무력감이 거의 그의 영혼을 잡아먹으려고 했다.

갑자기 너무나도 미웠다. 깨끗하지 못한 그녀가 미웠고, 그녀를 걱정하는 그의 마음을 한 번도 알아주지 않은 그녀가 미웠다. 늘 마음 아프고 노심초사하게 만드는 그녀가 미웠고, 그녀 곁에 남자가 한 명 한 명 늘어나는 것이 미웠다. 하지만 그녀는 세상에서 그보다 잘해 주는 사람이 없다는 것을 알지 못했다.

그는 자신이 더욱 미웠다. 모든 것을 돌이킬 능력이 없어 그녀를 돌아서게 할 수 없는 것이 미웠고, 반복된 잘못으로 그녀를 이 지경까지 몰아넣은 것이 미웠고, 계속해서 그녀를 절망시키고 마음 아프게 한 것이 미웠다. 그리고 지금 이 순간, 가장 밉고 증오스러운 것은 이미 법력이 사라져 묵빙선을 잡아 죽이지 못한다는 사실이었다.

화천골은 그의 앞에 무릎을 꿇고 애원하는 얼굴로 바라보았다. 당장이라도 눈물이 뚝뚝 떨어질 것 같았다. 그녀는 잘못했다는 것을 알았다. 그녀의 잘못이었다. 또 잘못을 저지른 것이다.

"사부님……."

저도 모르게 목멘 소리로 그 단어가 튀어나왔다. 백자화는 흠칫했다. 그 순간 그의 모든 방어와 위장, 원칙, 주장들이 모조리 무너졌다. 줄곧 가슴속에서 부지불식간에 자라난 사랑이, 일찍부터 눈치챘으면서도 한 번도 마주하거나 드러내지 않은 사랑이 돌이킬 수 없는 모습으로 거세게 쏟아져 나왔다.

화천골이 어떻게 된 일인지 깨닫기도 전에, 눈앞에 있던 사람이 갑자기 몸을 숙이고 그녀에게 입을 맞추었다. 천지가 어두컴컴했다. 그 입술은 익숙하고 그리워하던 것이었다. 하지만 예전과는 달리 뜨겁고 열렬했으며, 끝을 알 수 없는 분노와 원망이 담겨 있었다. 화천골은 사고 능력을 완전히 상실한 채 바닥에 꿇어앉아 힘없이 그에게 매달렸다. 고개를 들고 가쁘게 숨을 쉬며 그가 전혀 부드럽지 않게 침입해 와 그녀를 점령하도록 해 주었다. 이 순간을 그녀는 오랫동안 기다렸다.

백자화는 그녀를 품에 꼭 가두고 입 안의 꽃향기와 술 향기를 빼앗았다. 그러다 방금 그녀가 다른 남자와 입을 맞추고 있었다는 것을 떠올리자 그의 입맞춤은 힘껏 깨무는 것으로 바뀌었다. 입 속에서 비릿한 맛이 느껴지자 그는 그녀의 입술을 깨물었다는 것을 깨닫고 마음이 아파 저절로 부드러워졌다.

부드러운 혀끝이 끈질기게 얽혔다. 백자화의 모든 생각은 이미 흐려졌다. 이것이 한낱 꿈이라면 영원히 깨어나지 않고 싶었다. 이것 역시 잘못이라면 이 순간만큼은 계속 잘못하고 싶었다.

이 입맞춤은 징벌 같기도 하고 선물 같기도 했다. 그가 겨우 이성을 되찾아 천천히 그녀를 놓아주었을 때, 모든 것은 이미 돌이킬 수 없게 되었다.

그는 비틀비틀 뒤로 물러나 경악한 표정으로 두 눈을 감았다. 그리고 절망적으로 고개를 들고 더는 그녀를 바라보지 않았다. 화천골도 믿을 수 없는 듯 바닥에 쓰러져 한참 동안 아무 말도 하지 못했다.

백자화의 얼굴에서 저렇게 고통스럽고, 뉘우치고, 두려워하는 표정을 본 것은 처음이었다. 마치 세상에서 절대 용서받을 수 없는 일을 저지른 사람 같았다. 그녀 역시 방금 무슨 일이 일어났는지, 백자화가 왜 그렇게 했는지 전혀 알 수가 없었다.

하지만 이 일이 그가 가장 꺼리는 것이며, 마음속 깊은 곳에서부터 그를 철저히 무너뜨렸다는 것은 알았다.

"두……, 두려워하지 말아요."

화천골이 부서진 목각인형처럼 비틀비틀 일어났다. 백자화는 천천히 한 걸음 물러났다. 그의 얼굴에는 핏기라곤 전혀 없어, 언제든지 쓰러져 버릴 것 같은 상황에 처해 있었다.

'방금 내가 무얼 한 거지?'

"두려워 말아요……."

화천골은 또다시 비틀거리며 한 걸음 다가갔다. 그녀는 이를 악물고 그를 향해 손을 들었다. 손가락 끝에서 강렬한 보라색 빛이 반짝였다.

백자화는 곧 그녀가 무엇을 하려는지 깨달았다. 그가 재빨리 물러나며 분노에 찬 목소리로 소리쳤다.

"다시는 내 기억을 지우지 마라!"

'어떻게 감히! 감히 또다시 내 기억을 없애려 하다니!'

그가 한 일이었다! 잘못도 그가 했다! 그게 어떻다는 말인가! 결코 잊어버리는 방법으로 도피하지는 않을 것이다!

백자화는 크게 숨을 헐떡였다. 갑자기 온몸에서 격렬한 통증이 느껴졌다. 특히 왼팔에서. 뼈를 후벼 파는 느낌에 머리가 어질어질했다. 그는 힘껏 손목을 잡았다. 식은땀이 방울방울 떨어졌다.

화천골은 그가 통증으로 괴로워하는 것을 알고 황망히 다가갔다. 하지만 그가 밀어냈다.

"비켜라⋯⋯."

그는 이를 악물다시피하여 겨우 한마디를 내뱉었다. 이렇게 고통스러운 것은 처음이었다. 심장마저 경련이 이는 것 같았다. 화천골은 그의 표정만 보고도 깜짝 놀라, 아무것도 생각지 않고 또다시 힘껏 그의 손을 붙잡았다.

"비키라고 했다!"

백자화의 분노에 찬 외침 뒤에 찢어지는 듯 날카로운 소리가 이어졌다. 화천골은 놀라 그 자리에 얼어붙으며 찬바람을 들이켰다. 그의 팔을 보자 도무지 믿을 수가 없었다. 저게 무엇일까?

백자화는 다른 쪽 소매로 드러난 팔을 가리면서, 막연하고 절망적인 소리로 말했다.

"보지 마라⋯⋯."

'보지 마라⋯⋯.'

화천골은 뒤로 물러나 심호흡을 하며 천천히 눈을 감았다.

'어떻게? 어떻게?'

청천벽력이었다. 화천골의 머릿속이 웅웅 울렸다. 잘못 보지 않았다면 그것은 분명히 절정지의 물에 생긴 상처였다. 저 커다랗고 검붉은 색의 무시무시한 상처가 어떻게 그에게 생겼을까? 어쩌다? 대체 언제?

"어째서⋯⋯."

그녀는 손을 들어 자신의 입술을 만졌다. 모든 것이 너무나 빨리, 너무나 갑작스럽게 일어났다. 그러니 어떻게 믿을 수 있을까? 그런데 저 상처를 보자 마침내 모든 것이 명확해졌다. 그날 밤을 떠올려 보면, 그는 정신이 몽롱한 상태로 그녀에게 입 맞추며 계속 그녀의 이름을 불렀다. 알고 보니……, 그는 내내 그녀를 사랑했던 것이다.

백자화는 그녀의 시선을 받자 마치 숨을 곳도 없이 발가벗겨진 것 같았다. 말로 표현하기 힘들 만큼 민망하고 부끄러운 느낌이었다.

그의 팔에 있는 것은 확실히 절정지의 물에 생긴 상처였다. 그도 처음에는 어떻게 된 것인지 몰랐다. 사형이 그의 몸에 물을 쏟았을 때는 아무런 느낌도 없었고, 나중에야 희미하게 붉은 표식이 남은 것을 발견했다. 그러다 날이 갈수록 상처가 점점 깊어지자 그는 그제야 깨달았다…….

그도 순간적으로는 깜짝 놀랐지만, 자신에 대한 믿음이 지나쳤다. 그런데 조금 전 감정이 폭발하자 그 상처는 마침내 몇 년 만에야 몇 배의 통증을 발휘해 그녀 앞에서 그를 만신창이로 만들었다.

백자화는 긴 머리칼을 늘어뜨린 채 온몸을 부르르 떨며 평생 느껴 보지 못한 좌절감을 견뎌 냈다. 그렇다. 그는 그녀를 사랑했다. 언제부터인지는 모르지만.

오래전부터 그랬다. 다만 그의 마음이 몰랐고, 이성이 몰랐고, 감각이 몰랐을 뿐이었다. 몸만 거짓말을 하지 않고 조그만 증거를 남겼다. 하지만 그는 둔한 사람이었고, 무정한 사람이었다. 사랑한들 어쩌겠는가? 사랑하지 말아야 할 사람인데…….

화천골은 울음을 터트릴 것 같았다. 눈동자에는 흥분과 기쁨이 떠올랐지만 그보다는 고통과 분노가 더 많았다. 왜 이렇게 되었을까? 그가 그녀를 사랑하다니! 사랑하면서도 줄곧 이렇게 잔인하고 무정하게 대할 수 있다니?

그녀의 보라색 눈동자가 그를 바라보았다. 그녀는 그의 상처를 매만져 통증을 줄여 주고 싶었지만, 그 어떤 행동도 백자화를 더욱 부끄럽고 분노하게 만들 뿐이었다.

그는 언제나 그녀가 잘못했다고 말했지만, 사실은 그야말로 가장 잘못을 많이 저지른 사람이었다. 어떻게 그녀를 사랑할 수 있단 말인가?

그는 비틀비틀 뒤로 물러나더니 갑자기 검을 뽑아 망설임 없이 자신의 왼쪽 팔에 휘둘렀다. 상처가 피부와 살과 함께 벗겨져 나가고 허연 뼈가 드러났다.

시간이 멈췄다. 화천골은 눈앞에서 갑자기 벌어진 장면에 놀라 멍해졌다. 피가 그녀의 치맛자락에 튀었다. 빨간 빛깔이 마치 복숭아꽃을 그려 놓은 것 같았다. 방금 솟아났던 기쁨도, 다시금 뛰기 시작한 심장도 그대로 그의 검에 베어져 나갔고, 또다시 애간장이 찢어졌다…….

"어떻게 이럴 수가?"

화천골이 중얼거리며 뒤로 물러났다. 그녀를 사랑한다는 것이 저렇게도 부끄럽고 비천하게 느껴지는 걸까? 자해를 해서라도 그 유일한 증거를 버리고 싶을 만큼?

"어떻게 이럴 수 있죠?"

그녀의 얼굴에서 두 줄기 눈물이 흘러내렸다. 크고 텅 빈 눈동자가 망연하게 그를 바라보았다. 무엇인가가 몸 속에서 폭발하는 듯했다.

백자화는 이를 악문 채 고통으로 온몸을 부들부들 떨었다. 저 상처는 아무것도 아니었다. 아무것도 나타내지 않았다! 그녀를 사랑하면 어떻고, 사랑하지 않으면 어떤가? 어차피 두 사람은 함께할 수 없었다. 영원히!

화천골의 몸에서 살기가 솟아나 사방으로 퍼져 나가는 것이 느껴졌다. 그러나 그는 차갑게 그녀를 바라보기만 했다. 마음 속 깊은 곳의 가장 은밀한 비밀이 드러나자 그는 절망하고 분노했다.

그는 늘 검으로 그녀를 해쳤다. 이번만큼은 그 자신을 해쳤지만, 지난번에 휘두른 그 어떤 검보다 더욱 그녀의 마음을 아프게 했다. 이 제멋대로이고 미친 듯한 행동은 그녀를 똑똑히 일깨우고, 그 자신 역시 정신을 차리기 위해서였다.

화천골은 두 손으로 주먹을 쥐고 이를 악문 채 뒤로 몇 걸음 물러났다. 평생, 그 어느 순간에도, 당보가 죽었을 때조차 그녀는 그가 이렇게 밉게 느껴지지 않았다.

그가 정말로 그녀를 사랑하지 않았다면 상관없었다. 그러나 어렵사리 자신에 대한 그의 사랑을 깨달은 이 순간, 어떻게 또다시 그녀의 마음을 내팽개치고 짓밟을 수 있을까? 예전에 그가 했던 모든 일에 대해서는 한 번도 그를 탓하지 않았지만, 이번에는 원망만 남았다. 이성이 사라지고 얼굴에 떠오른 증오와 분노는 요기가 극도에 달한 차가운 사귀邪鬼로 변해 흉악하고 무시무시했다.

'백자화, 반드시 후회할 거야!'

화천골은 세상을 뒤흔들 것 같은 노성을 질렀다. 모든 괴로움과 분노를 쏟아 내는 것 같았다. 그 후 은백색의 실처럼 눈 깜짝할 사이에 하늘 저편으로 모습을 감추었다.

백자화는 맥없이 그 자리에 서서, 여전히 떨리는 오른손으로 왼팔을 부여잡고 있었다. 새빨간 피가 아직도 줄줄 흘렀다. 화천골이 두 번째로 흘린 눈물처럼.

64. 생사의 선택

결정을 내리면 마음도 차차 가라앉는다. 일단 하고 나서 결과를 기다리면 되는 것이다.

화천골은 싸우는 소리도, 슬픈 곡소리도, 운궁 밖에서 간간이 울리는 고각鼓角 소리도 듣고 싶지 않았다. 그래서 소매를 휘둘러 결계를 치고, 바깥에서 선마대전이 벌어져 피비린내가 진동하든 말든 조용히 전각 안에서 목욕을 했다.

욕조 바닥에서 하얀 김이 모락모락 피어오르고 전각 안에는 향이 타오르고 있어, 주변이 뿌옇고 몽롱하여 마치 수묵화로 그려 놓은 선경 같았다. 화천골은 눈을 감은 채 무릎을 껴안고 가만히 물에 잠겼다. 따뜻한 액체에 감싸이자, 장류산 바다 밑에 갇혀 있던 때 같았다. 고독하고 슬프지만 고요하고 평화로웠다.

옅은 안개가 피어오르고, 화천골이 맨발로 천천히 물속에서 걸어 나왔다. 그 모습이 마치 물 위에 핀 연꽃 같았다. 인간 세상에서 가장 아름다운 장면도 이보다는 못할 것이다.

연뿌리처럼 길고 하얀 손이 겹겹이 쳐진 화려한 휘장을 걷자 치마가 날아와 몸을 감쌌다. 살며시 흔들리는 노리개가 지극히 화려했다. 곧이어 네 개의 비단 띠가 몸 주위로 감겨 허공에 휘날리자 그녀는 먹처럼 검은 머리칼을 꽃가지 하나로 단순하게 말아 올렸다. 오늘은 화려한 무대 인사가 될 것이다.

화천골은 굽이굽이 긴 복도를 걸어갔다. 주변이 점점 추워졌다. 비밀 문을 열자 살천맥은 여전히 조용히 누워 있었다. 그녀는 부드럽게 그의 뺨을 쓰다듬으며, 그가 미소 짓던 모습을 떠올렸다. 구천을 마음껏 날던 화봉은 한곳에 오래 머무를 수 없다. 화천골은 고개를 숙여 그의 이마에 입을 맞추고 조용히 말했다.

"언니, 그만 자요. 이제 깨어날 때예요⋯⋯."

공허한 목소리가 방 안에 오랫동안 메아리쳤다. 살천맥의 미간에 있는 꽃 모양의 검붉은 표식이 환하게 빛났다. 화천골은 한참 동안 그의 얼굴을 응시했다. 입가에 미소가 떠올랐다. 마침내 그녀는 돌아서서 방을 떠났다.

"몸조심해요."

바깥에서는 폭우가 쏟아지고 있어 하늘이 어두컴컴했다. 운궁은 물샐틈없이 빽빽하게 둘러싸여 있었다. 묵빙선이 뒷짐을 진 채 문 옆에 서 있었다. 화천골은 무표정하게 그를 바라보았다.

"무슨 일로 왔죠?"

묵빙선의 눈빛이 복잡했다. 다섯 손가락을 펼치자 손 안에 빛의 검이 나타나 형형히 빛났다. 하지만 살기는 전혀 없었다.

"가지 마시오."

분명 죽을 자리라는 것을 알면서 왜 고집을 피울까? 오늘 그는 온 힘을 다해 그녀를 막을 생각이었다. 한번 가면 다시는 돌아올 수 없었다. 지금 그는 아무것도 바라지 않았다. 그저 그녀가 잘 지내기만을 바랐다.

화천골은 차가운 눈동자로 성큼성큼 걸어갔다.

"당신과 무슨 상관이죠?"

묵빙선이 금세 그녀의 앞을 막아섰다. 빛의 검을 길게 내려쳤지만, 그녀에게서 한 장 정도 떨어진 곳에서 튕겨 나왔다. 장대비가 쏟아져 얼마 지나지 않아 그의 몸은 흠뻑 젖었다.

"내가 살아 있는 한, 당신이 사람을 죽이도록 놔두지 않겠소. 더욱이 다른 사람이 당신을 죽이게도 하지 않겠소!"

화천골의 동작이 조금 느려졌다. 묵빙선이 어느새 그녀의 뒤에 와 있었다. 거대한 은빛 광채가 그녀를 덮쳤다. 그러자 몸 속에 있던 요력이 빠르게 흘러나와 그에 의해 와해되어 사라졌다.

"웃기는군. 세상 누구도 날 죽일 수 없어요!"

화천골이 두 손가락으로 미간을 살짝 누르자 노란 광채가 솟아나 빛의 장막을 세차게 때리더니 이어서 묵빙선의 가슴에 부딪혔다. 커다란 폭발음이 들렸다.

"부침주?"

묵빙선은 믿을 수 없는 듯 눈을 크게 떴다. 목구멍이 짭짤해지더니 그의 몸이 앞으로 푹 쓰러졌다. 화천골은 앞으로 다가가 그를 품에 받았다.

"가지 마시오……. 바보처럼 굴지 마시오……."

그녀가 십방신기를 연성하다니! 묵빙선은 그녀가 무엇을 할 생각인지 알아차렸다. 그녀가 더욱 위험하다는 것을 알자, 그는 힘껏 손을 뻗어 그녀의 옷을 붙잡고 놓지 않으려 했다. 하지만 결국 차차 힘이 빠져 눈앞이 점점 흐려졌다.

화천골은 그를 방 안으로 부축해 준 후 낮게 말했다.

"예전의 나는 무척 즐거웠어요. 너무 즐거웠기 때문에 슬픔이 찾아왔을 때 너무나 쉽게 무너지고 말았어요. 하지만 사람이란, 핑계를 대고 슬픔에서 도망쳐 자기가 해야 할 일을 소홀히 하면 안 되는 거예요. 이번에는 내 손으로 운명을 움켜쥐고 스스로 선택하겠어요. 어쨌든 가장 견디기 힘든 시절을 마지막까지 함께해 줘서 고마워요. 가짜라는 것은 알지만, 그래도 기뻤어요."

화천골이 돌아서 떠나려 하자 묵빙선은 마지막 힘을 짜내 그녀를 붙잡았다.

"소골, 약속해 주시오. 미워하지 말고, 행복의 기회를 영원히 포기하지 않겠다고. 날 믿어요. 마음만 있다면, 이 세상에 돌이킬 수 없는 것은 없소."

화천골은 멈칫했지만 돌아보지 않고 곧장 떠났다. 죽염이 전각 밖 빗속에서 가만히 몸을 숙이고 서 있었다.

"신존, 단춘추가 이계의 요마를 이끌고 배반했습니다. 선계의 병사가 이미 운궁 밖에 와 있습니다."

"알겠다. 네가 그를 경계하지 않았다는 것이 이상하군."

죽염이 고개를 저었다. 싫증난 것 같으면서도 기대하는 눈빛이었다.

"아무튼 결과는 같습니다. 누구나 자기 고집이 있는 거니까요."

화천골은 아무 말 없이 몸을 날렸다. 두 사람은 비를 뚫고 구름 속으로 날아올랐다.

바다와 하늘 사이에 사람들이 빽빽했다. 옥갑과 금갑이 번쩍이고, 화려한 옷에 띠가 휘날리고, 검광이 번뜩였다. 지난날 잔잔하고 오색찬란하게 반짝이던 요지의 물 같았다. 하지만 이미 형세가 기울어, 화천골이 없다면 이번 싸움은 질 것이 뻔했다.

비는 여전히 쏴아아 하며 쏟아지고 있었다. 마치 세상의 모든 더러움과 죄악을 씻어 내려는 것 같았다. 세상은 몽롱했고, 여기저기에서 불안하고 불길한 분위기가 은은히 넘쳤다.

한참을 기다린 후, 화천골의 보라색 그림자가 날아들자 바다 위에 회오리바람이 불고 혼란이 일었다. 그녀가 자란 후의 모습을 처음 본 많은 사람들은 마음 졸이고 놀라며 두려워했다.

화천골은 신처럼 선인과 요마들을 굽어보았다. 얼굴은 쌀쌀했고, 입가에는 하찮아하는 표정이 떠올랐다. 마엄, 생소묵, 화석, 무청라, 유약, 청류, 경수, 헌원랑, 낙하동, 운단…… 화천골이 이름을 아는 사람, 모르는 사람, 만나 본 사람, 처음 보는 사람. 9천 명의 선인과 마인, 각 대문파가 거의 다 와 있었다.

예전에 그녀가 사랑했던, 낯익은 사람들이 그녀 앞에 서 있었다. 손에는 날카로운 검을 들고 있었고, 대의를 위해 생사를 잊은 비장한 표정이었다. 그들은 정正이고, 그녀는 사邪였다. 그들은 옳고, 그녀는 틀렸다. 그녀는 스스로에게 물었다.

'유일한 해결책은 오직 죽음뿐일까?'

백자화는 모든 사람들 앞에 서 있었다. 허약한 몸이지만, 그녀와 사람들 사이에 견고한 성벽을 세운 것 같았다. 뒤에 있는 사람들을 보호하고자 하면서 앞에 있는 사람까지 보호하려고 하다니, 얼마나 미련한지! 결국 파괴되는 것은 그 자신뿐이었다. 화천골은 그의 우둔함과 고집스러움을 비웃듯 입꼬리를 올렸다.

백자화는 그녀를 보는 듯했지만 눈 속에는 한 번도 그녀가 없던 것도 같았다. 그는 예전처럼 하얀 옷을 입고 있었다. 몸을 감싼 빛무리가 비를 막아 주어 마치 서로 다른 시공 속에 있는 것 같았다. 바깥이 아무리 어지러워도 그는 바람 한 점 느낄 수가 없는 것처럼 옷자락도 흔들리지 않았다.

그는 오른손으로 뒷짐을 지고 왼손은 자연스럽게 늘어뜨렸다. 폭 넓은 장포가 어젯밤에 생긴, 차마 눈 뜨고는 보기 힘든 허연 뼈를 가려 주었다. 화천골은 갑자기 심장이 찢어지는 것 같아, 세상 사람들 앞에서 그를 훤히 까발리고 싶은 충동에 휩싸였다. 그녀는 증오와 분노를 힘껏 억누르며, 기적처럼 그의 선신이 회복된 사실을 무시하려고 애썼다.

회복하건 아니건 상관없었다. 그래 봤자 그녀의 손 안에 든 메뚜기일 뿐. 그들은 이미 사제지간이 아니었고, 그녀도 더 이상 그를 의미 있는 누군가로 여기지 않았다.

"일부러 그랬죠?"

비록 어젯밤 일어난 일이 거짓이라고는 믿지 않았지만, 그 입맞춤이 단지 그의 계획일 뿐이었다면, 요신의 힘이 섞인 신의 피를 얻기 위해서일 뿐이었다면, 정말이지 더 이상 할 말이 없었다.

백자화는 그녀에게서 시선을 돌렸다. 시종 눈을 살짝 찌푸린 채였고, 차가운 눈동자 밑에 슬픔을 가득 숨기고 있었다. 하지만 목소리는 여전히 냉담하고 단호했다.

"그렇게 생각해도 된다."

차라리 어젯밤의 모든 일이 의도적이었기를 바랐다. 차라리 그 자신도 그녀도 진실을 모르기를 바랐다.

화천골은 아직 어리고 철이 없다. 그러니 사랑과 그리움을 구분하지 못하는 것은 그녀의 잘못이 아니었다. 하지만 천 년 넘게 살아온 그가 설마 이 세상의 사랑과 정을 꿰뚫어 보지 못했단 말인가?

지난날 그녀에게 쏟은 관심과 보호, 그리고 비호가 뭔가 다른 이 감정 때문에 완전히 더럽고 수치스러운 것이 되었다. 그러니 어떻게 받아들일 수 있을까? 아끼던 제자에게 그렇게 천한 마음을 품고 있었다니? 그것은 춘약보다 더 심한 치욕이었고, 그들의 아름다웠던 시절에 오물을 뒤집어씌웠다.

그녀는 모른다. 그는 한 번도 자신을 향한 그녀의 사랑을 수치로 여긴 적이 없었다. 설령 그것이 잘못이라 해도. 그의 마음은 그녀의 사랑 때문에 방황하고, 발버둥 치고, 괴로워했지만, 그 때문에 따스해지기도 했다. 그녀의 성심성의 속에 푹 잠겨, 그녀가 대가를 치를 때마다 감동하고 놀랐고, 그녀가 상처를 받을 때마다 안타까워하며 떨었다. 그녀가 그에게 준 사랑은 너무나 아름다워 이 세상 무엇과도 비교할 수 없었다. 하지만 이성이 그로 하여금 거듭거듭 그녀를 잔인하게 밀어내게 했다. 하지만 의외로 마시믹에는 그 자신조차 그 속에 깊이 빠져 벗어날 수 없게 되었다.

그는 단념검으로 그녀의 몸을 누차 베었고, 횡상검으로 그녀의 심장을 호되게 찔렀다. 그 모든 것은 무엇인가? 그는 대체 어떤 인간인가?

그녀는 알지 못했다. 그를 치욕스럽게 하는 것은 그녀의 사랑이 아니라 그 자신이라는 것을. 그는 그녀의 모든 것을 포용할 수 있었다. 그녀의 모든 잘못까지도. 하지만 자신을 용서할 수는 없었다. 지금 그녀에 대한 사랑을 인정한다면, 과거에 한 모든 행동이 잘못이 되는 것이다. 하지만 그것은 잘못이 아니었다. 잘못은 이 사랑에 있었고, 그에게 있었다.

백자화는 선신이 회복되었지만 안색은 여전히 투명하리만치 창백했다. 그는 지금 이 순간 무슨 말을 해야 할지 모르는 듯 얇은 입술을 살짝 다물고 있었다. 이미 모든 것이 그의 지배와 예측에서 벗어났다. 하늘이 정말 육계를 멸망시키려 한다면 그도 할 말이 없었다. 그저 전력을 다할 뿐이었다.

"무의미한 저항은 그만두어라. 사상자만 늘어날 뿐이다. 나를 따라 장류산 바다 밑으로 돌아가자."

백자화는 가볍게 탄식했다. 선계의 사람들도 약간 불만은 있었지만, 지금은 이것이 최선의 방법이라는 것을 알고 있었다. 육계의 사람들이 모두 모여도 요신을 쳐부술 가망성은 채 1할도 되지 않았다. 위험을 무릅쓸 수밖에 없지만, 피할 수 있으면 피하는 것이 좋았다.

"날 죽이지 않겠다고 보장할 수 있나요?"

화천골이 냉소하며 물었다.

"네가 가진 요신의 힘을 다시 봉인하고, 내 목숨을 다해 널 보호하겠다고만 말할 수 있다."

이것이 유일한 방법이었다. 그녀가 자진해서 요력을 내놓는다면, 그 후 그녀가 어떤 모습이 되어도 그는 그녀와 함께할 것이다. 설령 천년만년 갇힌다 하더라도. 언젠가는 서로의 죄를 깨끗이 갚을 날이 오리라.

"그게 죽이는 것과 무엇이 다르죠?"

화천골은 이미 그의 검에 폐인이 된 적이 있었고, 오직 요력 덕분에 목숨을 부지했다. 힘을 봉인당한 후 예전처럼 눈먼 벙어리에 추악한 모습으로 돌아가라는 말인가?

백자화는 몸을 옆으로 돌려 파도가 일렁이는 바다를 바라보며 무겁게 말했다.

"다르다. 내가 네 곁에 있을 테니까."

화천골이 냉소를 터트렸다.

"계속 나를 감시하는 역할을 하시겠다? 참 고맙지만 난 싫어요. 오늘은 당신들뿐만 아니라 육계의 모든 사람들이 내 앞에 있어도 모두 죽여 버리겠어요. 당신들이 무슨 자격으로 내게 조건을 내걸죠?"

백자화는 가엾은 눈길로 그녀를 바라보았다.

"너는 사람을 죽일 수 없다, 소골. 너는 신이고, 무슨 일이 있어도 네 본성을 거스를 수는 없다. 태양이 서쪽에서 뜨지 못하는 것처럼. 실육은 너를 미치게 하고 고통스럽게 만들 뿐이다. 네 손으로 낙십일 한 명을 죽인 것도 넌 견뎌 내지 못했다. 그러니 육계를 멸망시키기 전에 네 신격神格이 먼저 무너질 것이고, 결국 요신의 힘을 견뎌 내지 못할 것이다. 그런데 어째서 굳이 다 같이 죽는 길을 택하느냐?"

화천골은 고개를 숙였다. 이제 보니 그는 모든 것을 되돌리려 애쓰고 있었다. 아직도 그녀에게 절망하고 포기하지 않은 것이다. 그녀를 정말 믿어서가 아니라 그녀가 신이라는 것을 알고 있기 때문이었다. 비록 가장 파괴적인 요신의 힘을 갖고 있지만, 신은 본성을 어기고 잔인한 살육을 할 수 없었다.

그리고 그녀 자신은 확실히 그랬다. 아무리 밉고 불만스러워도 아무것도 할 수 없었다. 그녀는 이 세상을 사랑했다. 세상 사람들이 그녀를 헐뜯고, 파괴하고, 속이고, 상처 입혀도 그녀는 여전히 사랑했다. 백자화나 다른 것들 때문이 아니라, 진심으로, 뼛속부터 이 세상을 보호하고 베풀고 싶었다. 당보가 그녀의 아이인 것처럼, 그렇게 모질게 심혈을 기울여 수복하고 보호해 온 이 세상을 어떻게 멸망시킬 수 있겠는가?

선계의 사람들이 간신히 용기를 내어 죽음을 각오하고 이곳까지 온 것도 바로 그것을 알기 때문일까? 백자화가 그들에게, 만약 그녀가 그들을 죽이려 한다면 그녀가 먼저 무너질 것이라고 말해 주었기 때문일까? 신의 몸은 요신의 힘을 담기 위한 가장 완벽한 그릇이지만, 가장 효과적인 제약이기도 했다. 예전에 그들은 이것을 놓치고 있었다.

하지만 무엇 때문에? 무슨 근거로 그녀는 누차 천하를 위해 희생해야 할까? 대의란 개인을 희생해야만 완성할 수 있는 것인가?

그녀는 잘못이 없었다. 그저 한 사람을 사랑했을 뿐이다. 그런데 무엇이 그렇게 큰 잘못이란 말인가? 이번에 너나 할 것 없이 다 죽으면 또 어떤가?

화천골의 눈 속에 사악한 빛이 퍼져 나갔다. 세상이 온통 한기에 적셔진 듯, 비가 사람들의 결계를 뚫을 것처럼 세차게 내렸다.

"이 모든 것은 내 잘못이다. 내가 당보를 죽였으니 네가 미워해야 할 사람은 나다. 더 이상 무고한 사람을 끌어들이지 말고 나를 죽이든 찢어발기든 마음대로 해라."

한 사람이 앞으로 나섰다. 경수였다. 창백하고 초췌한 얼굴에 눈빛은 흐리멍덩했다. 짧은 2년 사이에 열 살은 더 먹은 것 같았다. 귀밑머리마저 희끗해서 지난날 고운 모습은 찾아볼 수 없었다.

헌원랑도 나서려고 했으나 결국 걸음을 멈추고 두 주먹을 꽉 쥐었다. 그는 아무 말도 하지 않고 고통으로 발버둥 치는 눈빛으로 두 사람을 바라보았다. 그 역시 많은 풍파를 겪었지만 여전히 위엄이 넘쳤다. 천 년에 한 번 있을까 말까 한 난세에 태어나, 내우외환에 요마들이 설쳤지만, 시종 정신을 차리고 나라를 다스렸다. 몇 년 간 그는 요마를 제거하고, 내란을 평정하고, 홍수와 불, 기근에서 몇 차례나 만민들을 구한 드문 명군이었다. 하지만 끝내 비빈은 한 사람도 맞아들이지 않았다. 젊은 시절의 약속을 고집스레 지킨 것이다. 보기에는 아름답지만 무정하기도 했다.

경수는 아무것도 속이지 않고 그에게 알렸다. 그는 뜻밖에도 화천골이 요신이 된 직접적인 원인이 자신에게 있다는 것을 도저히 상상할 수가 없었다. 부끄럽고 마음이 아팠다. 그는 한 번도 화천골 곁에 있어 주지 못했고, 그녀를 위해 섶을 지고 불 속으로 뛰어들 기회도 없었다.

군선연에서 살천맥과 동방욱경을 보고는, 자신에게는 그녀를 사랑할 자격조차 없다는 것을 알았다. 게다가 당보의 죽음까지 초래했으니, 그녀의 얼굴을 볼 낯이 없었고, 경수를 볼 낯도 없었다. 하지만 어쨌든 원망할 수도 없었다. 누군가 내가 사랑하는 사람을 해쳤는데, 그 원인은 바로 누군가가 나를 사랑하기 때문이었다. 그렇다면 가장 용서할 수 없는 그 누군가는 사실 자신이었다.

화천골은 경수를 바라보며 차갑게 코웃음을 칠 뿐 아무 말도 하지 않았다. 참다못한 단춘추가 곧장 화천골에게 다가서며 큰 소리로 물었다.

"마군 폐하는 어디 계시냐?"

화천골은 쌀쌀하게 그를 바라보았다.

"뜻밖이구나. 네가 감히 선계의 사람들과 함께 죽으러 오다니."

단춘추는 주먹을 쥐었다.

"말하지 않았느냐. 마군 폐하를 깨어나게 해 달라고!"

최소한 마군을 보여 주기라도 하면 그가 여전히 살아 있다는 것을 알 수 있었을 것이다. 그러나 그녀는 그것조차 허락하지 않았다. 마군은 분명 그녀 때문에 그런 모습이 되었다. 하지만 그녀는 죽어 가는 그를 보고도 구하지 않았다. 그가 깨어나면 육계의 지존 자리를 두고 다툴까 봐 걱정스러워서? 더 이상 이렇게 기다릴 수는 없었다. 그녀가 구하지 않겠다면 그 자신이 구해야 했다!

화천골은 시선을 들었다. 하늘과 바다 사이에 있는 사람들 태반이 요마들이었다. 그 수는 선계의 세 배는 되었다. 때문에 일단 요마들이 배신하면 형세는 금세 역전이었다.

"그저 호기심에 묻는다만, 어떻게 이계의 요마들을 너와 함께 죽게 만들었지?"

"내 부하들이니 당연히 다스릴 방법이 있다. 저들은 싸우다 죽거나 고통받다 죽거나, 둘 중 하나를 선택할 수 있다."

"요계와 마계도 선계와 손을 잡는 날이 올 줄이야."

"손을 잡은 것이 아니라 잠시 싸우지 않기로 한 것뿐이다. 목적이 같으니 각자 필요한 것을 얻어야지. 마군만 내놓으면 우리는 곧 물러나겠다."

화천골은 웃음을 터트렸다.

"대단해! 네 충심이 그 정도일 줄이야. 좋아. 그의 얼굴을 보아서라도 널 죽이지 않겠다. 병사를 물리고 싶으면 그렇게 하고, 싫으면 그만둬라. 어쨌든 육계는 무너질 것이고, 늦든 이르든 죽음뿐이니까."

앞으로 나가려던 화천골은 문득 발이 말을 듣지 않는 것을 느꼈다. 고개를 들어 보니 역시 환석안의 솜씨였다. 찰나의 순간이었지만, 단춘추는 전력을 다해 그녀의 뒤로 돌아가 일장을 내리쳤다.

화천골의 입가에 가소롭고 차가운 웃음이 떠올랐다. 그녀는 천천히 고개를 돌렸지만, 경수가 그녀의 뒤를 막아서서 고스란히 단춘추의 공격을 받는 것이 보였다.

"경수!"

비명이 울려 퍼졌다. 청류가 나는 듯이 달려와 허물어지는 그녀를 끌어안았다. 헌원랑은 그 자리에 굳었고, 단춘추는 뜻밖의 상황에 뒤로 물러났다.

화천골은 아무 말 없이 눈썹을 치켜뜨고 귀찮은 듯 경수를 바라보았다. 그녀는 본래 법력이 강하지 않았다. 그런데 이렇게 가까운 거리에서 일격을 맞았으니 목숨을 부지하지 못할 것이다. 미련한 짓이었다. 비록 화천골은 방비를 하지 않았지만, 요신의 힘 덕분에 아무리 심각한 상처도 금방 나았다.

'그렇게 나를 미워하면서, 왜 굳이 대신 죽는 척하는 거지?'

경수는 입술이 새파랗게 질린 채 화천골의 차가운 뒷모습을 바라보았다. 마침내 그녀의 입에서 한마디가 튀어나왔다.

"천골…… 미안해……."

그들은 함께 자랐고, 화천골은 항상 그녀보다 강하고 운이 좋았다. 하지만 그것은 화천골이 수많은 노력과 고통과 바꾼 것임을 그녀는 누구보다 잘 알고 있었다. 폐인이 되고, 절정전의 물에 상처를 입어 만황으로 쫓겨나 어느 때보다 경수 그녀가 필요할 때, 그녀는 화천골의 곁에 없었다. 화천골은 분명 아무 잘못도 하지 않았는데, 무슨 자격으로 그녀를 원망했을까? 그녀는 늘 후회했다. 자신의 이기심이 당보를 해쳤기 때문에, 낙십일의 죽음으로 너무 애통하고 양심이 찔려 화천골에게 상처를 주는 말을 했기 때문에.

하지만 모두 거짓말이었다! 그저 너무 비통해서, 홧김에 그렇게 말했을 뿐이었다. 그녀는 한 번도 화천골을 원망하거나 질투한 적이 없었다. 그저 부럽고 화가 났다. 화천골에게 주어진 인생과 기회가 부러웠고, 자신이 늘 바라던 남자의 사랑을 얻고도 소중히 여기지 않는 것이 화가 났다.

그녀는 자신의 이기심과 무력함이 원망스러웠다. 이생에서 가장 중요한 우정을 제 손으로 망가뜨리고, 화천골이 저런 모습이 되게 했으니, 죽는 것 말고는 보상할 방법이 없었다.

화천골은 여전히 등을 돌린 채 그녀를 돌아보지 않고 성큼성큼 백자화에게 걸어갔다. 모든 것을 결판낼 때가 왔다.

갑자기 헌원랑이 그녀 앞으로 달려왔다. 하지만 가까이 오기도 전에 그녀에게 밀려났다.

"천골, 부탁이야! 제발 그녀를 구해 줘."

그녀의 요력이라면 분명히 경수를 치료할 수 있었다. 그러나 화천골은 고개를 갸웃했다. 냉혹한 표정이었다.

"나하고 무슨 상관이지?"

당보의 죽음으로 화친골은 아직도 그녀를 원망하고 있었다. 그녀의 심장에 박혔던 칼은 끝내 경수에게 상처를 주고 말았다. 이것도 다 한때 그녀가 경수를 가장 좋은 친구라고 여겼기 때문이었다.

헌원랑은 순식간에 늙었다.

"경수는 잘못이 없어. 내 잘못이야. 화가 나면 내게 풀어. 네가 더 이상 예전의 천골이 아니라는 건 알아. 하지만 그래도 말해야겠어. 네가 어떤 모습이어도 너를 사랑하는 내 마음은 변함없어."

짝!

명쾌한 마찰음과 함께 장풍이 호되게 헌원랑의 뺨을 갈겼다. 모두 깜짝 놀랐다.

화천골이 차가운 눈으로 그를 바라보았다.

"이런 상황에서도 아직 정신을 못 차리는군! 사랑이 어디 있어? 당신은 그저 자기 고집을 사랑했을 뿐이야. 일국의 군주로, 오만하고 자부심이 강해 상실감을 견뎌 낼 수 없었던 거야. 곁에 있는 사람을 소중히 여기지 않고 하늘 저편 뜬구름 같은 환상만 쫓았지. 당신과 내가 무얼 함께했지? 당신이 나에 대해서 뭘 알아? 단순히 한 번 본 것으로, 당신과 생사를 함께하고 수십 년간 밤낮 함께해 준 사람을 무시하다니. 입으로는 사랑이라고 말하지만, 당신 같은 사람이 정말 사랑이 무언지 알까? 자기 마음을 잘 살피고 똑바로 봐. 자신이 진짜 사랑하는 사람이 누군지!"

화천골이 소매를 휘두르자 금빛 쇠사슬이 하늘을 찔렀다. 순간 날씨가 급변해 폭우뿐만 아니라 천둥번개가 치기 시작했다.

"전천련!"

사람들은 깜짝 놀라 하늘을 바라보았다. 하늘은 이미 요사한 진홍색으로 변해 있었다.

"소골, 뭘 하려는 거냐?"

백자화도 안색이 변했다. 그녀가 신기를 연성하다니! 어쩐지 요력이 크게 줄어들었다 했는데, 신기에 주입한 것이었다.

생소묵은 그 모습을 보자 황급히 미리 준비한 검진을 펼쳤다. 무수한 빛들이 화천골을 향해 날아갔다. 순간, 백자화의 몸에서 은빛 광채가 활짝 펴져 모든 공격을 막았다. 그는 목구멍에서 비릿한 것이 올라오는 것을 느끼며 비틀비틀 뒤로 물러났다. 그는 이제 막 선신을 회복해 아직도 무척 허약했다.

"사형!"

"안 된다……."

백자화는 고개를 저었다. 말로는 문호를 정리하겠다고 하지만, 그녀를 죽일 생각은 없었다. 요지에서 그녀를 한 번 더 찌른 후로, 그는 이생에서 결코 다시는 그녀를 공격하지 않겠다고, 다시는 그녀의 털끝 하나 건드리지 않겠다고 맹세했다.

화천골은 조소를 가득 띠고 그를 바라보았다. 예전에는 몰랐다. 그가 어째서 누차 그녀를 죽이려 하면서도 계속 비호하는지. 이제 알 수 있었다. 그녀를 사랑하기 때문에, 그에게도 사심이 있기 때문이었다. 그는 이렇게 겉으로만 강한 체하고 속은 물러 터신 사람이었다.

"백자화, 그렇게도 내가 죽는 것이 안타까우면, 나와 같이 세상과 떨어진 곳으로 가서 행복하게 사는 것이 어때요? 난 요신을 그만두고, 당신은 장류파 장문인을 그만두고, 다시는 세상일에 나서지 말아요."

"그것이 불가능하다는 것은 너 자신조차 알고 있다. 어째서 남과 너 자신을 속이려 하느냐?"

"속이는 사람은 당신이에요. 설마 나를 원치 않는다는 건가요?"

화천골의 모습이 휙 사라졌다가 백자화 옆에 나타났다. 그녀는 그의 팔을 힘껏 잡았다. 빨간 피가 흘러나왔다. 백자화는 입술이 창백해졌지만, 얼굴은 여전히 찬 서리 같았다.

"한 발 물러서는 게 어때요? 지금 모든 사람들 앞에서 말해 봐요. 당신의 팔에 어째서 절정지 물의 상처가 있는지. 어째서 살을 잘라 내면서까지 없애려고 했는지. 당신이 사랑하는 사람이 누군지. 이곳에 있는 사람들에게 알리는 게 어때요?”

모두들 경악한 얼굴로 백자화를 바라보았다. 마엄은 속으로 더욱 놀랐다. 지난번 그가 절정지의 물을 부었을 때……

팔이 점점 조여 오자 백자화는 눈을 찌푸렸다. 그녀는 어째서 이렇게 집착이 강할까? 그것을 인정하는 한마디가 그녀에게는 그렇게 중요할까?

“못된 것. 내 사제가 사랑하는 것이 누구든 너와 무슨 상관이냐? 예전에 사제는 자훈 선자와 뜻이 맞았지만 오해 때문에 함께하지 못했다. 설마 그런 이야기까지 해 주어야 하느냐?”

마엄이 큰 소리로 외쳤다. 화천골은 백자화를 바라보았지만 그는 먼 곳을 쳐다보며 아무 말도 하지 않았다. 반박도 하지 않았다.

그녀는 천천히 손을 놓았다. 손바닥은 온통 백자화의 피였다. 사실 누군가를 사랑하는 마음은 때로는 무척 단순했다. 단지 상대의 인정 한마디를 바랄 뿐이었다. 그녀는 그에게 마지막 기회를 주었지만, 기회를 잡지 않은 것은 그 자신이었다.

화천골이 기이한 미소를 지으며 천천히 뒤로 물러났다. 그녀의 모습이 환영처럼 흐려졌다. 그녀가 전천련의 끝을 잡고 힘껏 당기자, 산이 무너지고 거친 파도가 일어났다. 백자화가 황급히 그녀를 쫓았다. 하얀 옷자락이 펄럭이며 빠르게 날아갔다.

"멈춰라, 소골!"

"백자화, 내가 스스로의 본성을 어기지 못한다고 하지 않았던가요? 오늘 보여 주겠어요. 설령 죽더라도 당신, 그리고 이 세상이 나와 함께 묻히게 해 주겠어요! 아무것도 못하고 육계가 조금씩 조금씩 무너지는 것, 당신이 그렇게나 사랑하는 세상 사람들이 한 명 한 명 내 손에 죽는 것을 지켜보게 해 주죠!"

백자화는 심장이 난도질당하는 것을 느끼며 힘껏 그녀를 쫓았다.

"소골, 모든 잘못은 내게 있다. 나를 죽여라! 마지막 속죄의 기회를 팽개치지 마라. 돌아서기만 하면 된다!"

화천골은 고개를 쳐들고 깔깔 웃었다. 당장이라도 눈물이 흐를 것 같았다.

"난 사부도 없고, 친구도 없고, 사랑하는 사람도 없고, 아이도 없어요. 처음엔 모든 것을 가진 줄 알았지만, 알고 보니 다 가짜였어요. 날 사랑하는 사람은 나 때문에 죽고, 내가 사랑한 사람은 날 죽이려고만 했죠. 내가 믿은 사람은 날 배신하고, 내가 의지한 사람은 날 저버렸어요. 나는 아무것도 필요 없고, 아무것도 원치 않았어요. 그저 단순하게 살고 싶을 뿐이었죠. 하지만 하늘이 나를 몰아붙였고, 당신도 나를 몰아붙였어요! 이제 와서 내가 돌아설 수 있다고 생각해요?"

손에 힘을 주어 비틀자, 멀리서 놀랄 만한 굉음과 함께 격렬한 폭발이 일어나 바닷물이 거의 쏟아지다시피 했다. 엄청난 연기는 순식간에 폭우에 씻겨 나갔다. 얼마나 많은 사람들이 죽었는지 모른다. 마엄, 생소묵 등도 무사한지 알 수 없었다. 저쪽 바다가 빨갛게 물들고, 핏물이 이쪽으로 빠르게 퍼져 나가는 것만 보였다. 기름처럼 짙은 빛깔이었다.

백자화는 그 자리에 얼어붙어 한참 동안 아무 말도 할 수가 없었다. 그는 필사적으로 스스로에게 말했다.

'가짜다. 가짜야. 모든 것이 가짜다. 소골이 그럴 리가 없다.'

하지만 머릿속에서는 웅웅거리는 소리만 들렸다.

화천골은 창백한 얼굴로 눈을 동그랗게 뜨고, 무시무시한 얼굴로 웃었다.

"걱정 말아요, 완전히 멸망한 건 아니니까. 하지만 언젠가는 다 죽을 거예요……."

말이 끝나기도 전에 그녀가 또다시 전천련을 당겼다. 백자화가 재빨리 다가갔지만, 그녀가 불귀연을 이용해 움직였기 때문에 옷깃 한 번 만질 수가 없었다.

"멈춰!"

백자화가 노성을 질렀다. 참을 수 없어 두 손이 덜덜 떨렸다.

화천골의 입에서 새빨간 피 한 줄기가 흘러나왔다. 요화했기 때문에 머리칼이 계속 자라나 사방으로 퍼져 천지를 뒤덮었다. 그녀는 왼손을 뒤집어 휘황찬란한 빛과 함께 허정 속에서 검을 꺼냈다. 그리고 백자화 앞으로 던졌다.

"당신은 이 세상을 가장 사랑하지 않아요? 육계의 생명을 구하고 싶죠? 유일한 방법은 바로 날 죽이는 거예요."

백자화는 다리에서 힘이 풀려 떨어질 뻔했다. 눈앞에 둥둥 떠 있는, 요신의 힘이 가득 주입된 민생검을 바라보자 갑자기 분노의 불길이 몸을 휘감았다.

'일부러 저러는구나!'

처음부터 모든 것이 계획적이었다. 다 같이 죽자고? 저건 오로지 그를 핍박해 직접 그녀를 죽이게 하려는 핑계일 뿐이었다! 그녀는 그를 증오했고, 이렇게 잔인한 방식으로 갚아 주려는 것이다! 그가 그녀를 사랑하기 때문에, 그의 손으로 직접 가장 사랑하는 사람을 죽이게 하려는 것이다!

백자화의 얼굴에는 순간적으로 아무 표정도 나타나지 않았다. 그는 느릿느릿 정중하게 고개를 저으며 뒤로 물러났다. 화천골이 가볍게 웃었다.

"좋아요. 내 목숨이 얼마나 가치가 있는지 보고 싶군요. 당신 마음속에서 몇 사람의 목숨과 맞먹는지 말이죠. 천하와 나 중에서 당신은 단 하나만 선택할 수 있어요."

전천련이 또 한 번 조여들자, 관미하지 않아도 백자화의 머릿속에 세상의 광경이 훤히 그려졌다. 봉래도가 완전히 무너졌다. 다시 한 번 조이자 이번에는 태백산이······.

"멈춰!"

백자화가 새빨개진 눈으로 외쳤지만 막을 방법이 없었다. 그저 수천, 수만 명의 목숨이 그녀 손에 의해 하릴없이 사라지는 것을 지켜볼 뿐이었다. 하지만 화천골은 여전히 기이한 미소를 지은 채 입가에 피를 흘리고 있었다. 하늘이 무너지고, 땅이 갈라지고, 수많은 사람들의 비명과 곡소리가 끊임없이 귓가에 울려 퍼졌다. 노인과 여자들, 아이들……

'어째서? 어째서 이렇게 되었을까?'

"잘못한 것은 분명 나인데……."

백자화의 몸을 보호하던 결계가 사라지고 폭우가 그의 몸을 때렸다. 팔에서 흐른 피가 비를 따라 아래로 흘렀다. 항상 우아하던 머리칼은 그의 몸에 딱 달라붙었고, 두 눈은 빛이 없고 공허했다. 절망하고 어쩔 줄 모르며 바람 속에 우뚝 선 그의 모습에서 더 이상 선인다운 자태는 찾아볼 수 없었다.

화천골이 분홍빛 입술을 열어 주문처럼 속삭였다.

"날 죽여요……."

백자화는 여전히 고개를 저었다.

"날 몰아세우지 마라!"

그녀는 그 때문에 저렇게 되었다. 그는 이미 그녀에게 여러 번 상처를 주었는데 어떻게 또 그녀를 향해 검을 들 수 있을까? 이 오랜 세월 동안 그 어느 순간이든, 그는 한 번도 진심으로 그녀를 죽이려 한 적이 없었다. 그녀가 자신에게 겁란을 가져온다는 것을 알았을 때에도, 그녀가 큰 죄를 저질러 요신의 힘을 얻었을 때에도, 그는 차라리 오명을 뒤집어쓰고 육계를 위험에 빠뜨릴지언정 한 번도 그녀를 포기한 적이 없었다. 심지어 그녀가 정말로 천하를 멸망시킬 요신을 되었을 때도 그는 오로지 본래대로 되돌리려고만 했다.

그녀는 그가 생명을 다 바쳐 지켜 온 제자였고, 무엇에도 비할 수 없었다. 차라리 자신이 죽을망정 다시는 그녀의 털끝 하나 해치고 싶지 않았다. 하지만 그녀는, 그가 직접 그녀를 죽이도록 그를 몰아세우고 있었다!

화천골이 서 있는 자세는 기괴하고 비틀려 있었다. 마치 지독한 고통을 받고 있는 것 같았다.

"몰아세우는 것이 아니에요. 주선주에서, 요지에서, 당신 스스로 잘하지 않았나요? 예전에도 했으니 지금도 할 수 있어요. 검을 들어요, 장류 상선. 선계의 영광을 위해, 육계의 생명을 위해 차마 못할 일이 뭐 있어요? 자, 나를 죽여요. 그럼 모든 것이 처음으로 돌아갈 거예요."

백자화는 끊임없이 뒤로 물러났다. 가슴이 아파 숨조차 쉴 수가 없었다. 그녀가 이렇게 이렇게 잔인할 수 있을까? 그가 그녀를 사랑한다는 것을 알면서, 이런 선택을 하게 하다니? 하물며 민생검에는 요력이 가득하여, 이것을 맞으면 그녀의 혼이 완전히 사라져 영원히 환생하지 못할 것이다……

지나간 장면들이 계속해서 눈앞에 떠올랐다. 마음속에서 끊임없이 소리치는 수많은 목소리가 들려왔다.

'육계가 뭐라고? 천하가 뭐라고? 내게 중요한 건 너뿐이야……'

하지만 사해의 생명들이 도탄에 빠지는 장면도 머릿속에 떠올라, 머리가 폭발할 것 같았다. 그녀를 죽일 수도 없고, 그녀가 두 손에 피를 묻히는 것도 볼 수 없었다. 그러나 장류산이 침몰하고 무너지는 것을 보는 순간, 백자화는 생각할 능력을 완전히 잃었다. 결국, 이렇게 그의 손에 무너지는가?

‘그녀가 없으면 이 모든 것이 무슨 의미인가?’

‘천하를 선택할 것인가, 나를 선택할 것인가?’

화천골의 온몸에는 보라색 기운이 자욱했지만, 제아무리 강력한 결계도 그 무시무시한 검이 찔러 오는 순간 깨어지고 말았다.

새빨간 피가 사방으로 튀고, 빗방울이 그녀의 뺨을 따라 미끄러졌다. 민생검은 자루조차 보이지 않을 정도로 깊이 찔러 들어갔다. 화천골의 몸이 살짝 흔들렸지만, 얼굴은 두려울 만큼 평온했다. 사실 이미 결과는 알고 있었다.

‘하지만……. 그래도…….’

그녀는 고개를 숙여 민생검을 바라보며 참지 못하고 쓴웃음을 지었다.

“당신은 중생을 가엾이 여겼지만, 한 번도 날 가엾어한 적이 없어요…….”

백자화는 텅 빈 눈빛으로 다가가 허물어지는 그녀를 붙잡았다. 그리고 그녀를 꼭 끌어안고 힘차게 바다로 떨어졌다. 그러나 바다 속으로 가라앉은 것이 아니라 마치 비바람 속에 떠다니는 외로운 배처럼 물 위에 떴다.

민생검은 환한 빛이 되어 하늘로 날아갔다. 이어 다른 아홉 개의 빛줄기가 위로 솟구쳐 한데 모여 거대한 빛을 이루었다. 바다와 하늘 사이에 커다란 물기둥이 하나 생기고, 하늘은 또다시 요사한 보랏빛으로 변했다.

"소골……."

백자화는 떨면서 그녀를 품에 꼭 안고 얼굴을 뺨에 갖다 댔다. 하지만 차갑고 축축한 느낌뿐이었다. 폭우가 두 사람을 흠뻑 적시고, 핏물이 그의 장포를 물들였다. 마치 꿈에서 수없이 본 것처럼 그는 그녀의 핏속에 푹 잠겨 있었다. 그 후 새빨간 피가 사방으로 빠르게 퍼져 나갔고, 얼마 지나지 않아 바다가 온통 붉게 변했다.

"두려워 마라……."

그는 심장이 검에 관통된 것처럼 온몸에 경련이 일고, 고통으로 말조차 나오지 않았다. 거대한 요력이 사방으로 흩어지고, 바다 위로 보리색 기운이 증발했다.

"두려워 마라. 사부가 곁에 있다. 널 데리고 가 달라고 했지? 그러자. 데리고 가 주마. 어디로 가든 다시는 헤어지지 말자……."

한 방울 한 방울 차가운 액체가 화천골의 얼굴 위로 떨어졌다. 빗물인지 백자화의 눈물인지 알 수 없었다.

화천골은 그를 보지 않았다. 허망하고 기이한 웃음을 지은 채 하늘만 올려다보았다. 지난날 그가 했던 무정한 말 한 마디 한 마디, 그가 준 상처에 그녀는 간장이 끊어질 것처럼 아팠다. 하지만 이번만은 아프지 않았다. 정말 하나도 아프지 않았다.

백자화의 몸 속 법력이 흩어져 서서히 밖으로 흘러 나가 화천골과 함께 사라졌다.

"존상!"

"천골!"

온갖 잡다한 목소리들이 그의 귓가에 울렸다. 주변의 모습이 마치 그림처럼 찢어졌다. 그는 느릿느릿 고개를 들었다. 모든 것이 순식간에 뚜렷해졌다. 모든 사람들이 달려와 놀라고 두려운 얼굴로, 그와 그의 품 속에서 숨이 넘어가는 화천골을 바라보고 있었다. 마치 방금 일어난 모든 일이 한바탕 백일몽 같았다.

갑자기 아무것도 들리지 않았다. 너무나도 두려운 사실이 그를 완전히 무너뜨리고, 머리가 폭발할 것 같았다.

'대체 내가 무슨 잘못을 저지른 것인가?'

백자화는 입술을 떨며 고개를 숙였다. 화천골이 웃는 듯 마는 듯한 얼굴로 그를 바라보고 있었다.

"백자화, 사실 당신은 날 믿은 게 아니에요. 당신의 눈을 믿었을 뿐이죠."

"……."

그는 고통을 못 이겨 기절할 것 같았다. 하늘이 무너지고 땅이 갈라져도 이렇지는 않을 것이다. 이렇게 무시무시하게 일그러진 백자화의 표정을 본 사람은 아무도 없었다.

그가 갑자기 고개를 쳐들고 무시무시한 노성을 내질렀다. 처절한 외침이 구름을 뚫고, 슬픈 울부짖음이 극에 달해 듣는 사람들도 비탄에 잠겼다.

화천골은 마지막 한 줄기 영혼이 너무 빨리 흩어지지 않도록 붙잡으려 애썼다. 백자화의 말이 옳았다. 그녀는 확실히 스스로의 본성을 어길 수가 없었다. 방금 있었던 모든 일은 복원정으로 만들어 낸 환상일 뿐이었다. 그를 속인 것이다. 하지만 백자화처럼 명철한 사람도, 잠재의식 속에서 그렇게 믿으며, 그녀가 그런 짓을 할지도 모른다며 두려워하지 않았더라면 이렇게 쉽게 사실로 믿지는 않았을 것이다. 이렇게 쉽게 그녀에게 속지는 않았을 것이다.

"어떻게……."

백자화의 눈은 구멍 뚫린 동굴처럼 까매졌다. 계략을 써서 일부러 그녀 자신을 죽이게 만들다니!

화천골의 눈동자에는 어젯밤과 똑같이 뼈에 사무치는 증오가 가득했다.

"말했잖아요. 백자화 당신은 후회하게 될 거라고……."

그녀는 그를 너무도 잘 알았다. 그가 직접 자신을 죽일 것도 알았다. 사랑은 그를 고통스럽게 하지만, 양심의 가책은 그를 철저히 무너뜨릴 수 있었다!

그때 허공에서 빛이 번쩍이더니, 금빛의 수많은 기이한 글자들이 나타나 화천골의 몸에 찍혔다. 동시에 그녀의 몸이 투명하게 빛나기 시작했다. 백자화는 믿을 수 없어 고개를 저었다.

"이후각의 계약서? 무슨 거래를 한 거지? 무엇을 거래한 것이냐!"

화천골은 생긋 웃었다. 신의 몸 말고 그녀에게 무엇이 더 있겠는가.

'피든, 혀든, 다 가져가라지!'

그녀가 원하는 것은 하나였다. 다음 생에 동방욱경이 자신의 인생을 선택할 기회를 주는 것……

화천골은 의식이 조금씩 조금씩 빠져나가는 것을 느끼며 몸을 웅크렸다. 하지만 백자화의 얼굴은 절망에 휩싸이고 눈동자는 공허했다.

신의 몸을 가진 그녀라면 민생검에 죽어도 반드시 윤회할 수 있었다. 그러나 그녀는 모든 것을 포기하고, 영혼까지 흩어지기를 바랐다. 앞으로 이 세상에는 더 이상 신이 없었다. 그녀는 정말로 이렇게까지 그를 미워한 것일까?

백자화는 화천골을 꼭 끌어안았다. 그의 요혈들이 차례차례 터지며 선혈이 사방으로 튀었다.

"안 됩니다, 존상!"

생소묵 등이 미친 듯이 달려와 막으려 했으나, 화천골의 몸에서 증발하는 요력이 가로막아 백자화가 스스로 심맥을 끊는 것을 지켜볼 수밖에 없었다.

아직도 비가 내리고 있었다. 모두들 결계가 깨어져 비를 맞으며 그들 두 사람을 바라보았다. 유약은 무청라를 안고 엉엉 울었다. 경수는 거의 숨만 붙은 채 헌원랑의 품에 누워 있었는데 입가에는 해탈한 미소가 떠올라 있었다.

'잘됐어. 이제 곧 우리 모두, 당보와 십일 사형, 삭풍, 그리고 그녀까지, 우리 모두 함께 모이게 됐어.'

마엄은 절망하고 낙담했다. 백자화가 끝내 저 여자의 손에 무너진 것이다.

죽염만이 조용히 옆에 서 있을 뿐이었다. 눈앞에서 일어난 모든 일들을 이미 예상한 것처럼, 그리고 이 모든 것이 그와는 아무 상관이 없는 것처럼.

'너무 추워…….'

화천골의 속눈썹에 얇디얇은 서리가 덮였다. 보라색 눈동자가 점점 옅어졌다. 이제 고통은 느끼지 않을 줄 알았는데 아직도 느껴졌다.

'가장 사랑하는 사람 손에 죽는 것은 벌일까, 아니면 해탈일까?'

"백자화, 이래도 날 사랑하지 않을 건가요?"

그녀는 내내 알지 못했다. 그녀의 마음속에서는 무엇보다 신성한 것이 그에게는 그토록 비천한 것인지?

백자화는 텅 빈 눈으로 말없이 그녀를 바라보았다. 사랑하지 않으려는 것이 아니었다. 너무 중요하기 때문에 사랑할 수 없는 것이다.

화천골이 힘껏 두 손을 내밀어 그를 밀어냈다.

"그렇다면 무슨 자격으로 나와 함께 죽는 거죠?"

백자화는 멈칫했다.

'무슨 자격으로 그녀와 함께 죽느냐고?'

갑자기 화천골의 목소리가 허망하고 이상해져, 날카로운 현 소리처럼 고막을 긁었다.

"백자화, 신의 이름으로 당신을 저주해요. 이생에서도, 내

생에서도, 당신은 늙지도, 죽지도, 다치지도, 사라지지도 않을 거예요!"

순간적으로 시간이 멈추고, 모든 사람들이 놀라 그 자리에 굳었다. 그 후 백자화는 모든 것이 거꾸로 흐르는 것을 보았다. 퍼져 나가던 수많은 빛들이 다시금 그의 몸 속으로 돌아왔다. 왼쪽 팔에 격렬한 통증이 시작되었고, 심지어 피부가 자라나는 소리마저 들을 수 있었다. 그는 떨면서 소매를 걷고, 믿을 수 없는 눈으로 상처가 다시 팔에 새겨지는 것을 보았다.

화천골은 처참하게 웃었다.

'치욕적이죠? 영원히 당신 팔에 그 상처를 남겨야겠어요. 밤낮으로 뼈에 사무치게 아파하고, 미안해하라고요.'

백자화의 놀란 표정을 보자 화천골은 자신이 한 이 모든 일로 기뻐해야 할지 슬퍼해야 할지 알 수가 없었다. 신의 혼이 빠져나가고 마침내 그녀는 천천히 눈을 감았다.

"백자화, 난 이 생에서 한 일을 한 번도 후회하지 않았어요. 하지만 또다시 기회가 온다면 다시는 당신을 사랑하지 않을 거예요."

"안 돼……!"

백자화가 고통스레 울부짖었다. 하지만 안기는 것은 허공뿐이었다. 화천골의 몸과 신의 혼은 천 갈래 만 갈래로 흩어져, 십방신기를 향해 날아갔다. 순간 신기들이 환하게 빛을 발했다. 폭우가 그치고 주위가 환해져 눈을 뜨기도 힘들었다. 모든 요력이 한가운데로……, 염수옥으로 흘러들었다.

빛은 바다에서 시작되어 화천골의 새빨간 피와 함께 재빨리 퍼져 나갔다. 그리고 곧장 바다 밑의 가장 깊은 곳, 세상의 가장 어두운 곳으로 들어갔다. 황폐하고, 어둡고, 파괴되고, 무너진 세상 만물들과 육계의 생명들이 하나둘 수복되고 되살아났다. 마치 시간이 거꾸로 흐르는 것 같았다. 대지와 산과 강, 빙하도 아무 일도 없었던 것처럼 다시 생생한 모습을 드러냈다.

"경수!"

화천골의 죽음으로 비통해 마지않던 헌원랑은 품에 안고 있던 여자의 상처가 천천히 아무는 것을 보자 저도 모르게 기쁨의 눈물을 흘렸다. 하지만 경수는 얼굴을 가리고 목이 메도록 울었다. 죽음을 목전에 두고 그녀는 몸조심하라는 화천골의 목소리를 들었다. 화천골은 그녀를 용서한 것이다. 어쩌면 화천골은 그저 상심했을 뿐, 정말로 그녀에게 화난 것은 아니었을지도 모른다.

하늘 저편에서 두 개의 그림자가 빠르게 날아왔다. 고개를 들어 보니 놀랍게도 두난간과 남우회였다. 두 사람은 하늘 위에 뜬 십방신기를 보자 눈을 찌푸리고 서로를 바라보았다. 결국 늦고야 만 것이다.

"꼬마……."

두난간은 살짝 목이 메었다. 처음에는 화천골이 왜 남우회를 죽이려고 하는지 이해하지 못했다. 그녀가 변했다고 생각했다. 하지만 나중에야 그녀의 고심을 깨달았다. 그렇게 하지 않았다면 어쩌면 그와 남우회는 영원히 서로 오해를 풀지 못했을

지도 모르고, 두 사람은 영원히 서로 만나지 않았을지도 모른다. 화천골은 그녀만의 방식으로 두 사람에게 가장 좋은 선물을 준 것이다. 오해를 받더라도, 남우회가 그녀를 돌이킬 수 없는 지경이 되도록 해쳤더라도.

"그 애에게 미안해요……."

남우회가 두난간의 어깨에 기댔다. 슬프고, 양심의 가책을 느꼈다. 화천골은 다른 사람들의 사랑을 이뤄 주었지만, 평생을 노력해도 끝내 자신의 사랑을 얻지 못했다.

사람들은 육계의 중생을 위해 환호하고 기뻐했다. 백자화만이 멍하니 바다 위에 서서 아무 말도 하지 않았다. 그는 자신의 두 손을 바라보았지만, 텅 비고, 아무것도 없었다.

"사형!"

그가 받은 타격이 얼마나 큰지 아는 생소묵은 마음이 쓰려 그에게 다가갔다. 뜻밖에도 백자화가 일장으로 그를 밀쳐 냈다. 그 후 백자화는 미친 듯이 자신의 몸에 장법을 퍼부었다. 고통 말고는 아무것도 없었다. 흔적조차 남지 않았다. 늙지도, 죽지도, 다치지도, 사라지지도 않는다니! 신탁 한마디에 그는 영원히 고통받게 되었다.

괴물처럼 살아가는 것. 애당초 그녀가 요신의 힘을 가졌을 때도 이런 느낌이었을까? 하지만 그녀는 최소한 스스로 원해서 죽을 수는 있었다. 그녀 자신은 그의 손에 죽기를 선택해 놓고, 그에게서는 죽을 권리도 빼앗아 갔다.

그녀는 천하를 사랑했다. 유일하게 미워한 것은 그 한 사람 뿐이었다. 백자화는 고개를 들고 큰 소리로 웃었다. 두 눈이 빨개지고 얼굴에는 눈물이 가득했다.

'어떻게 이렇게 잔인할 수 있느냐? 내 손으로 널 죽이게 해놓고 나 혼자 남겨 두다니? 원하는 것이 있다면 말하면 되지 않느냐. 옳든 그르든 모두 주겠다. 사랑도 주고, 나 자신도 주겠다. 육계가 멸망하는 것이 우리와 무슨 상관이지? 저 사람들이 죽든 말든 우리와 무슨 상관이지? 널 데리고 떠나겠다. 어디로든 네가 원하는 곳으로 가겠다. 나를 떠나지만 마라……'

눈물이 방울방울 흘러내렸다. 뼈에 사무치는 고통에 당장이라도 기절할 것 같았다. 그가 버린 것이다. 결국 그가 그녀를 버린 것이다…….

백자화는 고개를 들어 눈앞에 있는 사람들을 바라보았다. 문득 그 얼굴들이 혐오스럽게 느껴졌다.

'저들이 아니었다면 소골은 죽지 않았다…….'

"사제!"

마엄은 깜짝 놀랐다. 백자화의 이마에 서서히 타선의 표식이 나타났다.

"모두 조심해라!"

거대한 빛이 솟아나고, 거친 파도가 산을 무너뜨릴 듯이 일어났다. 웅웅거리는 폭발음이 끊임없이 귓가에 울렸다.

"존상이 미치셨어……."

유약은 멍하니 서서, 더없이 난처한 듯 울음을 터트렸다.

백자화의 눈에는 이제 아무도 없었다. 갑자기 육계가 왜 꼭 존재해야만 하느냐는 생각이 들었다. 육계를 멸망시키면 화천골이 돌아올 수 있을 것 같았다.

"백자화."

갑자기 그림자 하나가 그의 앞에 나타났다. 죽염이었다. 그는 어쩔 수 없다는 듯 웃음을 띠고 있었다.

백자화가 지금 완전히 이성을 잃었다. 아니, 이런 일을 겪고도 멀쩡할 수 있는 사람은 없을 것이다. 미치거나 마화되면 화천골의 목적이 이루어지는 것이다.

그 자신조차 몰랐다. 그 조그만 여자아이가 정말로 누군가를 미워하게 되었을 때 이렇게까지 잔인해질 수 있다니! 백자화의 손으로 직접 그녀를 죽이게 해 놓고, 계속 살아갈 수밖에 없게 만들다니? 제 손으로 가장 사랑하는 사람을 죽이는 것은 어떤 느낌일까? 천하를 위해 가장 사랑하는 사람을 버리는 것은, 또 얼마나 힘들고 가슴이 아플까?

"백자화, 당신이 이 결과를 받아들일 수 없다는 것을 압니다. 하지만 잊지 마십시오. 이 모든 것은 당신의 선택이라는 것을. 비록 그녀는 당신에게 거듭해서 상처를 입었고, 어쩔 수 없이 요신이 되어 잔인하고 차가워 보였지만, 사실은 한 번도 변한 적이 없습니다. 심지어 당신을 원망한 적도 없지요. 예만천이 죽었을 때 그녀는 이미 모든 것을 내려놓기로 결심했습니다. 신기를 연성할 때부터는 염수옥의 힘으로 육계에 요신이 나타나기 전의 평화를 돌려준 후, 죽음으로써 해탈을 얻기로 한 겁니다. 하지만 당신 손으로 그녀를 죽이게 하고, 그걸로 당신에게 상처를 줄 생각은 없었습니다. 당신이 끝끝내 당신을 미워하도록 그녀를 몰아붙인 겁니다. 사실 그녀는 줄곧 당신에게 기회를 줬지만, 당신 자신이 그걸 보려 하지 않고, 믿으려 하지 않았지요. 마지막에 천하와 그녀 중에서 당신이 그녀를 선택하고 죽이지 않았다면, 그녀도 여기서 끝내고 당신이 사랑과 대의를 모두 얻을 수 있게 했을 겁니다. 이 점은 당신도 무의식적으로 알고 있었을 겁니다. 하지만 차마 도박을 할 수도, 그녀를 믿을 수도, 그리고 육계를 걸고 모험을 할 수 없었겠지요. 차라리 그녀와 함께 죽더라도 말입니다. 하지만 그녀는 당신 소원대로 해 주지 않았습니다. 반드시 살아서 스스로 선택한 결과를 책임지게 했지요. 죽는 것이 뭐가 어렵습니까. 가장 두려운 것은 홀로 쓸쓸히 가책을 느끼며 사는 것이지요."

죽염이 말을 이었다.

"여자란 참 우습지 않습니까? 오로지 당신이 자신을 사랑한다는 것을 증명하기 위해 모든 것을 걸었으니까요. 더욱 슬픈 것은 화천골이 결과를 알고 있었다는 겁니다. 그래도 기꺼이 당신에게 한 번 더 상처 입기로 했습니다. 그저 당신 마음속에서 자신이 얼마만큼 중요한지 보고 싶었던 거지요. 사실 당신은 그녀에게 자비심도 연민도 없지 않았습니까? 마음 아파하고 양심의 가책을 느꼈지만, 몇 년 동안 자신이 옳다고 여기는 것만 고수하며, 입장 바꿔 그녀에 대해 생각해 본 적이 없었지요. 이제 당신은 당신이 가장 사랑한 사람의 목숨과 바꾼 이 세상을 영원히 지키고 바라보시지요."

백자화는 똑바로 서 있을 수도 없었다. 마음이 너무 아파 감각마저 사라졌다. 이마에 있던 타선의 표식이 점점 사라지고 하얀 공백만 남았다.

죽염은 백자화의 생기 없는 눈과 혼란에 빠진 오감, 정신없는 표정을 보고 그가 거의 미쳤다는 것을 알았다. 죽염은 저도 모르게 한숨을 쉬었다. 사랑의 끝에서 두 사람 다 무너졌다.

'천골, 이게 네가 바란 결과냐? 죽더라도 그가 널 잊지 못하게 하려던 거냐? 그렇다면 축하한다. 결국 네가 이겼다.'

"이런 날이 올 것을 저는 알고 있었지만, 피할 수가 없었지요. 저는 줄곧 어떻게 하면 모든 것을 되돌려 그녀를 구할 수 있을까 생각했습니다. 하지만 능력이 모자라, 설령 육계의 법술을 모두 모으고 제 목숨을 바쳐도 겨우 그녀의 영혼만 돌려놓을 수 있을 뿐입니다. 백자화, 이것이 마지막 기회입니다. 이번에는 잃은 후에야 후회하지 말고 소중히 여기기 바랍니다……."

그 말을 끝내자 죽염은 한 줄기 은광이 되어 십방신기를 향해 날아갔다.

"죽염!"

아무튼 한때 사제지간이었으니, 마엄도 가슴이 아프고 숨이 막혔다. 죽염은 그를 돌아보며 미안한 표정을 지었다. 그는 언제나 마엄을 실망시켰다. 하지만 마음속 깊은 곳에서는 항상 그를 존경하고 사부로 여겼다. 이제 그는 평화롭게, 어쩌면 이 생에서 유일하게 옳은 일을 하여, 이 세상에서 마지막으로 그에게 따스함을 준 사람에게 보답할 것이다. 그는 서로 의지하며 살아온 지난날을 떠올렸다. 사실 무척 즐거운 날들이었다…….

하늘에서 거대한 빛이 번쩍였다. 신의 영혼은 흩어졌지만, 결국 죽염이 목숨을 바친 대가로 금기술을 사용해 다시 그 혼을 불러들였다.

화천골은 죽기 전에 남은 힘으로 요력을 다시 십방신기 속에 봉인했다. 약한 보랏빛 하나가 점차 원래 모습을 회복한 십방신기 속을 떠다니며, 불씨처럼 백자화를 환히 비추었다. 모든 사람들이 어리둥절해했다. 하지만 누가 채 반응을 보이기도 전에 하늘 저편에서 새빨간 그림자가 휙 날아들어 순식간에 그 보라색 빛을 얼려 소매 속에 집어넣었다.

"마군!"

단춘추가 뜻밖의 상황에 기뻐하며 외쳤다. 드디어 그가 깨어났다!

살천맥은 차갑게 아래쪽을 굽어보았다. 비통함과 분노가 그를 태워 버릴 것 같았다. 결국 한 발 늦었다. 화천골이 그를 깨울 때 그는 이미 어렴풋이 의식을 회복했다. 하지만 갇혀 있어서 염수옥의 빛이 스쳤을 때에야 겨우 깨어났다. 화천골이 일부러 그런 것이 분명했다!

살천맥은 백자화를 죽여 버리고 싶은 충동을 온 힘을 다해 억눌렀다. 이 영혼은 곧 사라질 것이다. 그는 휙 몸을 돌려 하늘에 빨간 선만 남긴 채 순식간에 사라졌다.

백자화는 한참 동안이나 정신을 차리지 못했다. 겨우 정신이 들었을 때는 이미 늦은 후였다.

"살천맥!"

살기 가득한 무시무시한 노성이 울려 퍼졌다. 겨우 한 줄기 희망이 생겼는데 이렇게 쉽게 그에게 빼앗기다니! 백자화는 무시무시한 얼굴로 미친 듯이 바람을 타고 그를 쫓았다.

남은 사람들 중에서는 슬퍼하는 사람도 있고 기뻐하는 사람도 있었다. 어쨌든 전대미문의 싸움이 이런 식으로 참담하게 끝날 줄은 아무도 예상하지 못했다.

결말

지난번 요신과의 싸움이 있은 후 어느새 2백 년이 지났다. 그 후 선계는 쇠락하고, 요마들은 여전히 우두머리 없는 오합지졸이었고, 인간계는 모든 일이 미뤄졌다. 하지만 육계는 별 탈 없이 화목했고 차차 번성을 되찾았다.

8천 명의 제자를 거느린 장류산은 여전히 선계에서 제일 큰 선파였다. 유약이 마엄의 뒤를 이어 장문인의 자리에 올랐다. 절정전은 텅 비었고, 백자화는 다시는 돌아오지 않았다.

육계 사람들은 한때 높디높은 장류 선인이 지금은 한낱 미치광이일 뿐이라는 것을 알고 있었다. 법력이 높을 뿐 아니라 상처를 입지 않기 때문에 아무도 그를 쓰러뜨릴 수가 없어 피하기만 했다.

그는 꼬박 2백 년 동안 세상을 마구 돌아다녔다. 살천맥을 찾아 화천골의 마지막 한 줌 영혼을 돌려받기 위해서였다. 그는 종종 발광하여 아무나 붙잡고 살천맥이 어디 있냐는 둥, 우리 소골은 어디 있냐는 둥 물어 댔다. 하지만 살천맥은 세상에서 사라져 버리기라도 한 듯, 아무도 그의 행방을 알지 못했다.

요마들은 백자화의 이름만 들어도 간담이 서늘했다. 지금의 장류 상선은 요마보다 더 난폭하고 괴팍해졌기 때문이었다. 하지만 마군이 어디로 갔는지는 단춘추조차 알지 못했다. 그들이 어떻게 알겠는가?

2백 년 동안 백자화는 한시도 포기하지 않았다. 그는 속으로 살천맥을 찾아냈을 때, 그를 어떻게 요절낼 것인지에 대해 수만 가지 방법을 준비해 놓고 있었다! 그러나 그 나서기 좋아하는 살천맥은 정말 세상에서 사라진 것 같았다. 그래서 백자화는 종종 공황 상태에 빠지거나 갈팡질팡하며, 자신이 벌써 죽은 것은 아닌지, 꿈을 꾸고 있는 것은 아닌지, 화천골의 혼이 꺼지지 않았다는 것도 스스로를 위안하기 위해 만든 환상이 아닌지 의심했다.

제 손으로 그녀를 죽인 장면은 시간이 흘러도 옅어지지 않고 밤낮없이 그를 괴롭혔다. 능지처참을 당하는 것보다 더 괴로웠다. 화천골이 대체 자신을 얼마나 미워하기에 이렇게도 단호하고 잔인하게 구는지, 아무리 생각해도 알 수가 없었다.

다치지도 않고 죽지도 않는다고 하지 않았던가? 그런데 어째서인지 절정지의 물이 남긴 상처는 아직도 아팠다. 계속 아팠다! 그가 통째로 잘라 낸 살은 끝내 아물지 않는 것처럼, 2백

년 동안 단 한 순간도 고통으로 그 자신이 저지른 잘못을 일깨우지 않는 때가 없었다. 매일 밤낮으로 그는 반복적으로 그녀를 죽이는 꿈을 꿨다.

"살천맥이 어디 있는지 알아요."

마침내 하자훈이 그를 찾아왔다. 백자화는 약간 놀랐다.

"난 2백 년이나 기다렸어요. 당신은 찾을 만한 곳을 다 뒤지고, 물을 만한 사람에게 다 물어보았겠죠. 하지만 날 떠올리지는 못했어요. 그렇죠?"

하자훈의 눈동자에는 자조의 빛이 가득했다.

"아니, 어쩌면 날 보고 싶지 않았을지도요?"

백자화는 한참 동안 침묵했다.

"다들 당신이 미쳤다고 해요. 하지만 내 눈에는 전혀 변함이 없군요. 당신은 다른 사람을 사랑하려 하지도 않고, 다른 사람이 당신을 사랑하는 것조차도 허락하지 않아요."

백자화는 갑자기 찌르는 듯한 고통을 느끼며 천천히 눈을 감았다. 그랬다. 그는 도망치고, 모질게 굴고, 고집을 피웠다. 심지어 그 오랫동안 화천골이 자신을 사랑한다는 말 한마디조차 듣지 않았다.

"살천맥은 어디 있소?"

"명계에 있어요. 이걸 가져가세요. 향기가 길을 인도해 줄 거예요."

하자훈은 지난날 화천골이 선물한 향낭을 백자화에게 건넸다.

"고맙소."

백자화는 향낭을 받으며 진심으로 말했다.

"고마워할 것 없어요. 나도 지금 소골이 어떤지 궁금해서 이러는 거니까요."

백자화의 눈에 다시 한 번 희망이 타올랐다. 그는 작별 인사를 하고 떠났다.

하자훈은 그의 뒷모습을 바라보며 저도 모르게 피식 웃었다. 그동안 그녀는 드디어 모든 것을 내려놓았다고 생각했다. 하지만 지금 보니 아직도 그를 마음에 두고 있었다. 화천골이 부러웠다. 천 년 동안 꽁꽁 얼어 있던 저 심장을 마침내 녹였으니까. 하지만 그 대가는 감당하기 어려울 만큼 컸다.

살천맥은 백자화에게 발각되고도 전혀 놀라지 않고, 오히려 비웃음을 띤 채 그를 바라보았다.

백자화는 그의 법력이 저 정도로 약해졌을 줄은 몰랐다. 덕분에 그를 제압하는 것은 식은 죽 먹기였다.

"소골은 어디 있지? 그녀를 내놔!"

살천맥은 꽃처럼 교태롭게 웃었다.

"다시는 그 애를 보지 못하게 할 거야. 그래 봤자 날 죽이기밖에 더 하겠어."

백자화는 그의 손가락을 하나하나 부러뜨렸지만 뜻밖에도 그는 아무 반응도 없었다.

"백자화, 네가 아무리 그래 봤자 나만큼 독하지는 못해. 내가 말하기 싫은 것은 아무도 강요하지 못해. 다시는 그 애를 만나지도, 상처 주지도 못하게 할 거야. 포기하시지!"

그 말에 백자화는 아무 대꾸도 하지 않았지만 눈동자는 고드름처럼 차가워졌다. 갑자기 하얀 빛이 번쩍하더니 살천맥의 얼굴에 한 줄기 선이 그어졌다. 순간 살천맥이 참혹한 비명을 질렀다. 그는 창백해진 얼굴로 마구 욕을 퍼부었다.

"백자화, 죽지도 않는 괴물 같은 놈!"

빛이 번뜩이고, 이어서 두 번째, 세 번째의 선이 그어졌다.

"꼬맹이는 이후각에 있어!"

살천맥은 얼굴을 가리고 재빨리 법술로 상처를 치료했다. 너무 화가 난 나머지 기절할 뻔했다. 하자훈이 백자화를 찾아간 것은 그의 뜻이었다.

'꼬맹이의 화풀이도 할 겸 그를 좀 괴롭혀 줄 생각이었는데, 이렇게 지독하게 나올 줄이야! 감히 내 얼굴을 건드려! 또 한참 동안 사람들 앞에 못 나가게 생겼잖아!'

"이후각?"

백자화는 눈을 찌푸렸다. 화천골이 거기 있을지도 모른다는 생각을 하지 않은 것은 아니었다. 그러나 화천골은 신의 몸을 내놓고, 환생할 때마다 이후각주가 되어야 하는 숙명에서 동방욱경을 풀어 주지 않았던가? 혹시……

"그래, 이후각! 그동안 전력을 다했지만 꼬맹이를 완전히 돌려놓을 수가 없었어. 어쨌거나 신의 몸을 잃었고, 영혼의 일부밖에 남지 않았으니까. 그런데 10년 전에 동방욱경이 갑자기 날 찾아와 꼬맹이를 윤회시킬 수 있는 방법이 있다고 했어. 그래서 내줄 수밖에 없었지. 햇수를 따져 보면 지금쯤 다 자랐을 거야. 가서 그 애를 찾아봐. 동방욱경에게 선수를 뺏기지 말고!"

백자화의 눈동자에 놀라움이 어렸다. 그러자 살천맥은 씩씩거리면서도 약간 겸연쩍은 듯이 말했다.

"어쨌거나 너와 그놈을 비교하면, 그놈이 훨씬 더 밉상이란 말이야!"

백자화는 황급히 그곳을 떠났다. 더 이상 침착할 수가 없었다.

살천맥의 마음은 겨우 평온해졌다.

'꼬맹아, 네가 있었다면 저자를 용서했을까? 이 언니가 마음대로 했다고 뭐라고 할 거야? 저자는 너 때문에 정신을 잃고 미쳤어. 양심의 가책을 느끼고, 후회하고, 그리워하고, 널 찾아다니면서 꼬박 2백 년 동안이나 괴로움을 겪었으니 충분하지 않니? 이 언니는 이생에서 가장 유감스러운 일을 보상할 기회가 없었지만, 너희들은 아직 그럴 수 있어. 그러니 다시는 놓치지 마.'

살천맥은 어쩔 수 없는 미소를 지으며 자신의 얼굴을 만졌다. 그리고 주위의 허공을 둘러보았다. 저도 모르게 웃음이 났다. 백자화에게 쫓겨 거지들도 마다한다는 명계 구석에서 2백 년 동안 숨어 있느라 피부가 다 자글자글해졌다. 그리고 지금은 세 개의 상처까지 생겼다. 이제 나가서 빈둥빈둥 돌아다니고, 요양하고, 얼굴을 가꾸면서, 다시 육계를 우습게 보는 멋진 마군이 되어야 할 때였다.

이 세상에 백자화가 꺼리는 사람이 있다면 아마 동방욱경일 것이다. 그가 뒤에서 모든 것을 조종했기 때문만이 아니라, 그에 대한 화천골의 감정과 그가 죽을 때 그녀가 내린 선택 때문이었다.

그녀는 동방욱경과 함께 가겠다고 했다! 그리고 마지막에는 백자화를 포기했다…….

백자화의 눈동자는 칠흑처럼 새까매서 깊이를 알 수 없었다. 몸은 제어할 수 없는 살기에 휩싸였다. 그는 두 번 다시 그녀를 잃을 수 없었다! 그것은 절대 허락할 수 없다!

그는 재빨리 살천맥이 말한 방향으로 날아갔다. 멀고도 먼 북쪽 끝에 있는 작고 외딴 마을이었다. 마침 한겨울이어서 하늘은 맑고 공기는 뼈를 엘 듯 차가웠다. 땅에는 눈이 두껍게 쌓여 있고, 산들은 새하얘, 유난히 아름답고 고요해 보였다.

마을 가까이 갔지만 백자화는 아직도 화천골의 기척을 전혀 느낄 수가 없었다. 주변 사람들이 놀랄까 봐 그는 모습을 감추고 작은 길을 따라 앞으로 나갔다. 그리고 관미를 통해 마을 전경과 구석구석을 철저히 살폈다.

'찾았다!'

백자화는 마음속의 흥분을 억누를 수가 없어 길게 한숨을 쉬었다. 그리고 몸을 날려 그녀의 뒤에 뒷짐을 진 채 내려섰다.

그는 마치 눈앞에 있는 것이 자칫하면 날아가 버릴 작은 새라도 되는 양 한참 동안 아무 말도 하지 않았다.

화천골은 바닥에 웅크리고 앉아 눈사람을 만들며 즐겁게 놀고 있었다. 아직도 백자화를 처음 만났을 때와 비슷한 나이였고, 똑같은 얼굴에 귀여운 만두 머리를 하고 있었다.

백자화의 눈동자에서 살의와 광기가 점점 사라지고, 또 다른 미혹과 광기로 변했다. 두 손이 덜덜 떨리고, 단숨에 그녀의 작은 몸을 품에 안고 싶었다. 그는 마음이 아프면서도 원망스러웠다. 그녀가 스스로를 소중히 하지 않은 것이 마음 아프고, 그에게 잔인한 것이 원망스러웠다. 얼굴에 차가운 것이 느껴져 손으로 훔치자 온통 눈물이었다.

'그녀를 찾아냈다. 이제 다시는 헤어지지 않을 것이다……'

화천골은 뒤에 누가 있다는 것을 전혀 눈치채지 못한 듯 비뚤비뚤한 눈사람의 머리만 열심히 빚었다. 그런데 옆에서 놀던 아이가 눈사람을 걷어찼다.

"내 소백小白이……."

화천골은 작은 소리로 항의했다. 당장이라도 울음을 터트릴 것 같았다. 그 모습을 본 백자화는 저도 모르게 부르르 떨었다. 남은 영혼만으로는 결국 기억과 생각을 잃어버린 것이다.

그녀보다 머리 반 정도 작은, 옆에 있던 남자아이가 장난스러운 표정을 지으며 혀를 내밀었다.

"이야, 눈사람에게 이름까지 지어 줬어. 역시 바보라니까."

화천골은 입을 삐죽이며 반박하려고 일어났지만, 두어 걸음도 못 가 눈 위에 철퍼덕 엎어졌다.

"푸하하! 걷지도 못하냐, 이 바보야."

그녀의 울음소리를 들은 주변 꼬맹이들은 깔깔대며 연기처럼 내뺐다. 그러지 않으면 바보의 엄마에게 잡혀 엉덩이를 얻어맞아야 했다.

화천골은 몸과 얼굴이 눈투성이가 된 채 일어나려고 했지만 또다시 미끄러졌다. 백자화가 그녀 앞에 나타나 부축해 일으켰다.

크고 힘 있는 두 손이 자신을 가볍게 들어 올리자 화천골은 울음을 그치고 그를 올려다보았다. 순간 눈이 동그래지더니 그를 뚫어져라 바라보았다. 백자화는 희디흰 소매로 그녀의 얼굴에 묻은 눈을 닦아 냈다. 하얗고 보드라운, 자그만 얼굴이 드러났다.

"어, 엄마, 엄마……. 신선이야, 신선……."

백자화는 참지 못하고 웃었다. 화천골이 신기를 훔쳐 절정전을 떠난 이후 처음 웃는 것이었다.

화천골은 완전히 멍해져서 저도 모르게 손을 들어 그의 얼굴을 만졌다. 눈앞에 있는 사람이 진짜인지 환상인지 확인해 보고 싶었다. 그녀는 가끔 꿈속에서 이 신선처럼 하얀 옷을 입은 사람을 보곤 했다.

하지만 백자화의 얼굴에 더러운 손가락 자국이 찍히자 그녀는 놀라고 당황해 황급히 닦아 냈다. 하지만 그럴수록 더 더러워졌다. 백자화가 그녀의 작은 손을 잡았다. 꼭 잡은 손이 살며시 떨렸다. 놓고 싶지 않았다.

"아, 아파요……."

화천골이 입을 삐죽이며 기분 나쁜 듯이 그를 노려보았다.

'다행이다. 이제는 슬프고 괴로울 때 속 시원하게 울 수 있구나.'

백자화가 손을 내밀어 소맷자락으로, 아직 그녀의 눈가에 걸려 있던 눈물을 닦아 주었다. 그런데 갑자기 팔이 움직여지지 않았다.

"내 소매를 물어서 뭘 하려는 거지?"

백자화는 뽀로통한 그녀의 볼을 꼬집으며 말했다.

"놓으렴."

화천골은 고개를 쳐들고 킁킁거리다가 소매를 놓았다.

"냄새가 참 좋아요. 당신은 누구예요? 신선이에요?"

백자화는 잠시 생각하다가 가볍게 고개를 끄덕였다. 그리고 부드럽고 애정이 담뿍 담긴 목소리로 말했다.

"네 이름이 뭐지?"

화천골은 고개를 숙였다.

"난……, 난 바보라고 해요……. 엄마! 엄마! 어서 나와 봐! 신선이 왔어!"

집에서 한 부인이 소매를 걷어 올리며 나왔다.

"바보야, 또 넘어졌니? 아니면 누가 괴롭히……."

백자화를 발견한 부인은 곧 입을 다물었다. 화천골이 그녀에게 달려가 옷자락을 잡아당겼다.

"신, 신선이야⋯⋯."

바보의 엄마는 놀라 소리를 질렀다.

"바보 아빠! 빠, 빨리 나와 봐요!"

백자화는 두 부부를 향해 예의바르게 두 손을 모았다.

"저는 백자화라고 합니다. 바보를 데려가서 제자로 삼고 싶은데, 허락해 주시기 바랍니다."

바보의 엄마는 더욱 얼떨떨해졌다.

'뭐? 신선이 우리 딸을 제자로 삼고 싶다고? 하지만⋯⋯.'

"솔직히 말하면 우, 우리 바보에겐 문제가 좀 있어요. 의원 말씀이, 이 아이는 평생 서너 살짜리 어린애의 지능밖에 못 갖는대요. 그러니 이 애를 데려가시면 무척 폐가 될 거예요."

백자화는 고개를 끄덕였다.

"압니다. 하지만 상관없습니다. 저는 이 아이와 인연이 깊습니다. 이제부터 반년마다 한 번씩 두 분께 데려오겠습니다."

그녀를 처음 봤을 때부터 그는 화천골의 지능이 불완전하고 몸도 여기저기 문제가 있다는 것을 알았다. 조금 남은 영혼을 이 정도까지 만들고, 심지어 다시 윤회에 들게 한 것을 보면, 살천맥이 그렇게 약해진 것도 이상한 일이 아니었다. 게다가 동방욱경도 화천골이 찾아 준 자유를 걸고 또다시 이후각과 거래를 한 것이다.

살천맥이 무엇을 원하는지는 쉽게 간파할 수 있다. 하지만 동방욱경? 그는 무엇을 원하는 것일까?

부부는 한동안 서로 쑥덕거리더니, 기쁘게 고개를 끄덕이며 승낙했다. 저런 사람 제자로 들어가는 것은 평생 얻기 힘든 복이었다.

이렇게 쉽게 이루어지자 백자화는 도리어 뜻밖이었다. 그는 집 안을 들여다보고 말했다.

"그럼 데려가겠습니다. 바보야, 어머니 아버지께 절을 올려라."

화천골은 멍청하게 절을 했지만, 왜 절을 해야 하는지, 왜 신선을 따라가야 하는지 알 수가 없었다.

'엄마 아빠가 나를 내다 판 걸까?'

그녀도 자신이 멍청하다는 걸 알고 있었지만, 그래도 말은 잘 들었다! 그런 생각을 하자 그녀는 큰 소리로 엉엉 울기 시작했다.

바보 엄마도 울었다. 그녀는 소병燒餠 두 개를 딸의 품에 넣어 주며 말했다.

"우리 바보, 착하지. 저렇게 생긴 사람은 절대 나쁜 사람이 아니야. 언제까지나 여기서 괴롭힘만 당하다가 똑같이 바보 같은 사람한테 시집가면 얼마나 가엾니."

백자화는 화천골의 손을 잡고 부부에게 작별한 다음, 구름을 타고 하늘 저편으로 날아갔다. 바보의 엄마와 아빠는 놀라 바닥에 넙죽 엎드렸다.

'아이고, 진짜 신선이었잖아.'

그때, 서생 차림의 남자가 집에서 천천히 걸어 나왔다. 두 부부는 눈물이 글썽글썽한 얼굴로 그를 바라보았다.

"저 신선이 우리 바보에게 잘해 줄까요?"

"물론입니다. 아주 잘해 줄 겁니다."

동방욱경은 하늘을 향해 미소 지으며 말했다. 하지만 그 웃음에는 무한한 슬픔과 외로움이 담겨 있었다.

몸이 날아오르자 화천골은 우는 것도 잊고 흥분해서 사방을 둘러보았다. 하지만 조금 무섭기도 해서 한 손으로 백자화의 다리를 꼭 부여잡고, 다른 손으로 구름을 꼭 쥐었다.

"신선님, 우리 어디로 가요?"

백자화는 그녀를 바라보며 머리를 쓰다듬었다. 마침내 그의 표정도 예전 같은 태연함과 평화로움을 되찾았다.

"앞으로는 신선이라고 부르지 말고 사부라고 불러라. 네가 가고 싶은 곳으로 가자꾸나."

"정말? 하지만 난 집으로 돌아가고 싶어요."

그녀의 손을 잡은 백자화의 손에 갑자기 힘이 들어갔다. 화천골은 아파서 울 뻔했다.

"네 이름은 화천골이다. 바보는 아명兒名으로 생각하렴. 얼마 후에 사부가 집으로 데려다주마. 지금은 네 사숙에게 가서 병을 좀 봐 달라고 하자. 알겠느냐?"

"사숙도 신선이에요?"

"그렇단다."

"헤헤, 그럼 좋아요."

화천골은 신이 나서 그의 목을 끌어안았다. 목소리가 흰 구름처럼 말랑말랑했다.

생소묵은 백자화와 그의 품에 안겨 잠든 화천골을 바라보며, 진귀한 약재를 백자화에게 건넸다.

"왜 불러내세요? 이러니저러니 해도 사형의 집인데, 돌아올 생각도 없는 거예요?"

백자화는 멀리 바다 위에 은백색으로 단장한 장류산을 바라보며 천천히 고개를 저었다.

"나는 장류파를 위해 그녀를 죽인 적이 있다."

"누구나 책임질 일이 있는 법이니 계속 마음에 두실 것 없어요. 하지만 원래 모습으로 돌아오신 걸 보니 안심이 되네요. 아세요? 완전히 정신이 나가서 육친도 못 알아보는 사형 모습이 얼마나 무서웠는지, 원."

백자화는 고개를 저었다.

"지금도 내 자신이 언제 끊어질지 모르게 팽팽하게 당겨진 시위 같은 느낌이다. 언제나 그녀를 품에 안고, 다시는 어떤 사고도 당하지 않게 해 줄 수 없다는 게 안타깝구나. 다시 또 그녀를 잃는다면 나는……."

"괜찮아요. 다 끝났잖아요. 이제 어떻게 하실 거죠?"

"우선 조용히 지낼 곳을 찾아 그녀를 잘 보살펴 주려고 한다. 지난 생에는 이 세상과 내 어깨에 짊어진 책임을 위해 모든 것을 바칠 수 있었다. 하지만 민생검을 뽑는 순간, 백자화는 죽었다. 앞으로는 그녀를 위해 살겠다."

생소묵은 흠칫했다.

"아직도 사부와 제자의 이름으로 함께 있겠다는 거예요?"

"모르겠구나. 다만 지금은 그것이 우리에게 가장 잘 맞는 신분이지. 하지만 그녀가 여전히 날 사랑하고 원한다면 무엇이든 줄 것이다."

생소묵은 어쩔 수 없는 듯 쓴웃음을 지었다.

"사형, 변했군요."

백자화는 담담하게 고개를 저었다. 눈빛은 물처럼 맑았다.

"변한 게 아니다. 그저 두려울 뿐이지. 내 마음에는 그녀만 담을 수 있을 뿐, 더 이상은 그 많고 많은 시시비비, 옳고 그름을 생각할 수가 없구나. 그동안 나는 항상 생각했다. 고상한 지조라는 단어는, 자신의 행복을 헌납하고 자신의 모든 것을 희생하는 사람이나 가지는 감정일 뿐이라고. 지난날 내 마음은 장류에 묶이고, 선계에 묶이고, 중생에 묶여 있었을 뿐, 한 번도 그녀를 위해 무언가를 한 적이 없다. 장류를 저버리지도, 육계를 저버리지도, 천지를 저버리지도 않았지만, 결국 그녀를 저버리고 나 자신을 저버렸지."

"하지만 언젠가 천골이 기억을 되찾으면요?"

백자화는 멈칫했다. 그녀가 죽기 전 한 말이 떠올랐다. 그녀는 다시 시작한다면 다시는 그를 사랑하지 않겠다고 했다. 그의 얼굴이 쓸쓸해졌다.

"그날이 오면 그러려니 해야겠지. 나도 앞으로 어떻게 될지 모르겠다."

백자화는 화천골을 데리고 떠났다. 생소묵은 곧장 탐람전으로 돌아갔다. 마엄은 내내 뒷짐을 진 채 백자화가 떠나간 방향을 멀리 바라보고 있었다. 어쩌면 이것이 최선의 결과일지도 모른다.

　화천골은 눈을 비볐다. 어느새 땅에 내려와 있었고, 그녀의 몸은 언제부터인가 하얀 털외투에 감싸여 마치 털북숭이 같았다.
　고개를 들고 주변을 둘러보니 저 멀리 얼음으로 뒤덮인, 구름으로 아득한 산이 보였다. 가까운 나무에는 서리가 맺히고, 눈이 쌓여 있었다. 은빛으로 곱게 단장한 모습이 선경仙境 같았다.
　"사부님, 여긴 어디예요?"
　"나도 모르겠구나. 소골이 이름을 지어 주겠니?"
　화천골이 손뼉을 쳤다.
　"좋아요! 구름이 많으니까 운산雲山이라고 할래요."
　백자화는 고개를 끄덕였다. 그가 몸을 숙여 품에서 오색 투명한 방울 두 개를 꺼내 그녀의 목에 걸어 주었다. 화천골은 몹시 마음에 들어 했다.
　"사부님, 방울에 금이 왜 이렇게 많이 갔어요?"
　백자화는 그녀의 머리를 쓰다듬었다.
　"어떤 멍청한 사람이 실수로 망가뜨렸기 때문이란다. 하지만 다행히도 아직 남아 있구나……."
　화천골은 백자화의 슬픈 얼굴을 바라보았다. 문득 그녀가 울 때 엄마가 뽀뽀를 해 주던 것처럼 그에게 뽀뽀하고 싶은 생각이 들었다.

'하지만 사부님은 신선이잖아.'

하얀 옷을 입고 눈 위에 서 있는 그가 뼈가 시릴 정도로 차가워 보여, 화천골은 차마 친근하게 대할 수가 없었다.

그녀는 신나고 호기심에 차서 산으로 달려갔지만 그만 엉덩방아를 찧으며 넘어지고 말았다. 백자화가 그녀를 일으켜 주었다. 화천골은 사부의 손이 왜 이렇게 차가운지 알 수가 없었다. 그녀는 자그만 손으로 사부의 손을 애써 붙잡으며, 힘껏 입김을 불어 따뜻하게 해 주려고 했다.

"사부는 춥지 않다, 소골. 그만 집으로 돌아가자."

백자화는 화천골의 작은 손을 잡고 한 걸음씩 산으로 올라갔다. 크고 작은 두 개의 하얀 뒷모습은 산과 하나가 되고, 맑고 영롱한 궁령 소리만 바람을 타고 멀리 퍼져 나갔다.

《화천골》 끝

후기

《화천골》은 모두 50만 자로, 쓰다 쉬었다 하며 거의 2년에 걸쳐 완성했다. 줄거리도 없고 흘러가는 대로 쓰다 보니, 결말을 쓰기 전날 밤이 되자 어떻게 끝을 맺어야 할지 알 수가 없었다. 결국 다 썼는데, 이상하게도 갑자기 이렇게 하는 것이 더할 나위 없이 좋다는 것을 알았다.

항상 이런 생각이 든다. 이 이야기는 속되면서도 우아하고, 좋으면서도 나쁘고, 말로 표현하기 힘든 무엇인가가 많이 섞여 있다고. 또, 내가 이 이야기를 탄생시킨 것이 아니라 본래 당연스레 그랬던 것 같은 착각도 든다.

어쩌면 이 결론을 받아들이지 못하는 사람도 많을 것이다. 사랑의 결말이 한 사람은 미치고, 한 사람은 바보가 되어 같이 산다는 것이니까. 이런 결말이 비극이라고 할 수는 없지만 그렇다고 해피엔딩이라고 할 수도 없다. 하지만 그들 사제에게는, 아마도 이것이 유일한 길일 것이다.

《화천골》에는 따뜻하면서도 단호하고, 인자하면서도 고집스럽고, 아름다우면서도 절망적인 사랑이 너무 많다. 하지만 사랑의 기억이 아무리 슬퍼도, 이 이야기 속 사람들은 여전히 그것을 밀고 나가며, 포기하거나 잊지 않는다. 사랑의 열병이 낫거나 아니면 뼈에 사무칠 때까지.

잊는다는 것은 생명보다 길고 넓으며, 바다보다 깊고 거칠다. 망각은 모든 기억을 묻는 고통의 천적이다. 그리고 종종 사랑의 무덤이 되기도 한다. 한때란 잃어버린 것을 의미하고, 망각이란 모든 것이 더 이상 존재하지 않음을 의미한다. 잃은 것이 아니라 버린 것이다. 분명히 얼마 전까지는 보물처럼 마음과 머리 깊은 곳에 품고 있다가, 오랫동안 열어 보지 않자 저도 모르는 사이 먼지가 되어 사라진다. 그러다가 무심코 고개를 돌리면 기억 속에 공백만 남아 있고, 나중에는 잇달아 두려움이 몰려온다. 나는 아직 살아 있지만, 내 생명의 일부분이 사라진 것이다. 그래서 나는 항상 잊는다는 것이 싫었다. 세월의 흐름이 아닌 내 생명을 깎아 내는 느낌이다.

요즘 사람들은 늘 독립과 자유를 추구한다. 어쨌든 이 세상은 누군가 없다고 해서 살 수 없는 것이 아니니까. 예전에는 사심 없이 주는 것이 사랑이라고들 했다. 그런데 언제부터 그것이 부끄러운 일이 된 것인지 모르겠다. 상처받기가 두려워서, 혹은 사랑받는 데 익숙해져 그럴지도 모른다. 사람들은 결국 점점 더 또렷하게, 점점 더 확실하게 사랑을 하게 된다.

《화천골》은 단순히 사랑을 밀고 나아가는 이야기로 볼 수 있다. 어쩌면 많은 사람들이 이런 감정에 동의하지 않을 수도 있다. 다만 사랑이라는 글자는 본래 아픈 것이다. 내 눈에 사랑은 이렇게 고집스럽고, 단순하고, 모욕할 수도, 쉽게 포기할 수도 없는 것이다. 정말로 힘껏 사랑해 본 사람이라면 분명 이 이야기를 이해할 것이라고 생각한다.

나는 이 책에서 줄거리 말고도, 대표성을 띤 백자화, 헌원랑, 살천맥, 동방욱경, 남무월 다섯 사람과 화천골의 인간관계를 말하고 싶었다.

백자화는 스승이자 아버지로서 천골을 열심히 가르치고 보살핀다. 동방욱경은 친구이자 지기로서 천골과 함께 지내면서 감정이 깊어진다. 헌원랑이 대표하는 것은 어린 시절 함께 놀던 희미한 사랑이다. 살천맥은 언니 같은 오빠로 천골을 아끼고 걱정한다. 남무월은 아이 같은 남동생으로 천골의 보살핌과 보호를 필요로 한다.

다섯 사람은 화천골 인생에서 은연중에 각각 아버지, 친구, 첫사랑, 형제, 아이라는 서로 다른 역할을 연기한다.

화천골이 사부를 숭배하고 경모하고, 살천맥에게 응석을 부리고, 친구에게 의지하고 신뢰한다. 그리고 어린 시절의 첫사랑에게는 풋풋한 사랑을 주고, 남무월은 예뻐한다. 큰 배경에서 보면, 대부분의 여자들이 일생에서 만나게 되는 여러 가지 사랑의 형식이다. 누구나 마지막 선택은 각자의 성격과 환경에 따라 다르다. 하지만 확신할 수 있는 것은, 어떤 여자든 그 마음속에는 신선 같은 사부가 숨겨져 있다는 것이다.

어떤 사람은 '몸이 산산조각 나도, 모든 것을 버리는 한이 있어도 너와 함께하겠다.'는 동방욱경 식의 따뜻하고 보답을 바라지 않는 사랑을 좋아할 수도 있다. 어떤 사람은 '너희 문파가 감히 그녀의 털끝 하나라도 건드리면 너희 문파를 모조리 도륙해 버리겠다. 천하 사람들이 감히 그녀의 털끝 하나라도 건드리면 천하 사람들을 모조리 죽여 없애겠다.'는 살천맥 식의 강렬한 사랑을 좋아할 수도 있다. 또 어떤 사람은 헌원랑의 오만함과 고집을 좋아할 수도 있고, 남무월의 순진무구함을 좋아할 수도 있다.

독자인 우중羽中이 말한 것처럼, 백자화, 헌원랑, 살천맥, 동방욱경 네 사람은 모두 화천골 인생 중의 '귀인貴人'이다. 그들은 완벽하고 강하며, 그들의 사랑 역시 진실하고 강렬하고 아름답다. 하지만 대부분의 사람들은 역시 사부를 가장 좋아할 것이다. 번잡한 세상에서, 설령 멀리서 보기만 하더라도 깨끗하고 하얀 배꽃을 갈망하게 되는 것처럼.

백자화의 아름다움은 그가 세속의 아부를 필요로 하지 않는 데 있다. 그가 좋은 남편이 될 수 있는지, 한 여자에게 행복을 줄 수 있는지는 말할 필요가 없다. 그는 언제나 그 자리에, 모든 여자아이들의 마음속에 서 있다. 우리들은 그를 원하지만, 영원히 가까이할 수도 없고, 차라리 배 꽃잎에 묻은 한 점의 먼지가 되고 싶어 한다.

《화천골》은 과과果果의 동화고, 백자화는 동화 속의 동화다. 그것은 모든 여자아이들의 성장을 의미하고, 그녀들의 모든 만남을 의미한다. 그리고 내가 마음속으로 더욱 흠모하는 것은, 현실 속에는 없는 순수하디 순수한 사랑이다.

1

해가 지고 어둠이 짙어 간다. 인적 없는 산은 고요하니 아무 소리도 없었다.

나무꾼 한 사람이 장작 다발을 지고 산을 내려가고 있었다. 멀지 않은 곳에 뱀처럼 구불구불한 길이 나 있고, 초록색 옷을 입은 소녀가 하얀 옷을 입은 남자를 따라 느릿느릿 걷고 있었다. 그들 뒤로 구름이 피어오르고 노을이 졌다. 환하게 퍼져 나가는 빛이 눈을 뗄 수 없을 만큼 고왔다.

뜻밖에도, 깎아지른 듯한 낭떠러지에 다다른 소녀가 갑자기 폴짝 뛰어내렸다. 나무꾼은 놀라 비명을 질렀고, 발이 미끄러져 호되게 앞으로 넘어졌다. 그사이, 하얀 옷의 남자 역시 뒤따라 절벽으로 뛰어내렸다. 나무꾼은 이루지 못한 사랑으로 자결한 어린 연인이라고 여기고, 황망히 절벽 쪽으로 기어가 아래를 내려다보았다.

그런데 그 남자가 소녀를 끌고 함께 날고 있었다. 그들은 눈 깜짝할 사이 하늘 저편으로 사라졌다. 나무꾼은 그제야 살아 있는 신선을 만났다는 것을 알고 놀라서 넙죽 엎드려 연신 머리를 조아렸다.

솜처럼 보들보들한 붉은 구름이 자유롭게 휘날렸다. 하얀 옷의 남자는 바람을 타고 날면서, 한 손으로 소녀를 끌었다. 아무 말도 하지 않았지만 얼굴은 평온했다. 하지만 소녀는 불안한 듯 고개를 숙였다.

"사부님, 제가 잘못했어요. 하지만 그 나무꾼은 마을의 어린 과부를 좋아해서 조강지처를 해칠 생각만 했단 말이에요. 갑자기 화가 나서 좀 놀래 주려던 거예요. 최소한 지척에 신선이 있다는 것을 알면 뭐든 결정하기 전에 양심한테 물어볼 게 아니에요……."

두 사람은 바로 태백산 싸움 후 장류산을 떠나 도처를 돌아다니는 백자화와 화천골이었다. 그들 사제는 방금 산 아래에서 무림대회를 구경하고, 근처에 온 김에 천하에서 유명한 화산華山에 오른 것이었다.

백자화인들 나무꾼이 나쁜 마음을 품고 있는 것을 왜 모르겠는가. 다만 신선이 된다는 것은 사람의 마음을 마음대로 훔쳐볼 수 있는 권력을 의미하는 것이 아니었다. 화천골은 파망

破望 이후 얼마 전 또다시 감심勘心 단계를 지났다. 가끔 무의식적이거나 힘을 주체하지 못해 일반인들의 생각을 읽곤 했는데, 악의나 나쁜 생각을 발견하면 반드시 교훈을 주곤 했다.

화천골 자신도 이렇게 하는 것이 옳지 못하다는 것을 알고, 힘과 호기심을 억누르는 방법을 배우려고 애썼다. 하지만 그 나무꾼은 길을 가는 내내 어린 과부의 가느다란 허리니, 어린 과부의 긴 다리니, 어린 과부가 옷을 입지 않은 모습이니 하는 것들만 생각했다. 어찌나 음란한지 그 생각이 돌멩이가 되어 화천골의 얼굴을 때리는 것 같았다. 듣고 싶지 않았지만, 그것조차 힘들었다.

"참, 사부님! 사부님은 저보다 훨씬 강하시잖아요. 혹시 제가 생각하는 것도 다 아실 수 있나요?"

백자화는 고개를 저었다.

"보통 사람들은 법력이 없으니 아무래도 선을 익힌 사람보다 쉽게 간파할 수 있다. 하지만 사람의 마음이란 한두 마디로 명확히 설명할 수 있는 것이 아니다. 감정과 의지, 개인의 경험 같은 여러 가지 것들과 이어져 있다."

화천골은 속으로 안도의 숨을 쉬었다. 그렇다면 그 비밀에 대해서는 마음을 단단히 지키고, 가능한 한 깊이 숨겨 놓으면 된다.

백자화는 그녀가 또다시 정신이 빠지자 절로 눈을 찡그렸다. 태백산에서 하자훈이 그녀에게 뭐라고 한 뒤로 그녀는 고민이 생긴 것 같았다. 장류산을 떠나 여행을 하는 동안 차차 활발하고 명령한 모습을 되찾았지만, 마음속 응어리는 여전히 풀리지 않은 듯했다. 백자화는 무엇 때문에 그녀가 저렇게 고뇌하는지 알 수 없었다. 혹시 동방욱경이나 살천맥 때문인가?

"사부님, 이제 우리 어디로 가요?"

"옥탁봉玉濁峰에서 신임 장문인의 계승식이 있다. 네 사백은 쉴 새 없이 분주하시고, 네 사숙은 자기 말로는 요즘 '몸이 약간 안 좋으니', 내가 장류를 대표해서 참석하라고 하는구나."

화천골은 참지 못하고 몰래 웃었다.

"사숙님은 우리 당보처럼 게으르시다니까!"

그러자 화천골의 귓속에 있던 당보가 투덜거리며 항의했다.

"난 안 그렇거든!"

"매일 자거나 먹기만 하고 수련은 안 하잖아. 언젠가는 애벌레에서 돼지로 변할걸."

"나는 나비가 될 거야! 골두 엄마야말로 돼지야. 직접 어검술을 쓰는 게 귀찮아서 존상에게 끌어 달라고 하면서."

들통이 나자 화천골은 혀를 쏙 내밀었다.

"그건 내가 등산을 하다 지쳤기 때문에 사부님께서 잠시 끌어 주신 것뿐이야."

사실 그 시간 동안만은 정정당당하게 사부 곁에 붙어 있을 수 있었다.

"사부님, 왜 그러세요?"

백자화가 경계하며 주위를 관미하는 것처럼 눈을 찌푸리자, 화천골은 저도 모르게 호기심이 생겨 물었다.

"아무것도 아니다."

백자화는 자신이 예민했나 했다.

옥탁봉은 산이 높고 험했다. 사방이 절벽이고, 홀로 구름을 뚫고 우뚝 솟아 있어 보통 사람은 아예 오를 수도 없었다. 두 사람이 옥탁봉에 도착했을 때는 이미 깊은 밤이었다. 계승식은 이튿날 거행되므로 제자들과 찾아온 빈객들은 거의 잠들어 있었다. 신임 장문인 징연澄淵의 사형 징적澄寂이 두 사람을 곁채로 안내해 주었다.

그들이 막 곁채로 들어서려는데 징연이 황급히 달려오는 것이 보였다.

"사형, 존상께서 오셨는데 어찌 알리지도 않으십니까?"

징적은 얼른 고개를 숙이고 사죄했다. 징연은 선계의 자세대 인재 중 한 사람이었다. 의표가 당당하고 나이는 백 살이 넘지 않았는데도 파격적으로 옥탁봉의 장문인이 되었다. 그는 백자화를 몹시 존경해서, 그들 사제를 방 안으로 안내하고 편안하게 쉬게 해 준 다음에야 물러났다.

화천골은 잠든 지 얼마 되지 않아 악몽에 놀라 깨어났다. 그녀는 헐떡거리며 일어나 앉아 몸을 웅크렸다. 벽 건너편에서 입정하고 있던 백자화도 동시에 눈을 떴다.

화천골은 절정전에 들어간 후로 악몽을 거의 꾸지 않았다. 백자화는 최근 그녀에게 계속 귀신과 마음속 공포를 마주하게 한 것이 너무 성급하지 않았나 생각했다.

화천골은 당보를 바라보았다. 당보는 여전히 쿨쿨, 잘만 자고 있었다. 그 모습을 보자 마음이 약간 진정되었다. 꿈에서 무엇을 봤는지는 잘 기억이 나지 않았다. 어둠 속에서 커다란 눈두 개가 그녀를 엿보고 있던 것만 기억났다. 그녀가 지금까지본 중에서 가장 무서운 눈이었다. 그저 바라보기만 했을 뿐인데도 온몸에 전율이 이는 것 같았다.

다음 날, 계승식은 무척 성대했다. 옥탁봉은 제자가 많지 않았지만, 선계의 명문 대파로 인재를 배출했다. 이번에도 널리선인들을 초청해 군선연과는 또 다른 성대한 모임이 되었다.

빈객들은 모두 대전 광장에 앉아 식이 시작되기를 기다렸다. 종소리가 끊임없이 울리고, 사람들은 고개를 빼고 기다렸지만 끝내 장문인 징연의 모습은 보이지 않았다. 마지막 종소리가 대들보를 휘감으며 끈끈히 이어졌다. 이때 누군가 갑자기광장 위쪽에 나타났다.

사람들은 저도 모르게 비명을 질렀다. 바로 징연이었다. 그러나 몸이 이상하게 꼬여 있고 얼굴도 괴상하게 함몰되어 있었다. 바람이 불자 그의 몸은 깃털처럼 힘없이 좌우로 흔들리다가 결국 땅에 떨어져 납작하게 허물어졌다.

순식간에 혼란이 일었다. 그제야 징연이 죽었고, 몸 속 뼈와살을 모조리 파내 빈껍데기만 남았다는 것을 깨달았다. 떨어질때 몸 속에 있던 공기가 빠져나가 납작해진 것이다. 그의 얼굴은 주름투성이였고, 코는 한쪽으로 삐뚤어지고, 눈은 남은 껍데기에서 금세 떨어질 것 같았다. 그 모습은 공포스럽다기보다는 혐오스럽고 기괴했다.

대변고가 일어나자 옥탁봉은 허둥거리면서 즉시 결계를 강화해 아무도 나가지 못하게 했다. 그런 다음 흉수凶手를 수색했다.

화천골도 까무러칠 듯 놀랐다. 청허 도장이 죽던 장면이 떠올랐기 때문이다.

백자화는 시신을 보며 눈을 찌푸렸다. 옥탁봉은 신기를 보호하는 문파도 아니었다. 그런데 대체 얼마나 지독한 원수기에 산 채로 징연의 살을 파냈을까? 게다가 이렇게 엄밀한 수비와 선인들이 보고 있는 가운데 자유롭게 왔다 갔다 하며 사람을 죽였으니, 누가 이만한 능력을 갖고 있을까?

백자화기 맨 처음 생각한 사람은 살천맥이었다. 하지만 그는 항상 떠들썩하게 일을 벌이기를 좋아했다. 또, 부하의 시체마저 보기 좋고 깨끗하게 하는 살천맥이 이런 식의 살인을 할 리도 없었다. 시체의 빈껍데기를 보며 그는 은근히 불길한 예감을 느꼈다.

계승식은 이렇게 무시무시하게 중단되었다. 선계는 경악했고, 특히 옥탁봉은 위아래 할 것 없이 진노해, 신임 장문인을 죽인 흉수를 꼭 잡겠다고 맹세했다. 그러나 흉수는 아무런 단서나 흔적도 남기지 않았다. 살인 동기조차 풀리지 않는 수수께끼였다.

화천골은 머리를 싸매고 생각했지만, 아무래도 흉수는 징연이 아는 사람인 것 같았다. 그의 얼굴은 피살되는 사람에게 통상 나타나는 두려운 표정뿐 아니라, 이해할 수 없다는 표정이 더 강하게 나타나 있었기 때문이다. 즉 그는 그 사람이 자신을 해칠 줄은 상상조차 하지 못한 것이 확실했다.

원수거나 모르는 사람이라면 죽은 사람의 얼굴에는 놀라움이 아니라 두려움과 분노, 혹은 의심의 표정이 나타난다. 그러니 징연을 죽인 사람은 그가 아는 사람일 것이다. 게다가 징연이 절대 자신을 죽이지 않을 것으로 생각한 사람이었다.

이렇게 되면 옥탁봉 제자들의 혐의가 가장 커졌다. 그들은 결계와 수비병을 피해, 선인들이 있는 곳에서 사람을 죽이고도 들키지 않을 수 있었다.

화천골은 참지 못하고 징연의 사형제들 몇 사람을 주시했다. 징연이 죽은 일에 대해 그들은 다른 사람들 앞에서도 비통함을 드러내지 않았고, 뒤에서는 오히려 고소해했다. 특히 징적 선인은, 지난밤 징연이 나무랐을 때 증오와 불만의 눈빛을 짓던 것 같았다.

징연 선인은 징자 항렬 제자 중에서도 나이가 가장 어린데 장문인 자리를 계승했으니, 다른 사람들은 분명히 아니꼬워했을 것이다. 그가 죽으면 장문인을 다시 뽑아야 했다. 그렇다면 살인 동기도 있었다.

다만 본 파 내의 암투는 격렬하지 않았는데 꼭 살인까지 해야 했을까? 단순히 눈빛, 죽은 사람의 표정 분석에 따른 추측과 피부 껍데기에 남은 표정 외에는 아무런 실질적인 증거가 없었으니, 솔직히 너무 미심쩍은 결론이었다.

화천골은 백자화를 따라 방으로 돌아갔다. 가는 동안 그녀는 스스로에게 쓸데없는 생각 말라고 열심히 속삭였다. 신임 장문인이 계승식에서, 그것도 여러 선인들 앞에서 죽은 것은 옥탁봉에게는 대단한 치욕이었다. 그들은 반드시 진범을 찾아 직접 장문인의 복수를 할 것이다.

이때 뜻밖에도 문 두드리는 소리가 들려왔다.

"존상, 소백문詔白門 대제자 위석衛昔이 뵙기를 청합니다."

화천골은 어리둥절했다. 예전에 낙십일한테 소백문에 대해 들은 적이 있었다. 소백문은 조용히 일처리를 하는 문파로, 서쪽 끝에 위치하고 있었다. 문파 제자들은 모두 여자며, 성결하고 초탈하기로 선계에서 이름난 곳이었다.

잠시 후 문이 열리고 노란 옷을 입은 여자가 들어왔다. 과연 숨 막힐 정도로 아름다웠다. 위석은 인사를 하려다가 백사화를 보고 그만 넋을 잃었다.

다섯 상선이 모두 기개가 뛰어나다고 들었지만, 장류 상선은 더욱더 초탈함의 극치였다. 이제 보니 세상에는 감히 똑바로 바라볼 수도 없는 아름다움이 있었다. 그리고 백자화 곁의 초록색 치마를 입은 여자아이는 예쁘장하고 인상이 좋았다. 동글동글한 만두 머리가 유난히 천진난만해 보였다. 위석은 곧 그녀가 백자화의 제자이자 모산의 어린 장문인인 화천골이라는 것을 떠올렸다.

위석은 몸을 숙이고 공손히 인사한 다음, 서둘러 이야기보따리를 풀어 놓았다. 지난달, 소백문 장문인 안정사雁停沙 또한 방에서 참혹하게 죽은 채 발견되었다. 죽은 방식은 징연과 아주 똑같았다. 심장과 폐, 내장뿐 아니라 뼈와 살까지 파내 가죽만 남았는데, 피부는 전혀 상하지 않았다.

소백문은 늘 속세와 떨어져 지냈고, 이 때문에 이렇게 커다란 사건도 본 파 안에서 해결하고 바깥에는 알리지 않았던 것이다. 그리고 신임 장문인이 아직 임명되지 않아 옥탁봉의 계승식에는 그녀가 파견되었다. 그런데 징연이 똑같은 방식으로 살해당하자 위석은 동일인의 소행이라고 생각한 것이다.

백자화는 곰곰이 생각에 잠겼다.

"이 일을 징적 선인 일행에게도 알렸습니까?"

위석은 잠시 망설였다.

"아닙니다."

백자화는 그녀가 사건이 일어난 지 몇 시간이 지난 후에야 찾아온 것은 분명, 우선 옥탁봉에서 조사를 해 본 결과 의심스러운 사람이 생겼는데, 그 서열이 높기 때문이라고 짐작했다. 아마도 그녀는 흉수가 옥탁봉 사람일까 봐 걱정스러웠고, 또 외부인이 다른 문파의 일에 끼어들기가 불편한데다, 그녀는 서열이 낮아 무시당할 수도 있다고 생각했을 것이다. 더구나 옥탁봉은 선계의 대문파였다.

"선계에는 존상을 따르지 않는 사람이 없고, 존상께서는 추호도 놓치지 않으시니, 분명 진범을 확실히 밝혀내실 겁니다."

백자화는 심사숙고했다.

"징연이 모두가 보는 가운데 죽어 옥탁봉의 체면이 많이 깎였습니다. 장류의 장문인인 내가 끼어들면 모양새가 별로 좋지 않습니다. 그러니 당신을 따라 소백문으로 가서 당신의 사부부터 조사해 달라는 말입니까?"

"바로 그렇습니다."

화천골은 소백문으로 간다는 말에 속으로 뛸 듯이 기뻐하며 기대에 찬 눈길로 백자화를 바라보았다. 백자화는 잠시 침묵하다가 살짝 고개를 끄덕였다.

"먼저 돌아가십시오. 나는 약 사흘 후에 도착할 겁니다."

단지 징연의 죽음뿐이라면 문파 내 암투거나 요마의 복수일 수 있었다. 전에도 이런 일이 없지는 않았으니까. 하지만 연달아 두 문파의 장문인이 피살되었고 수법 또한 잔인하니, 그렇게 간단히지만은 않은 것이 분명했다.

이튿날 아침, 백자화는 화천골을 데리고 산을 내려갔다.

"사부님, 우린 소백문으로 가나요?"

"아니다. 옥탁봉에 온 김에 산기슭에 있는 사부의 친구를 만나 보자."

그 말에 화천골은 눈을 빛냈다. 백자화가 친구라는 이름으로 누군가를 부르는 것은 처음이라 몹시 호기심이 일었다.

백자화는 산을 내려가는 내내 말이 없었다. 화천골은 궁금했지만 감히 물어보지 못했다. 선계의 비호 아래 옥탁봉 기슭의 백성들은 침략당할 걱정 없이 평화롭게 살았다. 저 멀리 잇닿은 논과, 밥 짓는 연기가 모락모락 피어오르는 것이 보였다. 그 장면이 청산녹수와 어우러져 한 폭의 그림 같았다.

사제 두 사람은 외진 골목으로 날아가서야 모습을 드러냈다. 마을에는 운치 있는 작은 나무 집들이 들쭉날쭉 서 있었다. 화천골은 백자화를 따라 그중 더없이 일반적인 집의 문 앞으로 가서 가만히 섰다.

문이 열렸다. 장식은 단순했다. 화천골은 참지 못하고 머리를 쏙 내밀어 방 안을 들여다보았다. 백자화가 부르는 소리가 들렸다.

"단범檀梵."

순간, 그녀의 귓속에 있던 당보가 "앗!" 하고 비명을 질러 화천골은 의아했다. 한참 후에야 그녀는 백자화가 지붕을 수리하고 있는 사람을 부르고 있다는 것을 알아챘다.

그 남자는 무척 일반적인 촌사람 차림이었다. 소매를 걷어 올리고, 얼굴에는 땟자국이 약간 있었다. 그는 백자화의 목소리를 듣고도 고개조차 들지 않고 계속 뚝딱뚝딱, 지붕만 만졌다. 백자화도 더 이상 말하지 않았다. 분위기가 정말 이상했다.

정오가 되자 햇볕이 쨍쨍 내리쬐어 대지를 활활 달구었다. 화천골은 실눈을 뜨고 상대방의 모습을 자세히 보려 했지만, 아무래도 잘 보이지 않았다.

"소골, 먼저 집에 들어가 있거라."

"예, 사부님."

화천골은 나무 집으로 들어가다가 화들짝 놀랐다. 한구석에 방금 지붕에 있던 사람과 똑같은 생김새를 한 사람이 약을 찧고 있었다. 그 역시 화천골을 완전히 무시했다.

화천골은 어색하게 여기저기 둘러보았다. 집 안에는 탁자 하나, 의자 하나, 침대 하나, 그리고 초대형 약 선반이 놓여 있었다. 선반의 서랍 안에는 각종 약재가 가득했다. 냄새를 맡아 보니 모두 아주 평범한 약재점에서 살 수 있는 약들이었고, 좋은 인삼 한 포기 없었다.

그때 방에서 또 한 사람이 걸어 나왔다. 이번에도 앞의 두 사람과 똑같은 생김새였다. 그는 누렁개를 안고 있었는데, 방금 개의 다리를 싸매 준 것이 분명했다. 그가 개를 입구에 내려놓자 개는 꼬리를 살랑살랑 흔들며 절룩절룩 걸어 다녔다.

'설마 세쌍둥이?'

화천골은 아직도 그들에게서 선법으로 변신한 흔적을 찾을 수가 없었다. 그때 지붕 위에 있던 사람이 내려와 집 안으로 들어왔다. 개를 안았던 사람, 약을 만들던 사람도 일어나 그의 뒤에 서더니 차례대로 그의 몸 속으로 들어가 마침내 한 사람이 되었다.

그 사람은 물을 한 대접 벌컥벌컥 마신 다음 크게 숨을 내쉬더니, 그제야 그들 사제를 바라보았다.

"가세. 내 식사 대접을 함세."

그 말이 끝나기 무섭게 그는 곧장 밖으로 나갔다. 화천골은 눈을 휘둥그렇게 뜨고 멍하니 서 있었지만, 백자화는 전혀 이상해하지 않고 태연하게 그를 따라 나갔다. 화천골은 황급히 그들을 쫓았다. 그러면서 선술이 아주 뛰어난 사람인가 보다며 속으로 계속 중얼거렸다.

"당보, 저 사람은 대체 누구야?"

화천골이 소리 죽여 물었다.

"골두 바보! 단범 상선이잖아!"

"에?"

화천골의 눈이 멍해졌다.

세 사람은 마을의 낡고 작은 식당에 가서 앉았다.

탁자에 놓인 소백채[8] 한 접시와 두붓국 한 그릇을 보자 백자화의 표정도 살짝 굳어졌다. 그러나 단범은 커다란 사발에 담긴 쌀밥을 들고 맛있게 먹었다.

"들게. 왜 안 먹나?"

단범은 퍽이나 친절하고 열정적인 주인다운 모습이었다. 화천골은 사부가 한눈에 이 요리들을 만든 과정을 훤히 꿰뚫어 보았다는 것을 알았다. 배추밭에 뿌리는 똥물, 두부를 썬 사람의 더러운 손, 배추를 볶은 사람이 큰 소리로 말할 때 튀는 침, 여기에 기름때가 가득한 식탁과 깨끗이 씻지도 않은 젓가락에 묻은 다진 파까지. 결벽이 심하고 본래도 음식 먹는 것을 별로 좋아하지 않는 사부 나리께서 어찌 이런 걸 먹을 수 있겠는가!

화천골은 새파래진 백자화의 얼굴을 보며 웃음을 꾹 참느라 속이 터질 지경이었다. 그런 마당에 그녀의 배가 눈치도 없이 꾸르륵 소리를 냈다. 그녀는 사양하지 않고 젓가락을 들었다. 뜻밖에도 무척 맛이 있었다.

---

8 炒白菜. 배추를 볶은 요리.

단범이 웃으며 말했다.

"역시 어린 제자가 보는 눈도 있고 먹을 복도 있구나."

화천골은 아직도 그의 얼굴을 잘 알 수 없었다. 매번 똑똑히 봤지만 기억을 할 수가 없었다. 늘 사람들 속에 숨어 있어야 하기 때문에 편의를 위해 환술을 부린 모양이었다.

"눈 깜짝할 사이 3백 년이 지났군. 무슨 일로 날 찾아왔나? 그냥 지나다 들렀을 리는 없고!"

단범은 연거푸 밥 세 그릇을 먹어 치운 후 트림을 하며, 소매로 아무렇게나 입을 쓱쓱 닦았다. 당보가 알려 주지 않았다면, 화천골은 그가 선인일 뿐 아니라 사부와 동급인 오선에 꼽히는 싱선이라는 것을 상상도 하지 못했을 것이다. 그와 또 다른 상선 한 명은 한 번도 군선연에 참석하지 않았다. 그래서 화천골이 모르는 얼굴이었고, 또 백자화도 그의 이름을 언급한 적이 없었다. 더욱이 하자훈도 얽혀 있어 함부로 묻지도 못했다. 그런데 단범 상선은 어째서 선계에 머물지 않고 이 속세에 몸을 숨기고 있을까?

"옥탁봉에 일이 생겼네. 자네도 알고 있겠지?"

단범은 의미 없는 듯이 어깨를 으쓱하더니 점원을 불러 술 한 병을 시켰다. 그리고 자신과 백자화, 화천골에게까지 술을 따라 준 다음 잔을 들었다.

백자화는 이 술은 맑고 차가우며, 빚는 과정에서 크게 흠잡을 만한 것이 없다는 것을 알고 억지로 잔을 들었다. 옆에 있는 화천골은 고향의 술과 비슷한, 달달한 미주米酒를 보자 벌써부터 침을 줄줄 흘리더니 와락 달려들어 한 모금 꿀꺽 마셨다. 술은 전혀 독하지 않고 맹근했지만, 그만 사레가 들어 켁켁거렸다.

단범이 참지 못하고 큰 소리로 웃음을 터트렸다. 그 소리가 시원시원해서 화천골은 처음처럼 어색하지 않고 훨씬 친근한 느낌을 받았다. 하지만 뜻밖에도 그가 안색을 확 바꾸며 백자화에게 말했다.

"그런 일들이 나와 무슨 상관인가? 돌아가게. 자네를 보고 싶지 않아."

말이 끝나자 그의 모습은 어디론가 사라져 버렸다. 화천골은 또다시 눈이 휘둥그레졌다. 백자화는 가만히 한숨을 쉬더니 역시 모습을 감추었다. 화천골만 혼자 남겨진 채 바보처럼 그 자리에 앉아 있을 뿐이었다.

"어떻게 된 거야?"

화천골은 허둥지둥 머리를 흔들어 당보를 귓속에서 꺼냈다.

"당보, 너 또 자?"

"몰라, 너무 피곤하단 말이야."

당보는 연신 하품을 했다. 화천골은 그를 들어 올려 힘차게 휙휙, 두 번 흔들었다.

"정신이 좀 들지?"

"아침 먹은 걸 토할 뻔했잖아!"

당보는 맥이 풀려 그녀의 손바닥에 엎드렸다.

"당보, 단범 상선은 대체 어떤 사람이야? 성격이 꽤 괴팍하던데!"

당보는 헤헤 웃었다.

"괴팍하긴 무슨. 그냥 존상과 원한이 좀 있을 뿐이야."

화천골은 깜짝 놀라 눈을 동그랗게 떴다.

"골두도 선계에 다섯 명의 상선이 있는 거 알지?"

"응. 하지만 세 분밖에 못 뵀어. 사부님과 동화 상선, 그리고 자훈 언니."

"나머지는 단범 상선과 무구無垢 상선이야. 소문에는, 단범 상선은 오감이 하늘과 통해 앉은 자리에서 육계를 들여다볼 수 있고, 파망과 감심 능력도 초절정에 이르러서 천리안[9]과 순풍이[10]도 못 따를 정도래. 한때 천계에서 천조대전天條大典을 주관했고, 선과 악, 충신과 간신을 판별해 삼계의 형벌을 담당해서 기세가 대단했지."

"우와, 대단하다!"

"맞아. 단범 상선은 율법을 주관하면서도 아주 엄격하지는 않았어. 성격이 시원시원해서 도리와 법에 대한 도량이 무척 넓어 모두들 진심으로 탄복하고 따랐어. 오선도 예전에는 사이가 좋았어. 하지만 단범 상선은 자훈 상선을 좋아했고, 자훈 상선은 존상만을 좋아했지. 그런데 자훈 상선이 존상 때문에 타선이 되어 마도에 들자, 단범 상선은 존상을 원수로 생각하게

---

9 千里眼. 민간 전설에서 멀리서 일어나는 일을 볼 수 있는 신.

10 順風耳. 민간 전설에서 멀리서 나는 소리를 들을 수 있는 신.

되었어."

화천골은 놀라 할 말을 잃었다. 막장으로 얽힌 삼각관계였구나!

"자훈 언니는 대체 어쩌다가 사부님 때문에 타선이 되었어?"

"몰라. 존상께 직접 물어보지 그래?"

화천골은 휘휘 손을 내저었다.

"그때 천계에서 엄벌에 처하라는 명을 내렸는데, 단범 상선이 받아들였겠어? 몰래 자훈 상선을 풀어 줬지. 그 후 모든 일에서 손을 떼고 선계를 떠나 속세에서 3백 년째 살고 있어."

화천골은 눈을 찌푸렸다.

'그래서 자훈 언니가 그렇게 가엾은 듯이 날 바라보고, 같은 꼴을 당하지 말라고 충고했구나.'

백자화가 단범을 찾아냈을 때, 단범은 호숫가에 조용히 앉아 있었다. 뒷모습이 쓸쓸하고 외로워 보였다. 백자화는 한때 그가 인간 세상의 더러움과 인간의 음험함을 가장 싫어했던 것을 기억하고 있었다. 그런데 뜻밖에도 이렇게 오랫동안 인간 세상에서 지내 온 것이다.

"많이 변했군."

단범은 쓴웃음을 지었다.

"변하는 것은 좋은 거지. 사실 자네도 변했어. 자네 스스로 느끼지 못할 뿐이지."

"아직도 날 원망하나?"

"자넬 원망해서 뭐 하겠나. 자네는 아무 잘못도 하지 않았네. 그저 아무것도 하지 않았을 뿐이야."

백자화는 속으로 쓴웃음을 지었다. 단범이 어째서 그가 오는 것을 몰랐겠는가? 정말로 그에게 화가 났다면 벌써 피해 버렸을 것이다.

단범은 고개를 돌려 백자화를 보았다.

"자화, 자넨 자신에게조차 자비를 베풀지 않는데, 내 어찌 자네를 사랑하는 사람에게 자비를 보이라고 무리한 요구를 할 수 있겠나? 하지만 언제나 철석같은 심장을 가진 자네가 저런 제자를 거둘 줄은 몰랐네. 즐거움을 찾았다고 해야 할지, 사서 고생한다고 해야 할지 모르겠군."

백자화는 살짝 눈을 찌푸렸다.

"몇 백 년 간 이름을 숨기고 사는 자네는 어떤가?"

"나는 인간 세상의 생활이 좋아. 3백 년 동안 많은 곳을 다녔네. 매일같이 장류산의 그 텅 비고 쌀쌀한 절정전에 있는 자네보다야 낫지."

"나는 옥탁봉의 일 때문에 왔네. 소백문의 장문인도 죽었어."

"나와는 상관없는 일일세. 어쨌든 난 아무것도 몰라! 자넨 남의 문파 일에는 참으로 열심이군. 하지만 언제나 자기 일에는 신경 안 쓰고 곁에 있는 사람에게도 관심이 없지. 지금 자네는 여전히 고상하고 드높은 장류 상선이네만, 자훈이 어떤 나날을 보냈는지, 어떤 괴로움을 겪었는지 아나? 자네야 보지도 않고 듣지도 않고 생각하지도 않고 물어보지도 않을 수 있지만, 난 말일세, 그것조차 못한다네."

"단범, 자네는 집착이 너무 강해."

단범의 눈에 조소가 떠올랐다.

"자네가 칠정육욕을 없애고 모든 집념을 벗어던지는 것도 일종의 집착 아닌가?"

백자화는 그저 한참 동안 그를 바라보며 침묵할 뿐이었다.

화천골은 안절부절못하며 나무 집에 앉아 있었다. 마침내 백자화와 단범이 돌아왔다.

"가자, 소골."

화천골은 다시 멍해졌다.

"예? 이렇게 그냥 가요, 사부님?"

그런데 단범이 불쑥 물었다.

"소백문으로 가나?"

"그렇네."

"기다리게."

그는 곧장 안방으로 들어가더니 도자기 병을 들고 나와 백자화에게 던졌다.

"연성蓮城을 지나는 길에 무구에게 이 약 좀 대신 전해 주게."

백자화는 고개를 끄덕이고, 화천골을 데리고 마을 밖으로 걸어 나갔다. 화천골은 내내 얼떨떨했다.

"사부님, 단범 상선께서 징연 장문인을 죽인 흉수에 대한 단서를 알려 주셨어요?"

"아니다."

"그럼 우린 헛걸음한 거네요?"

그러나 백자화는 고개를 저었다.

"단범은 모른다고 했다. 그마저 알아차리지 못했다면 옥탁봉에서 살인을 저지른 자는 요마가 아니라 선인이다. 최소한 범위를 축소할 수는 있다."

그는 단범을 너무나 잘 알고 있었다. 아무리 마음속 응어리가 풀리지 않아, 그가 조사에 애를 먹게 일부러 숨길 수는 있지만, 절대로 그를 잘못된 방향으로 이끌 리 없었다.

"그럼 사부님, 이제 우리는 연성으로 갔다가 소백문으로 가나요?"

백자화는 고개를 끄덕였다. 방금 단범 상선을 만났는데, 또 금방 무구 상선을 보게 된다고 생각하자 화천골은 살짝 흥분이 되었다.

바로 그때 멀리서 누군가 바삐 걸어왔다. 백자화는 걸음을 멈추었고, 화천골은 믿을 수 없어 눈을 동그랗게 떴다. 그녀가 놀라고 기뻐하며 상대방 앞으로 달려갔다.

"동방! 어떻게 여길?"

"아빠!"

당보도 기쁘게 소리를 지르다가, 백자화가 옆에 있는 것을 떠올리고 황급히 입을 막았다.

나타난 사람은 바로 동방욱경이었다. 두 사람은 종종 편지를 주고받고, 이따금씩 이술異術을 써서 꿈에서 잠시 만나기도 했지만, 동방욱경은 선계의 사람들을 별로 좋아하지 않아, 백자화가 있을 때 그녀를 찾아온 것은 처음이었다.

동방욱경이 빙그레 웃었다.

"다행히 따라잡았군. 존상, 골두에게 긴히 할 말이 있는데 잠시 이야기 좀 해도 되겠습니까?"

백자화는 지난번 태백산에서 본 침착한 모습이 완전히 가신 그를 보자 의아해하면서, 고개를 살짝 끄덕이고 몸을 감추었다. 동방욱경은 소매에서 붓 하나를 꺼내 담벼락에 문을 하나 그렸다. 그리고 놀랍게도 그 문을 밀어 열고, 화천골을 데리고 들어갔다. 당보는 흥분해서 동방욱경에게 뛰어올라 어리광을 부렸다. 동방욱경도 귀여워하며 뽀뽀해 주었다.

그의 이런 기묘한 능력에 이미 이골이 난 화천골은 별로 놀라지 않았다. 하지만 그의 표정이 이상한 것 같아 마음이 서늘하고 이상한 생각이 들었다.

"동방, 왜 그래요?"

동방욱경은 여전히 얼굴 가득 웃음을 띠고 있었지만, 눈빛은 전에 없이 초조했다. 그는 화천골을 품에 꼭 끌어안으며 머리를 쓰다듬었다.

"모르겠소, 골두. 이번에는 정말 모르겠소."

"에?"

화천골은 영문을 알 수가 없었다.

"옥탁봉의 일에 끼어들지 말고 당신 사부를 따라 장류산으로 돌아가라고 말한들 당신은 듣지 않겠지. 당신 사부도 틀림없이 그럴 것이고. 요컨대, 앞으로 무슨 일이든 각별히 조심하시오. 가능하면 백자화 곁에서 한 발짝도 떨어지지 않는 게 좋소."

"우리에게 위험한 일이 생긴다는 말이에요?"

동방욱경은 고개를 저었다.

"그저 갑자기 불길한 예감이 든 것뿐이오. 하지만 이 일은 이미 내 능력 밖이고, 더 많이 알려 줄 수도 없소."

화천골은 알 듯 말 듯 고개를 끄덕였다.

"멀리까지 와서 알려 줘서 고마워요. 사부님 곁에 있으면 아무 일도 없을 거예요. 걱정 말아요!"

"그러길 바라오."

동방욱경은 그녀를 잃어버릴지도 모른다는 갑작스러운 두려움을 억누를 수가 없었다. 하지만 아무리 헤아리고 또 헤아려 보아도, 이 일이 어디서부터 그의 손아귀를 벗어났는지 알 수가 없었다. 그에게 징연과 소백문 장문인의 죽음은 너무나도 명확했다. 하지만 이 모든 것을 덮고 있는 어두운 그림자는 그 역시 확실히 짐작할 수 없었다.

2

화천골과 당보는 서운해하며 동방욱경과 작별했다.

백자화와 화천골은 서쪽으로 향했다. 날씨가 점점 뜨거워졌다. 진기가 늘 몸을 맴돌고 있는데도 더위가 가시지 않았다. 화천골은 여전히 혹서를 견디기 어려워 완전히 풀이 죽었다. 정말이지 계속 사부에게 붙어 있고 싶었다. 사부 자체가 만년한 빙처럼 차가워 뙤약볕 밑에서 이렇게 오래 나는데도 이마에 땀 한 방울 맺히지 않았다.

당보에게 전염이라도 된 듯 화천골은 약간 졸렸다. 구름 속에서 흐리멍덩하게 얼마나 졸았는지, 갑자기 백자화가 부르는 소리가 들렸다.

"소골, 이제 연성이다."

화천골은 눈을 떴다. 끝없이 펼쳐진 사막 위에 우뚝 선, 신기루처럼 금빛으로 반짝이는 도시를 내려다보며 그녀는 한참 동안 입을 다물지 못했다.

연성은 사막 한가운데의 녹지에 있었다. 진녹색 호수가 둘러싸고, 성 전체에 온통 금 벽돌을 쌓아, 마치 활짝 핀 커다란 연꽃 같은 모양이었다. 그야말로 초록빛과 황금빛이 휘황찬란했다!

아름다운 꽃과 글자가 잔뜩 조각된 성벽은 모래바람과 요마들의 침략을 거뜬히 막아 낼 만했다. 성 안 건축물은 화려하고 복잡한 양식으로, 곳곳에 보석이나 마노, 야명주 등이 박혀 있었다. 수많은 초록색 공중 정원들, 빙빙 돌며 흘러내리는 맑은 물과 솟구치는 샘물, 가지각색의 진귀한 꽃들이 도시 전체에 생기를 불어넣었다.

"연성은 세상에서 가장 부유한 도시다. 무구는 이곳 성주고."

백자화와 화천골은 안내를 받아 성 안으로 들어갔다. 무구 상선은 오랫동안 폐관 중인데, 이미 보고하러 갔으니 잠시만 기다리라고 했다.

널따란 대전 역시 이상하리만치 호화스러웠다. 장류산과는 딴판이었다. 전각 가운데 거대한 연꽃 연못이 있어서, 화천골은 연못가에 엎드려 물고기들과 장난을 쳤다. 당보도 즐겁게 연잎 위를 기어 다녔다.

갑자기 발소리가 들려 화천골은 고개를 들었다. 외모와 자태 모두 초탈하다 못해 성인聖人 같은 남자가 바로 앞에 서 있었다. 화천골은 곧 그가 바로 무구 상선임을 알았다.

그는 눈을 내리깔고 그녀를 바라보았는데, 그 눈동자는 차갑기만 할 뿐 아무것도 없었다. 정말 아무것도 없었다. 사부도 언제나 얼음처럼 차갑지만, 눈동자에는 다른 것도 많이 담겨 있었다. 장류파에 대한 책임감, 세상을 향한 큰 사랑. 그러나 무구 상선의 눈 속에는 정말이지 아무것도 없었다. 어쩌면 이런 걸 바로 '눈에 뵈는 게 없다'고 하는 걸까?

그의 복장은 화려하지만 튀지 않았고, 옅은 금광이 내내 몸을 뒤덮고 있었다. 고귀하고 성스러워 세상의 먼지는 조금도 건드리지 않은 것 같았다. 그는 백자화와 다소 닮았으면서도 전혀 닮지 않았다.

화천골은 한참 만에야 겨우 정신을 차리고 황급히 인사를 했다. 무구의 성격은 단범보다 훨씬 정상이었다.

"네가 바로 화천골이냐?"

"네."

무구는 살짝 고개를 끄덕인 후 백자화를 바라보았다.

"오랜만일세. 자네도 드디어 제자를 받았군."

"그래. 이번에 경험을 쌓으라고 데리고 나왔네. 방금 단범을 만났는데, 가는 길에 자네에게 이걸 전해 주라고 하더군."

무구는 백자화가 건넨 도자기 병을 받아 뚜껑을 열고 손바닥에 부었다. 새빨간 단약 한 알이 툭 떨어졌다. 그가 저도 모르게 입꼬리를 올리며 웃었다.

"뜻밖의 선물이군. 단범은 어떻게 지내던가? 또 자네에게 어린아이처럼 성질을 부렸겠지?"

"많이 변했네. 오선 중에서 예전과 똑같은 사람은 아마 자네뿐일 걸세. 자네는 여전히 세상일에 나서지 않고 조용히 수련만 하는군."

"세상일에 나서지는 않지만, 나 역시 그간 신기를 빼앗으려는 일로 육계가 혼란스럽다는 것은 아네. 뒤처리하느라 고생이 많겠군. 이왕 유람을 나왔으니, 초라한 곳이지만 며칠 쉬었다 가게."

"아닐세. 다른 일이 있어 이만 가야겠네."

무구는 붙잡지 않았다. 두 사람은 무미건조하게 인사말을 나누고 무미건조하게 작별했다. 화천골은 연성에서 놀고 싶은 마음이 굴뚝같았지만, 고분고분 백자화를 따라 떠났다. 그녀는 속으로 생각했다.

'정에 푹 빠진 자훈 언니와 우아하고 교양 있는 동화 상선, 성격 괴팍한 단범 상선, 냉담하고 고귀한 무구 상선, 거기에 언제나 세상 걱정만 하는 사부님. 오선의 성격은 정말 제각각이야.'

그 후 두 사람은 소백문으로 갔다. 위석이 벌써 문 앞에서 기다리고 있었다.

옥탁봉의 장문인도 똑같이 해를 입었다는 소식을 들은 소백문 제자들은 매우 놀랐다. 그리고 장류 상선이 온다고 하자 희망과 호기심을 품었다. 때문에 화천골이 백자화를 따라 소백문에 도착하자, 3백여 명의 여제자들이 광장에서 공손히 대기하고 있었다. 그들은 각양각색의 치마를 입고 있었는데, 한 사람도 빠짐없이 아름다워 눈이 어질어질했다.

비록 똑같이 사막에 자리했지만 소백문은 연성보다 더욱 비밀스러웠다. 언제나 회오리바람을 따라 이리저리 옮겨 다니기 때문에 외부인들은 위치조차 찾기 어려웠다. 하물며 잠입하여 사람을 죽이는 것은 말할 것도 없었다.

제자들이 안정사雁停沙의 방으로 식사를 가져갔을 때만 해도 그녀는 멀쩡했다. 그런데 그릇을 내가려고 가 보니, 이미 죽어 빈껍데기만 남아 있었다. 그래서 그들은 문파 내 제자의 소행이라고 생각했고 서로를 의심했다. 하지만 지금까지 어떤 단서나 증거도 찾지 못했고, 장문인 계승 문제는 계속 미뤄졌다. 그런데 옥탁봉에도 같은 일이 벌어졌을 줄이야!

'식사?'

화천골은 이상한 생각이 들었지만, 어디가 이상한지 꼭 집어 말할 수가 없었다.

"스승께서는 징연 장문인과 아는 사이였소?"

백자화의 물음에 위석은 고개를 저었다. 그녀도 돌아오자마자 그 방면으로 조사를 해 보았지만, 안정사와 징연은 거의 관계가 없었다.

"군선연에서도 겨우 몇 차례 만나셨을 뿐입니다."

백자화와 화천골은 소백문에 잠시 머물렀다. 백자화는 화천골을 훈련시킬 생각으로, 그녀에게 진짜 범인이 누구인지 조사해 보라고 하며, 그 자신은 옆에서 지도만 했다. 이렇게 해서 화천골은 갑자기 바빠졌다.

안정사의 방에는 여전히 시신이 완전한 상태로 보존되어 있었다. 하지만 그래도 화천골은 아무런 단서도 찾지 못했다. 그녀가 지금까지 본 일들은 모두 약육강식의 법칙대로였고, 이렇게 조사를 통해 진상을 밝혀내야 하는 일은 한 번도 없었다. 이 사건이 풀기 어려운 점은 흉수가 이 두 장문인들을 죽인 동기가 아직까지 불명확하다는 것이었다. 그래서 며칠이 흐르고, 관련 제자들을 모두 조사한 후에도 아무런 진전이 없었다.

바로 그때 위석이 운은의 편지를 가져왔다. 징연의 죽음이 선계에 퍼져 나가자, 운은은 반년 전에 모산파의 한 장로가 같은 방식으로 살해당했던 일을 떠올렸다. 지금까지는 요마가 복수로 심장을 먹은 것으로만 생각했는데, 다시 생각해 보니 같은 사람의 소행인 것 같았다. 그래서 백자화와 화천골이 이 일을 조사한다는 것을 알자 급히 여러 사람을 거쳐 소백문으로 편지를 보낸 것이었다.

화천골은 번뜩 깨달았다. 그동안 안정사와 징연을 흉수와 대립하는 사람들로 묶어서 생각했다. 그러나 어쩌면 그들은 정말 별다른 관계가 아닐지도 모른다. 그저 같은 사람 손에 죽은 여러 명 중 두 사람일 뿐일지도. 그렇게 보면, 범인이 죽인 사람은 겨우 세 사람만은 아닐 수도 있었다.

화천골은 낙십일과 운은, 그리고 당보에게 조사를 도와 달라고 부탁했다. 과연 몇 가지가 더 발견되었다. 1년 전, 왕옥산의 장문인 송려松厲가 오랫동안 세상에 나오지 않는데, 역시 같은 방식으로 죽었다. 그 외에 상우祥雨나한羅漢과 천장 은나隱拿도 있었다.

화천골은 흉수가 얼마나 무서운 사람인지 깨달았다. 그의 손에 죽은 것으로 확인된 사람만 벌써 십여 명이었고, 모두 선계에서 깨 이름이 있는 사람들이었다.

'어째서 그들을 살해했을까?'

아무래도 개인적인 복수나 보복일 가능성은 크지 않았다.

'무차별 살인? 혹시 미친 사람일까? 그렇다면 어떤 식으로 피해자를 골랐을까?'

화천골은 머리가 깨질 것 같았다. 사부의 손에 잡혀, 한밤중에 무덤으로 끌려가 귀신과 요괴를 마구 죽이는 것이 훨씬 쉽겠다는 생각이 불쑥 들었다.

백자화가 말했다.

"연이어 그 많은 사람들이 피살되었고, 모두 이름이 있는 사람들이구나. 그런데 어째서 징연이 죽은 후에야 드러났는지 생각해 보았느냐?"

화천골은 멈칫했다. 그랬다. 죽은 사람이 이렇게 많은데 그간 아무도 몰랐다. 설령 누군가 조사를 하고 있다 해도 남몰래 진행하고 있을 것이다. 징연의 일이 아니었다면 모두들 여전히 쉬쉬했을 것이다.

'대체 왜 덮으려고 했을까? 그 속에 남들이 알면 안 되는 비밀이라도 있었을까?'

화천골은 피살자 쪽으로 조사를 계속했다. 그리고 피살자들이 거의 모두 부덕하고 불의한 일을 했다는 것을 알았다.

폐관 중에 피살된 왕옥산의 장문인 송려는, 시신을 발견했을 때 그 곁에 학대를 당해 죽은 소녀 몇 명이 쓰러져 있었다. 말은 폐관이었지만 사실은 주지육림을 벌인 것이다.

안정사는 항상 제자들에게 엄격했다. 그녀는 칠정육욕을 금하라고 엄명을 내리고, 정조를 잃은 제자는 문규에 따라 처형했다. 그런데 그녀 자신은 많은 남자들과 관계를 맺었다.

그리고 징연은 옥탁봉의 장문인이 되기 위해 남몰래 자기 사부를 살해했다.

조사를 하면 할수록 파급력이 점점 커졌다. 이 일이 폭로되면 각 문파들은 체면을 완전히 구길 것이다. 그래서 많은 문파들이 처음에는 의심했으나 이런 일들을 발견한 후에는 더 이상 조사를 하지 않았고, 차마 밖에 알리지 못한 것이었다.

워낙 큰 사건이어서 백자화는 제군을 만나기 위해 먼저 소백문을 떠났다. 그러나 화천골은 안정사의 죽음에서 돌파구를 찾기로 결심하고 계속 소백문에 남아 철저히 조사하기로 했다. 어쨌든 이곳은 살인 현장일 뿐 아니라 시체도 가장 완전히 보존되어 있었다. 그리고 다른 문파 사람들이 끼어들기가 어려웠다.

하지만 당보는 속이 타서 죽을 지경이었다.

"골두, 아빠가 존상 곁에서 떠나지 말라고 했잖아?"

"괜찮아. 저렇게 많은 예쁜 언니들이 보호해 주잖아. 걱정할 거 없어."

소백문 제자들은 모두 화천골을 좋아했다. 그들은 그녀에게 예쁜 치마를 주거나 앞다투어 머리를 땋고 연지분을 칠해 주려고 했다. 화천골을 아주 장난감 인형처럼 여기는 것 같았다.

화천골은 안정사의 일을 위석에게만 알렸다. 위석은 사부의 사인을 알게 되자 안색이 창백해졌다.

"천골, 무리한 부탁이지만, 부디 이 사실을 다른 제자에는 알리지 마. 그러지 않으면 우리 문파는 대혼란에 빠질 거야."

화천골은 고개를 끄덕였다. 안정사가 제자들에게 신과 같은 존재였다는 건 그녀도 이미 알고 있었다. 그리고 그 존재가 붕괴되면 큰 영향을 미칠 것이 분명했다. 다만 줄곧 알 수 없는 것은, 범인이 이런 일을 저지른 동기가 단지 권선징악뿐일까 하는 것이었다. 어쩐지 어딘가 옳지 않은 것 같았다.

깊은 밤, 화천골은 위석의 방 문 앞에서 멀지 않은 어둠 속에 완전히 몸을 감춘 채 그곳을 지켜보았다. 거의 곯아떨어지려는 순간, 위석이 문을 열고 나와 살그머니 소백문을 빠져나갔다. 화천골은 헤벌쭉 웃으며 곧 뒤를 따랐다.

그녀는 본래 징연의 사형인 징적을 의심했지만, 안정사가 죽었을 때 그들은 모두 옥탁봉에 있었고, 증명해 줄 사람도 많았다. 그러나 징연이 죽었을 때 위석은 공교롭게도 소백문을 대표해서 계승식에 와 있었다. 2년 전부터 안정사가 죽을 때까지, 위석은 늘 밖을 유람했고, 그녀가 현장에 없었다는 것을 증명해 줄 사람은 없었다. 게다가 화천골이 조사한 바로는, 위석이 내내 소백문을 떠나 있었던 것은 안정사가 그녀가 사랑하는 사람을 죽였기 때문이었다.

위석은 안정사가 가장 아끼는 제자였고, 감정 때문에 사문을 버리는 것을 허락할 수 없었다. 그래서 그녀의 연인을 죽인 것이다. 위석은 사부의 명을 거역할 수 없어, 연인이 죽는 것을 두 손 놓고 지켜보아야 했다. 그런데 어쩌다가 안정사가 여러 남자들과 관계를 맺었다는 것을 알아차렸다면 얼마나 충격을 받았을까?

제법 그럴싸했다. 다만, 정말 그렇다면 징연이나 다른 사람들은 왜 죽었을까? 어떻게 죽었을까?

화천골은 위석을 따라 소백문을 벗어나 사막 위의 외딴 무덤 앞으로 갔다. 뜻밖에도 위석은 무덤 앞에 무릎을 꿇고 미친 사람처럼 처량하게 통곡을 했다.

"위석 언니."

화천골은 마음이 아파 천천히 걸어 나갔다. 위석이 깜짝 놀란 얼굴로 그녀를 바라보며 황급히 눈물을 닦았다.

"천골……."

"언니 사부가 그 사람을 죽인 거군요. 그렇죠?"

"그래. 하지만 믿어 줘. 나는 사부님을 죽이지 않았어."

"알아요."

화천골은 고개를 끄덕였다. 위석의 이런 모습을 보면, 그녀도 방금 모든 것을 알아서 황당하고, 무의미하게 죽은 연인을 위해 괴로워한다는 것을 알 수 있었다.

"사부를 너무 미워하지 마세요. 그분도 사랑 때문에 상처를 입었고, 그래서 함부로 살아 왔어요. 하지만 언니들을 보호하고 싶어서 남자들에게 접근하지 못하게 했을 거예요. 아마도 그분도 속으로는 괴롭고, 모순을 느꼈겠죠."

화천골은 위석을 위로하려 했다. 위석은 고개를 끄덕이며 눈물을 닦았다.

"어쨌든 사부님께서는 날 이렇게 키워 주셨어. 그분이 아니었다면 난 벌써 죽었을 거야. 사부님을 죽인 사람은 내가 절대 용서하지 않아!"

단서는 다시 끊겼고 화천골은 기분이 가라앉았다. 숙소로 돌아오니 당보는 또 자고 있었다. 그녀는 저도 모르게 웃으며 고개를 설레설레 저었다.

"당보! 게으름뱅이 애벌레!"

화천골이 당보의 토실토실한 배를 쿡 찔렀다. 쿡쿡쿡, 계속 찔렀다. 당보는 손가락에 찔려 이리저리 밀리면서도 꼼짝도 하지 않았다. 화천골은 갑자기 이상하다는 것을 느꼈다.

"당보! 당보!"

하지만 아무리 부르고 또 불러도, 아무리 흔들고 때려도 당보는 혼수상태에 빠진 것처럼 깨어나지 않았다. 화천골은 숨이 막히는 것 같았다. 마음을 가라앉히려 애쓰며 자세히 살펴보았지만 당보의 몸에는 아무런 상처도 없었고, 체온과 호흡도 무척 정상이었다. 마치 잠들어 있는 것 같았다.

"당보, 엄마를 놀라게 하지 마."

화천골의 손이 덜덜 떨렸다. 그녀는 필사적으로 당보에게 내력을 주입했지만 당보는 여전히 아무 반응도 없었다. 화천골은 완전히 넋이 나가 황급히 당보를 데리고 소백산을 떠나 백자화를 찾았다.

백자화가 막 구중천에서 내려오는데, 녹색의 작은 구체가 품으로 와락 달려들었다.

"사부님! 당보가 죽어 가요!"

화천골은 거의 울음을 터트릴 지경이었다. 그녀는 작은 손을 덜덜 떨며 당보를 그의 앞에 내밀었다. 잠시 살펴본 백자화는 웃을 수도 울 수도 없었다.

"당보는 괜찮다. 큰 액겁이 닥쳐오고 있어서 잠에 빠진 것이다. 액겁을 순조롭게 넘길 수 있도록 힘을 축적하고 있는 것이지."

"액겁이요?"

백자화가 고개를 끄덕였다.

"선을 닦는 사람이라면 천겁天劫, 지겁地劫, 사겁死劫, 왕생겁往生劫, 무상겁無相劫 같은 각종 액겁을 겪으며 정과正果를 얻을 수 있다. 요물도 마찬가지다. 영충은 요물의 일종이지. 하지만 수련의 법문과 진전이 각자 다르기 때문에 겪는 액겁도 다르다."

"그러니까 사부님 말씀은 당보가 이번 액겁을 넘기면 더 강해진다는 거죠?"

"영충은 이번 액겁을 겪은 후 환골탈태할 수 있다. 당보가 깨어나면 아마 날개가 자라날 것이다."

화천골은 깜짝 놀라 한참 만에야 겨우 정신을 차리고 뛸 듯이 기뻐했다.

"날개! 우리 당보가 나비가 되다니!"

백자화는 입꼬리를 살짝 올렸다.

"본래는 당보가 이번 액겁을 넘기기 위해서는 조용한 곳에 가서 방해를 받지 않아야 한다. 하지만 네 곁에서 너무 오래 떨어져 있고 싶지 않았던 것이겠지."

"사부님, 이번 액겁이 위험한가요?"

백자화는 고개를 저었다.

"그래도 당보를 잘 보살펴 주고, 안전하게 넘길 수 있도록 도와주어라."

"네, 네."

화천골은 기뻐 어쩔 줄 모르며 당보를 손에 들고 몇 번 입을 맞추었다.

"사부님, 우리 바로 모산으로 가요. 운은에게 이번 사건을 정리해 달라고 부탁했거든요. 범인은 위석이 아니라 다른 사람이에요."

백자화는 고개를 끄덕였다. 두 사람은 곧장 모산으로 날아 갔다. 화천골은 땅에 내려서자마자 정교하게 만들어진 박달나무 상자를 구해, 안에 부드러운 천을 깔고 조심해서 당보를 내려놓았다. 편안히 잠에 빠진 윤기 있고 투명한 당보를 보자 기쁘고 감동이 밀려왔다.

운은은 각 사건과 관련된 내용이 잘 정리된 상세한 문서를 모두 그녀의 방에 옮겨 주며, 참지 못하고 만두 모양 머리를 쓰다듬었다.

"여전히 한 뼘도 안 자랐군요! 자료는 모두 여기 있습니다. 도와드릴까요?"

화천골은 운은을 바라보며 생글생글 웃었다.

"당장은 괜찮아요. 사부님께서 날 데리고 유람을 나오신 것은 힘뿐만 아니라 사고력도 늘기를 바라서예요. 일단 내가 먼저 보고, 모르는 것이 있으면 그때 도와 달라고 할게요."

"알겠습니다. 혹시 드시고 싶은……."

"연근죽이요."

화천골이 바로 이어 말하자 두 사람은 마주 보며 웃음을 터트렸다.

화천골은 피살자들의 배경과 원한 관계, 죽을 때의 상황, 그리고 사람들의 증언 등을 자세히 살펴보았다. 산처럼 많은 내용들이 머릿속에 쌓여 마구 뒤섞였다. 하지만 결정적으로 모든 사람들을 한데 묶을 만한 단서는 찾을 수 없었다.

범인의 동기도 도저히 상상할 수 없었다. 겉으로는 선계를 대신해 나쁜 무리들을 제거했으니 천벌을 대신하는 것이라고 볼 수 있었다. 하지만 정말 그렇다면 어째서 살그머니 죽였을까? 비록 빈객들 앞에 징연의 시체를 던졌지만, 범인 역시 대놓고 자신의 악행을 사람들에게 공개하지는 않았다.

화천골은 입장을 바꾸어 생각해 보았다. 만약 자신이 극단적으로 협의를 행하려고 한다면, 분명 피살자들의 체면을 떨어뜨리기 위해 대대적으로 떠벌릴 것이다. 그렇지 않으면 간접적으로나마 일깨워 주거나, 이 일로 세상 사람들을 교화시킬 수도 없었다. 그래서 그녀는 범인이 사실은 개인적인 원한이나 분노 때문에 그런 일을 했다고 생각했다.

하지만 개인적인 원한이라면 피살자들 사이에는 반드시 공통된 무엇인가가 있어야 했다. 하지만 이 많은 사람들이 연루된 정도라면 대체 어떤 원한일까? 이번 사건은 선계의 각 문, 각 파가 거의 모두 관계되어 있었다!

그러나 며칠 밤낮을 방에 틀어박혀 생각만 했는데도 여전히 아무런 단서도 없었다. 죽은 사람들 모두 선계에서 덕망이 높은 사람이라는 것을 제외하면 거의 아무런 공통점도 없었다. 게다가 대부분 서로 잘 알지 못했고, 심지어 만나 보지도 않은 사람들도 있었다.

현실에서는 교차점을 찾기 힘드니, 그들이 저지른 잘못에서 찾는 수밖에 없었다. 화천골은 그들 각자가 홍수의 목표가 된 용서 못할 죄들을 하나하나 열거하며, 그 속에서 규칙을 찾으려 해 보았다. 마침내 그녀가 눈을 반짝이며 흥분한 듯 운은을 찾아 달려갔다.

"운은, 중요한 것을 찾아냈어요! 똑같이 죽은 예만천의 사형에게서요. 그 전에는 피해자들의 죄상이 점차 작아지고 있었어요. 그러나 예만천의 사형은 평소 용서 못할 잘못은 전혀 저지르지 않았고, 그저 취해서 난동을 부리다가 사람을 다치게 한 것이 다였어요. 그 후 사과를 했는데도 흉수는 그를 죽였어요."

"그래서요?"

"흉수가 사람을 죽일 때는 죄목뿐 아니라 다른 근거가 있어요. 하지만 그 기준이 계속 낮아졌어요. 그러니까 그가 살인을 하는 조건에 맞는 악인들이 점점 줄어든다는 거예요. 예만천의 사형은 엄청난 죄를 저지르지도 않았고, 심지어 한 문파의 보통 제자예요. 그렇지만 그 다음에 범인은 또 모산파 장로와 징연 장문인, 안정사 등 비교적 죄가 큰 사람들을 죽였어요. 그 말은, 그가 살인 조건에 맞는 사람을 찾지 못하면 분노를 풀지 못해 다른 판정 기준을 세운다는 거예요. 그리고 또다시 죄가 많은 사람을 죽이기 시작해요. 그 과정에서 제천행도를 한다는 의식이 조금 있다 보니 많은 사람들이 보는 앞에서 징연 장문인을 죽인 거예요. 그가 또다시 사람을 죽인다면, 분명 살인한 이유를 공개해 상대방의 명성까지 완전히 망가뜨릴 거라고 생각해요."

운은은 찬탄하듯 고개를 끄덕였다.

"하지만 그것만으로는 아직 아무 소용이 없습니다. 그자가 어째서 그 사람들을 죽였는지 하는 결정적인 요인은 아직도 알 수 없지요."

"그래도 살인을 할 때의 심리 흐름을 알잖아요. 그렇다면 범위를 축소할 수 있어요. 예만천의 사형 이전의 사건에서 범인의 다른 기준을 찾으면, 그게 바로 죽은 사람들의 공통점이에요. 분명히 그런 공통점이 존재해요."

"알겠습니다. 그 공통점은 그 이후에 죽은 사람들에게는 반드시 있다고 할 수 없군요. 그래서 우리도 지금까지 그들의 관계를 찾아내지 못한 것이고요."

화천골은 흥분해서 고개를 끄덕였다.

"맞아요! 바로 그거예요!"

"그럼 앞서 죽은 사람들의 문건을 한 번 더 자세히 살펴보죠!"

그렇게 해서 두 사람은 뒤에 일어난 사건은 미루고, 앞서 일어난 사건들을 꼼꼼히 살폈다. 피살자들의 비밀과 취미까지, 단 하나도 놓치지 않고 결정적인 돌파구를 찾으려 애썼다.

백자화는 화천골을 걱정하지 않았고, 이것저것 물어보지도 않았다. 다만 그녀가 약간 난이도가 있는 소식을 구하려 할 때만 도와주었다.

며칠 동안 깊은 잠을 잔 당보의 몸이 마치 누에처럼 점차 실에 감기는 흔적이 나타났다. 화천골은 단 한시도 눈을 뗄 수 없어 당보가 든 상자를 늘 몸에 지니고 다녔다.

운은은 모산파의 내부 업무도 처리해야 했으므로 한가할 때만 와서 도와주었다. 화천골은 방 안에 틀어박혀 문을 잠근 채 또다시 며칠 밤낮 동안 밖으로 나가지 않았다.

한 제자가 정오에 식사를 보내 주겠다고 알렸는데도 화천골은 여전히 입도 벙긋하지 않았다. 운은이 직접 주방으로 가서 죽을 끓여 화천골에게 갖다 주었다.

"천골, 며칠째 아무것도 먹지 않았으니 배고프지요? 뭐라도 먹고 생각하세요."

화천골은 멍하니 있다가 갑자기 모든 것을 깨달은 표정으로, 놀랍고 기뻐하며 소리를 꽥 질렀다.

"알았다!"

"뭘 말입니까?"

운은은 어리둥절했다.

"죽은 사람들의 공통점이요."

화천골이 흥분해서 왔다 갔다 했다.

"음식이에요! 모두들 토끼 고기를 좋아했어요!"

선을 이룬 사람들은 대부분 음식을 끊고 육식을 경계했다. 하지만 문파마다 규칙이 달라, 장류파처럼 육식을 금지하지 않는 곳도 있었다. 그래서 화천골은 운 좋게도 직접 음식을 만들어 천하의 맛있는 음식을 맛보았다.

하지만 선을 수련하는 사람은 마음을 평안히 하고 욕심을 줄이는 것이 중요했으므로, 당연히 먹지 않는 편이 가장 좋았다. 그런데 하필이면 피살된 모든 사람들은 식사를 했다.

예만천의 사형 이전에 살해된 사람들은 특히 토끼 고기를 각별히 좋아했다. 그 후 살해된 사람들도 토끼 고기를 먹었는지는 모르나 모두 육식을 했다. 그리고 화천골은 안정사가 피살될 때 탁자에 있던 요리 중에 토끼 고기가 있었던 것을 기억했다. 또, 지금껏 아무런 악행도 찾을 수 없었던 피살자, 천장은나는 언젠가 사냥을 하다가 백여 마리의 토끼를 단숨에 쏘아 잡은 적이 있었다.

'설마 범인은 토끼를 유난히 좋아하는 사람이란 말인가?'

하지만 그의 능력이라면 원수가 누구건 간에 이미 복수를 했을 것이다. 단지 분노가 가라앉지 않아 살인으로 분풀이를 했고, 그러다 보니 저도 모르게 스스로를 심판자로 여기게 된 것이다.

화천골은 이런 내용을 백자화에게 보고했고, 백자화는 살짝 고개를 끄덕였다.

"일리가 있구나. 토끼와 관련된 사건을 더 조사해 보아라. 그 사람들과 같은 방식으로 죽지 않았을지도 모른다. 첫 번째가 복수였다면, 범인은 지금처럼 냉정했을 리 없다. 그러니 살인 방식이 더욱 잔인하고, 더욱 단순하고, 난폭했을 것이다."

화천골은 힘껏 고개를 끄덕였다.

이튿날 밤, 백자화가 장포를 벗고 있는데, 화천골이 신바람이 나서 들어오는 바람에 다시 장포를 걸쳤다.

"왜 그러느냐, 소골?"

화천골은 그 많던 할 말들이 갑자기 목에 탁 걸렸다. 사부를 보는 눈이 꼿꼿해지고 침이 줄줄 흘렀다.

"사부님! 역시 사부님 말씀대로였어요! 이걸 보세요. 2년 전에 제운산의 제자 십여 명이 누군가의 손에 살이 발려 개의 먹이가 되었어요. 그들은 선법으로 목숨이 억지로 붙어 있었고, 몸이 들개에게 한 점 한 점 뜯어 먹히는 것을 지켜보다 마지막에야 죽었어요. 제운산은 곳곳을 뒤졌지만 범인을 찾아내지 못했어요. 그들의 어린 사제 말로는, 그중 한 사람이 생전에 허풍이 심했는데, 요마를 제거하러 하산했을 때 토끼 정령을 많이 죽이고 고기를 나눠 먹었다고 했대요. 하지만 제운산 장문인은 어떤 요마가 그만한 담력과 능력을 가졌기에, 겨우 토끼 한 마리의 복수를 하겠다고 나설 리 없다며 그쪽으로는 조사하지 않았대요. 제가 알아보니 그때 살해된 토끼 정령은 아주 예쁜 요괴였어요. 이름은 운아雲牙였고요."

백자화의 눈에 만족의 표정이 어렸다. 그가 입꼬리를 살짝 올리며 말했다.

"바로 그것이다."

3

그때 당보는 이미 누에 실에 꽁꽁 싸여 있었다. 화천골은 그가 누에를 뚫고 작은 나비가 되어 나오기를 기대했다.

운아는 요괴였다. 게다가 아름다운 요괴였다. 그녀를 알고, 그녀의 복수를 할 만한 선인을 찾는 것은 그리 어렵지 않을 것이다. 화천골은 살천맥에게 편지를 보내 조사를 도와 달라고 부탁했고, 곧 운아에게 미아媚兒라는 친한 친구가 있다는 것을 알게 되었다. 미아 역시 토끼 정령이고, 종남산 자죽림에 살고 있었다.

백자화와 화천골이 떠나려고 하는데, 백발이 허연 산설선霰雪仙이 급한 얼굴로 모산에 올라와 곧장 백자화 앞에 무릎을 꿇었다.

"존상, 살려 주십시오!"

백자화는 오른팔의 살이 거의 뽑혀 나가 가죽만 덜렁덜렁 남은 그를 보고 저도 모르게 눈을 찌푸렸다. 산설선은 벌써 3천 살이 넘었다. 본래 위우파委羽派의 장문인이었다가 은퇴해서 유선으로 살고 있는, 심지가 굳은 사람이었다. 하지만 몇 년 전 홍진을 유림하면서 점차 타락해 갔고, 사람을 죽여 그 피를 빨아 사술을 수련했다. 그러니 살해 목표가 되는 것도 이상한 일은 아니었다.

그러나 흉수는 그의 3천 년 도행을 얕본 모양이었다. 하물며 징연이 죽은 이후 앞에 있었던 사건들이 차차 밝혀져, 속에 비밀을 품은 선인들은 미리 경계를 하고 있었다. 그래서 아차 하는 사이 그는 흉수의 손아귀에서 달아났다. 산설선은 갈 곳도 없고, 그렇다고 큰 소리로 떠들고 다닐 수도 없었다. 하지만 흉수가 절대 손을 뗄 리 없다는 것도 알기에 어쩔 수 없이 백자화를 찾아와 구원을 청한 것이었다.

화천골은 이것이 범인을 잡을 호기라는 것을 알았다.

"사부님, 사부님은 산설선과 함께 위우파로 가서 범인을 잡으세요. 저는 자죽림으로 가서 미아를 만나 본 후 합류할게요."

백자화는 흥수가 순순히 잡힐 거라고는 생각지 않았다. 다소 적절하지 않은 느낌이었지만, 화천골은 이미 혼자 일을 처리할 만한 능력이 있어 안심하지 못할 것도 없었다. 그래서 몇 마디 당부한 후, 각자 길을 떠났다.

화천골은 종남산 자죽림에 이르러 어렵사리 미아의 행방을 찾아냈다. 그녀는 매우 깊고 어두운 동굴에 숨어 있다가 화천골을 보자 필사적으로 달아났다.

교활한 토끼는 굴이 세 개 있다는 속담이 있다. 화천골은 도저히 그녀를 잡을 수가 없었다. 게다가 그녀는 화천골의 해명을 들으려고도 하지 않았다. 화천골은 어쩔 수 없이 토끼로 변해 꼬박 하루 동안 그녀를 쫓은 끝에, 겨우 땅에 결계를 쳐 그녀를 꼼짝 못하게 붙잡았다.

"미아, 겁낼 거 없어! 난 화천골이라고 해. 장류산의 제자야. 널 해치려는 것이 아니라 몇 가지 물어보고 싶어서 그래!"

미아는 사람 모습으로 변해 결계 안에서 좌충우돌하다가 놀라 벌벌 떨었다.

"난 몰라! 모른다고! 난 아무것도 몰라!"

화천골은 참을성 있게 그녀를 위로했다.

"네 친한 친구 운아에 관해서야. 이건 아주 중요한 일이야. 앉아서 이야기 좀 할래? 해치지 않겠다고 약속할게."

미아는 분노한 눈길로 화천골을 바라보더니, 이를 드러내며 결계 벽으로 달려들었다.

"너희 같은 선계 사람들은 모두 나쁜 놈들이야! 짐승만도 못해! 운아는 너희들 손에 죽었어!"

화천골은 저도 모르게 슬퍼졌다.

"나도 알아. 하지만 대부분의 선인들은 착해. 네 친구가 억울하게 죽은 것도 알아. 그녀에겐 아무 잘못도 없어. 하지만 그녀를 죽인 사람들은 모두 죽었잖아. 난 그냥 한 가지 물어보고 싶은 것뿐이야. 운아와 친하게 지내던 선계 친구가 있어? 운아의 복수를 할 만한?"

미아는 잠시 어리둥절했다.

"그가 운아의 복수를 했다고? 그럴 리 없어! 어떻게 그럴 수 기?"

정말 그런 사람이 있다는 말에 화천골은 눈을 반짝 빛냈다.

"운아의 복수만 한 게 아니라 연달아 많은 사람을 죽였어. 지금은 이미 통제 불능이 되어 아무도 막을 수가 없어. 그가 누군지 알려 줄 수 있어?"

그러나 미아는 이미 완전히 혼란 상태였다.

"그가 어떻게 운아를 위해 살인을? 운아가 그렇게 사랑했는데도 그는 운아를 거들떠보지도 않았어. 심지어 죽이려고까지 했어. 운아는 무척 상심했지. 운아는 더 예뻐지려고 계속 열심히 수련했어. 더 예뻐지면 그가 좀 더 봐 줄 거라고 생각한 거야. 하지만 뜻밖에도 그 예쁜 얼굴이 화를 불러왔어. 운아는 선문대파인지 뭔지 하는 곳의 제자 십여 명에게 능욕을 당하고 죽었어. 게다가 그들은 그녀의 살까지 먹어 치웠어. 운아, 운

366

아, 우리 가엾은 운아!"

화천골은 마음이 아파 결계를 풀고 미아에게 다가가 눈물을 닦아 주었다.

"슬퍼하지 마. 최소한 그 사람들은 이미 벌을 받았으니까. 그런데 운아가 사랑한 그 사람은 대체 누구야?"

"그는……."

미아의 눈동자가 천천히 초점을 되찾더니 믿을 수 없는 눈길로 화천골의 뒤를 바라보았다.

그녀가 그 사람의 이름을 말하려는 순간, 빛이 날아들어 그녀의 몸을 때렸다. 미아는 순식간에 연기가 되어 사라졌다.

"나다."

뒤에서 낯설지만 익숙한 목소리가 말했다. 갑자기 화천골은 등골이 오싹했다. 그녀는 뻣뻣하게 몸을 돌려 눈앞에 있는 초탈한 그림자를 바라보았다.

'무구 상선!'

"어떻게 당신이?"

화천골은 도저히 자기 눈을 믿을 수가 없었다.

"어째서 나는 안 되지?"

무구가 차갑게 웃었다.

"그 많은 사람들을 죽인 것이 운아의 복수 때문이에요?"

"선계의 불량한 무리들 같으니. 입으로는 거짓 인의를 내세워 겉보기엔 그럴싸해도, 속은 형편없고 심지는 요마만도 못해. 어차피 껍데기만 남은 자들이니 정말로 가죽으로 만들어 주었지."

"그런데 미아는 왜 죽였어요? 미아는 운아의 친구고, 아무 잘못도 없어요!"

무구의 안색이 시퍼레졌다.

"사건이 벌어졌을 때 그녀들은 함께 있었다. 운아는 그녀를 구하기 위해 참혹하게 죽었지만, 그녀는 빨리도 달아났지. 지금까지 괴로워하고 두려워하며 살도록 목숨을 붙여 두었지만, 이제 때가 되었다."

순간 화천골은 아연했다.

"당신은 운아를 사랑했군요. 그렇죠?"

"사랑?"

무구는 코웃음을 쳤다.

"아주 오래전에 자죽림을 지나가다가 우연히 거의 죽어 가는 토끼를 주웠다. 내 법력의 은택을 받은 토끼는 영기를 얻어, 수련을 해서 정령이 되었지. 나는 하얀 그녀의 모습을 보고 운아라는 이름을 지어 주었다. 개를 잡을 때도 주인을 보라고 했다. 감히 그녀를 능욕하고 먹어 치우다니, 죽을 짓을 했지!"

화천골은 알 수가 없었다.

"하지만 미아는 그녀가 당신을 무척 사랑했다고 했어요. 그런데도 당신은 그녀를 죽이려고 했다면서요."

무구는 한참 동안 침묵한 채 조소 어린 눈으로 화천골을 바라보았다.

"그녀는 나의 파사겁婆娑劫이다. 나더러 어쩌라는 거냐? 설마 피하지 말고 오래오래 같이 살기라도 하라는 거냐?"

화천골은 완전히 멍해졌다. 선을 닦는 사람이면 반드시 겪어야 하는 액겁이 있었다. 천지겁, 생사겁 같은 것들이었다. 그러나 파사겁은 모든 사람이 겪는 것은 아니었다. 하지만 일단 액겁이 닥치면 피할 곳이 없고, 벗어나기도 어렵다. 액운이 계속 몸을 휘감고 점점 상황이 나빠져, 결국에는 미쳐서 마에 빠지거나 패가망신하곤 한다.

파사겁은 죽음의 액겁이 아니라 고통의 액겁이자 파괴의 액겁이었다. 확실하게 말하면, 파사겁은 액겁이 아니라 사람이었다. 무구에게는 너무나도 불행하게도 그 사람이 바로 그를 깊이 사랑하는 운아였다. 그 일을 알고 난 후, 무구는 비록 오랫동안 길러 온 정이 남아 죽이지는 못했지만 그녀를 사정없이 버렸다. 하지만 운아는 그런 사정까지는 알지 못하고 한결같이 주인을 그리워했고, 그를 위해 정령까지 되었다.

화천골은 운아가 가엾어 슬픔을 참을 수가 없었다.

"그녀를 지켜 주지 못해서 자책하는 건가요? 그렇다면 그렇게 많은 사람을 죽일 필요는 없잖아요!"

"자책이라고? 주제도 모르고 덤빈 것은 운아니 죽어 마땅하다. 나는 그녀의 사건을 겪은 후 선인들 중에도 흉악하고 금수만도 못한 것들이 많다는 것을 알았다."

그의 공허하고 새까만 눈을 바라보자 화천골은 머리가 쭈뼛하며 불길한 예감이 들었다.

"그래서 그 많은 사람들을 죽인 것도 모자라 산설선도 죽이려고 했어요?"

무구는 냉소했다.

"산설선? 내가 정말 그자를 죽이고자 했다면 그가 내 손에서 달아나 네 사부에게 도움을 청하러 갈 수 있다고 생각하느냐?"

한기가 화천골의 발끝에서부터 심장까지 밀려왔다.

"일부러 사부님을 제 곁에서 떨어뜨려 놓은 거예요?"

"네 생각은 어떠냐?"

화천골의 얼굴이 창백해졌다.

"당신의 진짜 다음 목표는 나였군요. 그렇죠?"

"자화의 제자는 역시 멍청하지 않군. 나도 너희가 이렇게 빨리 미아까지 알아낼 줄은 몰랐다. 네 사부에게 남길 말이 있다면 해라. 대신 전해 주마."

무구가 한 걸음 한 걸음 화천골에게 다가왔다. 화천골은 소매에서 당보가 든 상자를 꺼내 던지고는, 연신 뒤로 물러나며 믿을 수 없는 표정으로 물었다.

"하지만 왜요? 나, 나도 전에 토끼 고기를 먹은 걸 인정해요. 하지만 난 한 번도 천리를 저버리는 짓을 한 적이 없다고요."

무구가 한 손으로 화천골의 목을 움켜쥐었다.

"하지만 패륜을 저질렀지. 화천골, 너는 네 사부를 사랑하지!"

무구가 얼음처럼 차가운 목소리로 화천골에게 판결을 내렸다. 그가 오른손에 힘을 주자 화천골의 머리는 몽둥이로 호되게 얻어맞은 것 같고, 몸 속의 피와 진기, 힘이 모조리 바깥으로 빠져나가는 것 같았다. 격렬한 통증과 함께 몸의 근육이 위

아래로 흔들렸다. 자신의 몸이 조금씩 조금씩 말라비틀어지는 것이 느껴졌다. 얼마 안 있어 그녀 자신도 텅 빈 가죽만 남게 되리라는 것을 알 수 있었다.

'하지만 왜? 그저 사부님을 사랑한 것뿐인데, 그것이 정말 그렇게 큰 죄고 천리를 저버리는 일일까? 아니야! 그건 잘못이 아니야! 난 분명 잘못하지 않았어!'

화천골의 몸에서 갑자기 은빛 광채가 폭사하여 무구를 튕겨 냈다. 무구는 깜짝 놀라 그녀를 바라보았다. 그녀의 두 눈동자 는 일순 보라색으로 변했으나, 곧 다시 본래대로 돌아왔다. 그 모습을 본 무구는 속으로 살짝 놀랐다.

"더 이상 쓸데없이 발악하지 마라. 남은 시간 동안 조용히 잘못을 반성해야 할 것이다."

무구는 가까이 오는 대신 손을 들었다. 손바닥에서 세차게 솟아난 힘이 강한 빛이 되어 그녀에게 엄습했다. 화천골은 핏 기가 가신 채 땅에 푹 고꾸라졌다. 실력 차이가 너무 컸다. 이 번에는 무슨 짓을 해도 죽음을 피할 수 없다는 것을 알 수 있었 다. 그녀도 미아처럼 그의 손에서 연기로 변할 수밖에 없었다.

하지만 사부가 너무 보고 싶었다. 마지막으로 한 번만 보고 싶었다……. 그러나 무구 상선이 무슨 죄목으로 그녀를 죽였는 지 사부가 알게 된다면, 과연 어떤 기분일까?

그 순간, 화천골은 운명이라 생각하고 눈을 감았다. 그러나 막 액겁을 건넌 당보가 그녀의 위험을 느꼈다. 박달나무 상자 가 바닥에서 폴짝 뛰어올라 그녀 앞을 가로막았다.

"안 돼! 당보!"

화천골이 황망히 손을 뻗었다. 강렬한 빛 속에서 상자가 산산조각 나는 것이 보였다. 그 후 당보를 감싼 누에에 조금씩 조금씩 금이 생겼다.

무구의 이 엄청난 일격을 당보가 무슨 수로 막을 수 있겠는가? 그래 봤자 그녀와 함께 죽을 뿐이었다.

화천골은 와락 달려가 마지막 순간에 당보를 안으려 했다. 그녀 자신의 몸도 조각조각 찢어지는 느낌이 들었다. 바로 그때, 검은 그림자 하나가 나타나 바람처럼 휙 앞을 스쳐 갔다. 놀랍게도 무구의 힘이 모조리 그림자의 소매 속으로 사라졌다. 그림자는 때맞춰 바닥에 떨어지려는 당보를 받았다.

화천골은 비록 똑똑히 보지는 못했으나, 그 순간 그림자가 당보의 몸에 선력을 주입해 치료하는 것을 알 수 있었다. 그 다음 순간, 그 사람은 이미 종적을 감추었고, 당보는 그녀의 손바닥 위에 돌아와 있었다.

"당보!"

화천골은 당보를 받쳐 들고 초조해 어쩔 줄을 몰랐다. 당보의 누에는 이미 석화되어 달걀껍질처럼 딱딱했다. 금이 계속 커지다가 쩍 소리를 내며 갈라졌다. 당보의 등에 막 자란 자그마하고 부드러운 날개는 점점 줄어들어 다시 예전 모습으로 돌아갔다. 몸에 몇 군데 상처가 있었지만, 당보는 몸을 바르르 떨더니 놀랍게도 눈을 떴다.

"당보."

"골두 엄마."

당보가 눈을 비비며 어리벙벙하게 화천골을 바라보았다. 화천골은 뜨거운 눈물이라도 맺힐 것 같았다. 그녀의 잘못으로 당보가 액겁을 넘는 것을 실패했다. 하지만 불행 중 다행으로 죽지는 않았다. 다만 그녀의 당보는 다시는 나비로 변할 수 없었다.

화천골은 절망에 빠져 고개를 들고, 흑의인이 사라진 방향을 바라보았다. 입술이 새파랬다. 그녀는 고개를 저으며 믿을 수 없는 듯이 중얼거렸다.

"아니야. 어떻게 그럴 수가?"

무구도 눈을 잔뜩 찌푸리고 고개를 숙인 채 잠시 말이 없었다. 그가 손을 들어 허리춤에서 빛의 검을 꺼냈다.

"참 궁금하구나. 네 목숨이 대체 얼마나 질긴지."

화천골은 중상을 입어 거의 일어날 수도 없었다. 그저 뭐라고 중얼중얼하며 온몸을 덜덜 떨 뿐이었다. 무구가 검을 드는 순간, 하늘 저편에서 하얀 그림자가 날아들어 화천골의 앞을 가로막았다. 하얀 그림자 역시 검을 뽑아 무구를 멀리 튕겨 냈다. 무구는 믿을 수 없는 눈으로 앞에 있는 사람을 바라보았다.

"자네가 어떻게?"

이미 그의 기세가 종남산 전체를 뒤덮어 아무나 드나들 수 없었고, 더욱이 관미할 수도 없었다.

"왜 내 제자를 죽이려 하는가?"

백자화는 중상을 입은 화천골과 액겁을 넘는 것을 실패한 당보를 바라보며 눈을 가늘게 떴다. 그의 눈에서 저도 모르게 분노의 불길이 번뜩였다.

"무엇 때문일 것 같나?"

백자화는 자연히 침묵했다.

"자네는 이미 주화입마 되었네, 무구."

그가 산설선을 따라가는 도중에 갑자기 모든 것을 깨닫지 않았더라면, 화천골은 이대로 무구의 손에 죽고 말았을 것이다.

"모든 일이 계획대로 된 줄 알았네. 말해 주게, 어디에 허점이 있었나?"

백자화는 가볍게 고개를 저었다.

"허점은 자네가 아니라 단범에게 있었네."

"단범?"

"갑자기 그가 자네에게 전해 주라던 그 약이 생각났네. 냄새로 그 약이 두 가지 성분으로만 만들어졌다는 것을 알았지. 당귀當歸, 그리고 하수오何首烏. 그때는 의아했지만 깊이 생각하지 않았네. 나중에 모든 것을 연결해 보니 단범은 이미 모든 것을 알고 있었다는 것을 깨달았네. 다만 그는 언제나 감정적으로 일처리를 하지. 그에게 있어 자네는, 분명 자네가 죽인 사람들보다 훨씬 중요했네. 그래서 아무것도 말하지 않는 쪽을 선택했네. 단지 자신만의 방식으로 자네에게 충고를 한 걸세……. 잘못을 뉘우치고 돌아오라고."

무구는 큰 소리로 웃음을 터트렸다. 눈빛은 조롱으로 가득했다.

"돌아와? 내가 무얼 잘못했다는 건가? 선계가 너무나도 더러워서 청소를 했을 뿐일세!"

백자화는 고개를 저었다.

"자네는 단지 마음속의 분노를 참을 수 없어 복수로 울분을 터트리고자 했을 뿐이네."

무구는 시선을 떨어뜨리고 아무 말도 하지 않았다. 표정이 살짝 일그러졌다. 지난날 운아에게 얼마나 차갑고 매정하게 말했는지 영원히 잊을 수가 없었다. 운아는 완전히 절망했고, 또 선계의 못된 무리들을 만났다. 그녀는 대체 얼마나 괴로운 마음으로 죽어 갔을까? 그것을 생각할 때마다 무구는 심장을 칼로 저미는 것 같아, 그자들을 몽땅 죽여 버리고 싶었다.

"하하! 자화, 내가 자네 적수가 못 된다는 것은 나도 잘 아네. 아무래도 오늘은 자네 제자를 못 죽이겠군. 그렇다면 마지막 형벌은, 함부로 속념俗念을 가진 나 자신에게 베풀 수밖에."

별안간 무구가 한 걸음 다가서서 백자화의 손을 꽉 붙잡더니, 그가 든 검을 자기 몸에 찔러 넣었다.

"무구!"

백자화가 그를 부축했다. 무구는 백자화의 귓가에 대고 가볍게 웃으며 속삭였다.

"내가 독전갈처럼 운아를 피한 건 그녀가 나의 파사겁이기 때문이었네. 그러나 피하면 피할수록 벗어날 수 없었네. 결국 그녀는 악몽처럼 나를 휘감고 무너뜨렸네. 내겐 선택의 여지가 없었어, 부득이하게도. 하지만 자화, 자넨 어떤가? 자네는 무엇 때문인가? 처음 저 아이를 만났을 때부터 자네는 알고 있었네. 저 아이가 바로 이생에서 자네의 파사겁이라는 것을. 그런데 자네는 그녀를 곁에 두었을 뿐 아니라 제자로 거두었지. 하하, 자네의 어리석음을 비웃어야 할지 아니면 지나치게 자부했던 나를 비웃어야 할지 모르겠군. 자화, 저 아이를 죽이게! 그렇지 않으면 자네의 최후는 오늘의 나보다 천 배, 만 배는 더 참혹할걸세!"

백자화는 넋이 나가 저도 모르게 두 손을 놓았다. 기댈 곳을 잃은 무구는 다리가 풀려 바닥으로 푹 쓰러지더니 천천히 눈을 감았다.

백자화는 한참 후에야 정신을 차렸다. 은은한 빛이 나오는 손으로 가볍게 이루만지자, 무구의 몸은 그 빛 속에서 살랑살랑 바람이 되어 사라졌다.

지난날 자훈을 구하기 위해 동화와 단범은 그에게 무릎을 꿇는 것조차 마다하지 않고 도움을 청했다. 그러나 무구는 딱 한 마디만 했을 뿐이었다.

"자업자득이군."

어쩌면 그의 눈에는, 선인으로서 함부로 속념을 품는 것은 말할 수 없이 큰 죄였을 것이다. 하물며 그렇게나 의롭지 못한 일은 말할 것도 없었다. 그의 마음은 너무 오만하고 너무 깨끗했다. 그래서 더욱더 이런 자신과 더러운 선계를 받아들일 수 없었다. 뿌리로 돌아가는 것, 그것이 바로 그의 파사겁이었다.

백자화는 화천골에게 다가갔다. 그녀는 여전히 정신이 나가 덜덜 떨고 있었다.

"소골, 이제 괜찮다. 소골, 당보도 괜찮아!"

백자화는 이렇게 공포에 질려 정신이 나간 그녀를 본 적이 없다. 그는 걱정이 되어 눈을 살짝 찌푸린 채 그녀를 치료해 주려고 했다. 그런데 갑자기 화천골이 그의 목에 매달리더니, 힘껏 그를 끌어안고 얼굴을 바짝 붙였다.

백자화는 약간 난처해하며, 그녀의 등을 두드리면서 조용히 위로했다. 하지만 화천골은 여전히 그를 꼭 끌어안고 놓아주지 않았다. 백자화는 한 손으로 여전히 혼미한 당보를 소매 속에 넣고, 다른 손으로 화천골을 품에 안고 일어나 하늘로 날아올랐다.

두 사람이 그곳에서 별로 멀지 않은 모산에 도착하자 화천골은 겨우 잠이 들었다. 그러나 여전히 백자화의 옷자락을 꽉 쥔 채 놓지 않았다. 백자화는 의심이 들었다. 자신이 오기 전에 대체 무슨 일이 있었기에 이렇게까지 놀랐을까?

그는 화천골이 원하는 대로 내내 그녀를 안은 채, 끊임없이 내력을 주입하며 치료해 주었다. 당보는 운은에게 치료를 부탁했다.

화천골은 사흘 밤낮을 내리 잤고, 백자화는 그녀를 안고 꼼짝도 하지 않은 채 사흘 밤낮을 침대에 앉아 있었다. 마침내 화천골이 깨어났다. 그녀는 다소 멍한 눈으로 백자화를 바라보았다.

"사부님."

"괜찮으냐? 어디 불편한 데라도 있느냐?"

화천골은 바보처럼 고개를 저으며, 눈 하나 깜짝하지 않고 백자화를 바라보았다.

"사부님, 집에 가고 싶어요. 절정전으로 돌아가고 싶어요. 경수와 십일 사형도 보고 싶고, 삭풍도 보고 싶고, 청류도 보고 싶어요. 화석과 무청라, 사숙님, 사백님도 보고 싶어요. 예만천까지 보고 싶어요. 사부님, 우리 돌아가요. 네?"

백자화는 더욱 의심스러워하며 살짝 고개를 끄덕였다.

"오냐. 내일 바로 돌아가자."

화친골은 다소 안심하며 이불 속으로 파고들었고, 곧 다시 잠에 빠졌다. 몽롱한 가운데 얼음장 같은 사부의 손이 이불을 덮어 주면서 코끝을 스치는 것을 느꼈다. 화천골은 그 지독한 차가움에 놀라 정신이 번쩍 들었다. 눈을 뜨고 둘러보자, 하늘도 땅도 없이 오로지 칠흑 같은 어둠과 허공뿐이었다. 꿈인지 생시인지 구분할 수 없을 정도였다.

'늦었어······.'

화천골의 심장은 곧장 아래로 추락했다. 마지막으로 사람들을 볼 시간도 없었고, 동방욱경과 살천맥에게 작별할 시간도 없었다. 낮에 본 흑의인이 조용히 그녀 앞에 우뚝 서 있었다. 화천골은 가볍게 한숨을 쉬고는, 무릎을 꿇고 앉았다.

"날 죽이세요."

정적이 흘렀다. 흑의인이 마침내 입을 열었다. 목소리가 너무도 공허하여 사람 목소리 같지 않았다.

"내가 누군지 아느냐?"

화천골은 저도 모르게 쓴웃음을 지었다.

"처음에는 아무리 생각해도 알 수 없었죠. 다만 당신은 날 죽이려고 하면서도 당보는 구하려고 했어요."

상대방이 고개를 끄덕였다.

"너는 살겠다는 희망을 버린 적이 없다. 그런데 왜 이번에는 반항하지 않지?"

화천골의 얼굴은 순식간에 모든 힘과 생기가 다 빠져 버린 것처럼 창백해졌다.

"이 세상에서 다른 누군가가 날 죽이려 한다면 아마 거부하고 받아들이지 않겠죠. 하지만 당신이라면……. 나도 알아요. 당신이 날 죽이려 한다는 것은 내가 반드시 죽어야 하는 이유가 있기 때문이라는 걸."

"이유는 묻지 않는 거냐?"

"알고 싶지 않아요. 아는 것이 무서워요."

"사실 나도 널 직접 죽이는 건 원치 않아."

"그래서 무구 상선을 이용해서 그의 손으로 날 처벌하려고 했죠? 하지만 그가 죽인 사람들은 모두 그의 눈에 죄를 지은 자들이었어요. 당신은요? 당신에게는 날 죽일 방법이 많은데, 하필 그를 이용해 나를 죽이려고 했어요. 설마 당신도 속으로는, 내가 사부님을 좋아하는 것이 잘못이고, 죄라고 생각하는 거예요?"

상대방은 갑자기 흥분했다.

"그건 잘못이 아니야! 하지만 모든 잘못의 시작이지! 화천골, 너는 반드시 죽어야 해. 네가 죽어야만 모든 것이 끝나!"

화천골은 고개를 들어 그 사람을 똑바로 바라보았다.

"난 죽을 수 있어요. 하지만 죽기 전에 당신을 볼 수 있게 해주겠어요? 당신 모습을 볼 수 있게!"

그 사람이 한 발짝 물러섰다. 화천골은 쓴웃음을 지었다.

"됐어요. 아무 말도 필요 없어요. 날 죽여요."

그 사람이 오른손을 들었지만, 손이 미친 듯이 떨렸다. 그가 결국 참지 못하고 물었다.

"두렵지 않아?"

"아뇨!"

화천골은 다시 고개를 들어 그를 바라보았다.

"그러는 당신은요? 당신은 두렵나요?"

그 사람은 살짝 쓴웃음을 흘렸다.

"그래. 난 무척 두렵다."

화천골은 자제할 수 없이 덜덜 떠는 그를 바라보았다. 마침내, 그는 무척 어려운 결정을 내린 것처럼 가볍게 한숨을 쉬더니 손을 내렸다.

"가거라."

화천골은 믿을 수 없어 고개를 들었다.

"날 안 죽일 거예요?"

상대방은 한참 동안 말이 없었다.

"그럼 당신은 어떡해요?"

"어서 가!"

그 사람이 엄청난 분노를 억누르는 듯이 재촉했다. 화천골은 일어나서, 비틀비틀 몸을 돌려 달아났다. 어디로 달아나야 하는지 모르지만 그 사람에게서 멀어질수록 좋다는 것은 알았다.

그 사람은 휘청거리는 그녀의 뒷모습을 가만히 바라보았다.

"비록 널 죽이지는 않았지만, 이 기억은 반드시 없애야겠다!"

은빛 광채 한 줄기가 화천골의 머리를 때렸고, 화천골은 앞으로 푹 쓰러졌다. 그녀가 저도 모르게 큰 소리로 비명을 지르며 다시 눈을 떴을 때는 어느새 날이 밝아 있었다. 백자화가 침대 옆에 서서 그녀를 바라보았다.

"소골, 괜찮으냐?"

화천골은 의아한 눈으로 백자화를 바라보았다.

"사부님?"

"골두 엄마! 당보는 이제 다시 나비가 될 수 없어!"

당보가 그녀의 얼굴에 착 달라붙어 코를 껴안고 엉엉 울었다. 화천골은 슬퍼하며 그를 붙잡아 계속 뽀뽀를 했다.

"괜찮아. 앞으로 열심히 수련해서 천겁을 건너면 사람이 될 수 있어!"

"정말? 우와아!"

"정말이야. 못 믿겠으면 사부님께 여쭤 봐."

백자화가 고개를 끄덕이는 것을 보자 당보는 그제야 안심했다. 화천골이 짐을 싼 보따리가 옆에 놓여 있는 것을 보고는 이상해하며 물었다.

"사부님, 우리 어디로 가요?"

백자화가 살짝 눈을 찌푸렸다.

"어제 네가 장류산으로 돌아가고 싶다고 했잖으냐."

화천골은 힘껏 머리를 긁적였다.

"하지만, 사부님, 전 더 놀고 싶은 걸요! 사부님께서 절 데리고 화가촌花家村에 가서 부모님 제사를 올리게 해 주겠다고 하셨잖아요. 사부님, 우리 조금 더 있다 가요!"

백자화는 본래대로 돌아온 편안한 표정의 그녀를 보자 가볍게 고개를 끄덕였다. 비록 약간 의심스럽기는 했으나, 더는 깊이 생각하고 싶지 않았다. 두 사람은 구름 하나를 타고 운은에게 작별한 후 모산을 떠나 다른 곳으로 유람을 떠났다. 당보도 더 이상 잠만 자지 않고, 화천골의 머리 위에 엎드려 종알종알 수다를 떨었다.

커다란 그림자와 자그마한 그림자가 서로 의지하며 충충 구름 속으로 사라지는 것을 보면서, 흑의인은 한참 동안 꼼짝도 하지 않고 그 자리에 서 있었다.

"미안해. 난 역시 손을 쓸 수가 없었어. 손을 쓸 수가. 내 손으로 나 자신을 죽일 수가 없었어."

그가 면사를 벗자 경국지색의 미모가 드러났다. 그 사람은 놀랍게도 이미 요신이 된 화천골이었다.

요신이 된 그녀는 혼신의 힘을 다해 당보를 부활시킬 생각만 했다. 그러나 결전 전날 밤이 되자, 그녀는 결국 모든 것은 자신의 망상에 불과했다는 현실과 마주하지 않을 수 없었다.

백자화가 절정지의 물에 생긴 상처를 살째 잘라내는 순간, 그녀의 하늘은 순식간에 우르르 무너졌다.

모든 것이 그녀가 이런 결정을 하도록 강요했다. 그녀는 불귀연을 이용해 과거로 돌아가 모든 것이 일어나기 전 가장 행복한 상황에 있는 자신을 죽이려 했다. 그렇게 하면 지금의 그녀도 존재하지 않고, 당보와 삭풍, 동방욱경, 그리고 낙십일도 결국 죽지 않을 것이다.

불귀연이 다른 곳으로 움직일 수 있게 해 준다면, 이치로 따져 보면 시간을 거스르는 것도 가능했다. 화천골은 요신의 힘을 모두 불귀연에 쏟아부어 지금과 과거 사이의 교차점을 찾아냈다. 그리고 성공적으로 무림대회가 진행되는 과거로 돌아가 일생에서 가장 행복한 때의 자신을 보았다. 그녀는 남몰래 경수를 보았고, 낙십일을 보았고, 동방욱경을 보았고, 살천맥을 보았다. 그녀가 사랑했던 모든 사람들, 나중에는 그녀 때문에 죽은 사람들을 모두 보았다.

그녀는 계속 어린 화천골을 뒤쫓으며 다시금 지난날을 떠올렸다. 당보와 사부가 여전히 그녀 곁에 있는 것 같았다. 하지만 그녀는 자기 손으로 스스로를 죽일 수가 없었다. 그래서 무구상선의 칼을 빌렸지만, 뜻밖에도 당보를 구하기 위해 나섰다가 모든 것이 수포로 돌아갔다.

'어떡하지?'

이미 돌이키기엔 늦었다. 그리고 그녀는 역시 자신을 죽일 만큼 모질지 못했다.

'계속해서 과거를 바꿀 수 있는 어떤 지점을 찾아야 할까? 아니면 이미 절망적인 현실 속에서 계속 앞으로 나아가야 할까?'

자그마한 화천골이 무릎을 꿇고 죽여 달라고 간청할 때, 이미 요신이 된 화천골은 마침내 선택을 내렸다. 그녀는 어린 시절의 자신이 얼마나 용감했는지 잊고 있었던 것이다.

다시 눈을 떴을 때 그녀는 이미 운궁으로 돌아와 있었다.

주위는 푸르고 따스했다. 화천골은 발가벗은 채 물 밑바닥에서 수면으로 천천히 떠올라, 맨발로 물에서 걸어 나왔다. 치마가 날아와 가지런히 몸에 걸쳐졌다. 살짝 흔들리는 술이 지극히 화려했다. 곧이어 네 개의 비단 띠가 몸 주위로 감겨 허공에 휘날리자 그녀는 먹처럼 까만 머리칼을 꽃가지 하나로 단순하게 말아 올렸다.

신계에 있었지만 밖에는 이미 거센 바람이 불고, 비가 억수처럼 쏟아지고 있었다.

"미안해요, 백자화. 온 힘을 다해 되돌리려 해 봤지만, 끝내나 자신을 죽일 수가 없었어요. 그래서 결국 당신에게 잔인하게 할 수밖에 없군요."

화천골은 평온하고 공허한 눈빛으로 한 걸음 한 걸음 전각 밖으로 걸어갔다.

대전大戰이 막 시작되었다……. 그리고 최후의 결말은 함께 죽는 것뿐이었다. 죽어야만 끝이었다.

재판 후기

《화천골》을 재판할 수 있게 되어 감사한다. 덕분에 책 속의 수많은 오류와 결점, 그리고 완벽하지 못한 부분을 수정할 기회가 생겼다. 가장 중요한 것은 이야기가 끝나야 할 곳에서 마침표를 찍을 수 있었다는 것이다. 드디어 이 이야기에 내 남은 힘을 다 쏟아부어 마침내 이 이야기를 끝맺었으니 더 이상 큰 유감은 없다.

어떤 작가는 어렸을 때 쓴 글을 바꾸어서는 안 된다고 했다. 뭘 믿고 나중에 축적된 경험으로 어린 시절의 예기銳氣와 싸울 수 있다고 생각하는 것이냐고. 그것은 자신감이 아니라 우매함이다. 때로는 다소 경외하는 마음으로, 자연을 믿고, 인간이 가장 좋을 때에도 하늘의 도구일 뿐이라는 것을 믿는다. 누가 소고기를 돼지고기로 바꿀 수 있으며, 누가 모란에서 장미를 피울 수 있을까?

이 이야기를 쓸 때는 아직 대학생이었다. 게으르고 단순했지만, 열정과 기대로 가득했다. 그래서 비극적인 결말을 용납할 수 없었다. 전에 받은 괴로움과 고통을 번외편에서 되풀이하여 보충했다. 그 다음 차차 깨달았다. 한때 피해를 입었다고 해서 다른 쪽에서 우대받는 것은 아니라는 것을. 감정도 마찬가지다. 바라는 것을 얻는 일은 아무래도 많지 않을 것이다. 만약 《화천골》을 지금의 내가 썼다면 아마도 결론은 '천골'을 억울하게 하는 커다란 비극이 될 것이다.

심리 상태가 다르기 때문에 수정하면서 몹시 조심했다. 실수로 큰 줄기를 해칠까 봐, 본래 모습과 딴판이 될까 봐 걱정스러웠다. 이 글은 유치하고 우습고 허점투성이지만, 순수한 사랑과 진실한 정이 담겨 있다. 아마 다시는 이렇게 쓰기 힘들 것이다.

그사이 많은 사람들의 건의와 질문을 받았고, 이번 이야기를 더욱 충만한 방식으로 표현하는 데 커다란 도움이 되었다. 다시 한 번 감사를 표한다. 여러분의 사랑과 여러분이 불어넣어 준 환상, 신뢰, 감동이 이 책 속의 모든 것을 생생하게 존재하게 해 주었다. 한때 심혈을 기울인 이 이야기 속에서 책을 받쳐 든 여러분과 만날 수 있었던 것은 정말로 더없이 좋은 일이었다.

재판에 새로 추가된 번외편은 어설픈 단편이다. 시간이 오래되어 예전보다 글도 어눌하고 감정 선도 그다지 딱 맞지는 않는다. 하지만, 감사하게도 마지막까지 읽어 보면 친애하는 여러분도 이 글이 전혀 사족이 아니라는 것을 발견하게 될 것이다. 예전 글과 비교할 때 이 번외편은 어렴풋이 사라진 고리다. 하지만 일단 고리를 채우면, 이야기가 더욱 비극적이 된다.

많이 할 말은 없다. 할 말은 모두 글 속에 넣었다. 마지막으로 일반적인 후기의 절차를 따르겠다. 독자들께 감사하고 편집진에게도 감사한다. 아존阿尊에게도 고맙고, 선생님께도 고맙다. 나를 지지하고 도와준 친구들도 고맙다. 사랑하는 가족, 그리고 과과를 대신해 나와 함께 있어 준 고양이 오원烏圓에게도 감사를 전한다.

독자에게 남길 말은, 인생은 다시 오지 않는다. 현실에서는, 놓친 것은 놓친 것이고, 유감스러운 일은 보통 영원히 보상할 수 없다. 우리가 할 수 있는 것은 단지, 화천골처럼 만신창이가 되더라도 여전히 선량함과 믿음, 감정을 품고 있는 것이다. 그리고 백자화처럼 사랑하는 사람을 아쉽게 놓치고 뼈저리게 후회하더라도 여전히 제자리에 머물지 않고 마침내 이생의 사랑을 마무리하고 전생의 빚을 갚는 것이다.

마음이 무척 즐겁다. 현실 속의 나는 서툴고 말을 잘 못한다. 그리고 이것이 내가 글로 표현하고 싶은 것이다.

첫 번째 꽃잎

눈이 펑펑 내리고, 하늘은 짙디짙은 남빛이었다.

그녀는 장바구니를 들고 채소를 사러 나갔다. 날씨는 별로 춥지 않았다. 싸늘한 바람이 얼굴에 쓴 면사를 살짝 스쳤다.

문을 나선 지 얼마 되지 않아, 멀지 않은 거리 한가운데 누워 있는 사람이 보였다. 하지만 그 모습은 사람이라고는 할 수가 없었다. 그의 옷은 내리는 눈보다 더 하얬고, 풀어 놓은 긴 머리칼은 화려한 검은색 비단처럼 흘러내려, 인간 세상을 그린 수묵화 중에서도 가장 짙은 색으로 칠해 놓은 것 같았다.

그 사람은 중상을 입은 듯 옆으로 누워 있었다. 하지만 머리칼에 가려 얼굴을 자세히 볼 수는 없었다.

'서람화[11], 가지, 마늘쫑, 감자…….'

그녀는 곧 잊어버릴까 봐 속으로 중얼거렸다. 그녀는 그의 옷이나 머리를 밟지 않도록 조심하며 길 한가운데 누운 사람을 돌아갔다.

갑자기 뭔가가 휙, 그녀를 덮쳤다. 행동이 굼뜬 그녀는 피할 수가 없었다. 눈뭉치 하나가 그녀의 얼굴에 명중했다. 담장 뒤에서 소보小寶가 혀를 내밀며 괴상한 표정을 짓더니 큰 소리로 하하하, 웃으며 달아났다.

그녀는 어쩔 수 없다는 듯이 웃으며 얼굴에 묻은 눈을 닦아내고 계속 걸어갔다. 옆에서 슬피 우는 소리가 들려왔다. 소병을 파는 장 의원이 화 수재가 어젯밤에 죽었다며, 참 안됐다고 말했다. 그녀는 고개를 끄덕이며 속으로 생각했다.

'참 안됐어.'

그리고 장 의원에게 도라지 한 줄기를 건넸다.

채소 시장의 채소들은 모두 신선했다. 바구니를 꽉 채우고 돌아오면서, 그녀는 그 사람이 여전히 길 한가운데 누워 있는 것을 발견했다. 거리의 사람들은 그의 곁을 왔다 갔다 했지만, 모두 본체만체했다.

그녀는 한숨을 쉬고, 또다시 조심조심 그 사람을 지나 집으로 돌아갔다. 그리고 먹을 것을 만들고 정원의 꽃들에게 물을 주었다. 그녀의 정원에는 각양각색의 꽃들이 있었다. 만다라,

---

11 西藍花. 브로콜리.

풍신자[12], 군자란, 목부용, 금잔화, 수련, 삼색제비꽃, 달맞이꽃, 신지매……. 각종 꽃들이 정원 가득 피어 있었다. 품종은 다양했지만, 울긋불긋한 것이 제법 정취가 있었다.

이튿날, 눈은 조금도 녹지 않았다. 그녀는 채소를 사러 나갔다. 그 사람은 여전히 꼼짝도 않고 그 자리에 누워 있었다.

그녀가 장 의원의 소병 가판대 앞을 지나자, 장 의원은 흐뭇해하며, 화 수재가 뜻밖에도 어젯밤 다시 살아났다며, 참 잘됐다고 말했다. 그녀도 기분이 좋아져서 속으로 생각했다.

'참 잘됐어.'

그리고 장 의원에게 장미 한 가지를 내밀었다.

돌아온 후 그녀는 요리를 하고 꽃에 물을 주었다. 그렇게 닷새 동안 그 사람은 내내 그곳에 누워 꼼짝하지 않았다. 그녀는 초조하고 불안해지기 시작했다. 뭔가 좋지 않은 일이 일어날 것 같은 느낌이 슬며시 들었다. 그 사람이 길을 막고 있는 것이 싫지만, 그렇다고 다른 곳에 가서 죽으라고 말할 수도 없었다.

이레째 되는 날, 그녀는 결국 참지 못하고 그 사람을 집으로 옮기기로 결심했다.

그 사람은 무척 키가 컸지만 놀랄 만큼 가벼웠다. 그녀는 힘도 들이지 않고 그를 침대에 눕혔다.

---

12 風信子. 히아신스.

사실 그녀는 무척 곤란했다. 자신도 수배를 받아 이리저리 숨어 다니는 처지에 어떻게 다른 사람을 집으로 데려온단 말인가? 이 사람까지 연루되면 어쩌려고? 그녀는 갈등하고 망설인 끝에, 결국 남자가 깨어나면 쫓아내기로 결정했다.

남자의 머리칼을 치워 보니, 초탈한 절세의 외모가 드러났다. 그녀는 한동안 멍했다. 불안한 느낌이 더욱 강렬해졌다. 그를 다시 눈 속으로 돌려보낼까 했지만, 너무 비인간적인 것 같았다. 한참 고민하던 그녀는 그에게 물을 좀 먹이고, 꼼짝 않고 침대 옆에 앉아 그가 깨어나기를 기다렸다.

과연 남자는 곧 깨어났다. 그가 눈을 뜨는 순간, 세상은 마치 순식간에 꽁꽁 얼어붙는 것 같았다. 그녀는 추위에 부들부들 떨었다.

남자는 차가운 눈으로 그녀를 바라보았다. 그녀는 그에게서 기쁨도, 고통도 찾아볼 수가 없었다. 그것은 중생을 굽어보는 신이나 가질 수 있는 눈이었다. 그런 눈빛을 대하자 불현듯 부끄러움이 밀려오고, 당장이라도 눈물이 나올 것처럼 억울하고 비천한 느낌이 들었다.

세계가 움직이기 시작했다.

'1, 2, 3, 4, 5, 6, 7…….'

그 사람은 움직이지 않고 오래오래 그녀를 바라보며 아무 말도 하지 않았다. 그의 손이 살짝 떨렸지만, 얼굴에는 아무런 흔적도 드러나지 않았다.

그녀는 눈앞에 있는 남자에게 말로 표현하기 힘든 공포를 느꼈다. 그를 구한 것이 어쩌면 커다란 잘못일지도 모른다는 생각이 들었다.

"깨어났으니 어서 나가요."

그녀는 그에게 아무런 호기심도 없었다. 그저 어서 빨리 쫓아내고 싶을 뿐이었다. 남자는 여전히 꼼짝도 하지 않고 그녀를 뚫어져라 바라보았다. 그녀는 그 시선을 견딜 수가 없어 아예 자기가 일어나 나가려 했다. 그런데 남자가 담담히 그녀를 바라보며 말했다.

"앉아라."

짤막한 한마디지만 마치 명령 같았다. 그녀는 놀라 다시 의자에 엉덩이를 걸쳤다.

남자는 한참 동안 그녀를 살펴본 다음 말했다.

"목은 어쩌다 그렇게 되었느냐?"

그의 목소리는 무척 듣기 좋았다. 하지만 마치 아득한 옛날에 들려오는 것처럼 너무나도 멀게만 느껴졌다.

"나는 말을 못해요."

그녀는 그 사실에 약간 풀이 죽었다. 모든 사람들이 싫어한다는 것을 알고 있었다. 다들 그녀가 벙어리라서 싫어했다. 하지만 서로 소통할 수만 있다면 그건 그다지 중요하지 않은 일이 아닐까?

갑자기 남자가 손을 내밀어 그녀의 면사를 벗기려 했다. 그녀는 공포에 질려 뒤로 물러났다. 그리고 마음속으로 그를 향해 큰 소리를 질렀다.

"나는 당신을 몰라요! 썩 이곳에서 나가요. 안 그러면 용서하지 않겠어요!"

그녀가 돌아섰지만, 그에게 옷자락을 붙잡혔다.

남자는 그녀의 말에 약간 당황한 것 같았다. 그녀는 그의 감정이 격렬하게 떨리는 것을 느낄 수 있었다. 갑자기 남자가 말했다.

"소골, 나는 네 사부다……."

탁자에 놓인 찻잔, 선반 위의 그릇이 남자가 그 말을 한 순간 모조리 쨍강 소리를 내며 깨졌다. 그녀는 두 눈을 동그랗게 뜨고 믿을 수 없는 듯 눈앞에 있는 사람을 바라보았다. 그리고 거칠게 그의 손을 뿌리치고 돌아서서 밖으로 달려 나갔다. 남자가 쫓아왔다.

집 밖에 활짝 핀 다양한 꽃들이 그녀가 지나가는 순간 차례차례 눈 속에서 시들어 죽는 것이 보였다. 유일하게, 꽃잎이 하나 떨어져 나간 수정 같은 모양의 기괴한 꽃 한 송이만이 반짝반짝 빛을 발했다. 그는 그 꽃을 따서 계속 그녀를 쫓아 거리로 나갔다.

이곳은 그리 크지 않은 마을이었고 경계도 없었다. 경계에 아무것도 없기 때문이었다. 사방팔방이 점점 투명해지다가 사라져, 멀리서는 허무하게 텅 빈 것처럼 보였다.

대지가 뒤흔들리고, 번쩍 쳐든 탁자처럼 경사면이 생겼다. 해가 없는 남색 하늘도 격렬하게 진동하기 시작했다. 잔물결이 반짝이고, 커다란 파도가 용솟음쳤다. 주위의 모든 것이 하얀 눈과 함께 녹아내렸다. 집들은 기울고, 거리는 갈라지고, 행인들의 모습이 비틀렸다……

그녀는 자신을 보며 웃는 장 의원을 바라보았다. 그의 몸이 조금씩 조금씩 눈발로 변하고 있었다. 그가 목에 걸고 있던, 그녀가 오늘 아침에 실에 꿰어 준 치자 꽃이 땅에 떨어졌다.

그녀는 속으로 비명을 질렀다. 하늘 전체에 그녀의 처절한 외침이 메아리치고, 곧 무너질 세상에 울려 퍼졌다. 그 소리는 천지개벽의 소리처럼 하늘과 땅도 놀랄 정도였고, 거대한 파도를 따라 육지를 때려 번개가 번쩍이고 천둥이 쳤다. 또 그것은 예부터 지금까지 억만의 생령들이 통곡하고 구슬피 우는 소리 같았다.

'어떻게 된 거지? 모든 것이 왜 이렇게 된 거야?'

그녀는 땅바닥에 쓰러져 치자 꽃 목걸이를 붙잡았다. 치자 꽃은 그녀에게 닿은 순간 빠르게 시들어 가루가 되었다.

"소골!"

남자는 그녀의 이 처절한 외침 소리에 마음이 찢어지는 것 같았다. 그는 그녀를 쫓아가, 놀라고 당황하고 실의에 빠진 그녀를 품에 안았다.

"두려워 마라. 사부란다."

그녀는 한참 후에야 마음을 가라앉히고 고개를 들어 그의 얼굴을 보았다. 그 얼굴은 낯설면서도 익숙했다.

"사부님?"

"내 말을 들으렴. 눈을 감고 잠들면, 모든 것이 사라질 것이다.”

남자는 그녀를 끌어안았다. 산이 무너지고 바다가 뒤집히는 세상 종말의 광경은 완전히 무시했다.

‘601, 602, 603…….’

그녀는 손을 내밀어 조심조심 그의 얼굴을 만져 보려 했지만, 도중에 손을 거두고 자기 얼굴을 만졌다. 언제부터인지 얼굴에 눈물이 가득했다. 별안간, 마치 몇 세기 동안 묵혀 둔 것 같은 슬픔과 피로가 솟구쳤다. 그녀는 그의 품에서 천천히 눈을 감았다.

남자는 그녀를 꼭 안았다. 뒤에서 커다란 집 하나가 우르르 무너져 거칠게 그들을 내리쳤다.

새까만 눈이 펑펑 내리고 하늘은 이상한 자줏빛이었다. 여기저기에 지전을 태운 재가 휘날려 마치 성을 뒤덮을 정도로 끝없이 눈이 쏟아지는 것 같았다. 이것은 그가 파괴한 다음의 세상이었다. 생기는 소멸하고 오로지 재만 남았다.

백자화는 손을 들었다. 밧줄이 풀어지고 열일곱 개의 소혼정이 그녀의 몸에서 튀어나왔다. 화천골은 주선주에서 호되게 바닥으로 떨어졌다. 열일곱 개의 구멍에서 피가 줄줄 흘렀다.

“비록 화천골은 장류와 세상의 죄인이나 여전히 이 백자화의 제자입니다. 내 가르침이 부족해 창생에 화를 입혔으니, 남은 형벌은 내 손으로 집행하겠습니다.”

그 목소리는 공허하고 낯설어 다른 사람이 말하고 있는 것 같았다.

새빨간 피가 발치에 가득했지만 그는 못 본 체하고 단념검을 들었다.

"안 돼요! 사부님, 제발, 안 돼요⋯⋯. 최소한 단념검만은⋯⋯."

소골이 울부짖었다. 처절한 목소리였다. 그녀는 한 손으로 백자화의 다리를 부여안고 다른 손으로 힘껏 단념검의 자루를 붙잡으려고 했다. 하지만 잡히는 것은 지난날 사부가 그녀에게 하사하여, 검의 술처럼 사용하고 있는 오색 투명한 궁령뿐이었다⋯⋯.

한꽝이 번뜩이고 검이 떨어졌다. 아무런 망설임도 없었다. 화천골의 몸에 있는 크고 작은 기도와 혈도가 모두 망가지고 진기와 내력이 흘러나왔다. 전신의 근육과 경맥은 한 곳도 남김없이 끊어졌다.

꼬박 백한 번의 검이었다. 그녀는 죽은 사람처럼 바닥에 엎드려 미미하게 꿈틀거렸다. 눈동자는 텅 비고 안색은 흐리멍덩했다. 그녀는 더 이상 움직이지 않았고, 더 많은 피가 줄줄 흘렀다.

차갑고, 끈적끈적하고, 새빨간 피는 마치 생명이 있는 것처럼 땅 위를 천천히 기어가 덩굴처럼 그의 다리를 휘감았다. 그리고 촉수처럼 찔러 들어 그의 몸 속 깊숙이 들어갔다.

그는 여태 이런 고통을 느껴 본 적이 없었다. 이제는 고통스런 부분이 그녀 대신 맞은 예순네 개의 소혼정이 박힌 자리인지, 아니면 그의 마음인지 분간이 되지 않았다.

마침내, 한때 얼음처럼 차갑던 심장이 그녀의 피에 의해 깨어지고, 거대한 핏빛의 붉은 연꽃이 활짝 피었다. 선명하고 요사한 아름다움이 그의 가슴을 찢어발겨 허연 뼈를 드러나게 했다. 그는 허리를 굽히고 나지막하게 헐떡였다. 통증에 영혼까지 떨리는 느낌이었다.

귓가에 처량한 목소리가 들려왔다.

"사부님, 이제 소골이 필요 없어요?"

백자화는 갑자기 새빨간 피를 울컥 토하며 꿈에서 깨어났다. 창밖에는 차가운 달이 갈고리처럼 걸려 차가운 빛을 뿌렸다. 그는 일어나 앉아, 아무 표정도 없이 입가에 묻은 핏자국을 닦았다. 그리고 고개를 숙여 창밖 복숭아나무 아래의 달그림자를 빌려, 손에 든, 당장이라도 빛을 잃을 듯한 험생석을 바라보았다.

'소골이 곧 죽겠구나…….'

그는 몽롱한 상태로 한 달 넘게 병을 앓았지만, 시종 화천골의 험생석을 손에 틀어쥐고 있었다. 혼수상태일 때도 마찬가지였다. 이때는 화천골이 소혼정에 맞고, 도행을 잃고, 선골을 깎이고, 근육과 경맥이 터진 채 만황으로 쫓겨난 지 38일째 되는 날이었다. 백자화는 화천골에게 요신의 힘이 있으니 틀림없이 아무 일 없으리라 생각하고 차츰 건강을 되찾았다. 하지만 험생석은 날이 갈수록 어두워졌고, 그는 밤마다 흠칫흠칫 놀랐다.

그 역시 마지막 숨만 겨우 붙어 있는 것처럼 가까스로 목숨을 부지했다. 그녀가 가진 요신의 힘을 믿었고, 형즉수를 만황으로 보내 그녀를 보살피게 했지만, 결국 한 가지는 간과하고 말았다. 그녀 자신이 아예 살 생각이 없다는 것.

푸른 그림자 하나가 정원에 내려섰다.

"어떠냐?"

백자화는 움직이지 않았지만 목소리에는 한 번도 없었던 절박함이 묻어났다. 생소묵은 잠시 망설이더니 결국 문을 열고 안으로 들어왔다. 그는 백자화의 침대 앞에서 몸을 숙인 채 창백하고 핏기 하나 없는 백자화의 얼굴을 바라보다가 슬프고 석정스레 고개를 저었다.

"아직 못 찾았어요. 한해대전瀚海大戰에서 유신서는 벌써 재가 되어 사라졌어요."

듣고 난 백자화의 무표정한 얼굴이 앞으로 푹 고꾸라졌다. 깜짝 놀란 생소묵이 황급히 그를 붙잡았다.

"꼭 이래야 해요? 평생 얻은 단 한 명의 제자잖아요. 구해 낼 방법을 찾으라고요. 그 애는 이미 잘못에 대한 벌을 충분히 받았어요."

백자화는 천천히 몸을 일으켰다. 한때 초탈하고 흔들림 없이 구천 높은 곳에 서 있던 장류 상선은 이제 한 줄기 연기처럼 여위고 창백해서, 바람만 불면 날아갈 것 같았다.

"유신서가 없으면 그 애를 만황에서 구해 낸다는 보장이 없다."

백자화의 말투는 여전히 냉담하고 단호했다. 정신을 가다듬은 그는 겉옷을 걸치고 밖으로 성큼성큼 걸어 나갔다. 생소묵이 초조하게 그의 앞을 가로막았다.

"밤이 늦었어요. 몸이 이렇게 안 좋은데 어딜 가시려고요?"

"마지막 방법밖에 없다. 나는 기필코 유신서를 찾아야 한다."

"유신서는 이미 사라졌다니까요."

"아니, 어딘가에 반드시 있어."

"제가 찾을 테니 사형은 누워서 푹 좀 쉬세요. 아시겠죠? 사형이 또 사라진 것을 알면 대사형은 아마 걱정으로 미쳐 버릴 거예요!"

백자화는 고개를 저었다.

"이번에는 내가 직접 가야 한다."

"사형!"

백자화는 어느새 바람을 타고 절정전을 떠나고 있었다. 그의 모습은 곧 초승달 옆 한 점의 하얀 별이 되었다.

요가성瑤歌城에서 가장 번화한 거리도 깊은 밤이 되자 고요해져, 야경夜警 소리가 유난히 으스스하고 기괴하게 들렸다.

이후각은 고요하게 우뚝 서 있었다. 그곳은 밖에서 보면 일반적인 서원書院 같았지만 그 커다란 대문을 지나면 육계와는 완전히 독립된 세계에 들어갈 수 있었다. 백자화는 이곳에 처음 오는 것이 아니었다. 하지만 이번에는 확연히 다른 목적을 가진 방문이었다.

그의 손이 문에 닿자 이후각의 대문이 반기듯 소리를 내며 열렸다. 백자화는 조금의 망설임도 없이 안으로 들어갔다. 끝없이 잇닿은 별원의 모든 방들은 어두컴컴했다. 깊은 밤의 이후각은 낮보다 더욱 음산했다.

저 멀리, 하늘을 뚫을 듯 솟아 있는 하얀 탑이 보였다. 백자화는 그 안에 벌건 혀들이 잔뜩 매달려 있다는 것을 알고 있었다. 그것은 이후각이 가장 깊이 숨겨 둔 비밀이었다.

백자화는 등불을 밝힌 방 쪽으로 걸어갔다. 그곳에서 분명 누군가가 그를 기다리고 있을 것이다.

가까이 가 보니, 그 방은 무척 크고 높고 웅장한 사당이었다. 동방욱경은 사당 한가운데 앉아 있었다. 그의 뒤로는 널찍하고 높다란 보물탑 같은 모양의 영위靈位들이 층층이 쌓여 있었다. 4,950번 환생한 그 자신의 영위들이었다. 커다란 산 같은 그것들은 곧 두 사람 위로 쓰러질 것만 같았다.

동방욱경은 웃는 듯 아닌 듯 입술 끝을 살짝 올렸다. 이후군으로서 오랫동안 윤회를 거듭했지만, 뜻밖에도 그중 절반 이상은 백자화의 손에 죽었다. 백자화는 자신이 만들어 낸 살업殺業이 벽 한쪽을 가득 채운 것을 보고도, 아무런 가책이나 후회의 표정 없이 태연하게 한 걸음 다가왔다.

동방욱경이 그에게 술을 한 잔 따랐다.

"하나만 묻겠소. 이번에 날 죽이러 온 것은 창생을 위해서

400

요, 아니면 화천골을 위해서요?"

백자화는 차디찬 얼음처럼 꼼짝도 하지 않았다.

"이번에는 당신을 죽이러 온 것이 아니오. 거래를 하러 왔소."

동방욱경이 고개를 쳐들고 껄껄 웃었다.

"이것 참, 내 평생, 아니지, 4,951번의 인생에서 들은 말 중에 가장 우스운 이야기군. 장류 상선이 이후각과 거래를 하겠다고? 당신은 늘 내가 천리天理를 어지럽히는 것을 가장 미워하지 않았소?"

백자화는 한참 동안 입을 다물고 있다가 말했다.

"좋다, 아니다로만 말하시오."

"물론, 이후각의 문은 장사를 위해 활짝 열려 있소. 존상께서 대가를 지불할 수만 있다면 이후각은 무엇이든 할 수 있소."

동방욱경은 부드럽게 미소했다. 백자화는 그의 눈을 바라보았다. 그 두 눈동자는 이 세상 모든 따스함으로 가득 차 있었지만, 우연[13]처럼 깊어 천하 만물을 모두 묻어 버릴 수 있을 것 같았다. 백자화는 도저히 믿을 수도, 믿고 싶지도 않았다. 저런 사람이 정말로 화천골에게 조금이나마 진심이었을까?

"당신은 내가 찾아올 것을 이미 알고 있었소. 그리고 그녀를 만황에서 꺼내는 방법도 알고 있소. 하지만 계속 내가 찾아와 거래를 하기만을 기다리고 있었소. 아닌가?"

동방욱경은 말없이 웃기만 했다.

---

13 虞淵. 전설에서 해가 지는 곳을 말함.

"만약 내가 끝내 오지 않았다면?"

동방욱경이 백자화를 똑바로 바라보았다.

"이건 공평한 시합이오. 우리 두 사람 중 누가 골두를 조금이라도 덜 사랑하는지에 대한."

백자화가 몸을 살짝 떨며 눈을 찌푸렸다.

"그녀는 내 제자요."

동방욱경은 고개를 저었다.

"하지만 당신도 알잖소. 그녀가 당신을 단순히 사부로만 생각하지 않는다는 것을 말이오. 그렇지 않고서야 벌을 내릴 때 굳이 단념검을 쓰지는 않았을 거요."

백자하는 아무 대답 없이 손에 든 험생석을 들어 올렸다.

"소골이 죽어 가고 있소."

동방욱경은 그 돌을 보자 웃음기를 조금 거뒀다.

"그럴 리가."

그는 담담하게 말했지만, 목소리에는 이미 조금 전의 평화로움과 자신감이 사라져 있었다. 험생석은 거짓말을 하지 않는다. 동방욱경은 백자화도 거짓말을 하지 않는 것을 알고 있었다. 그는 그의 골두가 무척 참을성이 강하고 굳세며, 요신의 힘까지 가졌으니 아무 일도 없을 것이라고 스스로에게 계속 되뇌었지만, 험생석이 결국 그의 기만을 깨뜨리고 말았다.

"첫째, 그 애는 분명 죽어 가고 있소. 둘째, 나는 그 애를 만황에서 데리고 나오기 위해서 온 것이 아니오. 동방욱경, 이 세상 모든 일이 모조리 당신 손아귀에 들어 있지는 않소."

"그렇지. 당신만은 말이오. 안 그러면 내게 무슨 재미가 있겠소?"

동방욱경은 살짝 고개를 숙이며 백자화를 바라보았다. 그 눈빛은 공허하면서도 무서울 정도로 깊었다.

"일이란 예상을 벗어날수록 재미있는 거요. 안 그렇소?"

동방욱경은 몸을 돌려 자신의 영위들을 하나하나 바라보았다.

"어디 말해 보시오. 무엇을 거래하러 왔소?"

백자화는 가볍게 세 글자를 내뱉었다.

"염몽화殮夢花."

동방욱경은 살짝 실눈을 떴다. 순간 무슨 의미인지 알 수 있었다.

"화천골의 꿈속으로 들어가겠다는 거요? 꿈속에서 살아날 의지를 일깨워 주면, 그녀가 죽지도 않을 것이고, 당신도 그녀를 만황에서 구해 낼 필요가 없다고 생각하는 거요?"

백자화는 조금도 숨기지 않았다.

"그리고 유신서도 찾고 싶소."

동방욱경도 이번만큼은 한참 동안 말이 없었다.

"유신서는 이미 재가 되어 버렸소."

"하지만 그 애는 세상에 마지막 남은 신이오. 깊이 잠든 그녀의 의식 깊은 곳에서는 분명 유신서를 찾아낼 수 있을 거요. 그 책에는 요신의 힘을 십방신기에 다시 봉인하는 방법이 기록되어 있소. 상고시대 신들이 한 번 한 일이라면 나도 할 수 있소."

동방욱경은 참을 수 없어 큰 소리로 웃었다.

"세상 사람들은 살천맥이 제멋대로에 미쳤다고들 하지만, 사실 백자화 당신이야말로 이 육계에서 가장 오만하고 자부심 강한 사람이라는 것은 모르오. 내가 당신을 해치기 위해 일부러 이 파사겁을 보냈다는 것을 알면서도, 당신은 피하지 않고 도리어 그녀를 제자로 받아들였소. 그리고 이제는 신들과 손을 잡고 몹시 어려운 일을 하려 드는군······. 성공할 가능성이 있을 것 같소?"

"염몽화만 내놓으시오. 다른 건 당신이 상관할 일이 아니오. 당신이 원하는 것이 무엇인지 제시하면 고려해 보겠소."

동방욱경은 고개를 갸웃하며 생각했다.

"쉽지 않지만, 골두를 만황에서 빼내는 거요."

백자화는 어이가 없었다.

"그런 식으로 바둑을 둘 수는 없소."

"왜 안 되오? 내가 늘 규칙을 어긴다는 걸 잘 알 텐데."

"하지만 당신은 소골의 생사에 관심을 두고 있소. 당신도 알다시피 나라고 해도 그 애를 손쉽게 구해 낼 방법이 없소."

"그렇다면 내가 왜 당신과 거래를 해야 하지? 당신이 친히 속죄하고 그녀를 만황에서 불러낼 기회를 주고 싶었소. 그런데 싫다니, 다른 방법으로 그녀를 구할 수밖에."

"아니, 당신은 그럴 수 없소. 염몽화를 내주지 않겠다면 이 자리에서 당신을 죽여 버리겠소. 그러면 당신은 20년 후에나 그녀를 구할 수 있을 거요."

동방욱경은 고개를 숙이고 한동안 침묵하더니, 별안간 웃음을 터트렸다. 그 웃음 속에는 어쩔 수 없는 무력함, 괴로움, 그리고 비웃음이 섞여 있었다.

"역시 우리는 아직도 누가 그녀를 덜 사랑하는지 겨루고 있군."

백자화가 몸을 부르르 떨며 돌아섰다.

"우리가 손을 잡으면 최소한의 희생과 최소한의 대가로 그녀를 구해 낼 수도 있소."

"구해 낸 다음에는? 열일곱 개의 소혼정과 백한 번의 검을 맞은 데다, 당신이 요신의 힘을 그녀에게 봉인했소. 그러니 설령 산다 한들 폐인에 불과하오."

백자화는 옆에 있는 기둥에 기댔다. 기혈이 부글부글 끓어 버틸 수가 없었다.

"그래도 죽는 것보다는 낫소."

동방욱경은 말없이 손을 내저었다. 어둠 속에서 가면을 쓴 이후각 호위 두 명이 나타나 백자화를 부축했다.

"우선 하룻밤 쉬시오. 염몽화는 늦어도 내일이면 얻을 수 있을 거요. 하지만 그 상태로는 그녀의 꿈속에서 죽는 것밖에 못할 거요."

말을 마친 동방욱경은 바삐 몸을 돌려 떠나갔다.

이튿날, 백자화는 이후각의 다소 과할 정도로 화려한 객실에서 눈을 떴다. 향로에서는 냄새가 괴상한 향이 타고 있었다.

동방욱경이 박달나무 상자를 열자 안에는 일곱 장의 꽃잎을 가진, 수정처럼 굳은 염몽화 한 송이가 들어 있었다.

"누군가의 꿈속으로 들어가는 것은 어렵지 않소. 어려운 건 꿈의 꿈속으로 들어가는 거요. 유신서는 너무나 오래된 일이라 골두가 가진 신의 의식 속 얼마나 깊은 곳에 묻혀 있을지 알 수 없소. 일곱 장의 꽃잎을 가진 염몽화는 세상에서 무척 구하기 어려운 거요. 꽃잎 한 장마다 한 층의 꿈 속으로 들어갈 수 있소. 일곱 층까지 들어가도 찾지 못하면 당장 돌아와야 하오."

백자화는 고개를 끄덕였다.

"당신이 원하는 대가는?"

"원래는 4,950개의 내 영위 앞에서 세 번씩 절하라고 할 생각이있소."

동방욱경은 웃는 듯 마는 듯 그를 바라보았나.

"하지만 내가 자기 사부를 욕보인 것을 골두가 알면 반드시 빚을 갚으려 할 테지. 그러니 차라리 약속 하나 받는 것으로 끝내겠소."

백자화가 눈썹을 움찔했다.

"무슨 약속?"

"이번 생에는 무슨 일이 있어도 절대 골두를 죽이지 않는 것!"

동방욱경의 표정이 순간적으로 매서워졌다. 백자화는 그를 바라보았다. 화천골을 구하기 위해 그는 세상 사람들에게 손가락질받을 것도 무릅쓰고 요신의 힘을 그녀의 몸에 봉했다. 그런데 어떻게 그녀를 죽일 수 있겠는가?

"약속하겠소."

"좋소! 장류 상선이 반드시 이 약속을 지키기를 바라오. 오늘 한 말을 영원히 잊지 마시오!"

동방욱경은 염몽화를 백자화에게 건넸다. 백자화는 꽃을 받았다. 손에 든 꽃이 가슴 떨릴 만큼 완벽하고, 유리처럼 깨지기 쉬운 느낌이 들었다.

"어떻게 해야 하오?"

"염몽화를 들고 골두를 생각하시오. 그녀가 잠이 들어 꿈에 빠지면 당신도 그 속으로 들어갈 수 있소. 염몽화도 당신을 따라 꿈속에 들어갈 거요. 들어간 뒤에는 바로 염몽화부터 찾으시오. 그 꽃이 당신이 방해받지 않고 다음 층의 꿈속으로 들어갈 수 있는 열쇠요."

"꽃만 찾으면 계속 갈 수 있는 거요?"

"그렇게 쉬울 리가! 누구나 무한한 꿈을 갖고 있소. 비교적 얕은 꿈은 꿈 주인의 가장 기본적인 감정과 생각, 그리고 현실 환경을 반영하고, 비교적 깊은 꿈은 주인이 본 물 한 방울, 맛본 음식, 그리고 막 태어났을 때의 부모의 미소, 심지어 몇 회 전의 전생의 기억까지 갖고 있소. 얕은 꿈은 평소 깨어났을 때 이따금씩 기억할 수 있소. 꿈의 주인은 그 세계에서 자신에 관한 가장 기본적인 형상을 투사하오. 그것은 가장 진실하고 옆에 있는 사람이 가장 익숙한 모습이지. 계속 나아가면, 꿈은 점점 불확실하고 혼란스러워지오. 순서도 규칙도 없어 길을 잃기 십상이지. 꼭 첫 번째 꿈속에서 골두를 찾아 그녀를 잠들게 한 다음, 염몽화로 그 꿈의 꿈속으로 들어가야 하오. 그러면 그녀는 두 번째 꿈속에서 깨어날 거요. 이번에도 똑같이 염몽화를 찾고 그녀를 재운 후 다시 세 번째 꿈속으로 들어가는 거요. 만약 당신이 도중에 죽으면 당신은 깨어나고, 염몽화는 꿈속에 남겨질 거요. 그러면 다시는 꿈속으로 들어갈 수 없소. 하지만 골두가 죽으면 그녀는 깨어나고, 꿈은 곧 붕괴되었다가 다시 만들어질 거요. 그럼 당신은 폐허 속에 갇히거나 겹겹이 쌓인 꿈의 잔해에 깔려 다시는 소생하지 못할 수도 있소. 그러니 무슨 일이 있어도 그녀의 안전을 확보해야 하오."

백자화는 고개를 끄덕였다.

"유신서는 어느 꿈에서든 있을 수 있소. 내가 어떻게 구체적인 위치를 알 수 있소?"

"가장 간단한 방법은 골두에게 직접 물어보는 거요. 그 꿈속에 있다면 그녀도 감지할 수 있고, 당신을 데리고 찾아 줄 거요. 심지어 무의식적으로 유신서를 비교적 얕은 꿈속으로 끌어낼 수도 있소. 누군가가 그것을 찾아내기를 그녀가 바란다면 말이오. 그녀가 그 오래된 기억을 여전히 가지고 있으리라 확신할 수 있는 사람은 없소. 그러니 당신도 헛걸음만 하고 돌아올 수도 있소. 심지어 그 속에서 죽을 수도 있고. 잘 생각해 보았소?"

"내가 깨어나지 않으면 나를 사제에게 데려다주시오."

백자화는 전음라 하나를 동방욱경에게 주었다. 동방욱경은 그것을 받고 고개를 끄덕였다.

"깊은 꿈일수록 위험하오. 의식의 흐름에 휩쓸려 다시는 깨어나지 못할 수도 있소. 또, 꿈속의 시간은 혼란스럽소. 어떤 꿈은 현실의 시간, 환경과 아주 비슷해서 당신의 눈을 속일 수도 있소. 벌써 깨어났다고, 벌써 돌아왔다고 믿게 해서 모든 것을 잊고 깨어나는 것조차 잊게 만들 거요. 그러니 속으로 계속 숫자를 세면서 시간을 계산하고, 동시에 그녀의 꿈속으로 들어간 목적을 계속 되뇌시오. 골두는 꿈의 주인이오. 그 꿈속에서 그녀는 전지전능한 그 세계의 신이오. 하지만 자아의식의 영향을 받고, 심지어는 자신이 누군지 기억하지 못할 수도 있소. 오로지 자기가 알고 싶은 것만 기억하고 있을 거요. 그러니 꿈속에서 그녀의 진짜 신분이나 그녀가 누구인지 말하지 말았으면 하오."

"어째서?"

"당신은 그녀에게 그렇게 많은 칼질을 하고 만황으로 쫓아냈소. 그러니 그녀가 잠재의식 속에서 당신을 미워하고 증오한다면 꿈속에 있는 모든 사람들이 당신을 죽이려 할 거요. 설사 죽이지 않더라도, 진상을 알고 나면 감정이 극도로 뒤흔들려 꿈이 붕괴될 수도 있소."

백자화는 한참 동안 아무 말이 없었다. 화천골의 꿈속에서 그 자신이 어떤 모습일지 상상할 수조차 없었다.

이후각 호위들이 약그릇 두 개를 들고 왔다. 동방욱경은 백자화가 보는 앞에서 그 그릇 안에 열 개가 넘는 알약을 넣었다. 백자화는 망설이지 않고 단숨에 마셨다. 동방욱경이 웃는 듯 마는 듯한 얼굴로 그를 바라보았다.

"내가 독을 타서 당신을 제압하고 괴롭힐까 봐 두려워하지는 않는군?"

백자화는 말없이 두 번째 그릇도 마시려 했다. 그러나 동방욱경이 막았다.

"그건 내 거요."

순간 백자화는 흠칫했다. 동방욱경이 손바닥을 뒤집어 꽃잎 네 장짜리의 또 다른 염몽화를 꺼냈다.

"나도 당신을 따라 꿈속으로 가겠소. 꿈속에 들어가려면 몸이 서로 닿아 있어야 하오. 당신은 골두와 피의 인장으로 연결되어 있으니 아무리 멀리 떨어져 있어도 그녀의 꿈속으로 갈 수 있소. 나는 그녀와 그런 연결이 없으니, 당신의 꿈을 통해서 그녀의 꿈으로 들어갈 수밖에 없소. 그래서 나는 그녀의 꿈속에서 실체를 갖고 나타날 순 없소. 하지만 당신들을 볼 수 있고, 당신에게 소식을 전해 길을 인도할 수도 있소."

"필요 없소. 당신이 꿈속에 갇혀 깨어나지 못한다면 어쩔 거요?"

"걱정 마시오. 나는 깊이 들어가지 않을 거요. 꿈이 붕괴되려면 일정한 시간이 걸리니 때맞춰 달아날 수 있소. 그러니 내 안위는 걱정 마시오. 당신이 걱정할 것은, 당신 머릿속에 있는 비밀을 내게 들키지 않게 하는 거요."

"나는 평생 부끄러운 짓을 하지 않았소. 게다가 내가 아는 것 중에 당신이 알고자 하면서도 모르는 게 있기나 하겠소?"

백자화가 담담하게 말하자 동방욱경이 웃음을 터트렸다.

"하긴 그렇군. 나는 잎 네 장짜리 염몽화밖에 없으니 나머지

세 개의 꿈은 당신에게 달렸소."

동방욱경은 남은 탕약 한 그릇을 들이켰다. 두 사람은 함께 침대에 누웠고, 동방욱경이 손으로 백자화의 손을 덮었다. 백자화는 약간 적응이 안 되는 듯 눈을 살짝 찌푸렸지만, 동방욱경은 피식 웃으며 곧 눈을 감았다. 표정이 엄숙했다.

그는 기필코 백자화를 도와 유신서를 찾아야 했다. 확실히 백자화가 말한 대로, 유신서를 찾는 것이 양쪽 모두를 만족시키는 방법이었다. 그렇지 않으면 화천골이 만황에서 나와도 편안하게 지낼 수 없었다. 그녀의 몸에 난 상처는 나중에 분명 치료할 방법이 있을 것이다.

사실 백자화의 꿈을 통해 화천골의 꿈속으로 들어가는 것은, 직접 들어가는 백자화보다 수천수만 배 위험했다. 하지만 그는 잠시도 기다릴 수 없었다. 설령 꿈이라 해도 그녀를 보고 싶었다. 그녀가 무사한지 확인하고 싶었……

두 송이 염몽화가 갑자기 기이한 빛을 뿜었다.

두 번째 꽃잎

세상 전체가 그들을 향해 우르릉 무너져 내렸다.

갑자기 바닥이 갓 만들어진 진흙더미처럼 물컹물컹해지더니, 사방으로 출렁이며 파문을 그렸다. 그는 그녀를 안고 아래로 떨어지기 시작했다. 침몰…… 어둠은 따라오지 않았고, 숨이 막히는 느낌도 없었다.

주위는 짙푸른 바다로 변했다. 하지만 바다 속에는 물이 없었다. 방금 세상의 모든 것이 무너지며 만들어진 알갱이들이 바다 위를 떠다녔다.

새 한 무리가 휙 지나갔다. 뒤이어 수많은 나비들이 두 날개를 파닥이자, 날개 위의 비늘이 희미하게 반짝이며 바다 위를 표류하는 은하수를 만들어 냈다. 백자화는 화천골을 안고 끊임없이 아래로 떨어졌다. 나비의 은하수를 뚫고, 귀신처럼 흐물흐물한 해파리 떼를 뚫고 아래로 가라앉았다.

화천골은 그 세계에 들어가는 순간 깨어났다. 그녀는 아무 동작도 하지 않고 눈만 크게 뜬 채 기이하고도 아름다운 주변 굉경을 바라보았다. 마침내, 그들은 바다 밑을 뚫고 나갔다. 두 개의 물보라가 일었다. 그런 다음 계속 아래로 떨어졌다. 공기 속에 짙고 찐득한 피비린내가 났다.

백자화의 하얀 옷이 바람을 맞아 활짝 핀 연꽃처럼 퍼졌다. 그는 한 손으로 화천골을 안고 다른 손으로 염몽화를 꽉 움켜쥐었다. 그는 법술로 바람을 제어해 움직여 보려고 했다. 다행히도 화천골의 꿈속에서는 그것이 가능했다. 그래서 그들이 떨어지는 속도는 차차 완만해지다가 결국 공중에 멈추었다.

앞서의 꿈과는 달리 이 꿈속 세계는 엉망진창이었다. 온통 줄지어 선 화산에, 땅은 갈라지고, 풀잎 하나 자라지 않아 생명력은 완전히 사라진 상태였다. 백자화는 깨끗한 곳에 내려앉아 화천골을 내려다보았다.

'871, 872, 873······.'

그의 머릿속에 동방욱경의 불만스런 목소리가 울렸다.

— 두 사람의 신분을 알리지 말았어야 했소. 저렇게 감정이 흔들려 첫 번째 꿈속에서조차 나오지 못할 뻔했잖소.

마지막에 그는 피식 웃었다.

— 이제 보니 백자화도 통제력을 잃을 때가 있군.

백자화는 말이 없었다. 그저 화천골을 깊이 응시할 뿐이었다.

화천골도 약간 놀라고 두려운 얼굴로 그를 바라보았다. 지금 이 순간, 그녀의 눈 속에 드디어 그가 들어 있었다. 그녀는 그가 누구인지 알았다.

백자화는 그 누구에게도 설명하거나 묘사할 수가 없었다. 화천골이 그가 누구인지 전혀 모르고 차가운 눈으로 그를 떠나보내려 할 때 그의 기분이 어땠는지를. 그는 낯선 사람 대하듯 그를 보는 화천골의 눈빛을 견딜 수가 없었다. 그래서 충동적으로 말이 튀어나오고 말았던 것이다. 다행히 그들은 무사히 두 번째 꿈속으로 들어왔다.

백자화가 손을 내밀어 화천골의 면사를 벗기려 했다. 그저 그녀를 확실히 보고 싶었고, 그녀가 무사하다는 것을 확인하고 싶었다.

화천골이 면사를 잡아당기며 애원하는 눈빛을 했다. 이유는 모르지만, 그녀는 백자화가 자기 얼굴을 보는 것을 원치 않는 것 같았다. 그러나 백자화의 시선은 차갑고 단호했다. 화천골은 감히 거역할 수 없어 어쩔 수 없이 손을 거두고 눈을 감으며 그가 면사를 벗기도록 내버려 두었다.

눈앞의 익숙한 얼굴을 보자 백자화의 마음을 짓누르던 돌멩이가 슬며시 바닥에 떨어졌다. 그녀가 말도 하지 않고 얼굴까지 가리고 있었을 때, 그는 이유 없이 불안했다.

화천골이 자기 얼굴을 만졌다. 완전무결했다.

"소골, 말해 보렴. 너는 말을 할 수 있다."

백자화가 격려하며 그녀를 바라보았다. 언제나 그의 명을 따랐던 화천골은 잠시 망설이다가 살짝 입술을 움직였다.

"사……, 사부님……."

처음에는 목소리가 약간 쉬어 있었지만, 곧 원래의 목소리로 돌아왔다. 화천골은 기뻤다.

"사부님, 왜 여기 계세요? 우리는……, 어디에 있는 거죠?"

화천골은 주변을 둘러보았다. 황폐하고 드넓은 땅 곳곳에 거대한 화산 분출구가 있었고, 지면에서는 독액이 솟아나 기포가 부글부글 끓었다. 공기는 코를 찌르는 썩는 냄새로 가득했고, 산불이 지옥의 업화業火처럼 모든 것을 불살랐다.

— 제발 또다시 아무렇게나 사실을 알려 주지는 마시오.

동방욱경이 다시 한 번 깨우쳐 주었다. 신분을 부정당하는 것은 그렇다 치고, 존재하는 세상마저 부정당한다면, 화천골의 감정이 뒤흔들려 또다시 꿈이 붕괴될지도 모른다는 생각은 차마 하고 싶지도 않았다. 이 세계에서 또다시 달아나기란 무척 어려웠다.

백자화는 살짝 망설이다가 말했다.

"소골, 이곳은 아무 데도 아니다. 여긴 네 꿈속이다."

"꿈이요?"

화천골이 몸을 부르르 떨었다. 그녀의 눈에 공포와 불신의 빛이 떠올랐다. 땅이 다시금 흔들리기 시작했고, 수많은 화산들이 슬슬 폭발하려고 했다. 백자화는 그녀의 머리를 살며시 쓰다듬었다.

"두려워 마라. 사부가 있지 않느냐."

백자화는 이 제자가 뼛속까지 굳세다는 것을 믿었다. 그녀가 모든 것을 마주할 수 있다는 것을 믿었고, 그 역시 그녀와 함께 모든 것을 마주할 수 있었다. 그래서 그녀를 속이고 싶지 않았다.

"내가 네 꿈속으로 들어온 것은 유신서를 찾기 위해서다. 소골, 유신서가 어디 있는지 아는 사람은 너밖에 없다. 그 안에 무엇이 쓰여 있는지 아는 사람도 너밖에 없다. 유신서만 찾으면 너는 만황을 떠날 수도 있다."

"만황?"

화천골이 의아한 표정을 지었다.

동방욱경의 목소리가 다시 한 번 귓가에 울렸다.

─ 그런 얘기를 해 봤자 소용없소. 이곳은 골두의 꿈속이오. 이 꿈속에서 그녀는 무엇이든 할 수 있고, 자기가 기억하고 싶은 것만 기억할 수 있소. 그녀 입장에서 요신이 나타나고 만황으로 쫓겨난 일 같은 건 기억하고 싶지 않은 일이니, 이미 알아서 잊어버렸을 거요.

화천골은 여전히 백자화의 말을 생각하고 있었다. 그녀는 사부가 어째서 지금 자신이 꿈을 꾸고 있다고 말하는지 잘 이해할 수가 없었다. 그녀에게 있어 이곳은 바로 그녀의 세상이었다. 그녀는 이 세상을 완벽하게 유지하고 싶었고, 그 때문에 이 세상 속에서의 진실을 꿋꿋이 믿어야만 했다. 그녀의 작은 오두막집은 진짜고, 화가촌의 거리도 진짜고, 장 아저씨와 소보도 진짜고, 사부를 만난 것도 진짜였다. 그리고, 줄곧 그녀를 수배하고 쫓아와 죽이려는 사람 역시 진짜였다.

백자화는 화천골이 갑자기 놀란 듯 눈을 동그랗게 뜨는 것을 바라보았다.

"사부님, 조심하세요!"

화천골이 그를 힘껏 밀어냈다.

월겸[14] 하나가 뒤에서 휙 떨어졌다. 백자화가 겨우 피하자 옆에 있던 커다란 바위가 두부처럼 둘로 쩍 갈라졌다. 백자화는 화천골을 잡고 나는 듯이 몇 장 밖으로 물러났다. 눈앞에 검은 삿갓을 쓰고 각자 다른 무기를 든 열세 명이 서 있었다. 모두 삿갓에 가려 얼굴이 보이지 않았고, 활활 타오르는 도깨비불만 보였다.

순간, 백자화의 마음속에서 셀 수 없이 많은 부정적인 감정들이 솟구쳤다. 모든 희망과 자신감, 오만함이 눈앞에 있는 저 사람들에게 빨려 나갔다. 백자화는 말없이 우뚝 서서 그 느낌을 맛보았다. 그리고 순간 깨달았다.

---

14 月鎌. 구부러진 낫.

사랑, 눈물, 절망, 열등감, 자기혐오, 부끄러움, 수치, 그리움, 공포, 실망, 후회, 의심, 애통함. 이것들은 화천골의 마음속에 있는 열세 가지 심마心魔였다.

그 열세 사람을 대하자 화천골의 얼굴은 죽은 잿빛이 되었다. 그녀는 그들이 이렇게 사부 앞에 나타나는 것을 원치 않았다. 하지만 이제 큰 싸움을 피하기 어렵게 되었다. 그러나 백자화는 오히려 다행스러워했다. 열세 개의 심마 속에 증오와 분노는 없었던 것이다.

'소골, 이런 지경까지 왔는데도 너는 이 사부를 원망하지 않았구나. 그렇지?'

백자화는 염몽화를 화천골의 손에 쥐어 주었다.

"소골, 잠을 자도록 해 보렴. 그러면 이곳을 떠날 수 있다."

말을 마친 그가 앞으로 나아가 싸웠다. 화천골은 믿을 수가 없어 고개를 저으며, 백자화가 혼자서 열세 명과 싸우는 것을 바라보았다. 절망과 자기혐오, 부끄러움, 공포……. 갖가지 감정이 그녀의 마음속에서 거칠게 출렁였다.

'사부님은 어째서 내가 이렇게 위험한 순간에 잠이 들 수 있다고 생각하실까?'

백자화의 어깨가 공포의 검에 찔리는 것을 보자 화천골은 놀라 날카롭게 비명을 질렀다. 그리고 차마 계속 볼 수가 없어 황급히 눈을 감았다.

'자자, 자자. 어떻게든 빨리 잠들어야 해.'

자기혐오가 그녀를 죽이려 하자, 백자화가 청음일지淸音一指

를 써서 그를 튕겨 냈다. 동방욱경은 중생을 굽어보는 신처럼 모든 것을 지켜보며, 이따금씩 때맞춰 알려 주어 백자화의 위기를 제거해 주었다.

예순네 개의 소혼정을 맞은 백자화는 본래 어검술을 쓰는 것조차 힘들었다. 하지만 이곳은 화천골의 꿈속이었고, 그녀는 그가 그녀 대신 소혼정을 맞은 사실을 전혀 몰랐다. 그녀의 의식 속에서 백자화는 여전히 하늘에서든 땅에서든 적수가 없는 사부였다.

이 싸움은 백자화가 유리해 보였지만, 사실 누가 이기고 누가 지는지는 화천골의 마음에 달려 있었다. 백자화도 그것을 잘 알지만, 화천골을 더 압박하지 않도록 아무 말도 하지 않고 횡상검을 휘두르며 전력을 다해 싸웠다.

열세 명의 심마는 그가 평생 만나 본 사람 중 가장 기괴한 상대인 것 같았다. 하지만 그는 자신의 심마를 제거하는 데 뛰어났고, 제자의 심마도 제거할 수 있다고 자신했다.

화천골은 백자화의 안위가 걱정되어 잔뜩 초조한 얼굴이었다. 이런 상태로는 잠들 수도 없었다.

백자화는 잠시 생각하며, 마주한 열세 사람의 서로 다른 감정을 느껴 보았다. 그리고 자기혐오의 낫을 맞으면서까지 공포를 쫓아가 둘로 쪼갰다.

화천골은 갑자기 마음이 편안해져 점차 꿈속으로 빠져들었다. 절망이 온 힘을 다해 그들을 덮쳤을 때, 백자화는 바닥이 물컹해지며 화천골과 함께 또다시 아래로 떨어지는 것을 느꼈다.

"소골……."

백자화는 이미 잠든 화천골을 품으로 당기며 느릿느릿 아래로 떨어져 세 번째 꿈의 바다를 통과했다.

하늘색의 바다에는 복숭아 꽃잎이 가득 떠 있었다. 겹겹이 쌓인 잎 때문에 숨조차 쉴 수 없을 정도였다. 그들은 곧장 아래로 떨어졌다. 그들 뒤로 마치 별똥별 꼬리처럼 길게 분홍색 선이 생겨났다.

죽염은 약간 짜증이 났다.

형즉수가 제멋대로 중상을 입은 여자를 그의 오두막집 앞에 데려와 벌써 며칠째 버티고 있었다. 여자는 나이가 많지 않았지만 온몸에 성한 곳이 하나도 없었고, 내내 반쯤 혼수상태였다. 그녀는 눈이 멀었고, 얼굴이 망가졌고, 목이 상했고, 근육과 경맥이 끊어졌다. 뼈는 온통 소혼정에 구멍이 뚫렸고, 더욱이 살고자 하는 의지가 조금도 없어 이미 죽은 사람이나 마찬가지였다.

죽염은 상고시대 짐승과 충돌을 빚고 싶지 않아, 그들이 자기 처마 밑에 머무는 것을 내버려 두었다. 말이 나왔으니 말이지만, 형즉수도 똑똑했다. 집 주위에 진법이 펼쳐져 있어 다른 맹수들이 가까이 오지 못하는 것을 알고, 여자의 안전을 위해 이곳에 머물기로 한 것이다.

형즉수는 매일 음식을 구해 돌아왔고, 날고기를 꼭꼭 씹어 연하게 한 다음 그녀에게 먹였다. 그러나 여자는 살 마음이 전혀 없어, 처음에는 핏물을 조금 마시다가 최근에는 뭐든 토해 냈다. 형즉수는 당황하기 시작했다. 초조하고 불안하여 밤마다 집 밖에서 으르렁거리는 바람에 죽염은 시끄러워 편안히 잘 수가 없었다.

'빌어먹을 놈들.'

죽염은 이용 가치가 없는 사람에게 자기 약재와 힘을 낭비하고 싶지 않았다. 하지만 며칠이 지났는데도 그 사람은 여전히 목숨이 붙어 있었다. 이상했다. 그래서 죽염은 낮에 형즉수가 없는 틈을 타 그녀에게 다가가 자세히 살폈다.

처음 봤을 때부터 죽염은 그녀가 장류산에서 쫓겨났다는 것을 알았다. 그녀의 얼굴에 그와 똑같이 삼생지수에 당한 흉터가 있었기 때문이다.

'겉모습은 이렇게 어려 보이는데, 사랑 놀음을 하다니······.'

그는 경멸하듯 입술 끝을 올렸다. 그녀가 쥐고 있는 궁령을 빼앗으려고 했더니, 뜻밖에도 그녀는 혼절한 상태에서도 힘껏 붙잡고 있었다. 어렵사리 손에 넣어 자세히 살피던 그가 점점 더 눈을 찌푸렸다. 이처럼 오행을 모두 수련한 제자는 백자화 말고는 길러 낼 수 있는 사람이 없었다. 그런데 얼마나 큰 죄를 지었기에 소혼정을 맞고 선신을 잃은 것도 모자라 만황까지 쫓겨났을까?

죽염은 생각했다. 그녀가 죽지 않고 이번 난관을 견뎌 낸다면, 어쩌면 그에게 정말 이용 가치가 있을지도 모른다고.

420

세 번째 꽃잎

바다와 땅, 바다와 하늘 사이에 백여 개가 넘는 작은 섬이 드문드문 떠 있었다. 섬 위에는 복숭아나무가 가득 심어져 있고, 분홍색 꽃잎들이 어지러이 흩날렸다. 온 세상에 마치 분홍색 꽃비가 내리는 것 같았다.

백자화는 화천골을 안고 작은 섬 중 하나에 내려앉았다. 주변은 절정전과 무척 비슷했다. 화천골은 기쁘고 놀라 눈을 동그랗게 뜬 채 즐겁게 뛰어다녔다. 그녀는 조금 전의 세계와 조금 전에 있었던 싸움은 모두 잊어버렸다. 이곳은 절정전이고, 그녀와 사부가 있었다. 그들은 여전히 단순하고 평화롭게 살고 있었다.

하지만 백자화는 마음 편히 있을 수 없었다. 그의 신경은 여전히 팽팽하게 긴장되어 있었다.

"소골, 유신서의 행방이 느껴지느냐?"

화천골은 멍하니 고개를 저었다. 백자화는 그들을 쫓는 심마가 다시 나타날까 봐 걱정스러웠고, 화천골의 몸이 얼마나 버틸 수 있을지도 알 수가 없었다. 시간이 촉박했다. 그는 가능한 한 서둘러 깊은 꿈으로 들어가 유신서를 찾아야 했다. 그런데 바로 그때 염몽화가 손에서 사라진 것을 발견했다.

"소골, 방금 그 꽃은 어디 있지? 보지 못했느냐?"

화천골은 여전히 멍하니 고개를 저었다. 그녀는 방금 깨어났고, 눈앞에 있는 이 세상은 모든 것이 새로우면서 당연했다. 앞서의 세상은 그녀에게 있어 봄날 꿈처럼 아무 자취도 없었다.

"사부님, 시장하세요? 소골이 도화갱을 만들어 드릴게요!"

화천골은 즐겁게 주방으로 달려갔다. 백자화는 주변을 살살이 뒤져 보았으나 염몽화를 찾을 수가 없었다.

"사부님……. 사부님……."

재촉하는 목소리가 들렸다. 화천골이 식사하러 오라고 부르고 있었다. 백자화는 정신이 아련해졌다. 마치 지난날의 절정전으로 돌아간 것처럼 아무것도 변한 것이 없는 것 같았다.

'18,214, 18,215, 18,216…….'

다음 순간 그는 억지로 스스로를 깨웠다.

'이곳은 절정전이 아니다. 이곳은 소골의 꿈속일 뿐이다.'

잠시 정신을 잃은 사이, 어느새 자신이 화천골과 탁자 앞에 앉아 식사를 하고 있는 것을 발견했다. 화천골이 도화갱을 받쳐 들고 국자를 들어 그에게 먹이려고 했다. 백자화는 망설이며 화천골을 똑바로 응시했다. 화천골은 움츠러들지 않고 반드시 먹이겠다 마음먹은 것처럼 다시 국자를 내밀었다.

백자화는 이상해서 잠시 망설이다가 결국 입을 벌려 화천골이 주는 것을 받아먹었다. 화천골은 무척 신이 나, 기쁨에 겨워 그의 얇은 입술이 우물거리는 것을 바라보았다. 어쩌다 그 입술에 분홍색 도화갱이 묻자 더욱 유혹적이었다. 그녀는 참지 못하고 침을 꿀꺽 삼켰다.

"사부님……."

그녀가 무의식적으로 그를 불렀다. 백자화도 무의식적으로 대답했다. 두 사람의 눈빛이 서로 교차했다. 수많은 지난날들이 커다란 파도가 되어 일렁였다. 백자화는 저도 모르게 시선을 돌렸다.

"소골, 곁에 누가 있었고, 무슨 일이 벌어졌는지 기억이 나느냐?"

그는 이 세 번째 꿈의 전모를 알고 싶었고, 가장 간단한 방법은 화천골의 입으로 직접 듣는 것이었다. 다만 어떻게 말을 꺼내야 할지 몰랐다. 분명하게도, 이 세계와 앞서의 세계는 완전히 달랐다. 너무나도 완벽했다. 이곳은 풍경이 아름답고 산들바람이 솔솔 불어왔다. 하늘만 빼고……. 사실은 하늘이 아니라 거대한 바다지만, 다른 것들은 현실의 절정전과 거의 차이가 없었다. 그들은 바다와 바다 사이의 꿈속을 드나들고 있었다.

화천골은 백자화의 말뜻을 잘 알 수가 없었지만, 그래도 솔직하게 대답했다.

"사부님, 당보 이야기를 하시는 거예요? 당보는 절정전에서 나가 십일 사형, 경수와 놀고 있어요."

백자화는 단순하게 활짝 웃는 그녀의 얼굴을 바라보았다. 갑자기 마음이 아파 앞서처럼 사실대로 말할 수가 없었다. 소골, 이곳은 가짜다. 넌 꿈을 꾸고 있을 뿐이다라고. 그녀의 웃음을 본 지 얼마나 오래되었던가?

백자화는 더 이상 한 마디도 나오지 않았다. 그저 묵묵히 화천골이 먹여 주는 도화갱을 먹으며 꿈속에서나 있을 수 있는,

그들 사제 둘만의 아늑한 시간을 즐겼다.

도화갱은 맛이 약간 써서 현실에서 먹었던 것과는 달랐다. 그는 영원히 이 맛을 잊을 수 없으리라 생각했다.

돌연, 화천골이 벌떡 일어나 잠시 망설이더니 팔짝팔짝 뛰어갔다. 백자화가 의아해하는 사이 그녀가 다시 팔짝팔짝 뛰어왔다. 그녀의 손에는 지금 막 구워 김이 모락모락 나는 닭다리가 들려 있었다.

백자화는 잠시 말이 없었다. 그는 평소 육식을 하지 않았지만, 꿈속에서는 그런 것까지 따질 필요가 없었다. 게다가 화천골의 행동을 깊이 새겨 볼 가치가 있었다. 왜 닭다리일까?

백자화는 그녀를 바라보았다. 화천골의 눈동자는 숨김없는 기대로 가득 차 있었다. 그는 망설이다가 닭다리를 받아 들었다. 옥처럼 하얀 그의 손가락에 기름이 묻었지만, 그는 전혀 부적절하다는 생각이 들지 않아 입을 벌리고 한 입 물었다. 화천골이 적시에 손을 내밀어 그의 하얀 옷에 떨어지려는 기름을 받았다. 그런 다음 닭다리를 확 빼앗아 얼굴이 빨개진 채 달아났다.

백자화는 어쩔 수 없이 고개를 저었다. 하늘이 갑자기 어두워졌고, 그는 어느새 침실에 와 있었다. 그가 채 눈을 감기도 전에 세 시간이 지나고 하늘은 또다시 환히 밝아 왔다. 화천골이 그의 문 앞으로 폴짝폴짝 뛰어와 예전처럼 그의 머리를 묶어 주었다.

백자화는 쓴웃음을 지으며, 바깥의 푸르른 배경 아래 가득 핀 복숭아꽃을 응시했다. 꽃 한 송이 한 송이가 마치 금테를 두른 것 같았다. 화천골은 그의 뒤에서 부드럽게 그의 머리를 빗기며 방금 《칠절보》에서 새로운 요리법을 알아냈는데 조금 있다 만들어 주겠다고 조잘거렸다. 백자화는 마음이 따스해졌다. 하지만 이 모든 것이 꿈일 뿐, 현실 속의 그는 아무리 머리가 길어도 묶어 줄 사람이 없다는 것을 떠올리자 저도 모르게 슬퍼졌다.

화천골은 뒤에 있어서 그의 눈빛이 순식간에 몇 번이나 바뀌는 것을 볼 수 없었다. 다만 세상 모든 빛들이 사부 한 사람의 몸으로 모여들어, 모든 것이 꿈처럼 아름답다고만 느꼈다. 설령 꿈이라 할지라도 영원히 깨어나고 싶지 않았다.

'557,222, 557,223, 557,224……'

화천골의 시간대로라면 백자화는 이 꿈속에서 벌써 한 달 넘게 있었다. 바깥의 시간으로 따지면, 그가 혼수상태에 빠졌던 시간을 빼도 벌써 며칠이 지났다. 그 시간 동안 백자화는 모든 섬 구석구석을 뒤졌지만 끝내 염몽화를 찾지 못했다. 그것은 곧 꿈을 열고 나갈 열쇠가 없다는 의미였다. 그러니 화천골이 잠들어도 아무 소용이 없었다.

그동안 당보, 경수, 낙십일, 삭풍 등도 나타났다가 사라졌다. 절정전 안에는 여전히 그들 사제 둘뿐이었다.

모두들 예전 모습 그대로였다. 하지만 백자화를 다소 놀라게 만든 일은 바로 살천맥이 화천골의 꿈속에서는 완전히 여자라는 것이었다. 가슴도 있고, 경국지색의 외모로 사람의 마음을 뒤흔드는……. 그의 모습을 보았을 때 백자화는 하마터면 웃음을 터트릴 뻔했다. 동방욱경은 여전히 이후각주가 아니라 보통 서생이었다.

백자화는 동방욱경에게 화천골의 꿈속에 나타난 자신의 투영을 보는 것이 어떤 느낌이냐고 물었다. 동방욱경이 웃으며 말했다.

— 뜻밖이오. 골두의 마음속의 내가 저렇게 잘생기고 근사할 줄이야.

확실히, 백자화도 인정했다. 꿈속에는 해가 없었고, 동방욱경은 바로 이 세상의 해처럼 가장 중심의 발열점이었다. 그의 몸 전체에서 부드럽고 따사로운 미광微光이 옅게 흘러나와 보기만 해도 뼛속까지 따뜻해지는 것 같았다. 그는 줄곧 권심을 갖고 화천골을 지켜보았고, 눈동자에는 애정이 담뿍 담겨 있었다. 화천골은 그와 함께 있으면 늘 자유롭고 기쁨이 넘쳤다. 그것은 사부인 백자화조차 줄 수 없는, 단순하고 꽉 찬 행복이었다.

백자화는 화천골이 동방욱경의 진짜 신분을 알고 이 모든 것의 원인과 이유를 짐작했음에도 불구하고 어째서 여전히 그를 믿으려 하고 원망하지 않았는지를 알았다. 그 순간 동방욱경의 마음속에 오랜 세월 쌓였던 얼음벽이 와르르 무너졌다.

뜻밖에도 백자화는 그가 부러웠다. 그도 화천골의 꿈에 나오는 자신의 투영을 보고 싶었지만, 끝내 나타나지 않았다. 어쩌면 이미 그 자신이 꿈에 들어왔기 때문에 투사할 필요가 없는 것인지도 몰랐다.

바로 이때, 백자화는 갑자기 강렬한 불안감을 느꼈다. 동방욱경 쪽에서 전해지는 느낌이었다.

"어떻게 된 거요?"

동방욱경의 정신이 계속 흔들리고, 그의 귓가에 들리는 목소리도 커졌다 작아졌다 했다.

— 약간 귀찮은 일이 생겼소. 난 먼저 깨어나야겠소.

"무슨 일이오?"

— 걱정 마시오. 내가 해결하지 못할 일은 없으니까. 하지만 내가 억지로 꿈에서 나가면 당신도 힘들 거요.

백자화는 두 주먹을 꽉 쥐었다. 갑자기 지독한 통증이 찾아왔다.

— 그동안 당신은 전력을 다해 찾았지만, 난 알고 있소. 당신의 마음속 깊은 곳에서는 염몽화를 찾을 마음이 없다는 것을 말이오. 당신 자신조차 이 꿈속을 떠나고 싶지 않다면, 어떻게 그곳에서 나올 수 있겠소?

동방욱경의 말에 백자화의 안색이 싹 변했다.

— 미련 두지 마시오. 진짜 골두는 아직 만황에서 고생고생하며 당신을 기다리고 있다는 것을 기억하시오…….

동방욱경의 목소리가 점점 멀어지다가 마침내 완전히 사라졌다.

"사부님, 왜 그러세요?"

화천골은 창백해진 백자화의 얼굴을 보자 황급히 그를 부축해 침대로 안내했다.

"괜찮다."

백자화는 깊이 생각에 잠겨, 화천골이 그와 침대를 번갈아 보다가 무슨 생각을 했는지 순식간에 얼굴이 빨개지는 것을 보지 못했다.

백자화는 동방욱경이 떠나기 전 한 말을 곰곰이 생각해 보았다. 확실히, 어쩌면 그 자신도 이 아름다운 꿈을 떠나 화천골을 잃어버린 차가운 현실로 돌아가고 싶지 않은 것인지도 모른다. 그는 창밖을 내다보며 길고 길게 한숨을 쉬었다. 그런 다음 화천골을 응시했다.

"소골, 사부가 네게 꼭 할 말이 있다."

화천골은 무언가를 알아차렸는지 억지로 웃음을 지었다.

"날이 늦었으니 일찍 쉬세요, 사부님. 이야기는 내일 해요."

말이 떨어지기 무섭게 창밖의 날씨가 변하더니 노을이 퍼지고 금빛이 수면에 반사되었다. 다음 순간 어두운 밤이 되었다. 하늘에는 별이 없었지만 반딧불과 춤추는 해파리, 나비, 새, 그리고 물고기는 있었다.

화천골이 돌아서서 나가려는데 백자화가 그녀의 팔을 붙잡았다.

"소골, 꿈이 아무리 아름다워도 언젠가는 깨어나야 한단다."

주위가 고요했다. 화천골은 고개를 돌리지 않았지만, 목소리는 갑자기 쓸쓸하고 공허하게 변했다.

"사부님, 이곳에 있으면 만황도, 요신의 힘도, 다른 어떤 사람도, 돌이킬 수 없는 잘못도 우릴 갈라놓지 못해요. 좋지 않

428

아요?"

"좋고말고. 하지만 이 모든 것은 진짜가 아니다."

화천골이 고개를 돌리고, 눈물을 뚝뚝 흘리며 흐느꼈다.

"사부님, 아직도 절 용서하지 못하세요?"

백자화는 차분하게 그녀를 바라보았다.

"소골, 정말로 네가 잘못하지 않았다고 생각한다면, 조금도 후회하지 않는다면, 너 자신이 먼저 너를 용서해야 한다."

계속해서 절망 속으로 가라앉지 않고 살기 위해 노력해야 했다. 그래야 백자화의 제자다웠다.

"사부님……."

화천골이 홱 몸을 돌려 그를 꼭 끌어안았다. 잘못했다. 왜 잘못이 아니겠는가? 그를 사랑했을 때부터 그녀는 잘못을 저질 렀다. 한 걸음 잘못 들여놓자 계속 잘못된 길로 나아갔다.

별안간 화천골이 울음을 터트렸다. 오랜 억울함과 슬픔이 줄줄이 눈물방울이 되어 떨어졌다. 그러나 설령 다시금 감정이 무너져도, 그녀는 이 세계를 완전하게 유지하기 위해 노력했 다. 백자화는 모른다. 그녀에게 있어 이 세계는 다른 세계와 달 랐고, 모든 것과도 달랐다. 이곳은 그녀 최초의 아름다움이요, 모든 것을 희생해서라도 붙잡아 두고 싶은 순간이었다.

백자화는 그녀에게 안긴 것 때문에 다소 당황했지만, 우는 그녀를 보자 더할 나위 없이 안심이 되었다. 최소한 꿈속에서 는 그녀가 마음대로 웃고 울 수 있었으니까.

백자화가 손을 뻗어 처음으로, 어쩌면 평생 유일하게 그녀의 눈물을 닦아 주었다. 눈물이 너무 뜨거워 피부에 화상을 입을 것만 같았다.

화천골은 더욱 슬피 울며 그의 목에 얼굴을 묻었다. 눈물이 그의 옷깃을 축축하게 적셨다.

"사부님……."

화천골은 문득 그가 자신의 피를 빨다가 그녀에게 입맞춤을 했던 밤이 떠올랐다. 그러자 감정이 격해져 처음으로 용기를 내어 그에게 입을 맞추려 했다. 백자화는 가볍게 한숨을 쉬며 살짝 고개를 돌렸다. 그녀의 입맞춤이 그의 입가에 내려앉았다.

그의 착각이 아니었다. 꿈속의 화천골은 확실히 현실보다 훨씬 제멋대로였다. 어쩌면 오직 이곳에서만이, 늘 하고 싶었던 것을 하고, 얻고 싶은 것을 얻고, 되고 싶었던 자신이 될 수 있는지도 모른다. 하지만…….

"안 된다, 소골."

어떻게 그녀에게 이것이 잘못이라고, 생각조차 하면 안 되는 일이라고 말할 수 있을까?

화천골이 섭섭한 듯 백자화를 바라보았다.

"사부님, 이건 그냥 제 꿈이라고 하셨잖아요?"

백자화는 고개를 저었다. 목소리는 여전히 더없이 차가웠다.

"꿈속에서도 안 된다. 소골, 너는 영원히 이 사부의 제자란다."

화천골은 멍하니 뒤로 물러나며 쓴웃음을 지었다. 그 웃음 소리는 마치 물방울이 텅 빈 동굴을 때리듯이 공기 속에 잔잔

한 파문을 일으켰다. 그는 꿈속에서도 안 된다고 했다. 설령 꿈속이라도 그녀는 그에게 아무런 감정도 품어선 안 되었다. 그렇지 않으면 대역무도하고 천륜을 저버리는 짓이었다.

갖가지 지난날들이 벌떼처럼 달려들어 하나하나 떠오르기 시작했다. 백자화가 단념검을 내리칠 때마다 얼마나 아팠는지를 떠올리고, 절정지의 물이 살을 녹이고 뼈를 삭일 때 얼마나 아팠는지를 떠올렸다. 하지만 그녀는 두렵지 않았다. 그녀가 두려워하는 것은 외로이 홀로 만황에 남겨지는 것이고, 사부가 그녀를 더 이상 원치 않게 되는 것이었다!

백자화는 화천골의 떨리는 두 어깨를 보며 그녀가 모든 것을 깨달았다는 것, 이 모든 것이 가짜임을 깨달았다는 것을 알았다. 그가 예상하지 못한 것은 단지, 주변이 너무도 평화롭다는 것이었다. 세상이 무너지지도 않았고, 아무것도 일어나지 않았다. 그저 분홍색 복숭아 꽃잎들이 마치 피에 물든 것처럼 새빨갛게 변해 하늘 가득 휘날릴 뿐이었다.

"소골, 염몽화를 다오."

"만약 제가 드리지 않으면요? 만약……, 제가 사부님을 평생 이곳에 가둬 둔다면요?"

화천골이 처연하게 웃었다.

"어차피 전 곧 죽을 텐데요. 어차피 다시는 사부님을 보지 못할 거예요!"

"허튼소리 마라!"

백자화가 참다못해 큰 소리로 꾸짖었다. 그는 화천골의 눈을 들여다보며 한 자 한 자 말했다.

"이 사부는 널 만황에 남겨 놓지 않을 것이다. 반드시 너를 구해 낼 것이다. 그러니 너도 포기하지 마라!"

화천골은 고개를 저었다. 만황을 나간들 무슨 소용인가? 사부는 그녀가 절정지의 물에 당하는 것을 똑똑히 보았으니, 깊이 숨겨 둔 그녀의 비밀을 이미 알고 있을 것이다. 사부는 더이상 그녀를 원치 않을 것이다. 그녀는 사부에게는 치욕일 뿐이었다.

'이제는 사부님도 이곳에 계시지 않으려 하시는구나. 그렇다면 이 세계를 무너뜨려야지!'

화천골이 소매를 휘두르자 하늘 가득 휘날리던 분홍 꽃잎들이 시들어 떨어지고, 작은 섬들이 하나둘 흩어지기 시작했다. 주변이 무너지고 망가지는 것을 보자 백자화조차 저도 모르게 숨이 턱 막혔다. 절정전의 모든 것은 그에게도 똑같이 중요했다. 어쩌면 그녀는 영원히 이해하지 못할지도 모른다.

"소골, 멈춰라!"

화천골은 쓴웃음을 지으며 고개를 저었다.

"걱정 마세요. 사부님을 모시고 다음 꿈으로 들어가서 사부님이 원하시는 물건을 찾을게요."

화천골은 눈을 감고 정신을 집중했다. 다시 눈을 뜨자 꽃잎이 네 장만 남은 염몽화가 어느새 그녀의 손에 들려 있었다. 그다음, 화천골은 결연히 절정전 노풍석에서 훌쩍 몸을 날렸다. 옷자락이 나비처럼 펄럭이더니 바다 속으로 곤두박질쳤다.

"소골!"

백자화도 곧장 그녀를 따라 뛰어내렸다.

화천골은 눈을 감은 채 그의 밑에서 천천히 아래로 떨어지고 있었다. 마치 활짝 핀 도미荼蘼 꽃 같았다. 그는 그녀를 향해 힘껏 손을 뻗었지만 끝내 잡을 수 없었다. 세상은 하얀 빛으로 뒤덮이고, 그는 또다시 바다 밑을 뚫고 허공으로 빠졌다.

동방욱경은 각혈을 하며 꿈에서 깨어났다. 몸에는 아직도 경련이 일고 있었다. 이후각 호위들이 다가와 그를 눌렀다.

"각주님!"

동방욱경의 눈빛은 텅 비어 마치 영혼이 빠져나간 것 같았다. 한참 후에야 그의 눈이 조금씩 반짝였다. 그는 호위들을 보자 쉰 목소리로 말했다.

"무슨 일이냐? 아주 다급한 일이 아니면 절대 깨우지 말라고 말했을 텐데."

그렇게 말하는 사이 문 밖에서 산사태라도 난 듯 굉음이 들려왔다. 동방욱경은 밖으로 나가 두 누각 사이의 쪽마루에 섰다. 저 앞 멀지 않은 곳의 정원에 먹구름이 잔뜩 끼어 있는 것이 보였다. 번개가 치고 천둥이 울렸다. 마엄과 생소묵이 억지로 진을 깨뜨리고 있는 것이었다.

호위가 차가운 목소리로 말했다.

"각주님, 저 두 사람이 이후각에 뛰어들었는데, 계속 가만히 있으면 저들은 곧 진법을 깨뜨릴 겁니다. 그렇다고 진을 발동시키면 저들은 필히 그 속에서 죽을 겁니다. 두 사람의 신분과 백자화와의 관계를 고려할 때, 제가 판단을 내릴 수 없어 각주님을 깨운 겁니다."

동방욱경은 멀리 그들을 바라보았다. 속으로 약간 화가 났다. 저들 때문에 쓸데없이 염몽화 꽃잎을 낭비했기 때문이다. 저들만 아니면 멀리서라도 골두를 좀 더 볼 수 있었는데.

동방욱경은 어쩔 수 없다는 듯이 길게 한숨을 쉬며, 손을 휘휘 저었다. 진법이 순식간에 사라졌다. 그러자 마엄과 생소묵이 그의 앞으로 왔다. 두 사람의 수위는 백자화에게 약간 못 미치는 정도여서, 육계를 통틀어 적수를 만나기 어려웠다. 그러나 이후각으로 뛰어든 것은 아무래도 그들을 적잖이 고생시켰고, 특히 마엄은 중상을 입었다.

"이후군, 사제를 내놓아라!"

마엄은 생소묵을 닦달하여 백자화가 이후각에 간 것을 알았다. 게다가 그가 오랫동안 돌아오지 않자 마음이 어지러워져 억지로라도 뚫고 들어가겠다고 결심했다. 생소묵은 그를 막지 못해 어쩔 수 없이 그를 따라 이곳으로 뛰어든 것이다.

동방욱경이 예의바르게 말했다.

"세존, 유존께서 오셨는데 멀리 마중을 나가지 못했소. 존상은 지금 방에 있소만, 방해하기에는 때가 적당하지 않소."

그 말을 들은 마엄은 득달같이 방 안으로 달려갔다. 백자화가 두 눈을 꼭 감고 침대에 누워 있는 것을 보자 그의 안색이 싹 변했다.

"사제!"

동방욱경은 아직 몸이 영혼 이탈 상태에서 완전히 회복되지 않아 옆에서 계속 기침을 해 댔다.

"존상은 아무 일 없소. 다른 사람의 꿈속에 들어갔을 뿐이니 얼마 안 있어 깨어날 거요."

마엄은 백자화의 맥을 살피고, 그의 손에 든 염몽화를 보자 동방욱경이 거짓말을 하지 않았다는 것을 알고 겨우 안도의 숨을 내쉬었다. 그러나 곧 저도 모르게 화가 치밀었다.

"사제가 이후각에 온 것이 설마하니 염몽화를 얻어 화천골의 꿈속으로 들어가기 위해서란 말인가?"

"그렇소."

"정말 터무니없군! 설마 그게 얼마나 위험한 일인지 모른단 말인가?"

마엄은 피가 거꾸로 솟았다. 중상을 입은 몸이라 하마터면 기절할 뻔했다. 생소묵이 황급히 그를 부축했다.

"대사형, 장문 사형도 다 생각이 있을 겁니다."

마엄은 믿을 수 없어 고개를 저었다.

"그 못된 제자 때문에 이 지경이 되다니……."

그는 갑자기 무슨 생각이 난 듯 눈을 부릅뜨고 동방욱경을 노려보았다.

"이후각과 무슨 거래를 했느냐?"

동방욱경은 웃으며 고개를 저었다.

"미안하게 됐소만, 그건 존상과 이후각 사이의 비밀이니 다른 사람에게 말할 수 없소.”

“뭐……!”

마엄은 화가 나 그에게 덤벼들려 했지만 동방욱경은 우뚝 선 채 꼼짝도 하지 않았다. 생소묵이 황급히 마엄을 붙잡았다.

“장문 사형이 아직 꿈속에 있습니다!”

마엄은 그제야 억지로 마음을 가라앉혔다. 지금은 백자화의 안전이 가장 중요했다. 그가 중독되고 화천골이 신기를 훔친 이후로 장류산의 모든 것은 점점 더 뒤죽박죽이 되고 있었다. 아니, 화천골이 입문한 그날부터 벌써 모든 것이 점차 통제에서 벗어났다.

“언제 깨어나느냐?”

“염몽화의 꽃잎이 모두 떨어지고 존상이 원하는 것을 찾으면 자연히 깨어날 거요.”

그렇게 이야기하는 동안 염몽화가 별안간 환하게 빛나더니, 네 번째 꽃잎이 나풀나풀 떨어졌다.

네 번째 꽃잎

주변이 떠들썩하고 수많은 마차들이 오갔다. 백자화는 군중 한가운데 서서 사방을 둘러보았지만 화천골의 종적은 찾을 수가 없었다.

‘1,327,395, 1,327,396, 1,327,397…….’

하늘에는 먹구름이 빽빽하게 깔려 바다와 하늘을 가렸다.

주위 풍경이 이상하리만치 진짜 같아서, 속으로 계속 숫자를 세고 있지 않았더라면 백자화도 자신이 꿈에서 깬 것이 아닐까 의심스러울 지경이었다.

지금 그는 평범하디 평범한 거리에 서 있었다. 평범한 마을 이지만 이번 꿈은 첫 번째 꿈과는 아주 달랐다. 첫 번째 꿈은 세상의 규칙에는 아랑곳없이 사계절이 뒤섞이고 공간이 뒤집 히고 인물이 복잡했다. 안정 같은 것은 그저 겉보기에 불과했 다. 그러나 이 세계는 현실의 진짜 모습을 완전하게 복원해 놓 았다. 하지만 그런 것은 중요하지 않았다. 중요한 것은 염몽화 가 어디 있는지, 유신서가 어디 있는지, 그리고 화천골이 어디 있는지였다.

백자화는 며칠 동안 부근을 샅샅이 뒤졌다. 이곳은 낮이나 밤이나 그가 헤아리는 것과 똑같이 시간이 흘렀고, 툭 튀거나 빨라지지 않았다. 그 사실이 백자화를 초조하게 만들었다. 그 말은 곧, 그와 화천골이 동시에 벌써 며칠이나 잠들어 있다는 뜻이었기 때문이다.

그의 몸이야 이후각이 보살펴 주지만, 화천골은 달랐다. 만 황에서 의식을 잃는다는 것은 곧 위험을 의미했다. 시간이 길 어지면 아무리 형즉수라도 그녀를 안전하게 보호하기 어려웠 다. 그나마 다행인 것은, 아직까지 꿈이 무너지지 않았다는 것 이었다. 그건 최소한 화천골이 아직 살아 있고, 혐생석도 아직 빛나고 있다는 뜻이었다.

연달아 며칠 더 찾아다녔지만, 이 세계는 너무 진짜 같고 너무 광활했다. 만일 화천골이 마음먹고 그를 피한다면 잔디밭에서 바늘 찾기였다.

백자화는 거리에 멈춰 서서 마음을 가라앉히고 작은 실마리라도 찾아보려고 했다. 문득 점포에서 파는 과자들이 모두 화천골이 좋아하는 것들임을 깨달았다. 그는 눈썹을 살짝 올렸다. 별안간, 화천골이 바로 이 세계라는 생각이 번쩍 들었다. 이 세계 곳곳이 그녀였고, 거리의 사람 한 명 한 명은 그녀의 귀와 눈, 목, 그리고 혀였다.

백자화는 그 자리에 서서 별로 크지 않은 소리로 말했다.

"소골, 나오너라. 사부에게서 숨지 말고……."

세계가 아주 잠깐 멈추었다. 길 가는 행인들의 바쁜 걸음도 순간적으로 우뚝 멈추었다가 곧 다시 원래대로 돌아갔다. 그 후 백자화는 화천골을 보았다.

그녀는 군중을 헤치며 다가왔다. 거친 베옷을 입고, 얼굴에는 미소를 띠고, 한 손에는 어린 여자아이를 잡고서, 길을 거닐며 이야기를 하고 있었다. 그녀 곁에는 남자가 있고, 그 남자는 어린 남자아이 손을 잡고 있었다. 남자는 수시로 그녀의 귀에 대고 뭐라고 속삭였다. 여자아이가 더 못 걷겠다며 남자의 다리에 매달리자, 남자는 아이를 안아 올려 목마를 태웠다. 여자아이는 신이 나서 두 손을 마구 흔들었다. 남자아이가 화천골의 손을 잡아당기더니 길가에 파는 당호로糖葫蘆를 가리키며 사달라고 졸랐다.

백자화는 멍하니 그 자리에 서 있었다. 그들 가족이 당호로를 사서 그의 어깨를 스치고 지나갈 때까지 그는 꼼짝도 하지 않았다. 화천골은 그를 전혀 모르는 것처럼 그의 곁을 지나갔다. 한 손은 여전히 다른 남자의 손을 잡은 채.

백자화는 등골이 오싹했다. 이제야 알았다. 이것이 바로 그녀의 이번 꿈이었다. 그녀는 그를 사랑하고 싶지 않았다. 보통 사람처럼 시집가고, 아들딸을 두고 안락한 일생을 보내고 싶은 것이다. 하지만, 어떻게……

"소골!"

그가 소리쳐 부르자 화천골이 천천히 몸을 돌려 이상하다는 듯 그를 바라보았다. 가족들도 그녀를 따라 몸을 돌렸다. 백자화는 그들의 모습이 조금 전과는 다른 것을 알아챘다. 어쩌면 화천골은 그저 이런 가족만을 바랐지, 누구에게 시집갈지, 어떤 아이를 낳을지에 대해서는 확신이 없었던 건지도 모른다.

"이 모든 것은 네 꿈일 뿐이다. 나를 따라가자!"

그러나 화천골은 여전히 어리둥절한 얼굴로 그와 남편을 번갈아 바라보기만 했다. 그러더니 어이없다는 듯이 고개를 젓고는 몸을 돌려 떠나갔다.

백자화의 마음이 무겁게 가라앉았다. 자신이 그녀를 소골이라고 부르는 것을 그녀가 기억할 줄 알았다. 최소한 한 줌의 이성은 남아 있을 줄 알았다. 하지만 그녀는 꿈속에 너무 깊이 빠져 아예 자기 자신마저 속이려는 것이 분명했다.

갑자기 백자화의 횡상검이 검집에서 뽑혔다. 그는 날카로운 검을 들고 그 가족과 마주했다. 화천골은 모든 것을 잊어버렸다. 그러니 이 환상을 제거해야만 그녀를 깨울 수 있을지 모른다.

그의 살의를 느끼자 화천골은 경계했다. 일순간 거리의 모든 사람들이 움직임을 멈추었다. 그들은 질서정연하게 백자화를 향해 돌아서더니 그에게 공격을 퍼부었다. 그러나 화천골의 초식과 법술은 모두 그가 직접 전수한 것들이었다. 이 세상에 그보다 더 그의 제자를 잘 아는 사람은 없었다. 그러니 깨뜨리지 못할 이유가 어디 있겠는가?

백자화가 사람들의 공격을 쉽사리 물리치고, 그의 검이 눈앞에 닥치자, 화천골은 놀라 어쩔 줄 모르며 남편과 두 아이의 앞을 막아섰다. 그 눈동자는 놀람과 애원으로 가득했다.

백자화는 검을 들기가 이렇게 힘들었던 적이 없었다. 그는 마음 약해진 적이 없었다. 예전에도 화천골에게 검을 휘두른 그였다. 하물며 지금은 그저 환영일 뿐이지 않은가. 그러나 내심 깊은 곳 어떤 부분이, 지금 검을 드는 것을 전에 없이 불안하게 만들었다.

'어째서? 어째서 이런 꿈속 환상에 현혹되었을까?'

백자화의 눈빛이 차가워졌다. 그가 손을 휘두르자 검기가 곧바로 남자와 아이들을 베었다. 세 사람은 바람에 날려 공중으로 흩어졌다. 화천골이 울부짖었다. 그녀는 힘없이 손을 뻗어 무언가를 잡으려고 했지만 아무것도 잡히지 않았다.

백자화는 한 마디도 하지 않고, 화천골이 마구 발버둥 치며 주먹으로 그의 몸을 콩콩 때리든 말든 그녀를 와락 끌어안았다. 그녀가 그의 팔을 힘껏 깨물었다. 증오와 분노로 가득한 그두 눈을 보면, 그가 정말 그녀의 가족을 몰살한 것 같았다.

백자화는 끊임없이 스스로에게 속삭였다.

'이것은 꿈일 뿐이다. 모든 것은 가짜다. 그녀의 슬픔도, 그녀의 분노도 모두 가짜다.'

그는 자신이 그 무엇에도 개의치 않는다고 생각했다. 그런데 지금 보니 그녀가 자신을 미워하고, 잊어버리는 것을 견딜수가 없었다. 화천골은 백자화의 품 안에서 계속 울었다. 울다울다 마침내 잠이 들었다.

백자화는 그녀의 몸에서 염몽화를 찾아냈다. 그들은 다음꿈으로 떨어졌다. 백자화는 그저 다음 번 새로운 세계에서 그녀가 이 잔혹한 꿈을 깨끗이 잊기를, 그의 냉혹 무정함을 깨끗이 잊기를 바랐다.

그는 차가운 바다 속에서 화천골을 단단히 끌어안았다. 또다시 그녀와 헤어져 찾지 못하게 될까 봐 두려웠다. 다시는 그녀를 곁에서 떠나게 할 수 없었다.

죽염은 조용히 침대 앞에 앉아 깊이 잠든 화천골을 바라보았다.

처음에는 그녀의 목숨이 위태로웠다. 심지어 어느 날 밤에는 호흡이 멈춘 적도 있었다. 그때 그는 엄청난 힘을 쏟아부어 저승의 문턱에서 그녀를 끌어냈다. 그런데 어떻게 된 일인지 요즘 차차 낫기 시작했다. 국이나 물을 조금씩 마시게 되었고,

몸에 난 상처도 서서히 아물었다.

죽염은 유난히 고집스런 사람이었다. 아주 일찍부터 그는 하고자 하는 일은 반드시 이루었고, 갖고자 하는 것은 무슨 수를 쓰든 반드시 가졌다. 화천골을 구하지 않기로 했으면 모를까, 일단 구하기로 결정한 이상 그의 눈앞에서 죽는 것은 절대 허락할 수 없었다.

화천골은 빠르게 회복되었다. 확실히 상당 부분은 죽염의 치료와 간호 덕분이었다. 그는 비록 냉담하고 사악했지만, 사람을 보살필 때는 누구보다 세심하고 꼼꼼했다. 게다가 삼생지수가 그녀에게 남긴 상처에 대해서 그보다 더 경험이 많은 사람은 없었다.

이미 그에게 적의를 품지 않게 된 형슭수는 감사의 뜻으로 사냥감을 잡아다 주었다. 죽염 역시 사양하지 않고 넙죽넙죽 받았다.

이런 속도라면 화천골은 벌써 깨어났어야 했다. 하지만 그녀는 계속 혼수상태였다. 죽염도 처음에는 그녀의 상처가 너무 무거워서 그렇겠거니 했으나, 차츰 이상하다는 것을 눈치챘다. 누군가 그녀의 꿈속에 들어간 것이다.

어쨌거나 이것은 좋은 일이었다. 열심히 꿈을 꾼다는 것은 그녀가 잠시 동안은 죽지 않는다는 말이었다. 단 그 시간이 너무 길어져 며칠이 지나면, 그가 무슨 술수를 쓰든 그녀를 깨울 수가 없었다.

죽염은 초조해지기 시작했다. 건져 낸 바둑돌을 바둑판에 내려놓을 수도 없다면 무슨 이용 가치가 있겠는가? 만약 그녀가 계속 정신을 잃거나 꿈에 취해 있다면, 평생 이렇게 그녀를 돌봐야 하는 것일까?

악몽 속에서 그녀는 가끔 입을 오물거리곤 했다. 소리는 없었지만 죽염은 그녀가 사부를 부르고 있는 것을 알았다. 죽염은 그녀의 꿈속에 들어간 사람이 백자화가 아닐까 의심했다. 다만 그가 그렇게 하는 이유는 알 수가 없었다. 하지만 의심할 바 없이 이것은 더없이 절묘한 기회였다.

죽염은 좋은 생각이 들어 화천골의 목에 비수를 갖다 댔다. 살짝 누르기만 해도 그녀의 숨통을 끊어, 그녀의 꿈속에 있는 백자화를 죽일 수 있었다. 이것은 수많은 사람들이 평생 한 번 얻기도 힘든 기회였다. 그에게 있어서도 역시 두 번은 오지 않을 기회였다.

죽염은 눈빛을 번뜩였다. 망설였지만 결국 살의는 점점 흩어졌다. 눈앞에 있는 이 여자는 온통 수수께끼였고, 만황의 대문을 열게 해 줄 열쇠였다. 원한 때문에 자신이 살 길을 끊을 그가 아니었다. 설령 하늘을 함께 이지 못할 정도로 사무친 원한이라 할지라도.

죽염은 결국 비수를 거두었다. 그랬다. 그는 바로 그런 사람이었다. 그러나 화천골과 백자화는 한때 그들의 생사가 오로지 죽염의 순간적인 생각에 달려 있었다는 사실을 알지 못했다.

다섯 번째 꽃잎

'9,999,997, 9,999,998, 9,999,999……'

마엄과 생소묵만 안절부절못하며 초조해하는 것이 아니었다. 이번에는 동방욱경조차 심상치 않다는 것을 느꼈다.

백자화와 화천골이 다섯 번째 꿈으로 들어간 후 아무런 동정이 없었다. 눈 깜짝할 사이 벌써 석 달이 흘렀다. 동방욱경이 가장 먼저 의심한 것은, 화천골의 꿈이 붕괴되어 백자화가 그 속에 깔렸거나, 그렇지 않으면 백자화 혹은 백자화와 화천골 두 사람이 꿈속 깊은 곳에서 길을 잃었다는 것이었다.

그러나 백자화의 몸 상태는 아무런 이상이 없었다. 맥은 약했지만 몹시 평온했다. 그가 든 꽃잎 두 장반 님은 엄몽화 역시 여전히 생생했다.

동방욱경은 이상하게 여기지 않을 도리가 없었다. 세 번째 꿈과 네 번째 꿈을 백자화는 순조롭게 통과했다. 그런데 대체 다섯 번째 꿈에서 무슨 일이 일어났기에 백자화가 이렇게 오래 시간을 끌고 있을까? 대체 무엇이 그를 꼼짝 못하게 붙잡고 있을까?

동방욱경이 답답한 것은, 염몽화를 사용해서 다시 꿈으로 들어갈 수가 없다는 사실이었다. 백자화는 이미 혼자 너무 깊이, 너무 멀리 들어가 버려 볼 수가 없었다.

힘은 닿지 않고 알 길도 없으니, 동방욱경도 초조해졌다. 그는 화천골이 만황에서 어떤 상황에 처해 있을지 감히 생각하고 싶지도 않았다. 그저 자기기만을 하듯 계속해서 스스로에게 이렇게 말할 뿐이었다. 꿈을 꾸고 있으니 최소한 그녀는 아직 살아 있다…….

마엄은 줄곧 한 발짝도 떨어지지 않고 백자화를 지켰다. 이 모든 것이 백자화의 선택이라는 것은 알고 있었다. 하지만 그는 아직도 조심스레 동방욱경을 경계할 수밖에 없었다. 어쨌거나 그는 백자화가 육계에서 유일하게 꺼리는 상대였다.

덕분에 그는 처음으로 장류산의 일에서 손을 떼고 낙십일에게 모두 맡겼다. 그는 본래 이 제자에게 별달리 희망을 품고 있지 않았다. 아무래도 죽염에 비하면 여러모로 능력이 훨씬 달렸던 것이다. 하지만 뜻밖에도 그는 한 치의 실수도 하지 않았다.

때로는 이 제자를 어떻게 가르쳐야 좋을지 갈피를 잡을 수 없기도 했다. 착실하고 근면한 사람이 되어 죽염처럼 나쁜 길로 빠지지 않기를 바랐지만, 훌륭한 재목으로 자라나지 못하는 것이 늘 안타까웠고, 그의 타고난 소질과 이해력이 죽염보다 크게 떨어지는 것이 불만스러웠다. 그래서 한편으로는 엄격하게 꾸짖으며 과도한 요구를 하면서, 한편으로는 경계심을 품고 이리저리 억압했다.

낙십일은 그의 앞에서는 언제나 지나칠 정도로 신중하고 노련했고, 무슨 일이든 공손하게 귀를 기울였다. 심지어 마엄은 그의 다른 표정을 본 적조차 없었다. 언젠가 우연히 당보와 함께 있는 그를 보기 전까지는 그랬다.

낙십일이 당보에게 사람 모양으로 만든 물엿을 먹이면서 봄바람처럼 웃는 얼굴을 보고서야, 마엄은 저것이야말로 저 제자의 진실한 얼굴, 선량하고 부드럽고 자유롭고 담담한 얼굴이구나 하는 생각이 들었다. 그런데 그 자신은 지금까지 그를 좋은 제자, 가장 뛰어난 장류산 수좌의 대제자, 그리고 장류산 8천 제자들이 마음으로부터 존경할 만한 대사형이 되도록 강요했다.

그는 좋은 사부가 아니었다. 하지만 백자화까지 저런 불효막심한 제자를 길러 낼 줄은 몰랐다. 백자화가 꿈속에 들어간 것을 본 순간부터, 그는 마음이 조마조마했다.

그는 이미 절정지의 물로 백자화를 시험하여, 백자화의 마음이 굳세고 감정도 전혀 없다는 것을 일고 있었다. 하지만 화천골의 꿈속으로 들어갔으니, 반드시 보아서는 안 될 것을 보게 될 것이다. 그가 마음대로 화천골을 만황으로 쫓아낸 것은 그것을 숨기고 싶어서였다. 그런데…….

마엄은 참지 못하고 가만히 한숨을 내쉬었다. 그의 뒤에 서 있던 생소묵이 그의 어깨를 가볍게 토닥여 주었다. 바로 이때, 백자화가 들고 있던 염몽화가 갑자기 빛을 발했다. 마엄과 생소묵, 동방욱경 세 사람의 얼굴에 동시에 기쁜 표정이 떠올랐다. 꼬박 석 달 만에 드디어 염몽화의 여섯 번째 꽃잎이 떨어진 것이다.

여섯 번째 꽃잎

백자화와 화천골이 바다 밑에서 솟아오르는 순간, 상쾌한 공기가 얼굴을 덮쳤다.

눈앞에는 그 어떤 말로도 형용할 수 없는 유리로 된 선경이 펼쳐졌다. 구름바다가 출렁이고, 산과 바다가 끝없이 이어져 있었다. 풀 한 포기조차 완벽하게 아름다웠고, 모래 한 알조차 오색 빛깔로 반짝였다. 불어오는 바람은 무한한 영력을 실어 나르고, 들려오는 소리는 모두 천뢰[15]였다.

백자화는 이곳이 바로 육계 중에서 일찍이 닫혀 버린 신계라는 것을 알았다. 천하를 통틀어서 오로지 화천골만이 이곳의 진짜 모습을 얼핏 본 적이 있었다. 이곳은 그녀의 마음속 깊은 곳에서 번잡한 것과 가장 먼 깨끗한 곳이었다. 가장 단순하고 가장 순수한 형태의 존재이자, 그녀에게 가장 멀면서도 가장 진실한 고향이었다.

이곳은 그녀의 꿈속 가장 깊은 곳에 묻혀 있어야 했다. 그렇지만 그녀가 진정으로 그와 함께 유신서를 찾겠다고 약속한 순간, 신계에 관한 꿈이 떠오르기 시작한 것인지도 모른다.

"소골, 유신서를 느낄 수 있느냐?"

화천골은 유감스럽다는 듯이 고개를 저었다.

"아직 아니에요, 사부님."

---

15 天籟. 자연의 소리.

백자화는 낙담하지 않았다. 그녀의 아득한 옛 기억 속에 남아 있는 신계에 온 이상, 유신서를 찾는 것도 멀지 않았다. 아마도 다음 꿈속에 있을 것이다.

화천골은 주위를 둘러보았다. 기분이 유난히 좋았다. 이곳에 서 있으니 마치 최초의 근원으로 돌아온 것처럼 즐겁고 편안했다.

"사부님, 어째서 반드시 유신서를 찾아야 해요?"

비록 그와 약속은 했지만, 어째서 유신서를 찾는지, 유신서 안에 대체 무엇이 있는지, 왜 유신서가 있으면 만황을 떠날 수 있는지는 물어본 적이 없었다.

백자화는 화천골을 바라보았지만 할 말이 없었다. 그녀를 구하기 위해, 요신의 힘을 그녀의 몸에 봉인했다고 말할 수가 없었다. 창생을 위해 부득불 그녀를 육계에서 떨어뜨려 놓았다고 말할 수가 없었다. 그는 이 세상에서 정情과 의義를 모두 만족시킬 수 있다고 믿지 않았다.

백자화는 화천골의 머리를 쓰다듬었다.

"가자. 다음 꿈으로 가자꾸나."

"네."

화천골은 계속 캐묻지 않고, 그를 향해 웃으며 고개를 끄덕이기만 했다.

그녀는 염몽화를 꺼내 남아 있는 마지막 꽃잎을 살짝 땄다. 그리고 눈을 감았다.

그들은 번개같이 빠른 속도로 순조롭게, 누구나 앞다투어 달려들, 육계에서 가장 아름다운 세계를 떠났다.

마엄, 생소묵, 동방욱경은 백자화가 다음 꿈으로 들어갈 때까지 또다시 몇 달을 기다려야 할지 의심스러웠다. 그런데 뜻밖에도 여섯 번째 꽃잎이 떨어진 다음, 염몽화의 마지막 꽃잎도 빠르게 떨어졌다.

동방욱경은 깊이 잠든 백자화의 얼굴을 가만히 바라보았다.

'이것이 마지막 기회요. 부디 유신서를 찾을 수 있기를…….'

일곱 번째 꽃잎

이 세계는 온통 바다였다. 하늘도 바다요, 땅도 바다였다. 공기조차 파란색 같았다.

거대한 고래가 반 공중에서 느릿느릿 헤엄치며 지나갔다. 그들 주변에는 빛을 내는 각종 부유생물들이 있었다.

멀지 않은 곳에 커다란 문이 있었다. 하늘 끝에도 땅 끝에도 닿지 않은 문 위에는 보라색의 예스런 문양이 새겨져 있었다. 백자화는 어쩐지 낯익은 느낌을 받았다. 문양들 사이의 틈은 피가 말라붙어 있었고, 문 위로 거대한 추위와 살기가 흘러나왔다. 백자화조차 뼈를 엘 듯한 추위를 느낄 정도였다.

화천골은 몸을 잔뜩 웅크린 채 그의 품에서 끊임없이 덜덜 떨었다. 눈썹 위에도 어느새 하얀 서리가 한 겹 쌓였다. 백자화는 얼른 그녀를 데리고 뒤로 빠르게 날아갔다. 저 문에서 가능한 한 멀어질 생각이었다.

화천골이 더 이상 떨지 않게 되어서야 그가 멈추었다. 그런 다음 돌아서서 그 문을 바라보았다. 저도 모르게 몸이 흠칫했다.

저것은 문이 아니었다. 거대한 보라색 장검, 바로 단념검이었다. 검은 바다와 하늘 사이에 도도하게 떠올라, 이 세상의 높이만큼 꿈을 받치고 있었다. 엄청난 장관이요, 놀라운 광경이었다.

이때 화천골이 헉 하고 찬바람을 들이켜더니 더욱 심하게 떨기 시작했다. 백자화는 이렇게까지 공포에 질리고 절망한 그녀를 본 적이 없었다. 그녀의 시선을 따라 아래를 내려다보니, 그제야 그녀가 무엇을 보았는지 알게 되었다.

이 일곱 번째 꿈속 바다 수면에는 깊이 잠든 여자가 떠 있었다. 마치 거대한 얼음 조각상 같았다. 그 커다란 몸은 족히 보통 사람의 천 배, 만 배는 되었다. 고래도 그녀 앞에서는 장난감에 불과했다. 그녀는 물속에 잠겨 있었고, 겹겹의 화려한 옷자락은 물결을 따라 떠올랐다 가라앉곤 했다. 장식 띠와 보라색 긴 머리칼이 바다 속에서 물뱀처럼 춤을 추었다. 그녀의 안색은 지나치게 창백했고, 두 눈은 꼭 감겨 있었다. 이목구비는 거의 기적처럼 완벽했다.

단념검의 칼끝은 공교롭게도 바다로 드리워져 그녀의 미간 위에 서 있었다. 그 미간에 찍힌 빨간 점이 마치 검에 방울진 피 같았다.

그는 장탄식을 금할 수 없었다. 저것은 바로 성인이 된 화천골의 모습이었다. 저것이 바로 진정한 화천골이었다. 이 세상에 마지막 남은 신.

백자화는 믿을 수 없는 눈길로 바다와 하늘 사이의 장엄한 경관을 아득히 바라보았다. 마치 상고시대부터 전해져 온 오래된 벽화를 구경하는 것 같았다. 너무 생생해서 먹물이 뚝뚝 떨어질 것 같았다.

그녀의 긴 속눈썹은 나무 같았고, 오색 빛깔 물고기가 그 사이를 통과했다. 그녀의 긴 머리칼은 숲 같았고, 방사형으로 흐늘흐늘 떠다녔다. 너무 길어 그 끝이 어딘지 알 수도 없는 머리칼은 마치 보라색 광채처럼 해수면을 관통했다. 숨이 막히고, 모든 것을 잊게 만들 만큼 아름다웠다.

그래서, 오랜 시간이 지나 화천골이 비탄에 잠기고 절망하여, 자라나 요신이 되어 바다를 뚫고 나온 그 순간 백자화가 생각보다 차분했던 것은 그가 이미 꿈에서 그 모습을 본 적 있기 때문이었다. 그녀의 가장 장엄하고, 가장 원시적이고, 가장 충격적인 아름다움을.

"사부님……."

화천골이 겨우 손을 들어 손가락질했다. 그녀는 본능적으로 두려웠다. 이 모든 것이 이미 그녀의 상상을 뛰어넘었고, 그녀가 이해할 수 있는 범위를 벗어났다. 그러나 그녀는 유신서가 저 방향에 있다는 것을, 저 사람의 그 부분에 있다는 것을 느낄 수 있었다.

백자화는 구름 한 점을 만들어 화천골을 태웠다.

"여기서 기다리거라."

화천골은 그와 함께 가고 싶었지만, 단념검이 무서워 차마 가까이 갈 수가 없었다.

백자화는 화천골의 신의 몸 상공으로 날아갔다. 어쩌면 그녀를 요신 화천골이라고 불러야 할지도 모른다. 그녀의 신의 의식은 이미 요신의 힘에 물들어, 더 이상 단순히 대지의 창생을 수호하는 신이 아니었다.

단념검은 모든 살기를 그녀의 미간에 집중시켜, 그녀가 일어나서 꿈을 깨뜨리고 나가지 못하게 했다. 마치 화천골의 몸에 있는 요신의 힘이 백자화의 손에 의해 가장 깊숙한 곳에 봉인되어 있는 것처럼. 이제 그는 위험을 무릅쓰고 그녀를 불러 깨워야 했다.

어떤 불안함과 불길함을 느낀 듯, 바다 위로 바람이 점점 거세게 일었다. 단념검은 바람 속에서 윙윙 하는 용틀임 소리를 내며 대지를 뒤흔들었다. 화천골은 초조하게 백자화를 바라보았다. 사부가 뭐라고 하는지 들을 수가 없었다. 하지만 멀리서 요신 화천골이 별안간 눈을 번쩍 뜨는 것이 보였다.

새까맣고, 아무 빛이 없는 눈동자였다. 그녀의 영혼은 그 두 눈 속으로 빨려들 뻔했다. 그녀는 너무나도 무서웠다. 백자화가 어서 빨리 유신서를 찾아 이곳을 떠날 수 있기만을 기도했다. 그러나 백자화 입장에서는 반드시 요신 화천골과 이야기를 해야 했다. 유신서가 바로 그녀고, 그녀가 바로 유신서기 때문이었다…….

화천골은 그녀의 두 입술이 천천히 벌려졌다 닫히는 것을 보았다. 어디선가 허망하면서도 기괴한 목소리가 들려왔다. 거대한 음파가 한 층 한 층 메아리치고, 해수면에서는 거대한 파도가 용솟음쳤다. 공중에는 폭풍이 휘몰아쳐 화천골을 구름에서 떨어뜨릴 뻔했다.

이런 말은 오래된 범어梵語처럼 글자 하나하나가 감미롭고 은근하여 수많은 가락을 연주하는 것 같았다. 화천골은 그 말을 알아들을 수 있을 것 같았지만, 그녀가 뭐라고 하는지 전혀 알 수가 없었다.

요신 화천골의 얼굴에 사악한 웃음 한 줄기가 떠오르는 것이 보이고, 백자화의 몸이 공중에서 바람 부는 대로 연처럼 흔들리는 것이 보였다. 그의 안색은 점점 창백해졌다. 한참 후 고어古語가 멈추었다.

그리고 그녀가 갑자기 눈동자를 굴려 화천골에게 시선을 던졌다. 모든 소리가 그치고, 화천골은 통째로 얼어붙는 것 같았다. 그 시선만으로도 그녀는 시신조차 남지 않고 먼지처럼 사라지는 것 같았다. 반면 요신 화천골의 입가에는 미소가 더욱 짙어지더니 다시 한 번 살며시 눈을 감았다.

백자화의 몸이 공중에서 흔들흔들하다가 끝내 아래로 곤두박질쳤다. 그녀가 살짝 입만 열면 한입에 그를 삼킬 수 있었다.

"사부님!"

화천골은 아무것도 생각지 않고 몸을 날려 그를 붙잡았다. 그리고 재빨리 달아났다. 추위에 몸을 오들오들 떨었지만 그보다는 두려움이 더 컸다.

그녀는 계속 날고 또 날았다. 마치 온 힘을 다해, 이 세계 끝까지 날아가려는 것 같았다. 그러나 어디로 가든 돌아서면 세상을 떠받치고 있는 단념검이 보였다. 그것은 어디로 달아나도 피할 수 없는 그녀의 액겁이었다.

"사부님?"

백자화는 천천히 정신이 들었다. 그와 요신이 대화를 나눈 시간은 짧았지만, 고어였기 때문에 글자 하나하나에 담긴 정보의 양은 놀랄 만큼 많았다. 그는 유신서를 찾으면 그녀를 만황에서 내보내 주겠다고 약속했다. 하지만 부득불 약속을 어길 수밖에 없었다…….

말을 할 필요도 없었다. 화천골은 이미 그의 눈동자에 떠오른 숨길 수 없는 마음의 가책을 보고 모든 것을 알아챘다. 눈물 한 방울이 눈가에서 또르륵 굴러떨어졌다. 그녀는 놀라고, 두렵고, 어쩔 줄 몰랐다.

"사부님, 소골 혼자 내버려 두지 않겠다고 하셨잖아요…….'

백자화의 입술이 살며시 떨렸다. 아무 말도 할 수가 없었다. 이럴 줄 알면서, 무엇 하러 고집스레 그녀의 꿈속에 들어와 그녀에게 희망을 주고, 또다시 그녀를 가슴 아프고 절망하게 만들었을까?

해일이 닥치고, 동시에 그들 주위로 까만 그림자 몇 개가 내려앉았다. 희미한 도깨비불이 더욱 활활 타올랐다. 그녀의 열세 개 심마가 수많은 꿈을 뚫고 계속 쫓아와 마침내 이곳에 도착했다. 열세 사람은 그들을 둘러쌈과 동시에 무시무시한 공격을 퍼부었다. 두 사람은 피하려야 피할 수가 없었다.

바로 그때, 백자화는 갑자기 피하고 싶지가 않았다. 하지만 화천골은 그를 단단히 보호했다. 구슬프고 커다란 비명 소리와 함께, 열두 사람이 갑자기 폭발하는 그녀의 힘에 휩쓸려 사라졌다. 하지만 단 한 사람만은 똑바로 그녀의 심장에 검을 찔렀다.

백자화는 멍해졌다. 사랑, 슬픔, 절망, 열등감, 자기혐오, 부끄러움, 수치, 그리움, 공포, 실망, 후회, 의심, 애통함. 이것이 화천골의 열세 가지 심마였다. 이 심마 중에서 절망은 가장 강력했고, 그리움은 늘 그들을 놓아주었고, 자기혐오는 계속 미친 듯이 공격을 퍼부었다. 그런데 뜻밖에도 마지막 순간에 그녀를 죽인 것은 사랑이었다.

백자화는 처음으로, 차가운 심장이 부딪혀 깨어지는 것 같은 느낌을 받았다. 화천골은 그를 바라보며 처량한 웃음을 짓더니, 마지막 남은 힘으로 거센 파도를 일으켜 그를 꿈에서 밀어냈다. 그리고 그녀 자신은 천천히 눈을 감고 더욱 깊은 바다 속으로 추락했다.

백자화는 손을 뻗었지만 그녀를 잡을 힘이 없었다. 꿈속에서 그녀는 전지전능한 신이었고, 그녀가 바라는 것은 거스를 수 없었다. 백자화는 두 눈 뻔히 뜬 채 그녀가 눈앞에서 죽는 것을 지켜볼 수밖에 없었다. 그녀가 깊이 가라앉아 그에게서 점점 더 멀어지는 것을 지켜보아야 했다.

그는 필사적으로 이건 꿈일 뿐이다, 소골은 아직 살아 있다고 속으로 외쳐 댔다. 하지만 너무 마음이 아파 숨조차 쉴 수가 없었다. 그녀를 따라 꿈속에서 계속 아래로 떨어지지 못하는 것이 한스러울 뿐이었다.

순간, 꽃잎을 모두 잃은 염몽화가 시들고 쪼그라들더니 가루가 되어 흩어졌다.

동방욱경이 벌떡 일어났다. 마엄과 생소묵이 놀라 그를 바라보았다. 그때 침대 위의 백자화가 눈을 떴다.

"사제!"

"사형!"

마엄과 생소묵이 황급히 그를 둘러쌌다.

백자화와 동방욱경의 시선이 마주쳤다. 순간, 동방욱경은 모든 것을 알아채고 힘없이 의자에 털썩 앉았다. 그 짧은 순간에 그는 마치 무슨 결심이라도 한 것처럼 하늘을 향해 속 시원하게 웃었다. 그리고 아무 일도 없었던 것처럼 백자화를 바라보았다.

"존상께서 괜히 헛걸음을 하셨소이다. 하지만 유신서는 찾으신 것 같소만."

백자화는 인정하지도 부인하지도 않았다. 동방욱경이 그의 앞으로 다가갔다. 눈빛이 찌를 듯이 날카로웠다.

"유신서에 요신의 힘을 처리할 방법이 없다고는 믿지 않소."

물론 있었다. 하지만 그는 영원히 그 방법을 쓸 수가 없었고, 다른 누군가 쓰도록 허락할 수도 없었다. 차라리 화천골을 계속 만황에 가둬 두는 게 나았다.

"좋소. 말씀을 안 하시겠다면 질문을 바꾸겠소. 참 궁금한데 말이오, 다섯 번째 꿈에서 대체 무슨 일이 있었기에 그렇게 오래 지체했소?"

백자화가 갑자기 고개를 들어 그를 바라보았다.

"당신과 무슨 상관이오?"

백자화는 언제나 내향적이었다. 그가 가진 모든 빛은 몸 속에 잘 숨겨 놓았다. 그러나 이 순간만큼은 전에 없이 적의와 날카로움을 드러냈다.

동방욱경은 어리둥절했다. 수천 번을 환생했지만 이런 백자화의 모습은 처음이었다. 그의 표정은 여전히 신선처럼 냉담했지만, 눈빛에는 마성魔性이 비쳤다. 하지만 그 마성은 순식간에 사라지고 손댈 수 없이 고귀한 장류 상선 백자화로 돌아왔다.

동방욱경은 깊이 생각하지 않을 수 없었다. 첫 번째 꿈은 화천골이 분장한 세계였다. 겉으로는 평화롭고 고요하지만 사실은 약간의 충격만으로도, 아주 작은 힘만 받아도 붕괴될 수 있었다. 두 번째 꿈은 그녀의 마음 세계의 진실을 반영했다. 모든 것이 엉망진창이어서 차마 눈 뜨고는 볼 수가 없었다. 세 번째 꿈은 그녀의 기억 속에 있는 아름다운 세계였다. 그녀는 그것을 붙잡으려고 애썼고, 겨우 남아 있는 아름다운 기억에 의지해 가까스로 살아가고 있었다. 그러나 나머지 꿈들 속에서 백자화가 대체 무엇을 보았고, 무슨 일을 겪었는지는 동방욱경도 전혀 알 수 없었다.

백자화는 동방욱경을 바라보며 눈을 찡그린 채 생각에 잠겼다. 비록 짧은 순간이었지만 동방욱경은 그의 살의를 느꼈다. 백자화의 잠깐의 망설임이 그에게 달아날 기회를 주었다. 백자화가 공격하기 전, 동방욱경은 홀연히 방에서 사라졌다.

사실 그는 이미 예상하고 있었다. 백자화가 유신서를 얻으면 더없이 기쁜 일이고, 백자화가 유신서를 얻는 데 실패하면 그 역시 위험했다. 백자화는 절대로 그가 화천골을 만황에서 구해 내도록 놔주지 않을 테니까.

과거에는 그러려니 했다. 그런데 유독 이번 생에서는 절대로 백자화에게 죽을 수 없었다. 이대로 죽을 수는 없었다. 그녀를 다시 한 번 보고 싶었다. 설령 이제부터 정말로 환생할 때마다 요절하고 곱게 죽지 못하게 되더라도, 반드시 그의 골두를 집으로 데려올 것이다…….

마엄과 생소묵 모두 이상한 눈으로 백자화를 바라보았다. 백자화는 어쩔 수 없이 한숨을 쉬었다. 그는 힘이 닿는 한 모든 것을 시도하고 노력해 보았지만, 끝내 이런 결말을 벗어나지 못했다.

뜻밖에도 마엄은 아무런 책망도 하지 않았다. 백자화의 표정만으로도 그가 화천골의 꿈에 들어간 목적이 무엇이든 간에 실패했다는 것을 알 수 있었다. 그는 오히려 슬며시 마음이 놓였다.

그는 백자화가 낙담하여 상태가 더 나빠지지 않을까 걱정했다. 그런데 예상외로 장류산으로 돌아온 백자화는 마치 아무 일도 없었던 것처럼, 다시 여러 가지 업무에 참여하기 시작했다.

화천골은 꿈에서 깨어났지만 눈을 뜰 수가 없었다. 두 눈이 붙어 버렸기 때문이다.

낯선 남자 한 명이 옆에 서 있었다. 그녀는 그동안 그가 줄곧 자신을 돌보아 주었다는 것을 알았다.

"나는 죽염이다. 기억해라."

그녀가 깨어난 것을 보고 그 사람이 말했다. 목소리에는 기쁨도 슬픔도 없었다. 그는 일어나서 자기 할 일을 하러 갔다. 화천골은 이미 꿈속에서 있었던 모든 일을 깡그리 잊었다. 대부분 꿈에서 깨어난 사람들이 그렇듯, 어렴풋이 사부와 관련이 있는 부분들만 소소하게 기억이 났다. 그녀는 자신이 너무 그리운 나머지 병이 된 것이라고 생각했다.

'허, 아직도 살아 있다니……'

그녀는 얼굴을 만져 보았다. 앞으로 이 끝없는 세월 동안 만황에서 겨우 목숨만 부지한 채 살아야 한다는 것을 알았다.

깊은 밤, 별도 없었다.

백자화는 느릿느릿 걸어 장류산 절벽으로 올라갔다. 찬바람이 쏴쏴 불어와 그의 하얀 장포가 어지럽게 춤을 추었다. 절벽

아래는 만 장 깊이의 심연深淵이었다. 그는 심연을 응시하다가 천천히 걸음을 내딛었다.

"사제!"

별안간 마엄이 그의 뒤에 나타나 소리를 질러 막았다.

심연 아래로 백자화의 궁우가 뱅글뱅글 돌며 떨어지고 있었다. 만황으로 통하는 궁극의 문은 어느새 조용히 열려 있었다. 마치 모든 것을 삼켜 버릴 것 같은 검은 구덩이였다.

궁극의 문은 각 파 장문인의 궁우로만 열 수 있었다. 마엄이 화천골을 만황으로 쫓아낼 당시에도 예천장에게서 궁우를 빌려 사용했다. 그때의 결정이 모든 것을 이렇게 바꿔 버릴 줄은, 마엄은 도저히 예상하지 못했다. 미리 알았다면 그 못된 것을 직접 죽여 버렸을 텐데!

백자화는 심연 속의 궁극의 문을 차분하게 바라보았다. 눈빛은 흔들림이 없었다.

"꿈속에서 소골에게 약속했습니다. 다시는 혼자 두지 않겠다고요. 그녀가 나오지 못한다면 제가 들어가서 같이 있어야겠지요. 장류산은 사형과 사제에게 맡기겠습니다."

마엄은 믿을 수 없다는 눈으로 그의 뒷모습을 바라보며 고개를 저었다.

"궁극의 문은 들어갈 수만 있지 나올 수는 없네. 한번 가면 돌아오지 못한다는 말일세. 자화 자네가 정말 그런 결정을 했다면 나도 막을 수야 없지. 어쨌거나 자네 제자니까. 하지만 자네는 육계의 지존이고, 장류산의 장문이고, 내 사제일세! 나는 사부님께 평생 자네를 보좌하고, 돌보고, 단속하겠다고 약속했네! 오늘 자네가 그 문으로 뛰어들면 나 역시 자넬 따라가겠네. 같이 만황으로 건너가세! 나는 한다면 하는 사람일세!"

마엄이 백자화를 노려보았다. 그의 한 마디 한 마디가 심장을 찔렀고, 단호하기 그지없었다.

백자화의 얼굴은 무표정했지만 결국 두 팔을 늘어뜨리고 힘없이 스르르 눈을 감았다.

"어째서 사형께서는……, 늘 이렇게 저를 핍박하십니까?"

'이 세상에서는 과연 사랑과 의리를 모두 만족시킬 수 없는 것일까?'

절벽에 선 백자화의 가냘픈 몸은 당장이라도 바람에 날려 사라질 것만 같았다. 한참 후, 그는 마침내 몸을 돌려 그곳을 떠났다.

예순네 개의 소혼정이 남긴 상처, 게다가 오랫동안 전력을 쏟아붓고 노심초사한 덕분에 백자화는 장류산으로 돌아오자 결국 병이 나 일어나지 못했다. 그는 종종 꿈을 꾸었고, 꿈속에서 그녀는 여전히 절정전에 있었다.

복숭아꽃이 만발하고 분홍 꽃잎이 비처럼 휘날렸다. 그녀는 그의 소맷자락을 끌며 응석을 부렸다. 그가 그녀의 머리를 쓰다듬었다.

"사부가 여기 있단다. 다시는 떠나지 않으마……."

3판 후기

이 책이 한 번 더 판을 바꾸었다. 내게는 기쁘면서도 괴로운 일이다. 또다시 머리를 쥐어뜯으며 번외편을 짜내야 한다는 의미니까. 《화천골》을 쓰는 것은 집을 짓는 것과 같다. 시간도 오래 걸리고, 완성한 후에도 이따금씩 손을 보고, 전지를 하고, 앞뜰에 나무를 심어야 한다.

누군가, 전체적으로 여주인공 입장에서 썼으니 번외편은 남자 주인공이나 남자 조연의 일인칭 시점에서 써 보라고 제안했다. 보통 소설들이 다 그렇듯이. 하지만 썩 내키지 않았다. 비록 내가 백자화와 동방욱경에게 신분과 성격을 주었지만 그들이 대체 무슨 생각을 하는지 정말 모를 때가 있기 때문이었다. 나에게 그들은, 화천골에게 보이는 것처럼, 매력이 가득하면서도 신비막측한 사람들이다.

이리저리 생각하다가 결국 《파사겁》처럼 줄거리의 공백을 메우는 방식을 택해 《유신서》를 썼다. 이 제목은 이 책이 처음 출판될 때 번외편을 쓰면서 사용했다. 그때는 상고대전上古大戰 때의 역사를 쓴 진짜 '유신서'였다. 유감스럽게도 쓰고 났더니 만족스럽지도 않고 작품을 완전히 흔들어 놓아서 결국 세상에 내놓지 않았다. 그렇지만 늘 잊을 수가 없었고, 결국 이렇게 다른 내용으로 써내게 되었다. 어쩌면 이것도 일종의 집념이겠지.

'인셉션[16]'에서 얻은 영감 덕분에, 백자화와 화천골이 멀리 떨어져 있어도 만날 수 있었다. 꿈은 항상 누군가의 속마음을 엿볼 수 있는 가장 좋은 곳이다. 또한 두 사람의 감정을 노골적으로 드러낼 수도 있다.

번외편을 다 쓰고 나서야 나는 이것 또한 《파사겁》처럼 전체 이야기에서 빠져서는 안 될 고리가 되었다는 것을 깨닫고, 기뻐서 비명을 지르지 않을 수가 없었다. 마음도 훨씬 만족스러웠다. 새로 추가한 내용이기 때문에 본문의 세세한 줄거리와 충돌이 생기는 부분이 없지 않아 있는데 수정하지 못했다. 부디 용서해 주기 바란다.

벌써 셀 수 없이 많은 사람들이 물어 왔다. 동방욱경은 정파냐 사파냐, 좋은 사람이냐 나쁜 사람이냐, 이 모든 일을 한 이유가 대체 무엇이냐, 대체 그는 무슨 목적을 갖고 있느냐.

---

16 Inception. 영화.

사실 나 자신도 잘 생각해 보지 않아 대답할 수가 없다. 사람의 마음은 무척 복잡하다. 게다가 동방욱경은 4천 번이 넘는 삶을 살았으니, 그의 마음은 더욱 읽기 어렵고 일반적인 논리로는 해석하기도 어렵다. 이 번외편에서 최대한 해답, 혹은 일종의 가능성을 주려고 시도했다. 그러나 이 이야기에서 그보다 더 말하고자 한 것은 백자화의 감정이다.

　사부는 늘 논의가 분분하다. 하지만 그가 화천골을 위해 지불한 것은 누구보다 적지 않다. 화천골이 줄곧 그를 위해 노력한 것을 그가 왜 모르겠는가? 다만 그의 사랑은 너무 크고 너무 깊이 숨겨져 있었다. 그리고 그는 장류파를 지키고, 화천골을 보호해야 했지만, 그 자신은 아무에게도 구함을 받은 적이 없었다. 만약 이 번외편으로 그를 아는 사람, 그를 이해하는 사람이 더 많아진다면 내 목적은 달성한 셈이다.

　《유신서》는 내가 쓴 것 중에서 가장 상상력을 많이 발휘한 것이자, 정보의 양이 가장 많은 번외편이다. 짧고 짧은 2만여 자 속에 일곱 가지 세계를 구성하고, 인물의 감정을 깊이 파헤친다는 것은 다소 복잡하고 욕심 많은 일인지도 모른다. 시간이 촉박하고 필력도 부족하여, 상상 속의 신비함과 절륜한 아름다움, 인물의 느낌에 대한 묘사가 많이 부족했다.

　꿈 이야기를 쓴 이 번외편이 펼쳐 보인 것이 여러분이 상상한 것과 그다지 유사하지 않다면, 그냥 이것을 하나의 꿈으로 여겨 주길.